W0308705

Monica McCarty

Après avoir étudié le droit à Stanford et exercé le métier de juriste, elle s'est tournée vers l'écriture. Passionnée depuis toujours par l'Écosse médiévale, elle se consacre au genre des Highlanders avec des séries à succès comme *Les MacLeods*, *Le clan Campbell* ou *Les chevaliers des Highlands*. Elle est aujourd'hui une autrice incontournable de la romance historique.

La Flèche

Aux Éditions J'ai lu

LES MACLEODS

1 – La loi du Highlander
N° 9332
2 – Le secret du Highlander
N° 9394
3 – La fierté du Highlander
N° 9535

LE CLAN CAMPBELL

1 – À la conquête de mon ennemie
N° 9896
2 – Le proscrit
N° 10032
3 – Trahi
N° 10084

LES CHEVALIERS DES HIGHLANDS

1 – Le Chef
N° 10247
2 – Le Faucon
N° 10413
3 – La Vigie
N° 10511
4 – La Vipère
N° 10609
5 – Le Saint
N° 10696
6 – La Recrue
N° 10785
7 – Le Chasseur
N° 10906
8 – Le Brigand
N° 10996
9 – La Flèche
N° 11146
10 – Le Frappeur
N° 11487
11 – Le Roc
N° 11564
12 – Le Spectre
N° 11588

Monica

McCARTY

LES CHEVALIERS DES HIGHLANDS – 9

La Flèche

Traduit de l'anglais (États-Unis)
par Astrid Mougins

J'AI LU

POUR elle

Si vous souhaitez être informée en avant-première
de nos parutions et tout savoir sur vos autrices préférées,
retrouvez-nous ici :

www.jailu.com

Abonnez-vous à notre newsletter
et rejoignez-nous sur Facebook !

Titre original
THE ARROW

Éditeur original
Ballantine Books, an imprint of Random House,
a division of Random House LLC,
a Penguin Random House Compagny, New York

© Monica McCarty, 2014

Pour la traduction française
© Éditions J'ai lu, 2015

À tous les lecteurs qui me réclament ce tome depuis
le premier jour et qui savent apprécier un beau gars.
Ce livre est pour vous !
Et à tous les « garçons manqués » qui ont découvert
qu'il n'y avait rien de mal à préférer
le sport aux Barbies,
tout en portant une jupe de temps en temps.

La garde des Highlands

Tor MacLeod, le Chef : commandant du corps d'élite et maître d'armes.

Erik MacSorley, le Faucon : marin et nageur.

Lachlan MacRuairi, la Vipère : opérations furtives, infiltration et exfiltration.

Arthur Campbell, la Vigie : reconnaissance.

Gregor MacGregor, la Flèche : tireur d'élite et archer.

Magnus MacKay, le Saint : guide de montagne et inventeur d'armes.

Kenneth Sutherland, la Glace : explosifs et adaptation.

Eoin MacLean, le Frappeur : stratège expert en tactiques de pirates.

Ewen Lamont, le Chasseur : pisteur et traqueur d'hommes.

Robert Boyd, le Brigand : force physique et combat à mains nues.

et :

Helen MacKay (née Sutherland), l'Ange : guérisseuse.

Avant-propos

L'an 1312 de Notre-Seigneur

Depuis six ans, Robert de Bruce et son corps d'élite secret, la Garde des Highlands, mènent une guerre d'un genre nouveau contre les Anglais qui veulent détrôner le nouveau roi et faire de l'Écosse un fief dont le monarque anglais serait le suzerain.

Pour vaincre l'armée la plus puissante de la chrétienté, supérieure en nombre, en armes et en entraînement, Bruce a abandonné le code des chevaliers et adopté les techniques de « pirates » des féroces guerriers des Highlands et des Hébrides. Tels les Nordiques qui envahirent les côtes britanniques plusieurs siècles plus tôt, ils sèment la terreur dans les rangs ennemis en lançant des attaques-surprises, en dressant des embuscades et en pratiquant la tactique de la terre brûlée, libérant peu à peu les campagnes écossaises.

Toutefois, les garnisons anglaises occupent toujours les châteaux les plus importants d'Écosse. Bruce ne dispose pas d'importantes machines de siège et, pour les reprendre, il doit se montrer toujours plus inventif, recourant à la ruse et aux talents spéciaux des hommes de sa Garde des Highlands.

Prologue

Moss Wood, Lochmaben, Écosse, mars 1307

Cate avait toujours pensé qu'il n'existait rien de pire que les cris et les plaintes des agonisants. Elle se trompait. Le silence des morts était bien plus épouvantable.

Recroquevillée dans les ténèbres humides du vieux puits, elle se balançait d'avant en arrière, grelottant de froid et de terreur, s'efforçant de ne pas penser à toutes les bestioles qui rampaient autour d'elle.

Ses larmes avaient cessé de couler depuis des heures, mais ses yeux étaient toujours brûlants. Elle avait hurlé et appelé au secours jusqu'à se briser la voix. Bien que mourant de soif, elle n'osait pas prier pour un peu d'eau. Elle savait ce qui se passerait s'il se mettait à pleuvoir. En combien de temps le puits se remplirait-il, centimètre par centimètre ? Quelqu'un la découvrirait-il avant qu'elle se noie ?

Les Anglais n'avaient pas voulu qu'on la trouve. Après le massacre, ils l'avaient abandonnée au fond de ce trou pour qu'elle y meure, affamée ou noyée. C'était son châtiment pour avoir tenté de sauver…

Un sanglot lui noua la gorge. *Oh, mon Dieu, mère !*

Elle ferma les yeux et s'efforça de refouler les souvenirs. Toutefois, seule dans le noir, elle était à leur merci. Ils se bousculaient dans sa tête en un déferlement d'images horrifiques.

Elle pêchait au bord de la rivière lorsqu'elle avait entendu des bruits de sabots. Tous les poils de sa nuque s'étaient hérissés. Dans leur petit village perdu au fond d'une vallée boisée, les visiteurs étaient rares. En ces temps périlleux, alors que le hors-la-loi Robert de Bruce, comte de Carrick (ou le roi Robert, puisqu'il s'était couronné lui-même), était rentré en Écosse après avoir été contraint de fuir un an plus tôt, un si grand nombre de cavaliers ne pouvait signifier qu'une chose : danger ! Il s'agissait soit de partisans de Bruce cherchant refuge sur les terres ancestrales de leur roi (mettant en péril le village composé principalement de femmes et d'enfants), soit, pire encore, des soldats anglais basés dans l'ancienne forteresse des Bruce à Lochmaben, ratissant la campagne à la recherche des « rebelles » et de tous leurs alliés.

Elle avait lâché son filet et sa canne, oubliant ses chaussures sur la berge, et avait couru, la peur au ventre. Son esprit était traversé par toutes les histoires qui circulaient sur la nouvelle vague d'atrocités commises par les Anglais : des hommes écartelés par des chevaux, des femmes violées, des enfants battus à mort, des maisons saccagées et incendiées. Ils cherchaient à monter les voisins les uns contre les autres, à encourager la délation et à assujettir la population par la terreur. Cate n'avait aucune sympathie particulière pour le « roi » Robert, mais il était encore préférable à leurs « suzerains » anglais.

Que Dieu leur vienne en aide si les Anglais découvraient que le village avait abrité une poignée de fidèles de Bruce quelques semaines plus tôt ! Ils étaient en fuite après avoir échappé à un massacre au bord du loch Ryan. Cate avait recommandé à sa mère, dont les autres villageoises suivaient toujours l'exemple, de ne pas les héberger. Helen de Lochmaben n'avait rien voulu entendre. C'était leur devoir, affirmait-elle. Même dépossédé, le roi hors la loi restait leur seigneur.

Cate était à mi-chemin du village lorsqu'elle avait entendu le premier cri. Elle avait redoublé de vitesse, courant entre les buissons et les arbres, ne prêtant pas attention aux branches qui éraflaient ses joues ni aux cailloux qui écorchaient ses pieds nus. Pour pêcher, elle avait relevé ses jupes au-dessus de sa taille, révélant les culottes confortables qu'elle portait parfois afin de ne pas outrager sa mère.

Le premier cottage en lisière du village était celui de son amie Jean. Elle avait ouvert la bouche pour l'appeler et son cri s'était éteint dans sa gorge. Son estomac s'était retourné. La mère de Jean gisait sur le sol, le sang s'écoulant encore de la grande entaille rouge vif en travers de sa gorge. Jean était étendue à plat ventre, à moitié couchée sur elle, une pique plantée dans le dos.

Ce qu'elle avait tant redouté était arrivé. Une douzaine de soldats anglais avaient fondu sur la maisonnette tel un nuage de sauterelles en armure, ne laissant que la mort dans leur sillage.

Ils étaient encore là. Elle avait entendu l'un d'eux ordonner :

— S'il n'y a plus rien de bon à récupérer à l'intérieur, brûlez tout. Ça donnera à réfléchir à tous ceux qui envisageraient d'aider les rebelles.

Cate avait senti la panique s'emparer d'elle. Elle devait trouver sa mère avant les soldats. Les clameurs qui lui parvenaient indiquaient qu'il était peut-être déjà trop tard. Les Anglais étaient partout.

Elle s'était faufilée derrière les arbres en veillant à ne pas se faire voir. Chaque maison qu'elle passait avait confirmé ses pires craintes. C'était un massacre monstrueux. Les soldats n'épargnaient personne. Vieillards, femmes et enfants étaient abattus sous ses yeux épouvantés. Vingt-sept. C'était le nombre d'habitants que comptait son village autrefois prospère. Vingt-sept personnes qu'elle avait connues et aimées toute sa vie.

Ce n'est pas le moment d'y penser. Même si tout son être se révulsait devant tant d'horreur, elle n'avait pas le temps. Elle devait rejoindre sa...

Ça y est ! Elle avait enfin aperçu le petit cottage qu'elle partageait avec sa mère, et où elles avaient vécu avec son (second) beau-père jusqu'à l'été précédent, quand ce dernier avait été tué. S'il lui était resté un peu d'air dans les poumons, elle aurait poussé un soupir de soulagement.

Contrairement aux autres bâtiments en clayonnage enduit de torchis, il n'y avait pas de soldats grouillant tout autour. Il régnait un profond silence. Dieu soit loué ! Elle avait rejoint sa mère à temps !

Un cri avait brisé cette illusion. Son sang s'était figé dans ses veines. Même si elle ne l'avait jamais entendue hurler de la sorte, elle savait que c'était sa mère.

Cate avait beau n'avoir que quinze ans, elle avait vu suffisamment d'horreurs pour imaginer les pires éventualités. Il fallait coûte que coûte qu'elle conserve son calme. *Si elle crie, c'est qu'elle est vivante. C'est tout ce qui compte.*

Elle s'était concentrée sur ce point tout en avançant furtivement vers le cottage, craignant à chaque instant que des hommes en surgissent et la capturent.

Elle s'était arrêtée brusquement en entendant la voix implorante de sa mère.

— Non ! Je vous en supplie ! Ne faites pas de mal à mon bébé !

Cate s'était mordu la lèvre pour étouffer un cri. Sa mère était enceinte de plus de huit mois. Elle avait attendu quinze ans pour concevoir ce second enfant. Il était difficile de dire qui, de Cate ou d'elle, était la plus excitée par cette future naissance. Frère ou sœur, peu importait à Cate, pourvu qu'elle ait un petit être sur lequel veiller.

Faites qu'il ne leur arrive rien !

Elle avait rampé sous la clôture qui gardait les quelques animaux qu'il leur restait : un cochon, une vieille chèvre, quelques poules et un coq déplumé. Elle avait cherché du regard une meilleure arme que le petit couteau glissé sous sa ceinture, qui lui servait d'ordinaire à évider les poissons. Un assortiment d'outils de ferme était aligné contre la cloison près de la porte arrière de la maison. Elle avait choisi celui qui lui paraissait le plus menaçant, une houe à long manche. Une faucille bien affûtée aurait été préférable. Malheureusement, sur leur petit lopin au milieu des bois, elles n'avaient rien d'autre à cultiver que quelques légumes résistants.

Elle avait alors entendu un grognement et compris ce qu'il signifiait. Cela ne l'avait pas pour autant préparée au spectacle qui s'était offert à elle lorsqu'elle était arrivée sur le seuil de la pièce principale.

Sa mère était étendue sur la table sur laquelle elles avaient pris leur petit déjeuner quelques heures plus tôt. Un soldat vêtu d'un haubert et d'un surcot bleu et blanc était vautré sur elle. Il tournait le dos à Cate mais, aux mouvements de ses hanches entre les jambes écartées de sa mère, ce qu'il faisait était évident. Il lui appuyait son avant-bras sur la gorge, l'empêchant de crier et de respirer.

Les yeux déjà exorbités d'Helen de Lochmaben avaient sailli encore un peu plus lorsqu'elle avait aperçu sa fille par-dessus l'épaule de son violeur. Elle l'avait implorée du regard de partir sans se retourner, de courir à toutes jambes et de se mettre à l'abri. Cate en avait été incapable. Sa mère était tout ce qu'il lui restait au monde. Elle ne pouvait pas la laisser mourir.

Elle avait serré le manche en bois de sa houe, regrettant, une fois de plus, de ne pas être plus grande. Elle avait toujours été petite et frêle pour son âge. La famine et l'occupation anglaise l'avaient encore amaigrie. Toutefois, le dur labeur lui avait donné des muscles.

Elle avait rassemblé son courage, levé la houe et l'avait abattue de toutes ses forces en travers du crâne du soldat. Celui-ci avait dû sentir sa présence car il avait tourné la tête au même moment, évitant d'être frappé à la tempe comme elle en avait eu l'intention. L'outil avait percuté son casque avec suffisamment de force pour le faire chanceler, l'écartant de sa mère, mais pas assez pour le faire tomber.

Il avait juré et s'était tourné vers elle avec un rictus de fureur qu'elle n'oublierait jamais. Ses traits tordus de rage s'étaient imprimés dans sa mémoire. Des yeux noirs et ternes, un nez aquilin, une fine moustache et une barbe minutieusement taillée. Ce n'était pas le faciès lourdaud auquel elle s'était attendue, mais le visage fin d'un noble. Sans doute un Normand, sinon de naissance du moins d'ascendance. Néanmoins, son air raffiné ne pouvait cacher la malignité de sa nature.

— Non, Cate ! Non ! s'était écriée sa mère.

Sans hésiter, Cate avait à nouveau brandi sa houe et avait frappé le soldat à l'épaule. Concentrée sur sa cible, elle n'avait pas entendu les deux autres hommes qui se trouvaient dans la pièce et qu'elle n'avait pas remarqués.

— Débarrassez-moi de cette petite garce ! hurla le violeur.

L'un des soldats lui avait agrippé le bras, l'autre lui avait arraché la houe des mains. La brute qui avait violé sa mère s'était approchée et l'avait giflée à toute volée d'une main recouverte d'un gantelet. Avant d'être projetée en arrière, aveuglée par la douleur, elle avait eu la satisfaction d'apercevoir du sang couler le long de son bras. Au moins, elle était parvenue à le blesser.

Sa mère s'était précipitée vers elle en hurlant, voulant la protéger de son corps.

C'était à cet instant que le véritable cauchemar avait commencé. Les secondes suivantes hanteraient Cate jusqu'à son dernier souffle. Chacune d'entre elles s'était gravée dans sa mémoire avec une précision terrifiante.

Du coin de l'œil, elle avait aperçu un éclat métallique tandis que la brute dégainait son épée. Elle avait ouvert la bouche pour crier, mais il était déjà trop tard : la lame transperçait le flanc de sa mère. L'expression d'Helen de Lochmaben était passée de la stupeur à l'horreur, puis à la douleur, figeant ses traits en un masque effroyable durant ce qui avait paru durer une éternité.

— Je t'aime... Ton père... Pardon...

Sa voix s'était brisée. Elle avait titubé en avant puis s'était effondrée.

Avec un cri d'horreur, Cate avait libéré son bras, que tenait toujours l'un des soldats, et s'était élancée pour la rattraper. Le second homme l'avait arrêtée avant qu'elle ait pu l'atteindre. Elle s'était débattue comme une diablesse, mais elle ne faisait pas le poids face au grand gaillard.

— Qu'est-ce que j'en fais, capitaine ? avait-il demandé au monstre qui venait de tuer la seule personne au monde qu'il lui restait.

La brute s'était penchée et avait essuyé sa lame sur le tablier de sa mère, laissant une traînée rouge sombre sur le lin grège.

— Tue-moi cette fille de chienne. À cause d'elle, je n'ai même pas pu me vider les bourses. Il me faut une vraie femme, pas une gamine rachitique en culotte. Va m'en chercher une.

L'homme qui tenait Cate avait dégainé sa dague. Il lui enserrait la taille avec son bras, la pressant comme un étau. Tout en sachant que c'était sans espoir, elle avait tenté de se libérer en lui donnant des coups de pied.

Le capitaine l'observait avec un sourire sadique. Il prenait un plaisir évident à la voir se débattre.

— Attends ! avait-il soudain dit. Cette petite peste va payer pour ce qu'elle m'a fait. Balance-la dans le vieux puits dans la cour. Qu'elle crève d'une mort lente.

La ligne blanche de ses dents ajoutait encore à son allure carnassière.

Tout cela s'était déroulé des heures plus tôt, elle n'aurait su dire combien. Lorsqu'elle était partie pêcher, c'était le matin ; à présent, le ciel était noir. Les dernières lueurs des incendies allumés par les soldats s'étaient éteintes.

Tout avait disparu. Sa mère, le bébé, ses amis, sa maison. Il ne restait plus que des cendres et ce hideux puits de la mort.

Elle avait abandonné ses efforts pour grimper jusqu'à la margelle. Même si la liberté n'était qu'à trois mètres au-dessus d'elle, les pierres de la paroi s'effritaient sous ses doigts et sous ses orteils. Elle avait tenté de monter en plaquant le dos contre le mur mais ses jambes n'étaient pas assez longues pour exercer la pression nécessaire sur le mur d'en face.

Épuisée, transie de froid et trempée, elle s'efforçait de conserver ses forces. Quelqu'un viendrait la chercher. Quelqu'un la sauverait.

Dans combien de temps ?

Chaque minute au fond des ténèbres glacées était un supplice.

Il n'y a pas de quoi avoir peur, Cate. L'obscurité ne te fera rien.

La voix amusée, encore familière malgré le passage des années, s'éleva dans le noir tel un spectre, la torturant avec des souvenirs cruels.

Pourquoi pensait-elle à lui maintenant ? Son père... son père naturel... qui avait apaisé ses cauchemars quand elle était petite, mais l'avait quittée sans un regard en arrière alors qu'elle n'avait que cinq ans ? Ce n'était certainement pas sur lui qu'il fallait compter à présent.

Une larme perla à l'angle de son œil et elle l'essuya rageusement. Il ne méritait pas ses pleurs.

Ses yeux brûlaient. Pendant un temps, sa colère parvint à tenir la peur à distance. Celle-ci revint néanmoins la seconde nuit. La troisième, elle s'était muée en panique. La quatrième, en désespoir. Quand vint la cinquième nuit, Cate était en proie au pire des sentiments : elle s'était résignée à mourir.

Effaré, Gregor MacGregor contempla les vestiges calcinés du village. Au cours de l'année qui venait de s'écouler, il croyait avoir vu tout ce que l'humanité pouvait faire de pire, mais là...

La bile lui monta à la gorge et il lutta pour ne pas rendre ses tripes. Ses compagnons, surtout Eoin MacLean et Ewen Lamont, qui avaient séjourné dans ce village un mois plus tôt, semblaient livrer le même combat. Lorsque MacLean disparut derrière une des maisons brûlées, Gregor devina qu'il l'avait perdu.

— C'est donc vrai, murmura Lamont. Je n'arrive pas à le croire. Comment ont-ils pu ? Tous ces enfants et ces femmes... massacrés jusqu'au dernier.

Il détourna les yeux. Il n'attendait pas de réponse et Gregor aurait été bien en peine de lui en fournir une. Que pouvait-on dire ? Les corps calcinés qu'ils avaient trouvés dans chaque bâtisse parlaient d'eux-mêmes.

Son horreur céda le pas à la fureur. *Assez !* se jura-t-il. Une fois Bruce sur le trône, ces atrocités ne se reproduiraient plus jamais.

La présence de Tor MacLeod à leurs côtés témoignait de l'importance de leur mission. Le « Chef » du corps de guerriers d'élite baptisé la Garde des Highlands n'avait pas quitté le roi plus de quelques heures au cours des dernières semaines, lui servant de garde du corps, d'exécuteur, de protecteur et de conseiller. MacLeod était tout pour Bruce. Pourtant, le roi avait accepté de se séparer de lui provisoirement, l'envoyant prendre des nouvelles des braves villageois qui avaient abrité une poignée de ses hommes après le pire désastre de son bref règne, qui en avait compté beaucoup.

Le masque habituellement impavide du redoutable chef de clan se fissura un instant, trahissant son émotion. Il jura dans sa barbe.

— Pour une fois, j'aurais préféré que nos informateurs se soient trompés.

— Moi aussi, convint Gregor.

Ils avaient accouru dès que les premières rumeurs leur étaient parvenues : les Anglais se vengeaient sur les villageois qui avaient secouru des « rebelles ». Quittant leur quartier général provisoire dans les forêts de Galloway, ils avaient galopé ventre à terre, parcourant la soixantaine de kilomètres qui les séparaient de Lochmaben. Hélas, il était déjà trop tard.

Lorsque MacLean les eut rejoints, MacLeod se tourna vers lui et son équipier, Lamont. Tous deux faisaient partie du groupe qui avait pu fuir après la défaite à loch Ryan et qui s'était réfugié dans ce village.

— Personne ne pouvait prévoir ce massacre. Vous n'êtes responsables ni l'un ni l'autre. Vous m'avez compris ?

Son ton était sec et autoritaire, sans la moindre trace de compassion. Lamont et MacLean étaient des guerriers. Ils n'avaient pas besoin qu'on les réconforte ; ils comprenaient les ordres.

Les deux hommes ne répondirent pas. Ils échangèrent un regard puis Lamont acquiesça brièvement, bientôt imité par son équipier.

— Parfait, conclut MacLeod. Donnons une sépulture digne à ces malheureux, puis nous rentrerons raconter au roi ce que nous avons trouvé. MacGregor, rassemble les cadavres et apporte-les ici. Nous trois, nous creuserons les tombes.

Ils se tenaient devant ce qui avait dû être l'église du village, identifiable aux fragments de robe qui adhéraient au corps calciné du prêtre.

Gregor hocha la tête et s'attela à la tâche macabre de transporter les dépouilles brûlées.

Quelqu'un viendra pour moi...

Cate rêvait de chevaliers sortis de contes de troubadours. De grands et beaux guerriers sur des destriers blancs, parés de cottes de mailles étincelantes et de tabards aux couleurs vives, brandissant des bannières qui claquaient au vent tandis qu'ils volaient à son secours. De nobles et vaillants défenseurs des opprimés. Les héros de son enfance. Ceux auxquels elle avait cru autrefois. Des chevaliers comme son père.

Petite, elle clamait « *Mon père est le plus grand chevalier du monde !* » lorsque les autres enfants raillaient sa condition de bâtarde. Puis il était parti et sa fanfaronnade s'était retournée contre elle.

Il est où ton grand chevalier, maintenant ? avaient-ils ri.

Pas ici.

Elle se réveilla en sursaut. La faim et la soif la faisaient délirer. Elle eut à peine la force de se redresser après être restée couchée en chien de fusil pendant des jours. Elle fut d'abord désorientée par les voix. Elle avait tant prié sans obtenir de réponse qu'elle crut que son imagination lui jouait un mauvais tour.

Puis les voix se firent plus nettes. Des hommes. Était-ce les soldats anglais ? Revenaient-ils pour achever ce qu'ils avaient commencé ?

Prise d'une peur irrationnelle, elle ravala son cri et serra ses lèvres crevassées. Puis elle se rendit compte qu'il s'agissait là de sa dernière chance. Si les hommes étaient des amis, ils la sauveraient. S'ils étaient anglais...

Peut-être abrégeraient-ils ses souffrances.

Elle ouvrit la bouche et, par une cruelle ironie du sort, sa voix s'étrangla dans sa gorge. Des larmes de frustration et de rage lui piquèrent les yeux. Elle s'efforçait de crier de toutes ses forces et ne parvenait qu'à émettre un faible gémissement.

— À l'aide ! Je vous en prie, aidez-moi !

L'absurdité de sa situation était insoutenable.

— Aidez-moi !

Cela ne pouvait lui arriver. Elle était forte. Elle n'abandonnerait pas. Elle ne voulait pas mourir.

Elle pensa à sa mère, au petit frère ou à la petite sœur qu'elle ne connaîtrait jamais, à ses amis et à ses voisins. Quelqu'un devait porter leur souvenir. Quelqu'un devait faire payer ceux qui les avaient tués.

— À l'aide !

Cette fois, le son sortit un peu plus fort. Ce n'était encore qu'un filet de voix, mais c'était assez pour lui redonner du courage. Elle se redressa légèrement, le visage tourné vers la lumière, et essaya encore. Et encore.

Ses efforts furent récompensés par un appel, puis par une voix qui semblait approcher.

— On dirait qu'il y a quelqu'un là-dedans.

Ce n'était pas son imagination. Elle cria encore, sanglotant à la fois d'espoir et de peur. *Ne partez pas… Je vous en prie, ne partez pas ! Je suis ici.*

Avec un regain d'énergie, elle parvint à se lever en se tenant aux pierres moussues de la paroi. Une ombre avança au-dessus du puits. Elle cligna les yeux et aperçut une tête d'homme qui se penchait vers elle.

Elle sentit ses genoux mollir. Ce n'était pas à cause de l'épuisement ni de la faim.

C'était son visage. Elle n'en avait jamais vu de plus parfait.

La lumière du soleil l'auréolait, baignant ses cheveux mordorés dans un halo doré. Son nez était droit, sa mâchoire ferme sans être trop carrée, avec une légère fossette au menton, ses pommettes étaient hautes et saillantes ; quant à sa bouche… elle était pleine et appelait au péché. Ses yeux étaient clairs, bleus ou verts, sous des sourcils arqués telles des ailes de corbeau. La nature s'était surpassée en créant des traits d'une symétrie parfaite.

Seigneur, ce n'était pas un homme, c'était un ange !

Ce qui signifiait…

Je suis au paradis.

Ce fut sa dernière pensée avant que le sol se soulève sous ses pieds.

— Elle vit encore ?

Une voix grave l'extirpa de sa torpeur. Elle flottait. Non, on la portait. Des bras masculins la soutenaient. Des bras forts et sûrs.

L'homme l'étendit sur le sol. Son souffle chaud lorsqu'il se pencha sur elle lui fit ouvrir les yeux.

C'était son ange.

— Oui, dit-il doucement en écartant une mèche de son visage. Elle est vivante.

La douceur de sa voix emplit sa poitrine d'émotion. Elle ouvrit la bouche, mais ne parvint pas à parler. Elle passa sa langue râpeuse sur ses lèvres gercées. L'instant suivant, le goulot d'une gourde fut approché de sa bouche et les premières gouttes d'eau coulèrent dans sa gorge desséchée. Elle but goulûment, jusqu'à ce qu'il lui conseille de ralentir pour ne pas se rendre malade.

Quand il l'écarta quelques instants plus tard, elle était prête à la lui arracher des mains. Il la serrait contre son torse et son visage divin était si proche qu'elle n'avait qu'à lever la main pour le toucher. *Verts*. Ses yeux étaient verts et bordés de longs cils épais.

Vivante ?

Elle plissa le front.

— Mais… vous êtes un ange !

Elle entendit un rire derrière elle.

— Le Faucon va adorer ! Il va s'en donner à cœur joie.

L'ange lança un regard noir à celui qui venait de parler, puis se pencha à nouveau vers elle.

— Tout va bien, ma petite, dit-il d'une voix douce. Tu es en vie et en sécurité.

Se souvenant soudain de ce qui était arrivé, elle s'accrocha à lui, prise de terreur. Elle pressa sa joue contre son épaule, lança un regard derrière elle et vit trois hommes qui l'observaient.

Elle tressaillit. Ils étaient immenses, vêtus de *cotuns* en cuir noir parsemés de clous d'acier. Ils portaient des casques à nasal noircis (son sauveur avait posé le sien dans l'herbe). Heureusement qu'elle n'avait pas vu ces trois guerriers en premier ; elle les aurait pris pour des anges de la mort venus la conduire en enfer.

Qui étaient-ils ? D'après le léger grasseyement dans la voix de son sauveur, ce n'étaient pas des Anglais. Elle les examina à nouveau et remarqua les tartans sombres drapés autour de leurs épaules. Des Highlanders. Amis ou ennemis ? Il y avait des clans des Highlands dans les deux camps : certains se battaient pour Bruce ; d'autres contre lui, à l'instar des MacDougall, ce qui faisait d'eux des alliés malgré eux d'Édouard, le roi d'Angleterre qui s'était autoproclamé « le marteau des Écossais ».

Ces hommes étaient-ils du côté des Anglais ?

Son sauveur devina son dilemme.

— Ne crains rien, petite. Nous ne sommes pas tes ennemis. Quand il a appris que les Anglais attaquaient ton village, le roi Robert nous a envoyés vous aider.

Tu parles d'une aide ! Elle pinça légèrement les lèvres. Bruce était responsable de ce carnage. Les villageois avaient été massacrés pour avoir aidé ses hommes.

D'un autre côté, la présence des guerriers prouvait que le prétendu roi ne les avait pas totalement oubliés. C'était une maigre consolation. Ils étaient arrivés trop tard.

Sans compter qu'ils n'étaient que quatre !

— Et s'ils reviennent ? demanda-t-elle.

— Qui ? Qui a fait cela, petite ?

De grosses larmes se mirent à couler sur ses joues crasseuses.

— Les soldats du château. Les hommes du comte d'Hereford. Ils...

Ses sanglots redoublèrent quand elle revit des images de la tuerie. Il la serra plus fort contre lui en lui murmurant des paroles de réconfort. Il lui répétait que son calvaire était terminé et que tout irait bien à présent.

Elle n'était pas dupe. Plus rien ne serait jamais pareil. Sa mère était morte et elle n'avait plus personne. Elle resserra inconsciemment ses doigts autour du bras d'acier. Il n'y avait plus que lui, l'ange que le ciel lui avait envoyé pour la sauver d'une mort certaine. Tant qu'elle s'accrochait à lui, elle n'était pas toute seule. Elle ne voulait plus jamais le lâcher.

Gregor se demanda s'il devrait faire appel à Robbie Boyd (ou à un autre de ses frères d'armes à la force surhumaine) pour détacher les doigts sanglants de l'enfant de son bras. Épuisée par ses pleurs, elle finit par s'endormir et il put enfin aller aider ses compagnons.

Tout en travaillant, il lançait des regards vers l'endroit où il l'avait déposée dans l'herbe, enveloppée dans son plaid, non loin des chevaux. La petite était très choquée. Comme il l'avait trouvée, il se sentait responsable d'elle. C'était une expérience nouvelle pour lui, plutôt étrange pour un homme qui ne s'était jamais senti la moindre obligation vis-à-vis d'une femme, même si celle-ci n'était encore qu'une enfant.

Néanmoins, chaque fois qu'il songeait à ce qu'elle avait vécu, il sentait monter en lui un puissant réflexe protecteur.

Combien de temps avait-elle croupi au fond de ce puits infernal ? Quatre jours ? Cinq ? Elle avait frôlé la mort et n'était pas encore complètement tirée d'affaire. Après être restée sans manger ni boire aussi longtemps…

Il grimaça. Un homme adulte aurait pu y rester, alors une gamine maigrichonne… Ses tentatives pour grimper hors du puits lui avaient laissé les doigts en sang, preuve de son supplice et de ses efforts désespérés pour survivre.

Il croyait avoir vu toutes les injustices et tous les actes de cruauté dont les Anglais étaient capables. Qui pouvait condamner une enfant à un tel sort ? Cela ressemblait à un geste calculé, comme une vengeance personnelle.

Gregor avait peu d'expérience avec les jeunes filles, mais il avait deux frères plus jeunes et la petite villageoise ne devait guère avoir plus de onze ou douze ans. Il esquissa un sourire en se souvenant des culottes de garçon qu'il avait aperçues sous sa jupe lorsqu'il l'avait balancée sur son épaule pour la sortir du puits.

Elle était légère comme une plume et n'avait que la peau sur les os. Fragile, mais avec une force surprenante dans ses membres maigres. Oui, c'était une vraie battante. Il le fallait pour avoir survécu à cette épreuve.

Ce fut MacLean qui posa enfin la question qui brûlait toutes les lèvres.

— Que faisons-nous d'elle ? On ne peut pas l'emmener au camp, c'est trop dangereux.

Effectivement. Ils n'étaient de retour en Écosse que depuis quelques semaines, après s'être cachés dans les Hébrides pendant six mois. Ils avaient remporté une petite victoire contre les Anglais à Turnberry, mais il suffisait d'une autre défaite pour qu'ils soient contraints de fuir à nouveau. Après le désastre de loch Ryan, où plus des deux tiers de l'armée de Bruce avaient été décimés, il leur restait moins de quatre cents hommes pour défendre leur cause.

Ceux qui croyaient celle-ci perdue d'avance ne connaissaient pas Robert de Bruce. Gregor se battrait à ses côtés aussi longtemps qu'il le faudrait, même s'il ne restait plus qu'eux deux contre toutes les forces anglaises.

— T'a-t-elle révélé des informations qui pourraient nous aider ? demanda MacLeod.

— Rien de plus que ce que nous avions déjà deviné. C'étaient les hommes d'Hereford.

Bien que Lochmaben appartienne à la seigneurie d'Annandale, terre ancestrale de la famille de Bruce, son château se trouvait de nouveau aux mains des Anglais, qui l'avaient repris au roi rebelle l'année précédente. Le roi Édouard l'avait donné à sir Humphrey de Bohun, comte d'Hereford. Lui et son épouse (l'une des filles d'Édouard) étaient arrivés depuis peu pour l'occuper.

— Elle est en état de choc, poursuivit Gregor. Elle n'a même pas pu me donner son nom. Elle ne cessait de sangloter en répétant qu'on avait tué sa mère et qu'elle était désormais seule au monde.

— Elle a assisté au meurtre de sa mère ? demanda Lamont avec une grimace.

— C'est ce qu'il semble.

— Pauvre grosse, elle est trop jeune pour avoir vécu un tel drame, soupira MacLean.

Une ombre étrange traversa le regard de MacLeod. En dépit des apparences, le Chef n'était pas dénué de compassion.

— J'avais dix ans, à peine un ou deux ans de moins qu'elle, quand j'ai vu ma mère être violée et tuée, déclara-t-il. Je me souviens encore de chaque instant.

Les hommes restèrent silencieux un long moment. Apparemment, Gregor n'était pas le seul à être ému par le sort de la jeune fille. Ses souffrances avaient percé la carapace de l'un des guerriers les plus endurcis d'Écosse. Jusqu'au mariage de MacLeod avec Christina Fraser l'année précédente, Gregor avait cru le chef de la Garde des Highlands incapable de sourire.

— Elle a peut-être des parents dans la région ? demanda Lamont.

— Non !

La voix de l'enfant les fit tous sursauter. L'instant suivant, elle se jetait dans les bras de Gregor, s'accrochant à lui de toutes ses forces et enfonçant à nouveau dans ses bras ses doigts maigres et tachés de sang.

— Je vous en prie. Ne me laissez pas ici. Ils vont revenir me tuer.

— Chut, fit-il en lui caressant la tête. Personne ne songe à te laisser ici. Y a-t-il quelqu'un chez qui nous pourrions te conduire ? Une tante ? Un oncle ?

Elle secoua vigoureusement la tête.

— Il n'y a plus personne. Ma mère est ma seule famille.

Il ne corrigea pas son emploi du temps présent.

— Et ton père ?

— Mort.

Ses traits s'étaient durcis et, à son ton, il devina que ce souvenir était toujours douloureux.

— À Methven, ajouta-t-elle.

Une autre désastreuse défaite subie par Bruce l'année précédente.

— Comment t'appelles-tu ?

Elle hésita un instant.

— Caitrina.

— Et le nom de ton père ?

Il y eut une autre pause, puis elle répondit :

— Kirkpatrick.

C'était un nom répandu dans la région.

— Tu n'as ni frère ni sœur, Caitrina ?

En voyant ses traits s'affaisser, Gregor comprit que ce n'était pas la question à poser.

— Ma mère était enceinte de huit mois. Il lui faisait du mal. Il fallait que je l'arrête.

Devinant le genre de « mal » que le soldat avait fait à sa mère, Gregor frémit d'une fureur noire. Le pervers ! Il la serra plus fort contre lui, tout en sachant qu'il ne pouvait rien faire pour soulager sa peine.

— Je l'ai frappé avec une houe, mais je l'ai raté et il…

Les larmes qui coulaient de ses grands yeux marron traçaient des rigoles sur ses joues crasseuses. C'était une créature charmante, avec une grande bouche, un petit nez retroussé, un menton légèrement pointu et des cheveux de la même couleur que ses yeux.

— Il l'a tuée, poursuivit-elle entre deux sanglots. C'est ma faute. Il l'a tuée à cause de moi.

Gregor lui prit les épaules et la força à le regarder.

— Ce n'est pas ta faute, dit-il fermement. Tu t'es battue et tu as donné à ta mère une chance que les autres n'ont pas eue.

— Mais je n'étais pas assez forte.

— Tu as eu la force d'essayer, c'est tout ce qui compte. Quand on sait se battre, la force physique n'est pas le plus important. Être rapide et savoir où frapper peut souvent compenser la différence de taille.

Elle le dévisagea d'un air sceptique.

— Mais je suis une fille, lui rappela-t-elle.

Il feignit la surprise.

— Ce sont sans doute tes culottes qui m'ont induit en erreur.

Elle rougit.

— Je les porte parfois parce que c'est plus pratique pour se déplacer, se justifia-t-elle. Vous croyez vraiment que je pourrais apprendre à me défendre ?

Il acquiesça en devinant la direction de ses pensées. Elle voulait éviter qu'un autre homme ne lui réserve le même sort qu'à sa mère.

— J'en suis certain.

Elle plissa le front et pinça les lèvres, affichant soudain une expression féroce.

— Vous m'apprendrez ?

Bigre ! Il lança un regard vers ses compagnons. À leur mine, il était clair qu'ils considéraient qu'il s'était mis dans ce pétrin tout seul et qu'ils ne viendraient pas à son secours.

— S'il vous plaît, l'implora-t-elle. Emmenez-moi avec vous. Je n'ai nulle part où aller.

Elle le dévisageait avec tant d'espoir dans les yeux qu'il se retint de fuir son regard. Il n'aimait pas qu'on se repose sur lui.

Il devait y avoir un lieu où la conduire. Une église ? Un hospice à Dumfries qui accueillait les orphelins ?

Toutefois, quelque chose en lui se rebellait à cette idée. Que deviendrait-elle ? Qui veillerait sur elle ? Que lui arriverait-il lorsqu'elle ne serait plus aussi jeune ?

Ce n'est pas ton problème, ni ta responsabilité.

Il tiqua. Il ne pouvait l'abandonner à son sort. Quoi qu'en dise MacLeod, ils étaient tous responsables du massacre des villageois.

Il y avait peut-être un endroit pour elle. Un lieu où elle serait accueillie, et même aimée. Sa mère avait toujours voulu une fille. Depuis la mort de son père et de ses deux frères aînés, elle était si triste. Il savait qu'il suffirait qu'elle voie cette enfant et entende son histoire pour que son cœur fonde.

— S'il vous plaît, insista Caitrina.

Son ton désespéré lui pinça le cœur.

Gregor étouffa son instinct qui lui criait qu'il commettait une erreur.

— J'ai une demeure à Roro, près du loch Tay, dans les Highlands. Si tu le souhaites, tu peux aller y vivre avec ma mère. Tu y seras en sécurité.

Il avait souvent vu cette expression qui illumina le visage de la jeune fille, à mi-chemin entre l'amour et l'adulation. Il regretta aussitôt son impulsion.

Il était trop tard.

— Vous êtes sérieux ? Vous m'emmenez vraiment avec vous ?

Elle se jeta à son cou et le serra contre elle de toutes ses forces.

— Oh merci, merci, merci, merci !

Misère, qu'avait-il fait ?

Il baissa les yeux vers la tête qui lui arrivait à peine au milieu du torse puis surprit les regards de ses amis qui s'efforçaient de ne pas rire. Même MacLeod !

MacLean donna un coup de coude à Lamont.

— Il faut qu'il brise des cœurs partout où il passe, s'esclaffa-t-il. On dirait que tu as fait une nouvelle conquête, MacGregor, même si celle-ci est un peu jeune pour toi. C'est le problème quand on a une trop belle gueule.

— Va te faire f...

Gregor s'interrompit de justesse en se souvenant de la fille.

Il se contenta donc d'un regard noir en direction de MacLean. Il n'était pas drôle. D'autant plus qu'il avait probablement raison.

Dans quel pétrin venait-il de se fourrer ?

1

Château de Berwick, Marches anglaises,
6 décembre 1312

Je suis parfaitement capable de le faire.

Gregor banda son arc et lâcha sa flèche. Un tir. Un mort. Il ne raterait pas son coup.

Il fit mouche. Le soldat se figea dans une pose de stupeur quand la flèche de Gregor se planta entre ses deux yeux, l'un des rares espaces non protégés par sa cotte de mailles et son heaume. Même si Gregor ne se trouvait qu'à une trentaine de mètres, il fallait une adresse exceptionnelle pour atteindre une cible aussi petite. Ce n'était pas pour rien qu'on le considérait comme le meilleur archer d'Écosse.

Une seconde plus tard, le corps du soldat s'effondra en avant tel un arbre abattu. Avant même qu'il ait touché le sol, la seconde cible apparut sur le rempart. Gregor visa et tira. Il semblait agir sans réfléchir. Ses mouvements étaient aussi fluides et précis qu'une machine de guerre parfaitement réglée. Néanmoins, ses gestes en apparence simples et sans effort étaient le fruit d'une concentration intense. Tout le monde comptait sur lui. Ce qui était aussi bien car c'était sous la pression que Gregor MacGregor était au meilleur de sa forme.

D'ordinaire.

Le second soldat tomba à son tour.

Après sept ans dans la Garde des Highlands, personne n'était mieux préparé que lui pour éliminer des cibles clés avant une attaque. Des cibles, c'était ainsi qu'il les voyait. Un obstacle entre lui et son objectif, qu'il fallait éliminer afin d'obtenir la victoire. Il avait rencontré beaucoup d'obstacles au fil des ans.

Ils approchaient du but, réalisant enfin de « vrais » progrès. La victoire sur les Anglais, que la plupart pensaient impossible, commençait à ressembler à une réalité. Depuis leur retour des Hébrides, où Bruce et ses partisans les plus loyaux avaient été contraints de s'exiler six ans plus tôt, le roi n'avait cessé de regagner du terrain, libérant peu à peu son pays des occupants. Il avait d'abord vaincu ses propres compatriotes afin de prendre possession du Nord. Robbie Boyd, James Douglas et Thomas Randolph contrôlaient désormais les Marches. Édouard de Bruce, le dernier frère du roi encore en vie, était sur le point de récupérer l'ancien royaume celte de Galloway.

Il ne restait plus que les garnisons anglaises retranchées dans les châteaux d'Écosse, mais Bruce les soumettait les unes après les autres. Le château de Berwick était le plus important de tous. La forteresse impénétrable se trouvait dans les Marches écossaises, ou anglaises, selon celui qui les contrôlait. Elle avait servi de quartier général au roi anglais au cours de ses campagnes. La prendre serait un grand bond en avant vers la victoire. Toutefois, ne possédant pas d'engins de siège, Bruce et ses hommes devaient se rabattre sur des méthodes plus inventives, telles que les grappins et les échelles de corde que deux des frères d'armes de Gregor lanceraient dès qu'il aurait éliminé les gardes sur les remparts.

Gregor scruta la muraille plongée dans l'obscurité, le pouls lent et régulier. Ils avaient repéré trois sentinelles patrouillant le long de cette section du rempart. Où était la troisième ?

Là ! Sa réaction fut instantanée. Gregor tira sa flèche au premier éclat métallique. Le soldat qui émergeait du corps de garde tomba à terre avant d'avoir compris ce qui lui arrivait.

Un, deux, trois. Mission accomplie. Les cibles avaient été éliminées.

Gregor ne ratait jamais son coup, c'était ce qui le rendait si précieux. Lors de ses opérations furtives, la Garde des Highlands ne pouvait se permettre de perdre une flèche ou de laisser une des cibles en vie, de crainte qu'elle ne donne l'alerte. La réussite de Bruce reposait sur l'effet de surprise. Or, Gregor était prêt à tout pour voir son roi définitivement installé sur le trône d'Écosse.

Sauf que, cette fois, il n'avait pas fait mouche. La troisième flèche ne s'était pas plantée entre les deux sourcils de la cible, mais dans un œil. Pour les autres, cela n'avait guère d'importance. Le principal était que le soldat soit mort sans faire de bruit. Mais pas pour Gregor.

Ce n'était pas la première fois. Au cours des dernières semaines, il avait à plusieurs reprises dévié de quelques centimètres.

Ce n'est rien, se répéta-t-il. *Juste une mauvaise passe. Cela arrive à tout le monde.*

À tout le monde, sauf à lui. Il ne pouvait se permettre d'être moins que parfait. Les enjeux étaient trop grands. Le roi comptait sur lui. Ces petits écarts l'inquiétaient plus qu'il ne voulait l'admettre.

Gregor examina le rempart une dernière fois, puis fit signe aux autres que la voie était libre. Abandonnant leurs positions sur la berge, les cinq hommes avancèrent dans l'obscurité vers la muraille baptisée le White Wall. Ils constituaient l'avant-garde. Leur mission consistait à escalader le rempart puis à ouvrir les portes de l'intérieur afin de laisser entrer les autres. Outre Gregor, il y avait là Arthur Campbell, dit la Vigie ; Lachlan MacRuairi, la Vipère ; et Erik MacSorley, le Faucon. À cette équipe de la Garde, Bruce avait ajouté James Douglas le Noir afin de lui laisser l'honneur de prendre Berwick.

Conquérir le château par la ruse était leur tentative la plus ambitieuse et la plus dangereuse à ce jour. Deux tours de garde étaient reliées par une longue muraille à la fortification principale, perchée sur une motte au bord de la Tweed. Escalader la muraille et prendre les deux tours sans que les Anglais se rendent compte de rien n'était donc que la première étape.

Leur mission serait considérablement facilitée par leur ingénieuse échelle. Sir James Douglas avait eu l'idée d'accrocher un grappin à une échelle en corde équipée d'échelons en bois ; ou peut-être était-ce sir Thomas Randolph (cela dépendait à qui vous parliez. La rivalité entre les deux amis chevaliers pour s'attirer les bonnes grâces du roi commençait à devenir légendaire et chacun s'attribuait tout le mérite de la dernière prouesse en date). L'échelle était suffisamment légère pour être portée par deux hommes et infiniment plus pratique que les échelles en bois généralement utilisées pour grimper aux murs. Ils s'apprêtaient à la tester pour la première fois.

Gregor vérifia une dernière fois qu'il ne restait plus personne sur le rempart pendant que Campbell et MacSorley lançaient les grappins par-dessus le parapet. MacRuairi, qui avait une faculté hors du commun pour se fondre dans la nuit, passerait le premier, suivi de MacGregor qui se posterait le long du rempart pour guetter et, si nécessaire, éliminer toute menace imprévue pendant que le reste du groupe grimperait à l'échelle.

L'observation était la seconde spécialité de Gregor. Il devait s'assurer qu'il n'y aurait pas de mauvaises surprises.

La première partie de l'opération se déroula sans heurt. Un peu trop facilement, même, ce qui mit Gregor mal à l'aise. Il avait effectué suffisamment de missions pour savoir qu'il survenait *toujours* un problème.

Les échelles fonctionnèrent à merveille. En cinq minutes, Gregor était à son poste près du parapet, là où il pouvait voir les deux tours de garde ; ses compagnons avaient grimpé à leur tour et se tenaient autour de lui.

Avec leur amure en cuir noir, leur casque à nasal noirci, leur peau couverte de cendre, ils étaient pratiquement invisibles. C'était une nuit sans lune. Gregor ne distinguait que le blanc de leurs yeux tournés vers lui, attendant son signal. Il inspecta les environs une dernière fois puis le leur donna.

Les hommes se déployèrent. MacRuairi et MacSorley se dirigèrent vers le corps de garde qui surplombait les marches creusées dans la roche, baptisée « les degrés des casse-cou », pendant que Douglas et Campbell descendaient l'escalier de la tour la plus basse afin d'ouvrir la poterne donnant sur le fleuve et la mer. Une force de cinquante hommes les y attendait.

Gregor gardait les yeux rivés sur le rempart, prêt à décocher sa flèche. Les minutes qui suivraient étaient les plus cruciales, les plus dangereuses. S'ils étaient découverts, les cinq guerriers seraient extrêmement vulnérables : à l'intérieur du château, sans possibilité de fuir, cernés par deux tours pleines de soldats. Le silence était impératif jusqu'à ce que les deux tours soient prises et la poterne ouverte.

Il perçut un léger bruit. Il se tourna aussitôt vers la seconde tour. MacRuairi et MacSorley n'étaient plus qu'à quelques mètres de la porte. Ils avaient eux aussi entendu le cliquetis et s'étaient figés.

Gregor banda son arc, prêt à tirer dès qu'il distinguerait le blanc des yeux du soldat qui sortirait de l'ombre.

Clic, clic, clic.

Fichtre, cela ne ressemblait pas à des bruits de pas humains. On aurait plutôt dit...

Un chien.

Un instant plus tard, un petit terrier famélique trottinait hors de l'obscurité en direction des deux guerriers, ses griffes cliquetant sur la pierre. Il était sans doute en train de chasser des rats quand il avait senti une présence et était venu enquêter.

Gregor s'était préparé à viser un homme et il perdit quelques secondes pour ajuster son point de mire. Bigre, l'animal était tellement laid qu'il en était presque mignon.

Le chien s'arrêta soudain. Il n'était plus qu'à quelques mètres de MacSorley et de MacRuairi, offrant une cible si facile que Gregor aurait pu l'abattre les yeux fermés. Pourtant, il ne tira pas. Il regarda la misérable bête et hésita.

Le chien changea d'avis et jugea préférable de ne pas approcher des deux impressionnants guerriers, démontrant qu'il était plus malin qu'il n'en avait l'air. Décidant qu'ils n'étaient plus si intéressants, il faisait demi-tour quand un éclat d'argent brilla dans le noir.

La lame de la dague que MacRuairi venait de dégainer.

Effrayé, le chien détala vers l'ombre du corps de garde comme s'il venait d'apercevoir un fantôme, aboyant comme un possédé.

Il avait beau être petit, dans le silence de la nuit, ses cris suraigus résonnaient comme des coups de tonnerre. L'effet fut catastrophique.

Gregor tira sa flèche, mais il était trop tard. Le chien avait été englouti par les ténèbres et le mal était fait. Ils auraient aussi bien pu sonner les cloches à l'intérieur des tours, car tous les soldats jaillirent à l'extérieur pour voir ce qui se passait.

Le château endormi s'était transformé en une ruche infernale.

Et ils étaient piégés au milieu de l'essaim.

Il jura dans sa barbe. Non seulement le cabot leur avait ôté toute chance de prendre le château par surprise, mais ils allaient avoir un mal fou à se sortir de là sans se faire prendre.

Il ne laisserait pas ses amis mourir par sa faute. Il dégaina son épée, se prépara à affronter le flot de soldats qui se ruaient vers lui et lança le cri qui semait la terreur dans tout le pays : « *Airson an leïmhann !* »

Pour le lion !

Assis derrière une grande table dans une petite pièce privée du château de Dunstaffnage, Robert de Bruce fixait les trois guerriers d'un air incrédule.

Gregor se dandinait sur place comme un gamin pris en faute. Pourtant, Bruce n'était pas son père ; il n'avait que sept ans de plus que lui. Toutefois, Gregor ne supportait pas l'échec, et devoir s'expliquer devant l'homme qu'il ne voulait surtout pas décevoir aggravait son malaise. Il croyait éperdument en la cause de Robert de Bruce et était prêt à se battre jusqu'à son dernier souffle pour le voir victorieux.

Une victoire qui aurait été à portée de main s'il n'avait pas tout fichu en l'air.

À cause d'un maudit cabot ! Ils avaient perdu l'occasion de prendre l'un des châteaux les plus importants des Marches parce que le meilleur archer des Highlands avait hésité à abattre un ratier infesté de puces.

Les guerriers d'élite ne rataient jamais leur coup et, surtout, ils n'hésitaient pas. Une semaine plus tard, Gregor s'en voulait toujours. Il était d'autant plus furieux contre lui-même que, une semaine après que MacSorley, MacRuairi et lui-même étaient parvenus tant bien que mal à s'échapper indemnes de Berwick, il avait failli les faire capturer dans le village du même nom. Ou plutôt, son maudit visage les avait trahis.

Le roi prit enfin la parole.

— Si je comprends bien, nous avons perdu notre meilleure chance de reprendre Berwick aux Anglais à cause d'un chien ?

MacSorley fit une grimace.

— Oui, c'était vraiment un petit chien de rien du tout, mais il avait un aboiement à réveiller les morts.

— Nous avons simplement joué de malchance, intervint MacRuairi.

Si Gregor avait eu besoin d'une autre preuve de sa responsabilité, le fait que cette langue de vipère de MacRuairi tente de le couvrir en était une.

— Je croyais que les guerriers de votre trempe n'étaient pas vulnérables à une chose aussi humaine que la malchance, répondit Bruce.

— Ce n'était pas de la malchance, expliqua Gregor. C'était ma faute. J'ai hésité.

Bruce arqua un sourcil surpris.

— Tu as hésité à tirer sur un chien ?

Profondément humilié, Gregor serra les dents. Il était censé être un guerrier d'élite, un des meilleurs parmi les meilleurs. Il ne pouvait commettre ce genre d'erreur. Bruce comptait sur lui.

— Pour sa défense, sire, ce petit bâtard était rudement mignon, déclara MacSorley. En outre, nous avons découvert un détail important.

— Lequel ? demanda le roi, sur ses gardes.

Connaissant MacSorley, il s'attendait à une nouvelle plaisanterie.

— Les rumeurs étaient fausses : la Flèche ne se contente pas de briser les cœurs, il en possède un lui aussi.

— La ferme, Faucon, grogna Gregor.

Le maudit marin lui répondit par un large sourire.

Le roi semblait retenir le sien. La réputation de Gregor n'était plus à faire. Pourtant, il n'y était pour rien. Ce n'était pas sa faute si les femmes se jetaient à son cou pour la seule et ridicule raison qu'il avait un physique avenant. Que devait-il faire, les aimer toutes ?

— Vous n'avez pas rencontré d'autres problèmes ? demanda Bruce. Campbell et Douglas m'ont raconté comment ils sont parvenus à retenir les Anglais le temps de rejoindre la poterne et de s'enfuir. Ils craignaient que vous n'ayez été piégés à l'intérieur en voulant les aider.

C'était exactement ce qui s'était passé. Avec le sens de la litote typique des Highlands, MacRuairi répondit simplement :

— Rien que nous n'ayons pu résoudre, sire.

Robert de Bruce n'avait pas gagné sa couronne en étant un sot. Il fixa l'homme qui, avant de rejoindre la Garde et de se battre pour lui, avait été le pirate le plus redouté des Hébrides.

— Pourtant, il vous a fallu trois semaines pour rentrer. Mon meilleur marin boite, mon meilleur archer peut à peine lever le bras et tu portes autant de bandages qu'une momie.

— Je n'ai pas dit que nous n'avions pas rencontré de problèmes, précisa MacRuairi. Uniquement que nous avons pu les régler.

— Toi, tu fréquentes un peu trop ma petite belle-sœur, Vipère, s'esclaffa le roi. Tu te mets à parler comme un foutu juriste !

Janet de Mar, la sœur de la première épouse de Bruce, était mariée à Ewen Lamont, un autre membre de la Garde. Elle avait assez de faconde pour s'extirper de n'importe quel pétrin.

Gregor en avait entendu assez. Écouter ses frères d'armes tenter de le disculper était encore pire que la honte d'expliquer au roi ce qui s'était passé.

Il s'avança et résuma brièvement la manière dont ils s'étaient lancés au secours de Campbell et de Douglas, pensant qu'ils avaient été piégés à l'intérieur du château. Ils avaient abattu une trentaine de soldats, mais pas avant qu'il ne reçoive un coup d'épée dans le bras, que MacRuairi n'ait plusieurs côtes cassées par une masse d'armes et que MacSorley ne se prenne une flèche à l'arrière de la cuisse tandis qu'ils couraient vers la poterne après s'être rendu compte que leurs compagnons s'étaient déjà enfuis sans les attendre. Traqués par les soldats, la jambe de MacSorley pissant le sang, ils avaient jugé préférable de se cacher dans une maison amie du village, jusqu'à ce que les Anglais cessent leurs recherches.

— En effet, c'était plus raisonnable, convint Bruce.

— En théorie, oui, répondit Gregor.

— Mais ?

— Le bruit de notre présence s'est répandu et les Anglais ont encerclé le cottage où nous nous trouvions. Heureusement, les occupants avaient creusé un trou sous le plancher pour y stocker leurs provisions d'hiver et nous nous y sommes cachés pendant que les soldats fouillaient la maison.

— Ce ne devait pas être très confortable.

Ce n'était pas peu dire. Les trois grands gaillards aux épaules larges s'étaient entassés dans un espace qui faisait moins de deux mètres carrés.

— Dieu merci, à force de se laver, mon cousin sent délicieusement bon, railla MacSorley. Notre trou embaumait la rose.

MacRuairi était connu pour son obsession de la propreté. Il lança à MacSorley le genre de regard mauvais qui lui avait valu son nom de guerre de « Vipère ».

— Vous avez eu beaucoup de chance, opina Bruce.

Il s'enfonça dans son fauteuil et croisa les bras d'un air songeur.

— Quelqu'un va-t-il me dire comment le bruit de votre présence s'est répandu ?

Gregor n'avait pas besoin de regarder MacSorley pour savoir qu'il se retenait de rire et de lancer une nouvelle boutade à ses dépens, d'autant plus qu'il s'agissait de l'un de ses sujets de raillerie favoris. Au bout de sept ans, il ne s'en était toujours pas lassé.

D'ordinaire, cela ne le dérangeait pas. Toutefois, cette fois, ils auraient pu tous y rester.

— La fille du fermier qui nous cachait ne savait pas garder un secret. Elle a révélé notre cachette à quelques-unes de ses amies.

— Quelques-unes ? s'esclaffa MacSorley. La petite avait le sens des affaires. Elle a vendu près d'une douzaine de tickets pour venir admirer « le plus bel homme qu'elle avait jamais vu de sa vie ».

Il acheva sa phrase en imitant la voix mélodieuse et rêveuse d'une jeune fille de seize ans.

— Des tickets ? répéta Bruce, incrédule. Tu exagères !

— Hélas, non, répondit MacRuairi avec un sourire ironique. Ils coûtaient un demi-penny pièce. Dire que pendant toutes ces années, nous avons eu le droit de le regarder gratuitement !

Gregor serra les poings. Si MacRuairi se mettait lui aussi à faire de l'humour, c'était le début de la fin !

— Je t'avais bien dit de ne pas retirer ton casque, lui dit MacSorley.

— Pendant trois jours ? s'indigna Gregor.

C'était absurde. Ce n'étaient pas ses dangereuses missions de guerrier d'élite qui le feraient tuer, mais son maudit visage.

D'un autre côté, être bel homme présentait aussi quelques avantages, comme quand la jolie et plantureuse serveuse de l'auberge où ils avaient dormi la nuit précédente s'était glissée dans son lit.

Rien qu'une fois, il aurait aimé rencontrer une femme qui ne lui vouerait pas un amour infini juste en voyant son visage.

Gregor attendit en silence pendant que MacSorley et MacRuairi échangeaient d'autres boutades sur lui. Quand ils eurent fini, même le roi riait.

C'était hilarant, en effet !

Au fond, il y avait des sorts bien pires que celui d'avoir les femmes à ses pieds, même si, à la longue, cela devenait lassant.

Au bout d'une minute, Bruce retrouva enfin son sérieux.

— À votre avis, combien de temps avons-nous avant que quelqu'un ne fasse le rapprochement entre le beau spécimen caché dans le village après la tentative d'assaut sur Berwick, et le célèbre archer Gregor MacGregor, le « plus bel homme d'Écosse » ?

Gregor grimaça à nouveau.

— Je ne sais pas, sire.

Le pire dans ce fiasco était que son anonymat au sein de la Garde des Highlands avait été compromis. Ils ne s'étaient pas encore remis de la défection d'Alex Seton et de son passage dans le camp ennemi. Cette ordure les avait tous trahis. Que Dieu vienne en aide à leur ancien frère d'armes s'ils se trouvaient face à lui lors d'une bataille. Son ancien équipier, Robbie Boyd, était certain qu'il n'avait pas divulgué leurs identités aux Anglais. Toutefois, après ce qui s'était passé au village, Gregor savait que ce n'était qu'une question de temps avant qu'il ne soit identifié.

L'anonymat était l'une des raisons qui l'avaient poussé à rejoindre la Garde. Il s'y sentait libre. Il voulait se faire un nom grâce à son arc, et rien d'autre. Dans la Garde, il n'y avait rien pour le déconcentrer, comme lors des jeux des Highlands. Il n'y avait pas de parent bien intentionné tel que son oncle Malcolm, le chef des MacGregor, lui soufflant qu'il devait aider son clan en acceptant l'une des femmes qu'il lui présentait et qui ne demandaient qu'à l'épouser. Gregor vaincrait les Anglais, aiderait à stabiliser le trône de l'homme qui était devenu comme un second père pour lui et accomplirait son devoir envers son clan à sa manière. Par sa bravoure et son talent uniquement.

— Moi non plus, conclut le roi. Il vaudrait mieux que tu te fasses discret pendant un temps.

Gregor allait protester, mais Bruce l'interrompit :

— Juste pour quelques semaines. De toute manière, Noël approche. Je t'enverrai chercher lorsque nous serons prêts à prendre Perth.

Bruce comptait assiéger le château de Perth au début du mois de janvier. Il rassura Gregor d'un sourire bienveillant.

— Dieu sait que nous avons tous besoin d'un répit bien mérité. Profitons de ces quelques semaines pour nous détendre et nous éclaircir les idées. J'ai besoin que vous soyez tous au sommet de votre forme.

Il s'adressait au groupe, mais Gregor n'était pas dupe. Le roi savait qu'il rencontrait des difficultés depuis quelques semaines. C'était la seule raison pour laquelle il leur accordait du « repos ». Gregor ne s'était pas montré à la hauteur de ses attentes. Mortifié, il acquiesça.

Le roi lui tendit un parchemin plié et ajouta :

— D'autre part, ceci est arrivé il y a quelques jours de la part de ton frère.

Gregor laissa échapper un gémissement et regarda le message comme s'il était porteur de la peste. Qu'avait-elle encore fait ?

Il prit la lettre à contrecœur, ne voulant pas savoir ce qu'elle contenait. Son frère John, qui avait été destiné à prendre l'habit avant la mort de leurs deux frères aînés, avait reçu une bonne instruction, ce qui n'était pas le cas de Gregor. Toutefois, il lisait suffisamment bien pour comprendre le bref message : « *Viens dès que tu pourras. C'est urgent.* »

Loin de l'inquiéter, cela ne fit que l'énerver. Il jura dans sa barbe.

— Des problèmes ? demanda Bruce d'un ton innocent.

Il avait beau être roi, cela ne voulait pas dire que Gregor ne pouvait pas lui lancer un regard torve de temps à autre.

— Il semblerait qu'on ait besoin de moi à Dunlyon, répondit-il.

Tout comme le roi, MacSorley avait deviné la source de sa mauvaise humeur.

— Quelque chose ne va pas, la Flèche ? demanda-t-il. Ne me dis pas que tes belles ailes d'ange se sont enfin flétries aux yeux de ta charmante pupille ?

— Ce n'est pas ma pupille, bougre d'âne !

Il ne releva pas l'allusion à l'ange. Heureusement, depuis qu'Helen MacKay avait pris ce nom de guerre, ils avaient cessé de le surnommer ainsi.

— Dans ce cas, qu'est-elle pour toi ? demanda MacRuairi.

Il n'en savait fichtre rien. Une harpie ? Un châtiment ? Une épreuve pour sa santé mentale ? Cette fille avait l'art de s'attirer des ennuis. Depuis le jour où il l'avait amenée chez lui, elle n'avait cessé de provoquer des « urgences ».

Comme la fois où elle s'était inscrite à un concours local de tir à l'arc en se faisant passer pour un garçon. Les traits cachés sous une capuche, elle avait supplanté tous les jeunes tireurs de la région, provoquant un tollé. Il était probablement un peu responsable. Quand il lui avait dit qu'elle pouvait apprendre à se défendre, il n'avait pas imaginé qu'elle prendrait les arts de la guerre autant à cœur. John, qui l'entraînait, avait dit qu'elle était plus douée que certains des hommes qu'il commandait. Son frère exagérait certainement. Ce n'était qu'une fille et, qui plus est, un petit bout de fille.

Néanmoins, la première impression qu'il avait eue d'elle des années plus tôt avait été la bonne. C'était une petite créature coriace, une battante. Elle était également têtue, orgueilleuse, opiniâtre, autoritaire et trop sûre d'elle. Des traits de caractère parfaitement acceptables chez un homme, pas chez une jeune fille.

Il avait du mal à rester en colère contre elle. Ce n'était pas une beauté, loin de là, mais elle était charmante et sans prétention. Jusqu'à ce qu'elle sourie. Lorsqu'elle souriait, elle était adorable.

En outre, elle le vénérait, ce qui le mettait mal à l'aise. Surtout maintenant qu'elle avait grandi. Elle le... déstabilisait. Or, il n'avait vraiment pas besoin d'être déconcentré en ce moment.

— Quand nous présenteras-tu cette enfant ? demanda Bruce.

Ce n'était plus une enfant, hélas. Il s'en était rendu compte, à sa plus grande honte, lorsqu'il était rentré au château familial un an plus tôt, pour l'enterrement de sa mère. Cate s'était effondrée, en larmes, et avait fini dans ses bras, assise sur ses genoux pardessus le marché.

— Comment s'appelle-t-elle, déjà ? demanda Bruce. Caitrina, c'est bien ça ?

Gregor acquiesça, surpris que le roi s'en souvienne. Cinq ans plus tôt, lorsqu'il était rentré au camp après avoir conduit la jeune fille chez sa mère, Bruce avait été horrifié d'apprendre ce qui était arrivé aux villageois. Comme les membres de sa Garde, il avait été ému par la tragédie vécue par l'enfant et s'était intéressé à son sort.

— Oui, sire. Caitrina Kirkpatrick.

Toutefois, sa mère l'avait toujours appelée Cate.

— Quel âge a-t-elle à présent ?

Gregor haussa les épaules.

— Dix-sept ou dix-huit ans, je crois.

— C'est pourtant simple, déclara MacRuairi. Si tu ne veux plus l'avoir sur le dos, tu n'as qu'à lui trouver un mari.

Si la Vipère n'avait pas été une ordure, Gregor l'aurait volontiers embrassé. La marier, mais bien sûr ! Comment n'y avait-il pas pensé plus tôt ?

Il y avait néanmoins un hic. Où trouver un homme assez fou pour l'épouser ?

2

Dunlyon, domaine de Roro, comté du Perthshire, Highlands

Cette fois, quand Gregor rentrerait chez lui, Cate se tiendrait prête. Elle avait été suffisamment patiente.

Comme tous les jours depuis que John avait envoyé sa lettre, une semaine plus tôt, elle choisit sa tenue avec soin. Dans la mesure où, d'ordinaire, elle s'habillait n'importe comment, cela représentait un effort extraordinaire. Ses cheveux bruns coupés « à la garçonne », c'est-à-dire juste sous les épaules, qu'elle nouait habituellement avec un bout de ficelle, de cuir ou ce qui lui tombait sous la main, avaient été brossés des heures durant jusqu'à briller comme de l'acajou poli.

Un simple bandeau d'or, que lady Marion lui avait offert avant d'être emportée par la fièvre, était posé sur sa tête, retenant un voile en gaze rose qui recouvrait ses tresses sans les cacher. Sa chevelure étant l'un de ses meilleurs atouts, elle devait la mettre en valeur autant que possible.

Elle n'avait pas besoin de se pincer les joues comme les autres filles. Comme elle passait le plus clair de son temps au grand air, elle avait naturellement le teint frais. Inutile également de rajouter de la couleur sur ses lèvres, qui étaient d'un beau rouge sombre.

Elle fronça le nez. Malheureusement, elle ne pouvait rien faire pour ses taches de rousseur. Elle avait beau répéter à qui voulait l'entendre que cela lui donnait du caractère, elle n'était jamais parvenue à en convaincre ni sa mère ni lady Marion.

Elle recula devant le miroir qu'elle avait déniché au fond de l'une des malles de lady Marion, lissa les plis de son surcot en velours sombre et se mordit nerveusement la lèvre, ne sachant pas trop quoi penser de son allure.

Elle n'était pas convaincue par la couleur de la robe, n'ayant jamais aimé le rose. Lady Marion lui avait assuré qu'elle lui allait « à merveille ». C'était exagéré, mais Cate devait reconnaître qu'elle seyait à son teint. Cette robe était l'une des trois tenues que lady Marion lui avait offertes deux ans plus tôt, pour son dix-huitième anniversaire. Avec un sourire attendri, elle avait déclaré : « Tu es une dame à présent, ma chérie. Il te faut quelques beaux vêtements ».

Elle semblait tant y tenir que Cate n'avait pas eu le cœur de protester. Toutefois, elle trouvait rarement l'occasion de les mettre. En outre, dans ces belles robes, elle se sentait déguisée, comme si elle cherchait à se faire passer pour quelqu'un d'autre.

Autrefois, son père lui avait offert une belle robe. Une robe de princesse. Quand il était parti, elle l'avait rangée sous son lit et ne l'avait plus jamais regardée.

Qui que soit son père, elle n'était pas une dame.

Elle se tourna à nouveau vers l'inconnue dans le miroir.

« *Les hommes aiment que les femmes se comportent comme des femmes, ma chérie.* » La voix de sa mère se mêla à celle de lady Marion. À bien des égards, elles étaient devenues une seule et même personne dans son esprit. Toutes deux douces et bonnes. Le contraire de Cate.

Elle rassembla son courage. Elle serait douce et féminine puisqu'il le fallait. Mais pourquoi diable être une dame devait-il être aussi inconfortable ?

Elle tira sur l'étoffe de son corsage pour essayer de le remonter. En deux ans, certaines parties de son corps avaient changé et elle ne s'y était pas encore habituée. Le haut de la robe lui paraissait particulièrement moulant. D'un autre côté, si c'était la mode, personne n'y prêterait attention.

Cate avait cessé de porter des culottes sous ses jupes depuis le jour où lady Marion avait manqué de tourner de l'œil en les apercevant. Cela avait été l'une de ses rares concessions. Elle portait des chaussures en hiver, mais pas en été. En outre, aussi laides soient-elles, ses « guenilles de paysan » étaient toujours ce qu'il y avait de plus pratique pour s'entraîner.

Elle avait terminé l'inspection critique de son reflet lorsque la porte s'ouvrit. Cate crut qu'il s'agissait d'Ete, qui avait commencé à la coiffer et à poser son voile quand elle avait été brusquement appelée ailleurs par les cris de Maddy (ou plutôt par ses braillements). Elle ne se retourna donc pas. Ce ne fut que lorsque le silence se prolongea qu'elle lança un regard de biais et aperçut, non pas la servante, mais John.

Il la fixait, la bouche ouverte, l'air légèrement hébété.

Cate plissa le front. Que lui prenait-il ?

Elle pâlit soudain et sentit son pouls s'accélérer.

— Il est arrivé ? demanda-t-elle.

John ne semblait pas l'avoir entendue.

— Tu es… tu es très belle.

Qu'il soit si surpris n'était guère flatteur, mais elle rosit et lui adressa un sourire ravi. Cate ne s'était jamais trouvée belle et n'en avait cure. Néanmoins, l'admiration dans le regard de John lui donnait l'assurance qui lui manquait.

Elle savait qu'elle plaisait aux garçons. D'ailleurs, elle avait toujours eu plus d'amis hommes que femmes. Toutefois, ils la traitaient avec affection, comme une petite sœur toujours prête à faire les quatre cents coups. Ce n'était pas ainsi qu'elle voulait que Gregor la voie.

Elle était déterminée à lui apparaître comme une femme désirable. Certes, elle avait pris la même résolution l'année précédente, sans grand succès. Cette fois, ce serait différent. Cette fois, il n'y avait pas qu'elle en jeu. Cette fois, elle se comporterait en dame et ressemblerait à une dame.

Dès l'instant où il avait posé les yeux sur elle au fond du puits, Gregor MacGregor avait volé une partie de son cœur. En l'emmenant vivre chez lui, il lui en avait pris une autre. Au fil des ans, à chacune de ses rares visites, il en avait emporté toujours plus, jusqu'à ce qu'il le possède tout entier. Son amour pour lui avait évolué ; ce n'était plus celui d'une enfant, mais celui d'une femme. Depuis ce jour funeste, il avait été la seule constante dans sa vie et elle s'y accrochait comme à une bouée. (Elle avait une autre fixation : retrouver l'assassin de sa mère. Toutefois, cinq ans plus tard, Gregor n'avait toujours pas trouvé la moindre information sur le capitaine anglais.)

Un être moins déterminé aurait sûrement capitulé devant le manque d'intérêt flagrant de Gregor. En fait, ce n'était pas vraiment qu'il ne s'intéressait pas à elle, mais plutôt qu'il la connaissait mal. Il la considérait toujours comme l'enfant qu'il avait sauvée ou la jeune fille qui nécessitait son intervention chaque fois qu'elle s'attirait des ennuis (à sa décharge, ce n'était pas toujours sa faute). Il ne voyait pas encore la femme de caractère qu'elle était devenue.

La femme qu'il lui fallait.

Cette certitude lui donnait la force de persévérer après chaque déception. Avec Gregor MacGregor, il était facile de perdre espoir. Il n'était pas parfait, même s'il en avait tout l'air. Si seulement il avait été moins beau ! Ou moins charmant. Ou moins doué en tout. Cela le rendait inaccessible, insaisissable. C'était comme essayer de retenir une coulée de vif-argent entre ses doigts.

Ce n'était pas vraiment qu'il soit arrogant. Ni qu'il se donnât des airs supérieurs. Il semblait juste à part. Il riait, plaisantait, badinait avec tout le monde (sauf elle), mais il semblait toujours y avoir un gouffre entre lui et le reste du monde. Comme s'il se tenait constamment sur ses gardes.

Aux yeux des autres, l'ambition de Cate pouvait paraître démesurée. Le plus bel homme d'Écosse avec une bâtarde de vingt ans tout juste mignonne, qui maniait mieux l'épée que l'aiguille à coudre ? Pourtant, il existait entre eux un lien qui défiait la logique. Un lien profond.

Elle n'était peut-être pas d'une beauté à couper le souffle, mais elle avait d'autres qualités. Elle était loyale, fiable et prête à se battre jusqu'à la mort pour les siens. Les gens l'aimaient... enfin, sauf Seonaid et ses amies qui, de toute façon, n'aimaient personne.

Si seulement elle parvenait à maîtriser ses humeurs et sa nature passionnée... et à se comporter comme une dame. Ce n'était pas gagné, mais elle y travaillait durement.

Prétendre que Gregor et elle étaient faits l'un pour l'autre pouvait paraître présomptueux dans la mesure où elle ne l'avait vu qu'une poignée de fois au cours des cinq dernières années. Néanmoins, elle le connaissait mieux que quiconque. Mieux que sa mère, même. Lady Marion avait adoré son fils, mais elle n'avait jamais compris ce qui le motivait. Elle répétait : « *Il est si beau ; il pourrait avoir tout ce qu'il désire. Pourquoi met-il sa vie en danger pour un homme qui risque de ne jamais être roi, alors qu'il pourrait épouser une princesse ?* »

Gregor était un homme intègre qui avait besoin d'action. Il voulait mériter son rang. C'était pourquoi il se battait avec autant d'acharnement. Ce qu'elle admirait le plus chez lui, c'était son dévouement, sa loyauté et sa probité. Elle croyait fermement en lui.

Elle tenait une grande partie de ce qu'elle savait sur lui de sa famille, y compris de John qui la contemplait toujours.

Elle se mit à rire puis, prise d'une impulsion féminine encore nouvelle chez elle, tournoya sur elle-même.

— Tu trouves ? demanda-t-elle.

John lui adressa un sourire rayonnant. Il était devenu presque comme un frère pour elle, au point qu'elle en oubliait à quel point il était beau. Pas aussi spectaculaire que Gregor (c'était impossible), mais ses traits virils étaient chaleureux et plaisants, surtout quand il riait ainsi au lieu de lui faire les gros yeux.

— Oui, je ne t'ai jamais vue aussi belle, confirma-t-il.

Son regard se fit soudain suspicieux.

— En quel honneur, Cate ?

Elle détourna les yeux et fit mine d'ajuster sa tenue afin de cacher sa gêne.

— Aucun, mentit-elle. Gregor est arrivé ? C'est ce que tu es venu me dire ?

Il ne répondit pas tout de suite, ayant probablement compris ce dont il s'agissait. Elle prit un air innocent. Il ne fut pas dupe mais, au moins, cela lui rappela le but de sa visite.

— Ah oui ! C'est au sujet de Pip. Tu ne l'as pas vu ? Je l'ai envoyé au village il y a trois heures avec quelques pièces pour acheter des épices pour le vin. S'il les a encore dilapidées au jeu…

— Pip n'avait pas joué avec ton argent, le défendit aussitôt Cate. C'est cet affreux Dougal MacNab qui le lui a volé.

— C'est ce qu'il affirme. Sauf que Iain l'a vu jouer à la tombola à la taverne ce jour-là.

— J'avais donné à Pip sa part des poissons que nous avions pêchés. C'était son propre argent et il était libre d'en faire ce qu'il voulait. Quant à Iain, il a tort de cafarder. Peut-être devrais-je raconter à son épouse qu'il se trouvait lui aussi à la taverne le jour où les fermages ont été payés ?

Leur vieux serviteur avait un faible pour la tavernière, Annie, et pour sa bière. Son épouse lui avait interdit les deux. Cate lança à John un regard entendu.

— En outre, tu ne devrais pas juger les autres trop vite. Je pourrais croire que tu as envoyé Pip acheter des épices parce que tu as encore bu le bon vin de Gregor, et que tu veux essayer de masquer le goût de celui qui reste.

John plissa les yeux.

— Cate…

Peine perdue. Il ne parviendrait pas à l'intimider.

— Ça ne marchera pas, tu sais, reprit-elle. Il s'en rendra compte.

Gregor avait des goûts raffinés en matière de nourriture, de chevaux et de femmes. Sur ce dernier point, il allait devoir changer lorsqu'il aurait trouvé celle qu'il lui fallait ; à savoir, elle.

Se leurrait-elle ? Était-il inconcevable qu'il puisse l'aimer en retour ?

John marmonna un juron et passa une main dans ses cheveux blonds.

— Je sais bien, bougonna-t-il. Mais s'il veut que personne ne touche à ses réserves, il ne devrait pas les laisser ici aussi longtemps.

Cate s'efforça de garder son sérieux.

— Je suis curieuse de savoir comment il prendra cet argument.

John fit une grimace et se massa distraitement l'épaule en se souvenant de la dernière raclée qu'il avait prise sur le terrain d'entraînement.

— Tu verras bien, répondit-il. J'espère qu'il n'a pas appris de nouvelles prises de lutte. La dernière fois, j'ai eu mal pendant des semaines.

Cate se mit à rire. Elle s'approcha de lui, se hissa sur la pointe des pieds et déposa un baiser sur sa joue.

— Pauvre John.

Quand elle s'écarta, il avait un regard un peu étrange. Elle espéra qu'il n'était pas en train de développer une fièvre. Maddy était malade depuis une semaine.

— Ne n'inquiète pas pour l'argent, lui dit-elle. Je vais trouver Pip. Il est probablement en train de revenir avec tes épices.

En dépit de son affirmation, elle ne savait pas trop où trouver Pip. Après l'avoir cherché dans le donjon, puis dans les dépendances du petit château, elle prit le sentier à travers les bois qui menait au village. Elle se répéta que si elle prenait la direction de la taverne, ce n'était pas parce qu'elle n'avait pas confiance en lui. Pip, ou Philip, était un jeune homme de quinze ans, perturbé et un peu perdu après avoir été abandonné par sa mère. Il avait besoin qu'on croie en lui, ce qui était le cas de Cate. Vraiment. Elle était simplement méthodique dans ses recherches, couvrant tous les endroits possibles.

Sa confiance s'avéra justifiée, même si, finalement, elle aurait encore préféré le trouver à la taverne.

Elle avait à peine laissé derrière elle la vieille palissade en bois de Dunlyon, la motte castrale bâtie par le grand-père de Gregor sur le site d'un ancien fort, quand elle entendit des éclats de rire, suivis par des cris excités d'enfants. Les bruits venaient de la berge du Lyon, sur sa droite.

Elle sourit et poursuivit sa route. Puis un vague pressentiment la fit s'arrêter et tendre l'oreille. Elle s'efforça de faire le tri dans la cacophonie des voix. Elle sursauta et se mit à courir. Ce n'étaient pas que des rires, il y avait également des huées. Et ce n'était pas des cris joyeux, mais des exhortations.

Le cœur palpitant, elle courut à travers les arbres et fit irruption sur la berge boueuse. Des garçons, dont deux ou trois avaient déjà des tailles d'adulte, formaient un cercle, observant quelque chose.

Faites que ce ne soit pas lui !

— Vas-y, Dougal !

Elle entendit le bruit sourd d'un poing rencontrant une masse molle, suivi d'un « Oumph ! », puis d'un gémissement. Cela confirma ses soupçons avant même qu'elle n'aperçoive des cheveux noirs maculés de boue et un grand nez sanglant.

— Laissez-le ! s'écria-t-elle en s'élançant vers le groupe.

En entendant sa voix, les spectateurs surpris s'écartèrent, telle la mer Rouge devant Moïse. Les jeunes voyous la dévisageaient comme s'ils avaient affaire à une folle furieuse, ce qui, compte tenu de son humeur, n'était pas loin de la vérité.

Les conseils de John retentirent dans son esprit : « *Sois la plus maligne. Laisse-toi guider par ta tête plutôt que par ton cœur.* »

Elle examina les visages. Elle connaissait la plupart d'entre eux, elle n'était pas surprise de leur présence ici. Sauf pour l'un d'entre eux. Willy MacNee croisa son regard et détourna rapidement la tête, cramoisi. C'était le petit frère de l'un de ses amis, un gentil garçon. Il l'avait déçue et il le savait.

Elle concentra à nouveau son attention sur les deux garçons au centre du cercle. L'un d'eux était grand, trapu et hargneux ; l'autre petit, frêle et trop têtu pour comprendre qu'il ne faisait pas le poids. Elle s'assura que Pip n'avait pas de blessure grave, mis à part son nez cassé (il n'avait pas besoin de ça, avec cet appendice déjà trop grand au milieu de son visage étroit !), et se tourna vers Dougal.

— Qu'est-ce que ça signifie ? Tu oses le frapper ?

Le garçon n'avait pas l'habitude de se faire rabrouer par une femme. Elle aurait dû s'y attendre, compte tenu des contusions qu'elle avait souvent remarquées sur le visage de sa mère. Le père était aussi brutal que le fils.

Quand il la contempla des pieds à la tête, elle comprit que ce n'était pas uniquement son irruption qui l'avait pris de court, mais également sa tenue. Elle avait oublié sa belle robe. Il ne l'avait encore jamais vue habillée comme une dame, la fille d'un chef. Or, elle n'était pas la fille d'un chef et tout le monde le savait.

Les gens du village la considéraient comme une orpheline sous la protection du laird MacGregor toujours absent. Ni paysanne ni lady, mais quelque part entre les deux. En taisant à Gregor la vérité sur son père, elle avait fait en sorte que la tache de sa bâtardise ne la suive pas à Dunlyon.

Conscient de son statut, Douglas bomba le torse comme un jeune coq.

— Ça ne te regarde pas. C'est une affaire d'hommes.

La moue narquoise de Cate fit rougir le malotru de dix-sept ans. Elle avança d'un pas vers lui. Même si elle mesurait une tête de moins que lui et pesait moitié moins, son expression féroce intimida le voyou qui recula d'instinct.

— Pip, c'est mon affaire, dit-elle fermement. C'est ma famille.

— C'est un bâtard, un vaurien et un voleur !

Elle sentit la moutarde lui monter au nez, mais ce n'était rien à côté de la fureur de Pip, qui rugit et se rua vers l'autre garçon en serrant les poings.

— Je ne suis pas un voleur ! C'est toi qui m'as pris mon argent. Je voulais juste le récupérer.

S'il avait l'avantage de l'effet de surprise, il ne le conserva pas longtemps. Il parvint à asséner quelques coups avant de recevoir un crochet sous la mâchoire. Sa tête partit en arrière et il cracha une giclée de sang avant d'atterrir dans la poussière comme un sac d'os.

Le sang de Cate ne fit qu'un tour. Dougal avait à peine baissé son bras qu'elle le lui saisissait et le lui tordait dans le dos.

Levier. Position. Utiliser les faiblesses de l'adversaire, se souvint-elle. *Ce n'est pas une question de force physique*. Elle n'en sentit pas moins son pouls s'emballer. Il ne s'agissait plus d'un entraînement.

Cela fonctionnait ! Elle n'en revenait pas elle-même : elle avait le dessus.

Dougal poussa un cri de douleur et la dévisagea comme s'il lui avait soudain poussé une seconde tête. Lui tenant fermement le poignet, elle tira sur son bras jusqu'à ce qu'il commence à larmoyer. Il avait le visage rouge vif et couvert de sueur. Il fléchit les genoux afin d'absorber la douleur et leurs nez se retrouvèrent à quelques centimètres de distance.

— Tu n'es qu'une grosse brute, Dougal MacNab, lui dit-elle. Un fier-à-bras qui s'en prend aux plus petits que lui. Contrairement à ce que tu crois, la taille ne fait pas la force.

Elle tira encore sur son bras et lui arracha un nouveau cri de douleur.

— J'espère que cette fois, tu retiendras la leçon, poursuivit-elle. Touche encore à un seul de ses cheveux et je te le ferai payer cher.

Elle se souvint soudain de la présence des autres garçons. Dans l'euphorie de sa victoire, elle les avait totalement oubliés. Se remettant lentement de leur stupeur, ils échangeaient des messes basses et gigotaient nerveusement, semblant se demander s'ils ne devaient pas intervenir. Affronter une demi-douzaine d'adversaires serait bien plus difficile que d'en maîtriser un seul.

— S'il te plaît ! l'implora Dougal d'une voix suraiguë. Tu vas me casser le bras.

— Je me suis bien fait comprendre ?

Il hocha vigoureusement la tête.

— Très bien, dit-elle en le lâchant et en reculant de quelques pas.

Il se redressa en se massant l'épaule et en la dévisageant avec un mélange d'incrédulité, de honte, d'indignation et de haine.

— Le recours à la violence ne fait pas de toi un homme, Dougal, poursuivit-elle. Souviens-t'en.

Jugeant plus prudent de quitter les lieux le plus rapidement possible, elle se tourna vers Pip pour l'aider. Avant même qu'elle puisse comprendre ce qui lui arrivait, elle fut propulsée en avant et se retrouva à plat ventre dans la boue. Il lui était déjà arrivé d'être attaquée par-derrière, mais c'était la première fois qu'elle en aurait pleuré. Les pans maculés de fange de son voile rose venaient de lui rappeler sa tenue. Sa belle robe était fichue.

La robe offerte par lady Marion.

La robe qui devait impressionner Gregor.

La robe qui la faisait se sentir… jolie.

Pip poussa un cri de fureur et cracha une litanie d'insultes qui la fit presque sourire.

Elle se mit lentement à genoux et attendit. *Souviens-toi de ton entraînement…*

Les pieds de Dougal apparurent vers la droite de son champ de vision.

— Sale garce ! Je vais te montrer ce qu'est un homme, un vrai !

Ses paroles ravivèrent une rage et une douleur anciennes. Elle se souvint du sort de sa mère. Elle fut prise d'une envie de frapper aveuglément et de punir tous les hommes capables de défouler leurs pulsions les plus viles sur les femmes.

John lui avait appris que sa faiblesse ne résidait pas dans sa constitution menue mais dans son tempérament explosif. Elle attendit donc patiemment la réaction qu'elle espérait.

Dougal ne la déçut pas. Il prit son élan pour lui envoyer un coup de pied dans les côtes. Ayant anticipé le geste, elle lui attrapa la cheville et se releva, levant sa jambe bien haut et le faisant basculer en arrière. Il tomba lourdement sur le dos dans la boue. L'instant suivant, elle lui plaquait un genou sur le sternum et pressait sa dague contre sa gorge.

— Tu n'es pas seulement une brute, Dougal MacNab, tu es aussi un lâche.

Il écarquilla les yeux.

— Mais… quel genre de fille es-tu ?

— Le genre qui t'égorgerait sans sourciller. Alors, à moins que tu ne tiennes à le vérifier, je te conseille de déguerpir en emmenant tes amis.

Elle le laissa se lever et, cette fois, ne le quitta pas des yeux jusqu'à ce qu'il ait rejoint sa bande. Ils échangèrent des chuchotements. Dougal ne cessait de lever la tête pour lui lancer des regards assassins.

Ne les voyant toujours pas partir, elle commença à s'inquiéter. Ce fut surtout le bref regard angoissé de Willy qui la préoccupa. Ils mijotaient quelque chose. Ils étaient trop nombreux, six sans compter Willy. S'ils se jetaient sur elle…

Elle déglutit, la gorge sèche. Il était peut-être temps de s'éclipser. Elle fit signe à Pip de venir près d'elle.

À cet instant, un bruit de sabots venant dans leur direction les fit lever la tête. Ce fut bien plus efficace que ses menaces : Dougal et ses acolytes prirent peur et détalèrent vers le village.

Libérant le souffle qu'elle retenait depuis quelques minutes, Cate se tourna vers le cavalier providentiel au moment où celui-ci arrêtait sa monture au bord de l'eau.

Elle se figea.

Non… S'il vous plaît, pas lui ! Pas maintenant ! Il ne devait pas la voir dans cet état. Elle avait tant voulu lui faire bonne impression.

Elle sentit des larmes chaudes lui piquer les yeux. À contrecœur, elle leva la tête vers le superbe cheval de combat blanc monté par le grand guerrier vêtu de cuir qui la dominait tel un héros splendide dans un conte de barde.

Elle cligna les yeux et se retint de mettre la main en visière comme si elle regardait droit vers le soleil. Il n'avait pas besoin d'une cotte de mailles pour briller de mille feux : il reflétait la lumière dans un halo aveuglant. Cela dit, pour une fois, cela ne lui arracha pas de soupir d'extase.

C'était injuste ! Pourquoi devait-il toujours avoir l'air aussi parfait ? Aussi éblouissant ? Aussi impeccable ? Comme si les grains de poussière n'osaient pas adhérer à ses vêtements ?

Il retira son heaume et secoua la tête. Ses cheveux retombèrent en boucles souples autour de son visage. Elle pesta intérieurement. Lorsqu'elle enlevait son casque d'entraînement, sa chevelure restait collée à son crâne.

— Que diable as-tu encore été inventer, Caitrina ? demanda-t-il avec une moue ironique. J'ose à peine le demander.

Caitrina. Il était le seul à l'appeler ainsi et ce n'était même pas son vrai nom. *Catherine*. Elle n'aurait pas dû lui mentir au sujet de son identité ni, par omission, de son âge. (À présent, il la croyait plus jeune qu'elle ne l'était.) Elle avait eu quinze ans quand il l'avait trouvée. En état de choc, elle avait désespérément voulu partir le plus loin possible. Si elle lui avait dit la vérité, il ne l'aurait jamais emmenée chez lui. En utilisant le nom de son second beau-père, Kirkpatrick, elle s'était assurée que personne ne l'associerait à la fille bâtarde d'Helen de Lochmaben. C'était ce qu'elle voulait. Finis les regards apitoyés, les railleries, les prières secrètes pour que son vrai père revienne la chercher. Elle avait vu une chance de mettre ce passé derrière elle et l'avait saisie.

Ses scrupules s'évanouirent quand elle le vit sourire. Comment pouvait-il être mufle au point de se moquer d'elle ? *Parce qu'il te voit comme une enfant.* Comme une gamine oubliée au fond d'un puits, pas comme une femme.

Son amusement était la goutte d'eau qui faisait déborder le vase. Elle l'adorait, mais il avait parfois autant de considération que le postérieur d'un âne. Elle en oublia les larmes qui avaient menacé de déborder et se retint de lui attraper la cheville avec ses mains crasseuses pour le faire tomber de son cheval immaculé. Elle qui, d'ordinaire, admirait son flegme et son allure impeccable aurait aimé le voir crotté des pieds à la tête.

L'attitude du nouveau venu avait également agacé Pip. Il se plaça devant Cate en bombant le torse.

— Elle m'a sauvé, voilà ce qu'elle a inventé ! Un des garçons m'a volé mon argent et j'essayais de le lui reprendre. Lui et ses amis me sont tombés dessus. Heureusement, Cate l'a maîtrisé et lui a presque cassé le bras. Puis, quand il l'a poussée dans la boue, elle a sorti sa dague.

— Elle a fait quoi ? s'étrangla Gregor.

Cate tenta d'arrêter Pip, mais ce dernier prenant la réaction de Gregor pour de l'admiration, en rajouta une couche.

— Parfaitement. Elle l'a retourné comme une crêpe sur le sol et lui a fichu sa lame sous le cou.

Le nez du garçon avait enflé comme un gros navet violacé. Il lança un regard adorateur vers Cate, puis ajouta à l'intention de Gregor :

— Vous auriez dû la voir !

Gregor arborait une expression étrange, comme s'il hésitait entre rendre ses tripes et coucher Cate en travers de ses genoux pour lui donner la fessée.

Elle grimaça. Visiblement, il n'était guère impressionné par ses prouesses. Elle devina qu'elle allait devoir rendre des comptes pour sa petite démonstration de force, et pas uniquement au père de Dougal.

Gregor lui lança un regard noir, puis demanda à Pip :

— Et peut-on savoir qui tu es, au juste ?

Pip rougit. Voyant son embarras, Cate leva le menton, regarda Gregor droit dans les yeux et annonça :

— C'est ton fils.

3

Avec le recul, il se rendait compte qu'il n'aurait pas dû rire. D'un autre côté, Cate était irrésistible avec son minois et sa tenue maculés de boue (d'ailleurs, il ne se souvenait pas de l'avoir déjà vue avec une aussi jolie robe). Son allure de galopine était rafraîchissante et rassurante après les pensées embarrassantes et très déplacées qu'il avait eues depuis sa dernière visite.

Il n'avait pas voulu la blesser et se serait excusé s'il n'avait été assailli par une peur panique en apprenant ce qu'elle avait fait (elle aurait pu être blessée, bon sang !). Puis son annonce l'avait laissé pantois.

— M-m-mon qu-quoi ? balbutia-t-il.

— Ton fils, répéta-t-elle calmement.

Les entendre une seconde fois ne rendait pas ces mots moins sidérants. Elle aurait pu se proclamer reine d'Angleterre, cela n'aurait pas été plus farfelu que de prétendre qu'il avait pu engendrer cet avorton.

Outre le fait que le morveux ne lui ressemblait en rien, il avait au moins quinze ou seize ans. Gregor en avait trente et un. Or, la seule femme avec qui il avait eu une liaison avant ses vingt ans ne pouvait avoir donné naissance à ce garçon. Il était bien placé pour le savoir puisqu'elle avait épousé son frère quelques mois après leur aventure.

Il lança un regard vers le jeune homme au visage couvert de sang et de boue.

— J'ignore ce qu'il t'a raconté, dit-il à Cate, mais cette fripouille n'est certainement pas mon fils.

Le garçon roula des yeux outragés et sembla prêt à lui planter un couteau dans le ventre pour venger cet affront. Cate, elle, réagit comme s'il venait d'insulter gravement le petit imposteur. Elle enveloppa un bras protecteur autour de ses épaules.

— Bien sûr qu'il l'est, répliqua-t-elle. Tout comme Eddie et Mandy.

— Qui ? Mais d'où sortent-ils, ces deux-là, bon Dieu ? explosa-t-il.

Il avait abandonné tout effort pour ne pas blasphémer devant elle depuis belle lurette. Même le Seigneur n'aurait pas eu assez de patience et de retenue avec elle.

— Quoi, John ne t'a rien dit ? Félicitations, tu as deux fils et une fille.

Ce devait être là « l'urgence » dont avait parlé John dans sa missive. Non seulement cette fille attirait les ennuis, mais elle était totalement folle, surtout si elle s'imaginait qu'il pourrait avoir un fils portant le même prénom que le roi d'Angleterre.

Lorsqu'il le lui fit remarquer, son visage vira au rouge vif. Elle se tourna vers le garçon.

— Pars devant, Pip. Ton père et moi devons parler.

Le Pip en question aurait pu rivaliser avec la Vipère en matière de regards venimeux. Il sembla vouloir protester, mais quand Cate ajouta « S'il te plaît », il se ravisa et obtempéra, non sans avoir lancé quelques derniers regards haineux en direction de Gregor.

Que croyait ce petit crétin, qu'il ferait du mal à Cate ? Si Gregor ne l'avait pas encore étranglée, depuis cinq ans qu'il la connaissait, ce n'était pas pour le faire maintenant. Avec un peu de chance, elle serait hors de ses pattes d'ici quelques semaines. Toutefois, compte tenu de ce qu'il venait de voir, son projet de la marier risquait d'être encore plus ardu que prévu. Les prétendants n'allaient pas se bousculer pour épouser une fille qui se battait dans la boue comme une… poissonnière.

Dès que le garçon se fut éloigné, elle posa ses mains sur ses hanches.

— Comment as-tu pu dire une chose pareille devant lui ? Tu l'as profondément blessé !

Gregor sauta de sa monture, se préparant à l'affrontement qui allait suivre.

— Je l'ai blessé ? C'est mon nom qui est traîné dans la boue ! Ce petit charlatan t'a menti et a abusé de ta gentillesse. Quel âge a-t-il ?

— Quinze ans.

Confirmé dans ses soupçons, Gregor sourit.

— Il ne peut pas être mon fils.

— Comment peux-tu en être sûr ?

— Parce que je sais faire une soustraction.

Elle ne sembla pas comprendre et il n'était pas disposé à lui expliquer. L'âge de son dépucelage n'était pas un sujet convenable pour une jeune fille. De plus, elle s'était approchée de lui et se tenait beaucoup trop près.

Il la ressentit à nouveau. Cette chaleur. Cet étrange picotement sur sa peau. Cette maudite tension totalement incongrue.

Le sommet du crâne de Cate lui arrivait au milieu du thorax. Il se souvenait encore de la sensation de sa tête nichée sous son menton lorsqu'il l'avait portée loin du village. De sa chevelure chaude et soyeuse. De son odeur de fleurs sauvages. Du corps ferme mais indéniablement féminin dans ses bras.

Que lui prenait-il ? Il s'agissait de Caitrina, la jeune fille dont il était responsable, bon gré mal gré. Il était censé la protéger d'hommes comme lui. Fichtre, il devait se ressaisir.

Il se passa une main dans les cheveux en laissant échapper un soupir de frustration. Puis il revint sur le sujet en cours.

— Comment est-il arrivé ici ? demanda-t-il.

— Sa mère l'a laissé devant le portail en lui conseillant de demander à te voir, de t'informer qu'il était ton fils et de te dire qu'il était temps que tu t'occupes de lui car elle n'était plus en mesure de le faire.

Il aurait presque eu de la peine pour le garçon abandonné d'une manière aussi cruelle par celle qui lui avait donné le jour, s'il n'avait été certain que c'était un pur mensonge. Qu'espéraient-ils obtenir de la sorte ?

— Comment s'appelait cette femme ?

Elle haussa les épaules comme si la question n'avait aucune importance.

— Il faudra le demander à ton fils.

Il s'efforça de rester calme, ce qui n'était pas facile. Caitrina avait l'art de le faire sortir de ses gonds. Têtue comme une mule, elle donnait un peu trop vite son avis sur tout et n'importe quoi. Il était son tuteur, nom de nom ! Ne pouvait-elle pas lui montrer un peu de respect ?

— Ce n'est pas mon fils, répéta-t-il en accentuant chaque mot.

— C'est ce que tu dis.

— Et les deux autres enfants ? Laisse-moi deviner... Ils ont été abandonnés devant la porte, eux aussi, peu après que les gens de la région ont appris que Pip avait été recueilli. Je me trompe ?

D'un geste régalien, elle rejeta en arrière sa chevelure empesée par la boue.

— Inutile d'être aussi cynique.

— Tu ne trouves pas cette coïncidence suspecte ? Je me retrouve soudain père de trois enfants, en l'espace de quelques mois ? C'est un miracle que d'autres ne soient pas soudain sortis de nulle part.

Elle écarquilla les yeux.

— Pourquoi ? Tu as d'autres enfants illégitimes éparpillés dans la nature ?

Gregor serra les poings, se contenant avec peine. Même si elle avait pris un air innocent, il se demandait si elle ne faisait pas exprès de se montrer obtuse juste pour l'énerver. Hélas, l'agacement n'était pas la seule émotion qu'elle éveillait en lui. Quand il était près d'elle, il se sentait de plus en plus comme un vieux pervers.

— Je n'ai pas d'enfants, Caitrina. Débarrasse-toi de ces imposteurs.

— Je n'en ferai rien. C'est toi le responsable de...

Il ne la laissa pas finir sa phrase.

— Je n'ai pas plus d'obligations envers eux qu'envers n'importe quel autre enfant démuni de n'importe quel village d'Écosse.

Elle sursauta et le dévisagea avec une expression de vulnérabilité qu'il ne lui avait pas vue depuis longtemps. Une expression qui lui donnait l'impression que son *cotun* était soudain trop petit pour lui.

— Comme moi, tu veux dire ?

Il se maudit pour sa maladresse. Il était normal qu'elle s'identifie au sort de ces enfants abandonnés. Elle savait ce que se retrouver seul au monde signifiait.

— Ce n'est pas ce que je voulais dire. Tu es différente.

— Pourquoi ?

— Parce que nous étions responsables de ce qui t'est arrivé.

— Tu n'y étais pour rien. Tu ne faisais même pas partie des hommes qui se sont réfugiés chez nous. Si quelqu'un est responsable, c'est ton roi. C'est Robert de Bruce qui a conseillé à ses guerriers de se cacher dans notre village. Honnêtement, pourquoi m'as-tu emmenée chez toi ?

Il savait ce qu'elle cherchait à lui arracher, mais elle ne l'obtiendrait pas. Il n'était pas celui qu'elle croyait. Elle voulait voir en lui un preux chevalier, un homme sur lequel elle pourrait toujours compter. Ce n'était pas lui. S'il avait gardé ses distances au fil des ans, c'était en partie parce qu'il ne voulait pas la décevoir... même s'il savait que cela arriverait un jour.

— Parce que c'était la chose logique à faire et la solution la plus simple. Je savais que ma mère t'aimerait et j'espérais que tu serais heureuse ici.

— C'est le cas, et ils le seront aussi...

Il l'interrompit, devinant où elle voulait en venir.

— Ça ne marchera pas, Caitrina. Ils ne resteront pas ici. Je sais que beaucoup de mères peinent à élever leurs enfants à cause de la guerre, mais je ne peux pas transformer Dunlyon en refuge pour tous les orphelins et les gamins abandonnés qui ne sont pas les miens.

Il fut soulagé de la voir à nouveau irritée ; cela calmait un peu ses élans de tendresse.

— Comment peux-tu être certain qu'ils ne sont pas de toi ? D'après ce que j'ai entendu, tu n'as pas manqué de partenaires de lit. Ta semence serait-elle stérile ?

Gregor en resta bouche bée. Elle était la seule capable de le déstabiliser aussi totalement. Il ignorait ce qui était le pire : qu'elle écoute les ragots sur sa vie sexuelle et sur le nombre de femmes qu'il mettait dans son lit (ou plutôt le nombre de femmes qui l'entraînaient dans le leur), ou qu'elle remette en question la qualité de son sperme ? Dans un cas comme dans l'autre, ce n'étaient pas des sujets pour une jeune fille et encore moins pour sa... sa... Il ne savait plus trop ce qu'elle était.

— Je suis parfaitement capable d'engendrer des enfants, rétorqua-t-il. Mais seulement si je le veux !

Elle fronça le nez, faisant craqueler la boue qui maculait son visage. Les fines lignes blanches au-dessus de ses lèvres faisaient penser à la moustache d'un chaton trempé. Le sentiment confus et affectueux que cela suscita en lui fut aussitôt chassé lorsqu'elle reprit :

— Je ne vois pas comment tu peux en être aussi sûr. Avec toutes ces femmes, on pourrait penser que...

Il avança d'un pas. Sa bataille pour rester calme avait été perdue d'avance.

— Caitrina...

Elle recula prudemment.

— Tu veux me dire qu'il est totalement inconcevable que tu aies pu commettre une erreur ?

— Je ne commets pas d'erreurs.

— Tout le monde en fait.

— Pas moi. Pas de ce genre.

Il était toujours très prudent. Certes, il subsistait une infime possibilité que...

Fichtre, elle avait encore réussi ! Elle le retournait sens dessus dessous, le faisait douter, le désarçonnait.

En bonne guerrière, elle vit la faille et s'y engouffra afin de porter le coup de grâce.

— Je te demande juste de les rencontrer, Gregor. Tu verras...

Il leva une main tout en essayant de se convaincre qu'il n'était pas en train d'agiter le drapeau blanc. Il était loin de « *Bàs roimh Gèill* », « la mort plutôt que la reddition », la devise de la Garde des Highlands, et la sienne avant qu'il ne rencontre Cate.

— J'en ai déjà vu un et je sais que ce n'est pas mon fils. Il en ira de même pour les deux autres... D'accord, je les rencontrerai, mais ça ne me fera pas changer d'avis.

— Oh, Gregor ! Merci !

Apparemment, elle avait occulté la fin de sa phrase, démontrant par là qu'elle possédait cette faculté de n'entendre que ce qu'elle voulait bien entendre si commune à son sexe.

Devinant qu'elle allait se jeter dans ses bras, il recula prudemment.

Elle se méprit sur la raison de sa réaction et fit la grimace.

— C'est vrai que je devrais d'abord me nettoyer.

Ce n'était pas à cause de la boue ; il ne se fiait pas à ses propres pulsions si elle le touchait.

— Ils ne resteront pas au château, Caitrina.

Son sourire s'effaça aussitôt. Il le regrettait, mais c'était nécessaire. Il ne voulait pas de malentendus entre eux.

Elle soutint longuement son regard, puis acquiesça. Il n'était pas sot au point de croire qu'il avait gagné la bataille. Elle avait simplement décidé de ne pas insister pour le moment. Néanmoins, il resterait ferme : plus d'orphelins. Veiller sur elle était déjà suffisamment accaparant. Sa responsabilité envers elle ne le quittait jamais. Même au milieu des combats, elle occupait ses pensées. Cela s'était encore accentué depuis quelque temps, pour des raisons sur lesquelles il préférait ne pas s'attarder.

Il était venu se détendre et remettre de l'ordre dans ses idées, nom de nom ! Il devait se libérer de tout ce qui pouvait nuire à sa concentration, pas se créer de nouvelles sources d'ennui.

Il saisit la bride de son cheval et ils prirent le chemin de Dunlyon en silence.

C'était l'une des qualités qu'il appréciait chez elle. Contrairement à beaucoup de femmes, elle ne se sentait jamais obligée de combler le vide par des propos futiles.

Il était difficile de ne pas l'aimer. C'était bien là le problème. Quand elle ne l'irritait pas et ne lui rendait pas la vie impossible, elle était pleine de bon sens, passionnée, loyale, et franche. Enfin... peut-être un peu trop franche parfois.

Ainsi, elle le prenait pour un débauché ? Elle n'avait pas tout à fait tort, même s'il l'était plus par hasard que par vocation. Devait-il repousser toutes les femmes qui se précipitaient dans son lit ? Quel homme sensé n'en aurait pas profité ?

Et puis, elle pouvait bien penser ce qu'elle voulait !

Il était encore irrité lorsqu'ils franchirent le portail. Elle allait partir en courant pour se changer, mais elle s'arrêta au bout de quelques pas et se retourna.

— Tu l'as trouvé ?

Il aurait dû s'y attendre. Elle n'abandonnait donc jamais ? Il détestait devoir lui mentir, mais Dieu seul savait ce qu'elle ferait de cette information. En réalité, il s'en doutait, ce qui était la raison pour laquelle il ne lui avait jamais rien dit. Il avait appris le nom de l'homme qui avait rasé son village peu après le raid. Hélas, il était déjà trop tard. Sir Reginald Fitzwarren avait été rappelé à Londres où il vivait toujours, hors de portée de Gregor. Un jour, il mettrait la main sur lui et Caitrina aurait sa vengeance.

— Toujours pas, répondit-il.

Elle soupira, déçue.

— Je pourrais peut-être…

— Tu as promis de me laisser faire, l'interrompit-il. Tu dois me faire confiance.

— C'est le cas, dit-elle avec un sourire.

Cette foi aveugle en lui ne fit qu'accentuer ses remords.

— Je ferais bien de me dépêcher si je veux prendre un bain avant le déjeuner, reprit-elle.

Il n'aurait pas dû l'imaginer dans son bain, ses jolis seins fermes pressés contre son torse nu, ses fesses rondes et lisses…

Arrête ! se réprimanda-t-il.

— Caitrina ! la rappela-t-il sèchement.

Elle s'arrêta à nouveau et se tourna avec un air légèrement inquiet.

— Nous devons encore discuter de cette dague.

Voilà qui correspondait mieux à son rôle de tuteur.

Malheureusement, sa mine sévère n'eut aucun effet. Au contraire, elle parut soulagée et lui adressa un sourire.

— C'était ton idée, lui rappela-t-elle.

L'effrontée !

— Comme si je ne le savais pas, marmonna-t-il.

Elle était déjà trop loin pour l'entendre.

Pour la seconde fois de la journée, Cate acheva de mettre les dernières touches à sa tenue. Cette fois, elle avait choisi un surcot vert mousse. Elle regrettait la perte de sa robe rose (sa servante Ete avait jeté un coup d'œil au vêtement et avait failli fondre en larmes), mais elle trouvait la verte encore plus seyante. Le liseré doré qui bordait le corsage, l'ourlet et les manches faisait ressortir les éclats clairs de ses yeux.

Elle ne s'embarrassa pas d'un voile. Elle sortait du bain et il aurait été trempé par ses cheveux mouillés.

Il ne lui restait plus qu'une heure avant le déjeuner et elle n'avait pas le temps de les sécher en les brossant devant le brasero.

Elle reposa le bandeau d'or sur son front et s'inspecta une dernière fois dans le miroir. Bien que moins pomponnée que le matin, elle avait meilleure allure que crottée de boue des pieds à la tête. Avoir été surprise ainsi par l'homme qu'elle voulait tant impressionner l'avait profondément humiliée. Cependant, elle faisait ce qu'elle avait toujours fait : elle se relevait, s'époussetait et réessayait. Un peu contusionnée peut-être, mais prête à se battre. Pas seulement pour elle, mais également pour les enfants. Ils avaient besoin de lui et de la stabilité qu'elle n'avait jamais eue.

Elle sortit rapidement de sa chambre afin de s'assurer que ses petits protégés avaient mis leurs plus beaux atours pour leur « présentation ». Elle s'efforçait de ne pas être déçue par la froideur de la réaction de Gregor (apprendre soudain qu'on était le père de trois enfants en aurait refroidi plus d'un !), mais elle l'était néanmoins. C'était la première fois qu'elle ne le trouvait pas à la hauteur de la situation.

Ses paroles résonnaient encore dans sa tête : « *Débarrasse-toi d'eux*. »

Comme s'ils étaient des détritus ! Comme si elle pouvait les renvoyer sans plus se préoccuper de leur sort ! C'étaient des enfants, pas des chats errants !

Une fois qu'il les verrait et les connaîtrait, il changerait d'avis. Elle devait se montrer patiente. Ne l'avait-il pas prise chez lui ?

Cate avait suffisamment confiance en lui pour deux. Comme le lui avait expliqué lady Marion, Gregor ne se liait pas facilement. Toutefois, une fois le lien noué, il était aussi indestructible que de l'acier.

Elle était bien placée pour le savoir ; elle avait mis ce lien à rude épreuve à plus d'une reprise.

Elle fut traversée par l'ombre d'un scrupule. L'avait-elle fait exprès ? Une ou deux fois, peut-être. Jusqu'à ce que s'efface la peur qu'il la renvoie. À présent, c'était surtout un moyen pour le faire revenir à Dunlyon. En outre, c'était amusant. Elle aimait voir sa façade affable se fissurer, ses magnifiques yeux verts s'assombrir, ses délicieuses lèvres sensuelles se tendre et ce minuscule muscle sous sa mâchoire tressauter.

Cependant, cela ne lui suffisait plus. Elle voulait qu'il la remarque comme un homme remarque une femme. Elle voulait qu'il la prenne dans ses bras et l'embrasse comme elle l'avait vu embrasser la veuve de l'ancien sénéchal lors de son dernier séjour. Elle voulait qu'il comprenne qu'elle était celle qu'il lui fallait.

Parvenue au dernier étage du donjon, elle fut rassurée en constatant qu'Eddie et Maddy avaient été pris en main par Ete et Lizzie, l'une des filles de cuisine. Pip avait encore disparu. Il n'était pas rentré dans la mansarde qu'il partageait avec Eddie au sommet du donjon.

Elle laissa les deux jeunes enfants aux soins experts des servantes et partit à sa recherche. Elle pensait pouvoir le trouver dans l'écurie où il avait dormi durant près de trois semaines, avant qu'elle le convainque qu'il avait sa place au château. Il y retournait chaque fois que le remue-ménage et le bruit devenaient trop insupportables pour lui.

C'était là qu'il se réfugiait pour panser ses plaies.

Elle le comprenait. Elle avait travaillé dur pour qu'il se sente chez lui. De quelques paroles acerbes, Gregor avait tout ruiné.

Son cœur se serra en songeant au jeune homme fier qui s'efforçait de faire bonne figure, qui prétendait que son abandon devant la porte d'inconnus ne l'avait pas affecté. Il s'efforçait de croire à une histoire qui, même Cate devait le reconnaître, soulevait quelques sérieux doutes.

Elle voulait y croire autant que Pip. Toutefois, l'âge du garçon la turlupinait. Gregor venait d'avoir trente et un ans. Il l'aurait eu à quinze ans... Cela semblait un peu précoce pour être père, même pour lui.

Gregor avait paru si sûr de lui ! Elle regrettait juste que Pip ait entendu son rejet catégorique.

À quoi s'était-elle attendue ? À ce que Gregor jette un regard sur le garçon et que son cœur fonde aussitôt, comme avait fondu le sien ? Elle était injuste. Gregor ne l'avait pas accueillie chez lui de gaieté de cœur. Elle n'aurait pas dû penser qu'il accueillerait d'autres enfants à bras ouverts.

Même s'il s'avérait qu'ils n'étaient pas ses enfants (et cela semblait en effet très discutable concernant Pip), peu importait. Il ne pouvait les rejeter. Ils avaient besoin de lui.

Il changerait d'avis.

Elle poussa la porte de l'écurie. Des odeurs âcres et terreuses l'assaillirent aussitôt. Elle y était habituée. Elle aussi avait passé beaucoup de temps dans ce refuge à son arrivée.

— Pip ?

Elle entendit un reniflement étouffé.

— Je suis là, répondit-il. Avec le chiot.

Quelques semaines plus tôt, l'une des chiennes du village était venue mettre bas dans la paille. Elle avait rejeté le plus chétif et le plus maladif de sa portée. Le palefrenier l'aurait noyé si Pip n'avait pas volé à son secours. Non seulement le chiot avait survécu et repris des forces, mais la vieille chatte de l'écurie, une créature acariâtre qui n'aimait personne, semblait se prendre pour sa mère.

Cate se dirigea vers le fond du bâtiment et trouva Pip adossé à la paroi de la dernière stalle.

Elle fit semblant de ne pas remarquer les traces de larmes sur son visage enflé et ensanglanté. Son orgueil avait été durement blessé. Jusque-là, sa bravade lui avait permis de survivre et elle ne voulait pas la détruire en tentant de le réconforter. Elle attendrait qu'il soit prêt.

— Comment va-t-il ? demanda-t-elle.

Pip haussa les épaules.

— Je lui ai apporté des restes de viande du dîner d'hier soir. Ça a semblé lui plaire.

— Tu lui as donné un nom ?

Le garçon fit non de la tête.

Elle comprenait. Il ne le nommerait pas avant d'être sûr qu'il vivrait. Il lança un regard vers sa robe et se rembrunit.

— C'est pour lui, n'est-ce pas ? C'est pour lui que tu te fais belle.

Cate espéra ne pas avoir rougi. Était-ce donc si flagrant ?

— Non, je...

— Tu l'aimes, hein ? l'interrompit-il. Pas moi. Je le déteste... et il n'est pas mon père !

Cate attira à elle un tabouret de traite et s'assit à côté de lui.

— Pourquoi dis-tu ça ?

Il resta un moment prostré, puis marmonna :

— Ma mère me disait qu'il était beau et que j'étais son portrait craché. Je ne lui ressemble pas du tout. Il est froid, arrogant et laid.

Il paraissait si troublé que Cate n'eut pas le courage de sourire. Ce devait être la première fois qu'on décrivait Gregor comme laid.

— Il ne pensait pas ce qu'il disait, Pip. Il a été pris de court. Une fois que tu le connaîtras mieux...

— Je ne veux pas le connaître. Je le hais !

Aïe ! Avait-elle vraiment cru que ce serait si facile ? Son plan pour réunir la famille commençait à ressembler à un lamentable désastre.

— Vous êtes partis du mauvais pied, c'est tout.

Préférant ne pas s'appesantir sur le sujet, elle ajouta :

— L'heure du déjeuner approche. Il te reste juste le temps de te laver.

Il allait protester, mais elle l'arrêta d'un ton ferme.

— Je vais chercher un baume pour tes coupures.

Il baissa les yeux vers le chiot et acquiesça. Une fois de plus, elle aurait voulu le prendre dans ses bras. Elle se souvenait trop bien de sa propre jeunesse. Lady Marion s'était montrée très patiente avec elle et elle ferait de même avec Pip.

Au moment où elle allait partir, il la rappela :

— Comment tu as fait cette prise à Dougal ?

Elle esquissa un sourire. Elle n'en était pas peu fière elle-même. Elle n'avait pas été certaine qu'elle saurait mettre en pratique ce qu'elle avait appris dans la cour du château.

— L'entraînement, répondit-elle.

— C'est lui qui t'a appris ?

Elle secoua la tête. Pendant des années, elle avait harcelé Gregor lors de ses visites pour qu'il lui montre comment se défendre. Chaque fois, il lui répondait : « La prochaine fois ». Lassée, elle avait demandé à son frère.

— Non, c'est John, répondit-elle.

Pip la dévisagea d'un air hésitant, puis demanda :

— Tu crois que tu pourrais m'apprendre ?

— Quoi, tu accepterais de recevoir des leçons d'une fille ? le taquina-t-elle en souriant.

Il prit sa réponse au sérieux et y réfléchit quelques instants.

— Oui, répondit-il finalement. Si tu me montres comment tu as fichu sa raclée à Dougal.

— Très bien, dit-elle en riant. Nous verrons ça demain.

— Tu le jures ?

Il paraissait à la fois excité et prudent. Il lui était encore difficile de croire que quelque chose de bien pouvait lui arriver, une réaction qu'elle était déterminée à changer.

— Promis, mais tu devras travailler dur.

Il hocha si vigoureusement la tête qu'elle craignit qu'il se remette à saigner du nez.

— Je te le promets, dit-il.

— Alors retrouve-moi sur le terrain d'entraînement demain quand tu auras accompli toutes tes tâches. John et moi aurons alors terminé.

Plusieurs fois par semaine, et même plus souvent quand il cédait à ses implorations, John trouvait le temps de l'entraîner entre deux de ses obligations. Gregor et Padraig (leur frère benjamin) étant à la guerre, c'était à John qu'incombait de s'occuper du domaine pour le moment. Il avait hâte lui aussi de retourner au combat. Cate redoutait ce jour, car rien ne lui plaisait plus que ces séances d'entraînement, à l'exception des visites de Gregor.

Se souvenant soudain que l'homme en question les attendait probablement, elle et les enfants, dans le grand hall, elle se dépêcha d'aller chercher le baume pour les plaies de Pip. Elle devait s'assurer que la seconde impression qu'il ferait sur Gregor serait meilleure que la première. Elle sourit intérieurement. Compte tenu de leur première rencontre, ce ne devait pas être bien difficile.

4

Cate ayant réquisitionné la bassine pour son bain, Gregor dut se résoudre à descendre à la rivière pour se débarrasser de la crasse accumulée au cours de deux jours en selle. Par une chaude journée d'été, un plongeon dans le Lyon était revigorant et rafraîchissant ; en plein mois de décembre, c'était comme sauter dans un bain glacé. L'eau était si froide qu'elle vous ratatinait les bourses.

Exactement ce dont il avait besoin.

Ses pensées lubriques pour sa « pupille » n'étaient pas seulement perturbantes, elles étaient totalement inconvenantes. Un homme comme lui devait maîtriser son esprit et ses pulsions, que diable ! Hélas, il était condamné à se calmer dans l'eau froide jusqu'à ce qu'il lui ait trouvé un mari.

À cette fin, il avait établi une liste de prétendants potentiels dès son arrivée. Ils ne devaient pas être trop vieux ni trop jeunes, ni trop riches ni trop pauvres, pas d'un sang trop noble sans pour autant être des paysans. Il fallait un homme qui apprécierait la dot généreuse qu'il comptait donner à Cate, mais qui ne chercherait pas à conclure une importante alliance familiale. Même si Cate possédait un lien avec les MacGregor de par sa tutelle, son père n'avait été qu'un homme d'armes de l'un des vassaux de Bruce.

C'était un équilibre délicat. Gregor tenait à lui trouver le meilleur parti possible. Elle le méritait. Il ne la voyait pas avec un simple fermier. Il y avait en elle quelque chose d'aristocratique. De fait, elle se comportait parfois comme une reine, ou du moins avec toute l'autorité d'une souveraine. Peut-être l'un de ses propres hommes ? Un membre d'un clan local ? Le second ou le troisième fils d'un chef de clan ?

Il avait fini par sélectionner une demi-douzaine de noms. Il demanderait à son clerc d'écrire aux heureux élus le plus rapidement possible. Cela faisait des années qu'il n'était pas rentré chez lui pour les fêtes. Il se devait donc d'organiser un banquet pour célébrer Hogmanay, c'est-à-dire la nouvelle année. Ce serait une excellente occasion d'inviter les prétendants au château. Avec un peu de chance, les fiançailles seraient conclues avant qu'il ne soit rappelé auprès de Bruce début janvier.

Les quelques semaines à venir allaient probablement lui paraître très longues.

Une fois de retour au château, il grimpa l'escalier jusqu'au troisième étage de la tour avant de se souvenir qu'il vivait au second. Cela faisait cinq ans et il oubliait encore qu'il était laird et chef de clan.

C'était un titre auquel il n'avait pas été destiné, étant le troisième fils de la famille. Il ne s'était pas préparé à assumer une telle responsabilité. Quand il avait pris la tête du clan, son père avait dû se retourner dans sa tombe. Après la mort d'Alasdair, il avait misé tous ses espoirs sur son second fils, Gille. Hélas, ce dernier avait été tué peu après lui sur le même champ de bataille, cédant son titre à son « bon à rien » de frère.

Il y avait deux chambres au second étage, celle du laird, désormais la sienne ; et celle de John. Cate dormait au troisième étage, dans la chambre que Gregor avait autrefois partagée avec ses frères.

Il n'avait jamais prêté beaucoup d'attention à la taille de leur tour. Il regrettait à présent que leur père n'ait pas eu le temps de commencer les plans d'un plus grand donjon en pierre. Les vieux murs en bois avaient connu des jours meilleurs et le bâtiment, bien que toujours fonctionnel, était simple et rustique. Il était peu seyant pour le laird de l'un des plus grands septs des MacGregor. Mais il était situé dans un coin isolé des Highlands et les fortifications en bois avaient suffi jusqu'à récemment.

Toutefois, c'était à un autre type de défenses que Gregor songeait à présent. Il avait grand besoin d'intimité, mais la petite tour offrait peu d'endroits où s'isoler. Il était beaucoup trop conscient des quelques marches qui le séparaient du troisième étage.

Il quitta sa tenue de guerre pour enfiler une tunique propre, un surcot et des braies en cuir. Il savait qu'il avait déjà trop repoussé l'échéance, mais ces quelques heures de paix lui étaient précieuses avant d'affronter la foule. Chaque fois qu'il rentrait après de longs mois d'absence, c'était le même cirque. Mais il était parti longtemps, il fallait rattraper le retard. C'était son devoir. Il ne s'en sentait pas moins comme une carcasse pourrissant au soleil pendant que les charognards s'arrachaient ses derniers lambeaux de chair. Les hommes l'attendaient pour trancher des litiges, accorder des délais pour payer un fermage, examiner leurs requêtes d'un report de leur incorporation dans l'armée. Quant aux femmes...

Il gémit. Elles étaient pires. Parfois, il se demandait s'il ne ferait pas mieux de se marier pour ne plus avoir à fuir toutes les « offres » qu'elles lui faisaient. Puis il se souvenait que se marier signifiait partager sa vie avec une épouse.

MacSorley, qui n'avait pas son pareil pour trouver des sobriquets (plusieurs membres de la Garde des

Highlands lui devaient leur nom de guerre), s'était mis à l'appeler « l'anguille » ou « le sorcier », allusions à son talent pour se glisser entre les mailles des filets tendus par de nombreuses jeunes filles le voulant pour mari. Selon MacSorley, il était presque aussi habile que MacRuairi, qui était un expert pour s'introduire n'importe où et en ressortir indemne. Gregor savait qu'il devrait se marier un jour. Bien qu'il n'aimât pas les responsabilités, il les assumait quand il le fallait. Cependant, pour le moment, il consacrait toute son énergie à faire la guerre.

Avant de quitter sa chambre, il lança un regard vers le lit. Il était diablement tenté de se jeter dessus, de tirer la courtepointe bordée de fourrure sur lui et de sombrer dans l'oubli pour un bon moment. Bruce avait probablement raison. Il avait besoin de repos.

Combien de temps lui restait-il avant de se jeter dans la fosse aux lions ? À en juger par le vacarme dans le grand hall, qui n'avait rien de grand, il était déjà en retard.

Quelques instants plus tard, debout sur le seuil de la salle comble, il laissa échapper un soupir. Il y avait déjà une quarantaine d'hommes de son clan dans le hall. Dès demain, ils seraient probablement le double.

Il repéra John dans la foule. Il se tenait près de l'estrade avec plusieurs membres de leur sept et discutait avec une jolie femme. Une *très* jolie femme, opina-t-il en remarquant sa silhouette svelte, sa robe verte moulante, la cascade soyeuse de ses cheveux bruns qui lui tombait sur les épaules, son joli profil.

Son humeur s'améliora soudain. Une petite distraction, voilà ce dont il avait besoin. Il espérait que John n'avait pas déjà jeté son dévolu sur elle. Il avait appris, rudement, ce qui arrivait lorsque deux frères désiraient la même femme. C'était une erreur qu'il n'était pas près de répéter.

Même pour une jolie paire de seins bien faits et une belle croupe ronde…

Il s'arrêta net, comme s'il venait de percuter un mur.

Ce ne pouvait pas être elle !

John l'aperçut et lui fit signe de le rejoindre tout en parlant à la femme à côté de lui. Elle se tourna. Gregor eut l'impression que le Brigand venait de lui lancer un tronc d'arbre géant dans le ventre, son sport favori.

Non !

Pourtant, c'était bien elle. Cate. Elle était…

Ravissante. Elle n'avait plus l'air d'une jeune fille, mais d'une femme épanouie. Elle sourit et l'appréhension qu'il ressentait monta d'un cran, lui nouant la gorge. Elle était bien trop attirante pour sa santé mentale. Qui aurait cru que la polissonne crottée de boue pouvait être aussi jolie ?

La boue ne lui faisait pas peur, mais il était démuni face à cette chevelure brune et lustrée, ces yeux vifs qui étincelaient depuis l'autre bout de la salle, cette bouche écarlate et mutine, cette poitrine… Quelle poitrine ! Ces seins qu'il n'avait vus que dans son imagination étaient à présent exhibés dans toute leur perfection sous le corsage moulant de sa robe. Deux globes qui devaient parfaitement tenir dans la main d'un homme. Fermes, ronds, hauts. Aussi alléchants que dans ses rêveries. Sauf que ce n'était plus un rêve : ils étaient bien là, sous son nez, impossibles à ignorer.

Sa « petite pupille » avait grandi et il n'y pouvait rien.

En revanche, il pouvait lutter contre cette attirance déplacée qu'il ressentait pour elle. Il devait l'éloigner le plus rapidement possible.

Il était plus que jamais urgent de lui trouver un fiancé.

Le pouls de Cate s'accéléra lorsqu'elle l'aperçut à l'entrée du grand hall. Le grand moment était venu, celui dont elle avait tant rêvé. Elle attendit que la foudre tombe, qu'il la voie pour la première fois comme une vraie femme... une femme désirable.

Elle attendit, puis attendit encore. Le regard de Gregor s'arrêta sur elle un bref instant puis glissa vers son frère.

Le moment était passé. Il n'avait rien remarqué.

Comment était-ce possible ? Elle avait été tellement certaine de le surprendre que son absence de réaction paraissait inconcevable.

Elle s'efforça de contenir sa déception, mais l'indifférence de Gregor venait de piétiner sa confiance toute neuve en sa féminité.

Lui manquait-il quelque chose ? Peut-être n'avait-elle pas ce qui rendait les femmes attirantes ?

Attends. Peut-être ne l'avait-il pas reconnue depuis l'autre bout du hall.

Hélas, ce n'était pas le cas. Il traversa la salle, les salua tous les deux et ne fit aucun commentaire sur sa toilette ni sur sa coiffure. Elle aurait aussi bien pu se mettre un sac à patates sur le dos. Pire, il paraissait davantage intéressé par le corsage de la veuve de l'ancien sénéchal, Màiri. Cette dernière avait partagé sa couche à plus d'une occasion par le passé.

Elle pinça les lèvres. Son changement d'allure n'était sans doute pas aussi spectaculaire que la réaction de John l'avait suggéré. Peut-être Gregor avait-il besoin d'aide pour le remarquer ?

Dès que la veuve s'éloigna en ondulant des hanches, Cate se planta devant Gregor en lui bouchant la vue.

— Je porte une nouvelle robe, annonça-t-elle.

Elle le vit crisper les mâchoires puis il baissa brièvement les yeux vers sa tenue.

— Elle est bien, dit-il simplement.

« *Bien* » ? C'était tout ce qu'il trouvait à dire ? Juste ciel, de la part d'un homme qui distribuait des compliments à toutes les femmes comme des bonbons à des enfants, c'était pour le moins laconique !

— Tu trouves que la couleur me va ? insista-t-elle. C'est ta mère qui me l'a offerte. Elle affirmait qu'elle m'allait à merveille, mais je n'en suis pas sûre.

Elle remarqua son air agacé mais, étant elle-même irritée, elle n'y prit pas garde.

— C'est sûr qu'elle est mieux que la marron que tu portais ce matin, répondit-il.

Le mufle ! Il faisait allusion à sa belle robe crottée de boue. Était-il volontairement obtus ? Ne se rendait-il pas compte qu'elle lui tapait pratiquement sur le crâne pour qu'il la remarque ?

Apparemment, elle n'avait pas tapé assez fort. Elle se redressa et bomba le torse comme le faisait Seonaid chaque fois qu'elle passait devant lui.

— Tu ne la trouves pas trop serrée ? C'est que j'ai pris des formes depuis deux ans.

Il baissa à nouveau les yeux, rien qu'un instant. Au cours de ces brèves secondes, elle eut l'impression qu'un incendie embrasait sa poitrine. En même temps, ses mamelons durcirent comme si elle prenait un bain glacé. La chaleur et la dureté provoquèrent en elle une sensation grisante. Un frisson parcourut sa peau comme si on venait de pincer les cordes d'un *clársach*.

Elle sentit ses genoux mollir. Une tension brûlante flotta dans l'air. Elle savait que, si elle regardait ses yeux, elle y verrait le même feu… le désir qu'elle espérait.

Pourtant, quand il leva le regard vers son visage, ses traits étaient froids et distants.

— Si ta robe te gêne, tu n'as qu'à aller te changer, dit-il sur un ton neutre. On t'attendra pour commencer le déjeuner. Mais ne tarde pas trop, je meurs de faim.

Il se tourna vers John qui avait suivi leur conversation avec une expression étrange. Cate était partagée entre l'envie de pleurer et celle de lui envoyer un coup de pied dans les fesses.

Ete lui épargna ce choix cornélien en apparaissant devant la cloison en bois derrière l'estrade. Cate l'interrogea du regard et la servante hocha la tête. Les enfants étaient prêts.

Devinant que Gregor ne voudrait pas que cet entretien se déroule en public, Cate avait demandé à Ete de conduire les enfants dans la salle de travail du laird.

Elle posa une main sur le bras de Gregor, interrompant sa conversation avec John. Il se raidit. Ses yeux vert mousse la fixèrent avec une intensité qui la fit frissonner.

Elle laissa tomber sa main, déconcertée par la tension qui émanait de lui. Que lui prenait-il ? Il se comportait comme si elle avait la lèpre.

— Ils nous attendent, chuchota-t-elle.

— Qui ?

Elle s'efforça de rester calme en se rappelant qu'il était important que la présentation se passe bien. Ce n'était pas facile. Comment pouvait-il les avoir déjà oubliés ?

— Tes enfants.

Gregor lança un regard à John, qui haussa les épaules et déclara à Cate :

— Je t'avais prévenue que ça ne lui plairait pas.

Elle lui adressa un sourire pincé (le traître !) et répliqua :

— Et je lui ai dit qu'on ne peut renier sa chair et son sang.

Gregor fronça les lèvres. Il se retenait visiblement d'exploser, craignant d'être entendu par les autres.

— Où sont-ils ? demanda-t-il sur un ton exaspéré.

Il avait décidé d'en finir au plus vite.

— Dans ta pièce de travail.

Il lui fit signe de passer devant lui.

— Attention où tu mets les pieds ! ricana John derrière lui.

Cate lui lança un regard noir et entraîna Gregor avant qu'il ait pu demander des précisions à son frère. Puis elle lança par-dessus son épaule, avec un sourire mielleux :

— John, en attendant, tu devrais verser à Gregor un bon verre de ce vin qu'il aime tant.

La pièce était petite et sans fenêtre. Même avec toutes les chandelles du lustre en fonte allumées, il y faisait sombre. Cate se rendit compte de son erreur dès qu'elle ferma la porte. En apercevant Gregor, les deux jeunes enfants roulèrent de grands yeux terrorisés. Seul Pip ne paraissait pas sur le point de fondre en larmes ; il était trop occupé à bouder et à feindre une froide indifférence pour remarquer que le grand guerrier semblait occuper pratiquement toute la pièce.

Cate était tellement habituée à la taille de Gregor qu'elle avait oublié à quel point il pouvait être impressionnant. Il dépassait d'une tête la plupart des hommes. Au cours des cinq dernières années, il s'était encore musclé. Son torse n'avait pas besoin d'être couvert d'une armure pour être intimidant. Elle contempla ses épaules larges et ses bras massifs comme si elle les remarquait pour la première fois et ressentit un étrange flottement dans le creux de son ventre.

Les geignements de Maddy la ramenèrent à la réalité.

— Tu leur fais peur, murmura-t-elle à Gregor.

— Je ne vois pas comment, s'étonna-t-il. Je n'ai encore rien dit.

— Essaie de ne pas paraître aussi grand.

Il la regarda comme s'il se demandait si elle plaisantait ou pas. Elle l'ignorait elle-même. Se rendant compte qu'elle était nerveuse, elle se hâta de faire les présentations.

— Tu connais déjà Phillip, dit-elle. Ce jeune homme s'appelle Edward... Eddie.

Elle s'agenouilla et tendit la main au bambin. Il lança un regard hésitant vers Gregor et parut sur le point d'enfouir son visage dans les jupes d'Ete. Puis, après un sourire encourageant de Cate, il lâcha enfin la main de la servante, prit celle de Cate et glissa ses autres doigts dans sa bouche.

— Il est roux, observa Gregor, incrédule. Et il est couvert de taches de rousseur !

Cate se redressa en lui adressant un regard torve, l'enjoignant de surveiller ce qu'il disait devant les enfants.

Elle avait toujours su que les cheveux d'un roux flamboyant du garçon seraient un problème. Bien que ce soit une couleur répandue dans les Highlands, il n'y avait aucun roux dans la famille proche de Gregor. C'était le premier détail que John avait remarqué.

D'un autre côté, dans la pléthore de femmes avec lesquelles Gregor avait couché, il devait bien y avoir une ou deux rousses, non ?

Vu la tête qu'il faisait, ce n'était pas si sûr.

Son enthousiasme s'amenuisait. Si elle avait eu de vrais doutes à propos de Phillip, elle avait nourri plus d'espoir pour les deux autres. Il serait tellement plus facile de convaincre Gregor de les laisser rester s'il y avait une chance qu'ils soient de lui.

Afin de démontrer qu'il n'était pas une brute insensible, Gregor mit en genou à terre pour parler au garçon.

— Quel âge as-tu, Edward ?

Eddie sursauta. Même quand il parlait bas, la voix de Gregor était grave et autoritaire, ce qui pouvait être très intimidant. Cate y était habituée, mais pas Eddie.

Le petit garçon se réfugia dans ses jupes, tirant ses pans devant son visage pour se cacher. Elle le poussa doucement en avant.

— N'aie pas peur, Eddie. C'est ton nouveau laird. Je t'en ai déjà parlé, tu te souviens ? Il était parti se battre contre les méchants Anglais. Il ne te fera aucun mal. Il veut juste te poser quelques questions.

L'enfant leva ses grands yeux bleus vers elle puis hocha la tête.

— Viens là, mon garçon, dit Gregor d'une voix plus douce.

Cate posa la main sur le crâne d'Eddie.

— Je ne sais pas si c'est une bonne idée...

— Je ne vais rien lui faire, l'interrompit Gregor. J'ai juste besoin de savoir quelques détails.

Ce n'était pas la raison pour laquelle elle avait voulu l'arrêter.

— Vas-y, Eddie, l'encouragea Pip avec un sourire diabolique.

Cate lui lança un regard noir et voulut mettre Gegor en garde, mais il était trop tard.

Celui-ci avait pris la main d'Eddie et l'attirait à lui.

Cate pria en silence pour que l'enfant ne panique pas.

— Quel est ton jour anniversaire, mon grand ? demanda Gregor.

Eddie lui adressa un sourire, révélant deux trous à la place de ses incisives. Cate poussa un soupir de soulagement. Tout irait bien.

— Le jour de la Toussaint. Pip m'a donné un nouveau ballon parce que j'étais triste.

— Et pourquoi étais-tu triste ?

Le sourire s'effaça aussi subitement qu'il était apparu.

— Ma maman me manquait.

La voix de Gregor se fit encore plus douce.

— Et comment s'appelle ta maman ?

— Maman, répondit l'enfant, le menton tremblant. Je veux ma maman !

Cate fit un pas vers lui, mais Gregor l'arrêta d'un geste.

— Je sais, mon grand, le consola-t-il. J'aimerais t'aider à la retrouver, mais il me faut son prénom. Comment l'appellent les autres gens ? Janet ? Mary ? Elizabeth ? Christina ?

Le visage d'Eddie s'illumina à nouveau.

— Ellen ! C'est comme ça que grand-mère l'appelle.

— Et ta maman a de jolis cheveux rouges comme les tiens ?

Eddie hocha vigoureusement la tête.

Gregor sourit et lui donna une petite tape sur le sommet du crâne. Son air satisfait n'augurait rien de bon. La réponse du garçon semblait l'avoir convaincu qu'il n'était pas son père.

Il se tourna vers la petite fille qui gigotait dans les bras d'Ete.

— Et qui est cette charmante enfant ? demanda-t-il.

— Mathilda, mon seigneur, répondit la servante. Elle pèse son poids.

Gregor fronça les sourcils.

— Elle ne sait pas encore marcher ?

Cate et Ete échangèrent un regard.

— Pas vraiment, mon seigneur. Elle ne sait que courir.

Au même moment, Maddy lança « Pa'terre ! » sur un ton déterminé, en agitant vigoureusement les jambes.

— Elle parle ? s'étonna Gregor.

— Elle sait dire quelques mots, répondit Cate. Nous estimons qu'elle a environ seize mois.

Elle tendit les bras vers Ete qui avait visiblement du mal à retenir l'enfant.

— Donne-la-moi.

Pour une fois, Maddy ne voulait pas être dans les bras de Cate. Elle avait surmonté sa peur de Gregor et l'observait attentivement tout en gigotant et en répétant « Non ! Non ! Non ! » à Cate. Son visage devenait de plus en plus rouge et Cate craignit qu'elle ne se mette soudain à brailler, ce qu'il fallait éviter à tout prix.

— Tiens, prends-la, dit-elle soudain à Gregor en la lui mettant dans les bras avant qu'il n'ait eu le temps de refuser. Je crois que c'est toi qu'elle veut.

L'air ahuri de Gregor aurait été comique si l'enfant ne s'était pas brusquement calmée. Elle se mit à émettre un son que Cate ne lui avait encore jamais entendu. Entre deux reniflements dus au rhume dont elle se remettait à peine, le bébé acariâtre (qui ne faisait que pleurer depuis une semaine) se mit à roucouler en faisant les yeux doux à Gregor.

Doux Jésus, il faisait donc le même effet à toutes ? La petite essayait de le charmer !

— Je crois que tu as fait une nouvelle conquête, observa Cate.

Le premier choc de Gregor s'était estompé, même s'il tenait toujours l'enfant comme si elle avait la gale. Il sourit néanmoins.

— Cette petite a du goût, répondit-il. C'est toujours ça. Elle est mignonne, si on aime les cheveux d'un blond presque blanc et les grands yeux bleus.

Elle aurait parié que c'était son cas. Cependant, quelque chose dans son ton la fit douter.

Gregor lui demanda ce qu'elle savait de l'enfant. Cate commença à lui répondre, mais Maddy semblait avoir une autre idée en tête. Elle se mit à gigoter et agita la main vers Gregor.

— À moi ! dit-elle. À moi !

— Je crois qu'elle veut votre broche, déclara Ete. Elle est attirée par tout ce qui brille.

Mais ce n'était pas la grande broche en or sertie d'un onyx qui retenait le tartan de Gregor autour de ses épaules qui l'intéressait.

Dès qu'il la tint plus près de lui, elle posa ses doigts trempés de salive sur sa joue.

— À moi ! Joli !

Il y eut un silence stupéfait.

Cate et Ete levèrent les yeux vers le visage ahuri de Gregor, échangèrent un regard puis éclatèrent de rire. La réaction horrifiée de Gregor en s'entendant qualifier de « joli » eut même raison de la mauvaise humeur de Pip.

Malheureusement, Eddie se mit à rire à son tour. C'est ainsi qu'ils apprirent qu'il n'y avait pas que la peur qui lui faisait perdre le contrôle de sa vessie.

Il tira sur les jupes de Cate.

— Oh non, chuchota-t-il. Je dois aller sur le pot.

Cate baissa les yeux et retint un gémissement.

— Je crois que c'est un peu tard, mon chéri.

— Qu'est-ce que… ? glapit Gregor.

Il fit un bond pour éviter le filet d'urine qui se dirigeait vers lui et manqua de laisser tomber Maddy.

Un seul regard vers son expression suffit à Cate pour comprendre que tout espoir de faire bonne impression s'était envolé. Elle prit le parti d'en rire et déclara :

— John t'avait bien dit de faire attention où tu mettais les pieds.

Après cet incident, le déjeuner se déroula sans encombre, si ce n'était que Gregor était douloureusement conscient de la femme assise à côté de lui.

Comme si sa nervosité ne suffisait pas, l'hilarité de Cate achevait de mettre ses nerfs en pelote. Elle ne cessait de rire. À ses dépens.

— Cette coupe est très *jolie*, tu ne trouves pas, Gregor ?

Elle trouvait tous les prétextes pour utiliser le mot « joli ». « Quelle jolie robe, Màiri ! Tu n'es pas d'accord, Gregor ? », puis « La bruyère était si jolie il y a quelques mois. Quel dommage que tu ne l'aies pas vue, Gregor ».

Chaque fois qu'elle le provoquait avec une lueur taquine dans les yeux, il se retenait de la prendre par les épaules, de la plaquer sur la « jolie » nappe et d'effacer son sourire effronté par un baiser fougueux. De l'embrasser jusqu'à ce que les pépites d'or dans ses iris soient voilées par la passion et que le rire dans sa gorge se mue en gémissements de plaisir. De l'embrasser jusqu'à ce qu'elle constate qu'il n'avait rien de « joli ».

C'est mal, lui répétait la petite voix dans sa tête. Toutefois, elle se faisait de plus en plus faible. À moins que le désir qui tambourinait dans tout son corps ne soit tellement assourdissant qu'il n'entendait plus clairement.

D'ordinaire, ce genre de taquineries ne le dérangeait pas (il avait entendu bien pire dans la bouche de MacSorley), mais il était si tendu qu'il se sentait sur le point d'exploser.

Afin d'éviter un tel désastre, il se concentra sur Màiri. La veuve du sénéchal s'était glissée sur le siège de John quand celui-ci s'était éclipsé après que Gregor avait demandé du vin. Après avoir goûté la piquette épicée, Gregor avait compris pourquoi. Il réglerait son compte à son frère trafiqueur de vin plus tard. Pour le moment, toute son attention était tournée vers la « jolie » veuve. Il se détendit, savourant la nourriture (qui était exceptionnelle) et le badinage galant de Màiri.

Il ne prêta plus aucune attention à Cate. Ou plutôt, il s'efforça de l'ignorer, ce qui n'était pas facile car elle lui donnait des coups de coude toutes les cinq minutes. Loin de mal prendre ses réponses sèches, à la limite de la rudesse, elle se montrait inhabituellement calme et prévenante.

— L'agneau te convient ? demanda-t-elle.

(Il lui convenait parfaitement, étant rôti exactement comme il l'aimait, avec beaucoup de menthe.)

— Je te sers encore un peu de vin ? demanda-t-elle encore.

(Non. Il avait besoin de garder tous ses esprits pour se protéger d'elle.)

— Que penses-tu du nouveau cornemuseur ?

(C'était l'un des meilleurs qu'il avait entendus.)

— Je peux t'apporter un nouveau tranchoir ?

(Non. Partager le sien avec Màiri ne le dérangeait pas.)

À une ou deux reprises, elle parut sur le point de perdre patience. Elle marmonnait quelque chose, puis se remettait à sourire. C'était un sourire très sage et virginal qu'il ne lui avait encore jamais vu. Cela le mettait mal à l'aise. Elle mijotait quelque chose et il croyait deviner quoi.

L'adoration de Cate l'avait toujours dérangé. Maintenant qu'elle était plus âgée, c'était pire. Il ne voulait pas être le premier amour d'une jeune fille. Il lui ferait forcément du mal. Or, il l'aimait beaucoup trop pour ça... comme un tuteur aimait sa pupille, naturellement.

À la fin du repas, il n'avait plus qu'une envie : que la nuit tombe afin qu'il puisse soulager sa tension une fois pour toutes. Màiri semblait y aspirer autant que lui. Il était donc perplexe, quelques heures plus tard, lorsqu'il rentra seul des écuries, où la jeune femme ne s'était pas présentée.

En se dirigeant vers sa chambre, il traversa le hall où les tables avaient été remplacées par des tapis de couchage pour les hommes de son clan.

— Tu as fait une bonne promenade ?

Il se raidit en reconnaissant sa voix. Cate était assise avec John devant la cheminée. Un échiquier était posé entre eux.

— Il fait un peu frais pour une balade nocturne, non ? ajouta-t-elle.

Bien que sa question soit anodine, la manière dont ses yeux brillaient dans la pénombre lui fit froncer les sourcils. Savait-elle où il était allé, et pourquoi ? Et quand bien même elle eût été au courant de ses liaisons, quelle importance ?

— J'aime bien le froid, répondit-il.

Surtout quand son sang bouillonnait dans ses veines.

Il s'approcha d'eux et contempla les pièces d'échec qu'avait sculptées son père. Ce dernier et Alasdair, son frère aîné, y avaient joué des heures durant, alors que Gregor n'avait jamais eu assez de patience pour ce jeu, un autre point négatif contre lui dans l'esprit de son père.

Le Frappeur, le Brigand et le Chef y jouaient également, tout comme Bruce. De fait, certaines de leurs parties étaient plus féroces et plus intenses que leurs batailles contre les Anglais.

À en juger par la position des pièces, Cate gagnait.

— Tu sais jouer ? lui demanda-t-il, étonné.

— Un peu, répondit-elle avec un sourire.

— Ne la crois pas, intervint son frère. Si tu ne fais pas attention, elle te plumera comme un pigeon. Elle n'a aucune pitié pour la fierté d'un homme. Elle foule la mienne aux pieds depuis des années. Désormais, Padraig refuse de jouer avec elle. Lors de sa dernière visite, il a perdu et, en gage, il a dû aider Ete à suspendre le linge.

Leur plus jeune frère, qui se battait pour Bruce auprès de leur oncle Malcolm, le chef des MacGregor, était presque aussi bon aux échecs que l'avait été leur père.

— John exagère, dit Cate.

— Tu parles ! répondit ce dernier.

— Tu n'aurais pas dû lui apprendre ce jeu si tu n'étais pas prêt à perdre, opina Gregor.

Il y eut un bref silence. John lança un regard gêné à Cate. Pour une raison étrange, l'intimité de cet échange silencieux dérangea Gregor.

Elle se raidit légèrement, puis répondit d'une voix légère, un peu trop légère :

— John m'a appris beaucoup de choses, mais pas ça. C'est mon père qui m'a enseigné les échecs.

Les échecs étaient un jeu d'aristocrates. S'il n'était pas inconcevable qu'un roturier comme Kirkpatrick ait su y jouer, c'était plutôt rare. Gregor était intrigué mais, comme Cate n'aimait pas parler de son père, il n'insista pas. Les rares fois où il avait tenté d'aborder le sujet avec elle, elle s'était fermée comme une huître. Il n'aimait pas la voir ainsi.

— Il est temps que je monte me coucher, déclara-t-elle en se levant. Nous pourrons finir la partie demain, John.

— Ça ne prendra pas longtemps, répondit-il avec une moue amère.

Les deux hommes la regardèrent traverser le hall et disparaître derrière la cloison en bois. La salle parut soudain… vide.

John observa son frère.

— Elle a grandi, dit-il simplement.

Sentant que sa remarque était beaucoup plus chargée de sens qu'elle ne le paraissait, Gregor répondit sur un ton neutre :

— En effet.

— Je ne pensais pas que tu l'avais remarqué.

— Si.

Quand elle avait bombé le torse plus tôt dans la journée, il avait failli en avaler sa langue.

— Alors pourquoi n'as-tu rien dit au sujet de sa robe ? Ça ne te ressemble pas d'être aussi peu galant.

— Quelle robe ?

— Ne fais pas l'idiot, Gregor. J'ai bien vu ta réaction, même si elle ne s'est rendu compte de rien. La question est : comment vas-tu gérer cette situation ?

— Je vais lui trouver un mari.

John sursauta. Il réfléchit un instant, puis secoua la tête.

— Elle n'acceptera jamais. Elle aime cet endroit et s'y sent chez elle, peut-être même encore plus que toi et moi. C'est ici sa demeure, tu ne peux pas la chasser.

Gregor s'arma de courage pour résister aux remords, en vain.

— Que veux-tu que je fasse ? Maintenant que mère n'est plus là, elle ne peut pas rester. Elle n'est pas notre sœur.

— Non, répondit John. Ce n'est pas notre sœur.

Quelque chose dans le ton de sa voix agaça Gregor.

— Que cherches-tu à dire ?

John lui retourna son regard froid.

— Je ne sais pas. C'est peut-être à toi que je devrais poser des questions.

Les deux frères se dévisagèrent à la lueur du feu. Il y avait entre eux une sorte de défi que ni l'un ni l'autre ne voulait reconnaître. Sentant qu'il s'aventurait sur un terrain dangereux, dans lequel il s'était déjà embourbé par le passé, Gregor fut le premier à détourner les yeux.

— Et les enfants ? demanda John.

— Ils ne sont pas de moi.

— Je m'en doutais.

— Dans ce cas, pourquoi l'as-tu laissée les accueillir chez nous ?

— Je n'étais pas sûr et... (Il haussa les épaules d'un air impuissant.) Elle voulait les garder.

Gregor comprit. Cate cherchait à recréer une famille avec les orphelins... en les intégrant dans la leur. Il ne pouvait pas la laisser faire.

Fichtre, qu'il était difficile d'être responsable du bonheur de quelqu'un d'autre ! Il tempéra son sentiment de culpabilité en se disant qu'elle aurait bientôt sa propre famille. Quant à lui, il retournerait à ce qu'il savait faire de mieux : se battre. Sans rien ni personne pour l'entraver. John pouvait gérer le clan et lui servir de chef. Ce titre n'aurait jamais dû échoir à Gregor, de toute manière.

— Nous nous verrons demain matin, dit-il. Pour le moment, j'ai surtout besoin de dormir.

John esquissa un sourire narquois.

— Dans ce cas, tu ferais bien de te chercher un autre lit.

— Pourquoi ?

— Tu verras, répondit John.

5

Gregor était trop exténué pour prêter attention à la remarque énigmatique de son frère. Il s'endormit sitôt sa tête sur l'oreiller.

Toutefois, le sommeil réparateur et détendu dont il aurait sûrement profité si Màiri ne lui avait pas fait faux bond dans l'écurie lui échappait. Il ne cessait de se retourner dans son lit. Il rêvait d'une paire d'yeux marron doré, de sourcils délicats, d'un nez retroussé et d'une bouche coquine. De lèvres douces et rouge sombre se refermant autour de son membre, l'enserrant…

Un cri perçant déchira la nuit. Il s'éveilla en sursaut, ses rêves lubriques aussitôt dispersés.

Il crut d'abord que Cate avait fait un cauchemar, comme lors de ses premières années à Dunlyon. Toutefois, les cris de Cate étaient des cris de terreur, pas cette lamentation stridente qui lui transperçait les tympans et lui donnait l'impression que son crâne allait exploser.

Ce n'est pas Cate. Mais alors qui poussait ses hurlements ?

Lorsque le second cri retentit, plus long cette fois et, si c'était possible, encore plus aigu, il était déjà hors de son lit et enfilait ses braies. Il surgit dans le couloir et s'apprêtait à tambouriner contre la porte de son frère quand celle-ci s'ouvrit brusquement. Une silhouette spectrale toute vêtue de blanc jaillit dans l'obscurité.

Elle le percuta de plein fouet. Tout son corps réagit au contact. Un courant crépitant le traversa de part en part. Ses sens s'embrasèrent et une onde de chaleur se répandit en lui telle une coulée de lave.

Ce n'était pas un fantôme. Le corps plaqué contre le sien était bien réel et bien féminin. D'une fermeté et d'une solidité surprenante pour une femme, mais néanmoins doux et moelleux.

Cate.

Elle émit un petit cri de surprise qui se fondit dans son propre grognement, nettement plus sauvage. Une pulsion lascive, brutale et primitive, s'empara de lui, le saisissant aux tripes et refusant de le lâcher.

Elle leva les yeux et leurs regards se rencontrèrent dans la pénombre. Il vit sa confusion, sa candeur... son désir. Un désir de *femme*.

L'espace d'un instant, il ne vit plus rien d'autre. Le lien entre eux était si puissant, si viscéral, que tout le reste disparut. Le cri horrible, le temps, l'espace, la voix de la raison. Ses pensées se perdirent dans un tunnel noir qui ne menait qu'à la femme dans ses bras.

Il aurait voulu se fondre en elle, la pousser contre le mur, presser sa bouche contre la sienne et s'abandonner à la luxure qui le dominait. Il ne comprenait pas ce qu'il lui arrivait. Il ne contrôlait plus rien. Il était comme fou.

Il resserra machinalement le bras qu'il avait glissé autour de sa taille, l'attirant plus près de lui. Elle écarquilla les yeux, visiblement en proie à la même attraction. Leurs corps étaient collés l'un contre l'autre, ses seins écrasés contre son torse, son bas-ventre pressé contre son sexe, leurs jambes emmêlées. Comme un verrou qui venait d'être enclenché, toutes les parties de leurs corps s'emboîtaient avec précision.

Parfaitement.

La sensation était délicieuse. *Elle* était délicieuse. L'onde de chaleur qui circulait en lui commença à affluer vers son entrejambe, le raidissant et comprimant ses bourses.

Cet emballement des sens l'avait saisi avec une telle force et une telle rapidité qu'il paraissait irrésistible, surtout pour un homme qui n'avait jamais eu à résister à ses élans charnels. Satisfaire ses désirs avait toujours été si facile pour lui, trop sans doute. Lorsqu'il voulait une femme, il lui suffisait de se servir.

Cette fois, c'était différent. Il n'avait jamais ressenti une attirance aussi intense. Sans doute y avait-il un côté pervers en lui qui lui faisait désirer sa pupille précisément parce qu'il ne pouvait pas l'avoir.

Tu ne peux pas l'avoir. La voix de la raison pénétra le brouillard qui l'enveloppait.

Toutefois, il n'arrivait toujours pas à la lâcher. Comment des sensations aussi exquises pouvaient-elles être répréhensibles ?

Cate avait espéré qu'il serait transpercé par la foudre en la découvrant devenue femme. Au lieu de cela, c'était elle qui était foudroyée.

Sa vision de l'amour avait été forgée par les contes des bardes. Ce n'était que douceur et tendresse ; sur un fond d'accords de harpe, les lèvres de son amant effleureraient les siennes pour la première fois en un baiser chaste et pur. Le genre de baiser qu'un chevalier victorieux donnait à sa dame après avoir porté ses couleurs dans une joute. Lorsqu'elle pensait à Gregor, c'était ainsi qu'elle imaginait leur première étreinte. Elle ne connaissait rien d'autre.

Lorsqu'il la prit dans ses bras et la serra contre lui, cette image s'envola à jamais. Ce qu'elle ressentit n'avait rien de doux ni de chaste. Ce n'était pas des accords de harpe qu'elle entendait mais un tumulte étourdissant.

Les images qui défilaient dans sa tête ne représentaient pas de galants chevaliers baisant la main de leur dame en proclamant leur amour éternel, mais des chambres sombres où des corps nus s'entrelaçaient dans des draps froissés.

Juste ciel, il était nu ! Ou plutôt, torse nu. Quant à elle, elle ne portait qu'une fine chemise de nuit. Le contact de sa poitrine musclée contre ses seins la rendait fébrile, ses jambes faiblissaient.

Lorsqu'il la retint, elle enroula instinctivement les bras autour de son cou. Ils restèrent ainsi, immobiles. Elle était plaquée contre sa peau lisse et nue. Il était si chaud. Elle voulait se fondre en lui et ne plus jamais le lâcher.

Savoir qu'il était bien bâti était une chose, sentir son corps parfait contre le sien en était une autre. Cette sensation ne pourrait plus jamais s'effacer de son esprit.

Il était modelé comme une arme de guerre, tout en muscles. Son corps était nerveux et svelte, sans une once de graisse, avec des épaules larges, un ventre plat. Il était dur comme du granit et dégageait pourtant une chaleur merveilleuse.

Elle n'avait jamais rien ressenti de pareil. La puissance de sa propre réaction la choquait, la déroutait. C'était comme si elle le découvrait pour la première fois.

Elle n'aurait jamais imaginé que la vue et le contact d'un torse viril et nu la mettraient dans un tel état. Une douce chaleur avait envahi tout son corps, alourdissant ses seins. Un étrange picotement et une moiteur s'étaient répandus entre ses cuisses. Elle mourait d'envie de promener ses mains sur ce corps majestueux. Dans la lueur de la torche unique qui brûlait au fond du couloir, sa peau était dorée. Comment la nature avait-elle pu autant le gâter ? Comme si Dieu avait décidé de créer un homme capable de faire tomber toutes les femmes à genoux.

Elle avait voulu Gregor MacGregor dès l'instant où elle l'avait vu penché au-dessus du puits. Cependant, ce qu'elle ressentait à présent était une tout autre forme de désir. Il venait des profondeurs de ses entrailles. C'était un désir tellement puissant qu'elle aurait pu en oublier sa vertu.

Jusqu'à ce jour, Cate n'avait jamais compris les choix de sa mère, une dame pourtant parfaite à tant d'autres égards. Elle savait à présent à quel point il était facile de se perdre dans les bras d'un homme.

Gregor ressentait-il la même chose ?

Lorsque leurs regards se rencontrèrent, elle lut dans ses yeux une myriade d'émotions, mais ne put en déchiffrer aucune.

Le hurlement s'interrompit aussi abruptement qu'il avait commencé. Pourtant, pendant quelques instants encore, ni l'un ni l'autre ne bougea.

— Gregor, je... commença-t-elle.

Elle ne savait pas quoi dire. Son émotion était trop forte pour se traduire en mots.

Il la lâcha si brusquement qu'elle chancela.

— D'où venait ce bruit ? demanda-t-il.

Cate cligna les yeux. Son ton était tellement détaché, son expression tellement neutre, qu'on n'aurait jamais deviné que, quelques secondes plus tôt, il l'étreignait comme s'il ne voulait plus jamais la lâcher.

Elle avait l'impression d'avoir reçu un coup de bélier. Son corps vibrait encore d'excitation, sa peau était parcourue de picotements, ses tétons l'élançaient, son ventre était noué, alors qu'il était aussi froid et distant qu'à l'accoutumée !

N'avait-il rien ressenti ? Rien ne parvenait donc à l'émouvoir ?

Elle scruta son visage dans la pénombre. Cette fois, elle détecta une certaine rigidité autour de ses lèvres. Il serrait les poings et ses épaules étaient raides. Il paraissait lutter pour se maîtriser.

Peut-être n'était-il pas aussi indifférent qu'il voulait le paraître.

Comme s'il avait lu ses pensées, son expression se durcit.

— Retourne te coucher, Caitrina. Je vais trouver d'où vient ce vacarme.

— Ce n'est pas nécessaire, c'est Maddy. Elle souffre d'une otite et se réveille parfois.

— Parfois ?

Elle esquissa un sourire navré.

— Parfois toutes les nuits.

Il gémit et se passa une main dans les cheveux. Elle remarqua une sorte de marque sur le haut de son bras.

— On ne peut rien faire ? demanda-t-il.

Elle arracha son regard de la masse ferme de son muscle avec difficulté.

— La guérisseuse lui a préparé un cataplasme et les couvertures chaudes semblent l'apaiser. D'après ce que j'entends, Lizzie semble être parvenue à maîtriser la situation. Elle dort avec elle dans la chambre.

— Et toi, avec qui dors-tu, Caitrina ? demanda-t-il sèchement. Que faisais-tu dans la chambre de John ?

Il fallut un certain temps à Cate pour comprendre ce qu'il insinuait. Elle le regarda, bouche bée. Il n'imaginait tout de même pas que John et elle… ?

Elle se redressa, outrée. Comment osait-il ? Contrairement à certaines personnes dans ce couloir, elle ne partageait pas sa couche avec le premier venu. Ce n'était pas elle qui avait nourri Màiri à la cuillère durant tout le dîner, avec la nourriture qu'elle s'était donné le mal de préparer elle-même, y compris les biscuits à la cannelle dont il raffolait. Le repas avait été parfait. Non pas qu'il l'eût remarqué ! Comment aurait-il pu, avec le visage enfoui dans le décolleté de la veuve du sénéchal toute la soirée !

D'ordinaire, il ne s'affichait pas aussi ouvertement avec ses maîtresses. Ce soir, c'était à croire qu'il avait cherché à se faire remarquer.

C'était au tour de Cate de serrer les poings. Elle aurait bien aimé lui dire ce qu'elle pensait de son accusation, mais elle se souvenait des mises en garde de sa mère (et de lady Marion) : « Les dames ne crient pas, Caty. Les hommes ne veulent pas épouser des mégères. »

Non, apparemment, les hommes préféraient les gourdes avec un rire de dinde et des gros seins.

Elle lui adressa un sourire si forcé et si crispé qu'elle crut que son visage allait se craqueler.

— Je suis descendue dormir au second étage pour laisser ma chambre aux enfants. John dormait dans ta chambre avant que Maddy tombe malade. Maintenant, il préfère se retrancher dans la caserne avec les hommes de la garde.

— Ça veut donc dire que tu dors...

— Dans la chambre près de la tienne, oui. Cela te pose un problème ?

Pourquoi avait-il soudain le teint si gris ?

Elle vit un muscle de son cou sursauter.

— Non, fit-il d'une voix rauque.

— Tu te sens bien ? demanda-t-elle. On dirait que tu as un chat dans la gorge. J'espère que tu n'as pas attrapé...

— Je vais très bien, l'interrompit-il.

Elle allait poser une main sur son front, mais il l'arrêta en lui attrapant le poignet.

— Tu n'as pas du tout l'air d'aller bien. Tu sembles en colère. Si c'est à cause de mon changement de chambre ou parce que tu m'as prise dans tes bras...

— Je ne t'ai pas prise dans mes bras ! coupa-t-il.

Elle s'efforça de se retenir de sourire, mais sa réaction lui faisait tellement plaisir qu'elle ne put s'en empêcher. S'il n'avait rien ressenti, il ne serait pas aussi furieux.

— Vraiment ? dit-elle innocemment. J'aurais pourtant juré que ton bras était serré autour de ma taille et que mon corps était collé au tien pendant trois bonnes minutes...

— Cate...

Cette fois, elle entendit sa mise en garde. Elle rentra dans sa chambre d'un pas léger. Elle avait prouvé ce qu'elle voulait prouver.

— Bonne nuit, Gregor. Fais de beaux rêves !

Elle ferma la porte. Bien qu'elle soit en bois massif, elle l'entendit jurer de l'autre côté.

Elle se laissa tomber sur son lit et fixa les poutres du plafond avec un large sourire.

Finalement, elle n'attendrait pas qu'il soit frappé par la foudre. Elle provoquerait elle-même un joli petit orage. Elle pouvait patienter, mais pas les enfants. Ils avaient besoin de lui. Il ne tarderait pas à s'en rendre compte.

6

Les journées d'hiver étant si brèves, il faisait encore nuit lorsque Gregor s'éveilla en entendant des allées et venues dans le grand hall, à l'étage inférieur. Enfin, « s'éveiller » n'était pas le bon terme. Il laissait entendre qu'il avait dormi, alors qu'il n'avait pratiquement pas fermé l'œil au cours des derniers jours.

Quand ce n'était pas les cris de Maddy (la situation s'était améliorée depuis qu'il avait trouvé une guérisseuse qui dormait avec la petite), c'étaient ses rêves qui perturbaient son sommeil. Des rêves honteux. Des rêves pervers, dont il se réveillait en nage et en érection. Au cours de la dernière semaine, il s'était soulagé si souvent par ses propres moyens qu'il avait l'impression d'avoir à nouveau seize ans.

Depuis la nuit où elle avait atterri dans ses bras, ses pulsions incongrues n'avaient fait qu'empirer. Cate faisait tout pour le rendre à moitié fou. Complètement fou, même. Elle le provoquait, l'aguichait, le torturait en affichant le désir qu'elle éprouvait pour lui. Il était rentré à Dunlyon pour s'éclaircir les idées et se calmer les nerfs, pas pour perdre définitivement tous ses moyens, bon sang !

Il faisait de son mieux pour l'éviter mais, dans un château aussi petit que Dunlyon, c'était pratiquement impossible. Elle le débusquait toujours, sous un prétexte ou un autre, qu'il soit enfermé dans son office, occupé aux écuries ou en train de s'entraîner dans la cour. Sa visite à des hommes du clan voisin avait été son seul moment de paix.

Ce n'était pas la première fois qu'il était la cible des œillades peu subtiles d'une jeune femme prête à satisfaire ses moindres désirs. Il était habitué aux sourires enjôleurs, aux frôlements « accidentels » à la moindre occasion, aux prétextes inventés pour le toucher. Il connaissait ces jeux et ces machinations depuis sa jeunesse. Il les voyait venir et savait comment les gérer.

Sauf qu'avec Cate, c'était différent. Savoir ce qu'elle voulait ne l'empêchait pas de la désirer. C'était la première femme à laquelle il devait résister, ce qui s'avérait plus difficile qu'il ne l'aurait imaginé.

À deux reprises, il avait cherché un exutoire ailleurs, et avait échoué. La première fois parce que les gardes étaient rentrés dans leurs quartiers plus tôt que prévu ; la seconde parce que des serviteurs avaient décidé de nettoyer la réserve en pleine nuit (ce qui paraissait un moment étrange pour faire le ménage).

Dunlyon était beaucoup trop petit. Il y avait toujours sa pièce privée, bien sûr, mais avec Cate qui déboulait pour un oui ou pour un non…

Cela le mettait mal à l'aise. Sachant qu'elle était entichée de lui, il avait toujours veillé à être discret avec ses conquêtes quand il était chez lui. Compte tenu de son état, il se demandait combien de temps encore il pourrait tenir. Il était épuisé et sur les nerfs.

Si cela n'avait pas été dimanche, il aurait rabattu son oreiller sur son visage et serait resté au lit.

Dimanche. Fichtre, il devait se préparer pour assister à la messe au village. Avec un soupir résigné, il chercha ses vêtements à tâtons. Il pouvait se laver et s'habiller en dormant. Les sept dernières années passées à guerroyer lui avaient appris à être prêt en un clin d'œil. Il était tellement habitué que son corps effectuait les mouvements nécessaires machinalement. De l'eau froide pour s'asperger le visage, une brève toilette de ses parties intimes, une pâte à la menthe et au sel pour se brosser les dents, un bain de rinçage au vin blanc, un peigne pour se coiffer (quand il en avait un). Il enfila ses braies, son surcot, son plaid, tous soigneusement pliés (il ne se souvenait pas de l'avoir fait), puis se pencha pour prendre ses bottes. Ses bottes…

Il regarda au pied du lit. Où avait-il mis ces fichues bottes ?

Il ouvrit la porte de sa chambre et s'apprêtait à appeler l'un des serviteurs lorsque Seamus, le fils d'un chef local que John avait accepté de former et qui lui servait plus ou moins d'écuyer, arriva en courant, ses bottes à la main.

— Désolé, mon seigneur. Vous les cherchiez sans doute. Je devais vous les rapporter avant votre réveil.

Gregor les lui prit des mains et remarqua qu'elles étaient impeccables.

— Tu les as nettoyées ?

— Oui, mon seigneur. Cate a pensé que vous aimeriez qu'elles soient propres pour aller à la messe.

— Ah, vraiment ? s'exclama-t-il d'un ton acerbe.

Que c'était attentionné de sa part ! Elle parvenait même à anticiper ses besoins. C'était déconcertant.

Le jeune homme recula d'un pas.

— Ai-je mal fait, mon seigneur ? Aurais-je dû d'abord consulter votre frère ?

— Ce ne sont pas les bottes de John, mais les miennes.

C'était lui, le laird, après tout.

Le garçon écarquilla les yeux et Gregor se rendit compte qu'il se comportait comme un idiot. Voilà à quoi elle l'avait réduit ! Un vieux garçon acariâtre. Il n'avait jamais été renfrogné, mais il en avait par-dessus la tête d'entendre « Cate s'en occupe », ou « John s'en est déjà chargé », ou encore « John et Cate y ont veillé ». *Ensemble.*

Visiblement, John était un laird efficace en son absence et Cate avait repris le rôle de châtelaine de leur mère sans commettre le moindre faux pas. De fait, elle semblait même plus douée que lady Marion. Le château était impeccable, la cuisine n'avait jamais été aussi bonne et les frais d'entretien avaient été réduits grâce à une gestion efficace. Selon le sénéchal, Cate parvenait à arracher de bons prix aux plus pingres des marchands et des fournisseurs. Elle les harcelait probablement jusqu'à ce qu'ils capitulent. Il la connaissait bien ! Lorsqu'elle voulait quelque chose, elle était comme un engin de siège.

Gregor aurait dû être content que le domaine et le clan soient en de si bonnes mains. Cela lui permettait de se concentrer entièrement sur la guerre pendant que d'autres effectuaient avec efficacité ses devoirs de laird. Néanmoins, se retrouver superflu sur ses propres terres était déstabilisant.

— Je suis désolé, répéta Seamus d'un air anxieux.

Gregor se maudit intérieurement. Il n'aurait pas dû passer sa frustration sur Cate ou sur le garçon.

— Non, c'est moi qui suis désolé, Seamus. Je suis de mauvaise humeur ce matin. Tu as fait du beau travail, merci.

Le garçon rayonna de joie. Il allait repartir au pas de course quand la porte voisine s'ouvrit. La source de la mauvaise humeur de Gregor apparut, fraîche comme une rose, beaucoup trop ravissante à son goût et vêtue d'une autre robe moulante, bleu nuit cette fois.

— Quelque chose ne va pas ? demanda-t-elle d'une voix enjouée. Il m'a semblé entendre des éclats de voix.

— Ce n'est rien, répondit Gregor.

— Je rapportais ses bottes au laird, expliqua Seamus.

Elle sourit, deux fossettes creusant ses joues. Depuis quand avait-elle des fossettes ?

— Nous voulions te faire la surprise, dit-elle.

— C'est réussi, grommela-t-il.

Se tournant vers l'écuyer, il ajouta :

— Tu peux retourner à tes occupations, mon garçon. Dis à mon frère que je pars bientôt.

Cate le dévisageait avec un air préoccupé.

— Tu es sûr que tu vas bien, Gregor ? Tu n'arrêtais pas de te retourner dans ton lit et de marmonner dans ton sommeil quand je suis passée déposer tes vêtements...

— Tu as quoi ? explosa Gregor.

Il avança d'un pas vers elle, réalisant trop tard son erreur. Elle sentait divinement bon. Beaucoup de femmes parfumaient leur savon avec de la bruyère, mais aucune ne dégageait un tel parfum. Aucune ne lui donnait envie d'enfouir son visage dans son cou pour la humer.

Loin d'être intimidée par sa colère, elle lui sourit.

— Je t'ai rapporté tes vêtements lavés, repassés et pliés, répondit-elle. Je vois que tu n'as pas perdu l'habitude de les jeter en tas sur le sol avant de te coucher.

Que ce soit parce qu'elle le connaissait un peu trop intimement ou parce qu'elle était entrée dans sa chambre pendant qu'il dormait, Gregor eut l'impression que les murs se refermaient sur lui. Il semblait pris dans un étau. Cela lui donnait envie d'être cinglant, comme chaque fois qu'une femme tentait de l'acculer contre un mur.

— Tu n'as pas à entrer dans ma chambre, Cate, surtout quand je dors.

— Pourquoi ?

— Parce que ce n'est pas bien, bon sang !

Elle arqua un sourcil.

— « Pas bien » ? répéta-t-elle. Après tout, je suis comme une fille ou une sœur pour toi, n'est-ce pas ?

Tu parles ! Elle était...

Maligne. Il s'interrompit, comprenant qu'elle voulait le forcer à reconnaître ce qu'il n'admettrait jamais.

Il ne pouvait pas la laisser continuer ainsi. Il était temps de déchirer la toile qu'elle avait tissée autour de lui. Après ce qu'il avait révélé malgré lui l'autre nuit, elle était devenue trop hardie. Toutefois, il jouait à ce jeu depuis plus longtemps qu'elle. Il sourit.

— C'est vrai, tu as raison, dit-il.

— Vraiment ? s'étonna-t-elle.

— Tu n'es pas comme ma fille, je ne suis pas assez vieux pour ça, mais comme ma petite sœur.

Elle parut horrifiée. Il enfonça le clou.

— Je voulais juste te protéger, ajouta-t-il.

Elle déglutit péniblement.

— Me protéger de quoi ?

— Si je ne veux pas que tu entres dans ma chambre à l'improviste, c'est pour protéger ta sensibilité de jeune fille. Je pourrais avoir de la compagnie.

Elle tiqua. Apparemment, cette possibilité ne lui avait pas traversé l'esprit. Toutefois, s'il avait cru qu'elle se découragerait aussi facilement, il l'avait sous-estimée. Elle était bien trop têtue et bien trop fière. En outre, comme l'avait démontré sa rixe au bord de la rivière, elle ne reculait pas devant un combat, même quand tout semblait jouer contre elle.

Elle prit un air entendu pour répondre :

— Un château comme celui-ci offre peu d'intimité, Gregor. Je suis sûre de ne rien voir que je n'aie déjà vu par le passé. D'un autre côté, pour le bien-être des enfants, j'espère que tu limiteras ta « compagnie » au minimum.

Voilà qu'elle remettait ça ! Elle le déstabilisait et le faisait se sentir comme un âne débauché.

Ses liaisons ne regardaient que lui. Il ne lui devait aucune explication. Il amènerait une femme dans sa chambre si bon lui semblait.

Sauf qu'elle en souffrirait. Quelque chose en lui se refusait à la blesser.

Ses paroles lui rappelèrent un autre problème. Chaque fois qu'il essayait de lui parler de ses petits protégés, elle esquivait la question. Apparemment, elle ne laisserait pas tomber avant qu'il lui explique qu'il était sur son lit de mort, une flèche dans le cou, au moment de la conception d'Eddie, et en train de sillonner les Hébrides à la poursuite de John de Lorn au moment de celle de Maddy.

— En parlant des enfants, dit-il, as-tu pris les dispositions nécessaires pour leur départ…

— Justement, les voilà, l'interrompit-elle.

Il entendit le soulagement dans sa voix. Une fois de plus, elle évitait de répondre grâce à l'apparition d'Ete, de Lizzie, du jeune homme revêche, du petit rouquin qui avait une propension à vider sa vessie chaque fois que Gregor était dans les parages, et du démon blond qui hurlait à la mort toutes les nuits.

— Nous ferions bien de partir, ajouta-t-elle. Le père Roland sera fâché si nous arrivons en retard.

Elle voulut se tourner, mais il la retint par le bras.

— Je n'ai pas dit mon dernier mot sur ce sujet, Cate.

Elle le dévisagea avec une expression qui lui donna envie de plaquer sa bouche contre la sienne.

— Non, en effet, dit-elle en scrutant son regard. Moi non plus.

Il aurait été satisfait de sa réponse s'il n'avait su qu'elle ne parlait pas des enfants.

Il ignorait ce que Cate croyait savoir de lui, mais elle se trompait. Il était de plus en plus évident qu'il allait devoir le lui prouver.

« *De la compagnie* ». Ce seul mot avait sérieusement ébranlé l'assurance de Cate. Il n'oserait tout de même pas amener une femme dans sa chambre... Si ?

Dans la mesure où il s'obstinait à ne pas reconnaître son attirance pour elle, elle le soupçonnait d'en être bien capable.

Elle allait devoir augmenter sa vigilance et redoubler d'efforts si elle voulait qu'il accepte enfin ce qui crevait les yeux.

Elle médita sur la meilleure manière de le sauver de lui-même durant l'interminable sermon du père Roland, donné en gaélique plutôt qu'en latin. Ironiquement, il traitait de la chasteté et, après avoir cité en exemple une religieuse qui s'était arraché les yeux et les avait envoyés au roi qui la convoitait (de l'avis de Cate, il aurait été plus logique que le roi se crève lui-même les yeux), le prêtre cita *ad nauseam* de longs passages des Évangiles, en latin cette fois et donc incompréhensibles pour la majorité de l'assistance, y compris pour Cate.

Comme il fallait s'y attendre, Gregor s'était assis à quelques bancs de distance d'elle et des enfants. Il semblait intraitable sur la nécessité de se « débarrasser » d'eux et elle avait de plus en plus de mal à se convaincre qu'elle le ferait changer d'avis. Comme elle n'avait pas l'intention de céder, ils se trouvaient dans une impasse.

Patience, se rappela-t-elle. Ce n'était pas facile. Il n'y avait pas que la question des enfants, mais également celle de toutes les rivales qu'elle devait supplanter.

La messe finie, elle observa, le cœur serré, les admiratrices qui se précipitaient vers lui tel un nuage de sauterelles. Le même phénomène se reproduisait chaque matin depuis que le bruit de son arrivée s'était répandu dans le village et ses environs. Sa présence à Dunlyon faisait toujours sensation et les femmes se précipitaient pour le voir en usant de toutes sortes de prétextes ridicules.

Il acceptait leurs attentions sans sourciller, souriait, bavardait, les charmait toutes. Toutes sauf elle et, pour la première fois, cela la dérangeait. Elle était jalouse. Elle avait beau se répéter que ces femmes ne représentaient rien pour lui, elle ne pouvait faire taire la petite voix dans sa tête qui lui disait qu'elle non plus.

Les paroles de lady Marion lui revinrent en mémoire : « Sois patiente, ma chérie. Aucune ne compte à ses yeux. Le jour où il donnera son cœur à une femme, ce sera pour toujours. » Le tout était de ne pas se tromper de femme. La mère de Gregor avait deviné les sentiments de Cate et, en voulant lui donner espoir (rien ne lui aurait fait plus plaisir que de les voir ensemble), elle lui avait raconté ce qui s'était passé avec Isobel. Cette dernière avait utilisé Gregor afin de rendre son frère aîné jaloux et de le pousser à demander sa main.

Cate suivit John sur le parvis, où les villageois profitaient du soleil de cette matinée hivernale pour se rassembler et bavarder. L'un des fils du préfet,

Farquhar, vint parler à John et Cate en profita pour lancer un regard vers Gregor qui sortait de l'église.

Elle regretta aussitôt son impulsion en voyant à qui il parlait. Elle serra les dents. Seonaid MacIan, la fille chérie du chef le plus riche de la région, s'était liée d'amitié avec elle lorsqu'elle était arrivée à Dunlyon. Puis, quand elle s'était rendu compte qu'elle ne pouvait pas se rapprocher de Gregor à travers elle, elle était devenue une ennemie.

Blonde aux yeux bleus, tout en courbes, on la disait la plus belle fille de la région. D'ailleurs, elle était la première à le dire. De ce fait, elle considérait que Gregor lui était destiné. Comme il ne semblait pas du même avis, elle s'était convaincue que Cate en était responsable, même si cette dernière n'avait jamais dit le moindre mal d'elle (et Dieu savait qu'elle aurait eu des choses à dire !).

Détournant son regard de la fille qui avait fait de son mieux pour lui gâcher l'existence durant des années, Cate eut la satisfaction de voir Pip discuter avec d'autres garçons du village, dont Willy. Ete tenait Eddie par la main, mais Lizzie semblait épuisée de porter Maddy qui ne cessait de gigoter. Cate offrit de la soulager un moment de son fardeau et, trouvant un petit coin tranquille derrière l'église, elle laissa l'enfant gambader un moment, avant de la prendre dans ses bras et de la faire virevolter jusqu'à ce qu'elles soient toutes les deux hors d'haleine et hilares.

— Quel charmant tableau !

Cate se raidit en entendant la voix moqueuse. Elle serra Maddy contre elle comme pour la protéger du fiel de Seonaid, puis se tourna vers cette dernière. Comme toujours, elle était flanquée de deux acolytes. Deirdre et Alys ouvraient rarement la bouche, se contentant de répéter ce que disait leur idole.

— Que t'arrive-t-il, Caitrina ? s'exclama Seonaid en la regardant de haut en bas. Tu as trouvé une vraie robe à te mettre ? Après ce que tu as fait à Dougal MacNab, je m'attendais à te voir en armure !

Elle éclata de rire, ravie de sa plaisanterie. Alys et Deirdre se mirent aussitôt à glousser à leur tour.

Seonaid avait l'art de la faire se sentir gauche et peu féminine, et elle le savait. Ses robes luxueuses étaient toujours bordées de rubans et de broderies ; ses cheveux étaient bouclés et coiffés avec recherche. Elle semblait toujours être tout juste sortie d'un bain de lait et ses ongles étaient impeccables. Elle était douce et voluptueuse comme un oreiller moelleux, alors que Cate était dure et coriace comme un bâton de bœuf séché.

Lorsque Cate regardait Seonaid, elle voyait tout ce qu'elle ne serait jamais. Cependant, sous la belle surface, Seonaid était égoïste, gâtée et malveillante. Les hommes qui ne s'en rendaient pas compte étaient des sots. Le bœuf était peut-être moins appétissant, mais il avait de la substance.

— Que veux-tu, Seonaid ? Comme tu le vois, je suis occupée.

Seonaid fit une moue de dédain.

— Avec un de ces bâtards ? Je ne comprendrai jamais comment tu peux les laisser dormir sous votre toit. Si j'étais châtelaine, je les aurais chassés depuis longtemps !

— Mais comme tu n'es pas châtelaine et que tu as peu de chances de le devenir, ce n'est pas ton problème.

Le teint de Seonaid s'empourpra.

— Tu en es si sûre ? rétorqua-t-elle. Ce n'est pas l'impression que j'ai eue il y a quelques minutes. Je dirais même que le laird semble très intéressé par un « rapprochement ».

La manière dont elle susurra « rapprochement » hérissa Cate. Il ne commettrait jamais une telle bêtise !

— J'en doute fort, répliqua-t-elle.

— Pourquoi ? Tu t'imagines qu'il préfère un garçon manqué qui joue à la guerre à une femme comme moi ? Ce n'est pas une robe qui va le leurrer !

Cate serra les poings. Savoir manier une épée ne faisait pas d'elle un garçon manqué. Toutefois, la pique de Seonaid avait écorné sa vanité féminine, déjà bien fragile.

— Ce n'est pas la robe qui compte, mais la personnalité de celle qui la porte. On a beau l'emballer dans des linges précieux, le poisson pourri pue toujours.

Alys et Deirdre roulèrent des yeux choqués. Seonaid devint cramoisie. Son regard brûlait de haine.

— La personnalité ? Peuh ! cracha-t-elle. Tu es vraiment naïve, Caitrina. Ce que les hommes veulent, c'est un beau visage et une belle poitrine !

— Pas Gregor.

Elle le connaissait. Il n'était pas comme ça. Il accordait peu d'importance à l'aspect physique et, même s'il ne le montrait pas, il était agacé par ceux qui lui attribuaient trop de valeur. Lorsqu'il se marierait, ce serait avec une femme de substance et non pour des charmes superficiels.

Seonaid était cruelle et méchante, mais elle était également perspicace. L'expression de Cate la trahit et, tel un prédateur qui a flairé une odeur de sang, la garce s'exclama :

— Par Dieu, tu es amoureuse !

Son éclat de rire lui fit plus mal qu'elle ne l'aurait cru possible.

— Tu ne penses tout de même pas que le plus bel homme d'Écosse épouserait une femme comme toi ? reprit-elle. Une orpheline dont il a eu pitié ? Une fille qui n'a pour tout argument que sa « personnalité », un visage insignifiant et une silhouette de garçonne ?

Elle n'était ni insignifiante ni garçonne. Elle savait que Seonaid ne cherchait qu'à la blesser, mais ses paroles ne faisaient pas moins mal. Elles lui donnaient envie de sortir ses griffes. Gregor avait des sentiments pour elle et, un jour, il l'épouserait. Au fond d'elle-même, elle en était certaine.

Même si personne ne connaissait sa véritable histoire, l'allusion méprisante aux bâtards avait touché une corde sensible. Ses anciennes fanfaronnades lui revinrent en mémoire : « Mon père est le plus grand chevalier de la chrétienté ! » Elle ressentait le même besoin de leur faire ravaler leurs moqueries.

— Il m'épousera, dit-elle avec conviction. Ce ne sera pas pour un joli minois ni de gros seins, mais parce qu'il m'aime. Le plus bel homme d'Écosse sera mon époux, tu verras.

Son assurance prit Seonaid de court, mais elle se ressaisit rapidement.

— La seule manière dont tu convaincras Gregor MacGregor de t'épouser, c'est en le piégeant. (Elle baissa les yeux vers sa poitrine modeste.) Et ce n'est pas avec ces appâts-là que tu y parviendras.

Cate sourit en songeant à la scène qu'elle avait vécue dans le couloir.

— Ce qui prouve que tu ne connais rien aux hommes, répondit-elle. Tu ignores tout ce qu'il y a entre nous. Attends un peu et tu verras !

Seonaid écarquilla les yeux.

Cate se sentit soudain très sotte. La conversation avait dégénéré pour sombrer dans la pire des médiocrités. Elle n'aurait jamais dû s'abaisser au niveau de Seonaid.

Serrant Maddy contre elle, elle passa devant les trois femmes, le dos droit, avant que Seonaid ne puisse puiser dans son arsenal verbal pour lancer une autre attaque.

À peine revenue sur le parvis, Cate croisa John et Farquhar.

— Te voilà ! s'exclama John. Nous nous demandions où tu étais passée.

Cate lui adressa un sourire forcé. L'incident avec Seonaid et ses consœurs l'avait épuisée.

— Maddy avait besoin de se dégourdir les jambes après le sermon, expliqua-t-elle.

— C'est vrai qu'il n'en finissait plus, déclara Farquhar avec un sourire complice.

Son humour et sa gentillesse l'étonnèrent. Le fils aîné du préfet était un rat de bibliothèque. Il venait de rentrer du continent où il avait étudié dans une université. Dans ses souvenirs, il avait toujours été un garçon plutôt austère et sérieux.

Ils échangèrent quelques plaisanteries, puis il proposa de l'escorter jusqu'à Dunlyon. John parut aussi surpris qu'elle et déclara qu'il devait retrouver Gregor pour traiter d'une affaire quelconque. Cate allait refuser mais, après un regard vers Gregor, elle changea d'avis. Il n'avait pas bougé, mais la personne à qui il parlait et son expression furieuse lui firent comprendre qu'elle ferait mieux de ne pas s'attarder.

Il discutait avec Màiri, ce qui signifiait que Cate était dans de sales draps.

7

Si Cate s'imaginait qu'elle allait lui échapper aussi facilement, elle se berçait d'illusions. Gregor savait désormais à qui il devait ses rendez-vous galants manqués. Par tous les saints, cette fille aurait pu donner des leçons de sabotage à Robert de Bruce !

Il lui fallut un certain temps pour reconnaître le jeune homme avec qui elle venait de prendre la fuite. Dans son souvenir, le fils du préfet n'était pas aussi grand ni aussi large d'épaules. Pour un universitaire, il semblait passer tout son temps à travailler dans les champs ou à manier un marteau de forgeron. Cette observation ne lui fit pas plaisir. Pourtant, le fait que Farquhar soit à la fois un bon parti et intéressé par Cate aurait dû le réjouir. Il figurait sur sa liste de prétendants potentiels. Sauf que Gregor n'appréciait pas la manière dont il la regardait.

Une jeune fille innocente pouvait facilement être désarmée par un sourire amical. Qui savait dans quel pétrin Cate, ignorante des manœuvres perfides des hommes, pouvait se retrouver ? Si Farquhar osait la toucher, il tordrait le cou à ce blanc-bec !

La véhémence de sa réaction le surprit. Il se raisonna en se disant que c'était le réflexe protecteur naturel d'un tuteur. Il serait ravi de se délester de sa charge et de trouver un homme pour s'occuper d'elle.

Il pourrait enfin se reposer et remettre ses idées en place. La prochaine fois que le roi aurait besoin de lui, il ne lui ferait pas défaut. Néanmoins, il lui fallut un bon moment pour desserrer les poings après qu'elle eut disparu.

Il était bien tenté de la rattraper pour lui demander des comptes, mais il devait d'abord sauver sa fragile trêve avec ses voisins MacNab.

Kenneth MacNab de Lochay, un cousin du chef MacNab qui avait soutenu John de Lorn contre Bruce lors de la bataille de Brander, écumait de rage.

— Cette harpie a dégainé un couteau quand mon fils avait le dos tourné ! Un couteau ! Elle mériterait d'être exécutée sur la place publique ! Elle a de la chance que je n'ai pas exigé qu'elle soit arrêtée sur-le-champ !

Gregor se crispa, seule indication qu'il se retenait d'envoyer son poing dans la figure de cet imbécile. Ils savaient tous les deux que MacNab ne voulait pas attirer l'attention sur l'humiliation de son fils. L'incident avait déjà fait suffisamment de bruit. En outre, si Gregor pouvait se permettre de la traiter de harpie, il ne supportait pas d'entendre ce mot dans la bouche de MacNab.

— Elle est sous ma responsabilité, répondit-il avec un calme surprenant. Si quelqu'un doit la punir, ce sera moi.

— Et comment comptez-vous châtier cette mégère ?

Trapu, avec des traits épais, brutal et méprisant, MacNab était plus âgé que Gregor. Il s'était retiré des combats, mais n'en demeurait pas moins un guerrier avec lequel il fallait compter.

— La version de Caitrina est bien différente…

Comme il évitait Cate, c'était John qui lui avait relaté l'incident. Ses dires avaient été confirmés par un Pip maussade et sur la défensive.

— … Selon elle, c'est votre fils qui l'a frappée dans le dos. Elle s'est défendue avec sa dague quand il a tenté de la rouer de coups de pied alors qu'elle était à terre.

— Et vous la croyez ! Mon fils fait deux fois sa taille. Sans parler du fait que c'est une femme.

Compte tenu du visage tuméfié de Dougal, qu'ils avaient entraperçu à leur arrivée, son père savait parfaitement qui avait eu le dessus. Toutefois, l'orgueil du clan avait été blessé et MacNab s'efforçait de restaurer la réputation endommagée de son fils en réécrivant l'histoire.

— Caitrina est parfaitement capable de se défendre contre un garçon de la taille de Dougal, intervint John. Elle sait se battre ; c'est moi qui le lui ai appris.

MacNab se tourna vers Gregor, furieux.

— Et vous tolérez ce comportement contre nature ? Quel genre de fille s'entraîne à la guerre ?

Gregor plissa des yeux menaçants. Il comprenait la colère de MacNab et le coup porté à son orgueil, mais il ne supportait pas qu'on vilipende Cate.

— Non seulement je le tolère, mais je l'encourage. Je ne vois rien de contre-nature à ce qu'une fille apprenne à se défendre contre des lâches qui s'en prennent à des femmes.

Le teint de MacNab vira au rouge vif. La pique le concernait directement. Tout le monde savait qu'il battait son épouse.

Si la réunion n'avait pas eu lieu sous le pavillon de la trêve, MacNab aurait sans doute dégainé son épée en dépit de la supériorité évidente de Gregor.

— Vous ne ferez donc rien ? vociféra-t-il.

Même s'il détestait MacNab et aurait préféré l'envoyer au diable, Gregor ne pouvait laisser John se dépêtrer avec une nouvelle querelle. Néanmoins, il n'était pas facile d'être mesuré quand on n'avait fait que guerroyer pendant sept ans. Les mots lui brûlèrent la gorge.

— Je lui parlerai.

— Vous feriez mieux de l'attacher. Ça fait des années qu'elle vagabonde comme une sauvage. Elle a besoin d'être matée…

— Cela ne vous concerne pas, l'interrompit sèchement Gregor.

MacNab émit un hennissement court et aigu. Caitrina n'était pas une sauvage, elle avait du tempérament et était... unique en son genre. Elle était libre, sûre d'elle, droite. Elle était sans entraves et rendait coup pour coup, comme tous les grands guerriers qu'il connaissait. Elle était forte et sans prétention, avec une grâce et un attrait naturels auxquels il était impossible de résister. Si elle se montrait parfois trop effrontée, c'était sans artifices. Il n'aurait pas voulu qu'elle soit autrement et ne chercherait jamais à la transformer en ce qu'elle n'était pas pour satisfaire des rustres comme MacNab.

John s'efforça de calmer le jeu.

— Elle sera bientôt mariée, déclara-t-il.

— Mariée ? s'esclaffa MacNab. J'espère que vous avez inclus un mors dans sa dot. À moins que son mari trouve quelque chose d'autre à lui fourrer dans la bouche pour la faire taire.

Gregor vit rouge. Il en oublia la retenue et la trêve, et aurait disloqué la mâchoire de ce mufle si John ne lui avait pas retenu le bras.

Se rendant compte qu'il était allé trop loin, MacNab préféra changer de sujet. Gregor dut néanmoins faire un effort surhumain pour ne pas l'égorger et poursuivre les négociations jusqu'à obtenir un prolongement de la trêve.

Lorsqu'il rentra enfin à Dunlyon, il était tendu, de mauvaise humeur et colérique. Autrement dit, il était prêt à traquer sa satanée « pupille » et à lui expliquer ce qu'il pensait de sa façon de se mêler de sa vie privée.

Il aurait dû se douter qu'elle était derrière ses rendez-vous manqués avec Màiri. Comme par hasard, la pleutre était montée se coucher tôt. C'était elle qui l'évitait, maintenant ! Cela dit, malgré son humeur belliqueuse, il n'était pas fou au point de frapper à sa porte.

Non, il avait une meilleure idée. Il l'attendrait dans l'écurie, tôt le lendemain matin, pour l'intercepter avant qu'elle ne parte pour sa chevauchée matinale.

Lorsqu'il poussa la porte de l'écurie à la première heure, le lendemain, ce fut lui qui fut intercepté.

— Ah, vous êtes là !

Gregor retint un gémissement. Il n'était pas d'humeur à subir les assauts d'une autre jeune femme se croyant amoureuse. Il ne pouvait nier que Seonaid MacIan était une beauté, mais elle était également l'incarnation même de tout ce qu'il fuyait. Elle ne cachait pas ce qu'elle attendait de lui, ni ce qu'elle était prête à céder pour l'obtenir, comme si sa virginité était une sorte de marchandise à troquer. Il n'était pas intéressé. Néanmoins, il n'était jamais cruel, à moins d'y être contraint, et c'était une amie de Cate.

— Je craignais de vous avoir raté, ajouta-t-elle. Je vous ai cherché dans le hall, mais on m'a dit que vous veniez de sortir.

À en juger par ses joues roses, elle avait couru.

— Je partais en promenade, dit-il sur un ton neutre.

Elle battit des cils en esquissant un sourire timide.

— Vous devez être un excellent cavalier.

La manière dont elle accentua le mot « cavalier » ne laissait planer aucun doute sur le genre de chevauchée auquel elle faisait allusion.

— Je n'ai pas beaucoup d'expérience en la matière, poursuivit-elle. Mais si vous acceptez de m'apprendre, je serai une élève très appliquée.

Fichtre, ce devait être la conversation la plus ridicule qu'il avait jamais eue. Il lui retourna son sourire en répondant :

— Je m'en souviendrai. Toutefois, aujourd'hui, je chevaucherai seul.

Elle fit une moue boudeuse et se rapprocha juste assez pour que sa poitrine frôle le cuir de son *cotun*. Elle avait des seins très généreux et le décolleté de sa robe offrait une vue plongeante sur le sillon qui se creusait entre eux. Étonnamment, en dépit de son état d'abstinence forcée, ce spectacle ne l'émut pas.

— Vous vouliez quelque chose ? demanda-t-il.

— Je vous ai apporté des petits pains au sucre. Vous m'avez dit combien vous les aimiez hier. Je les ai laissés à votre servante.

— Merci, c'est très aimable de votre part. J'y goûterai à mon retour.

Il détourna le regard, espérant qu'elle comprendrait que l'entretien était terminé. En vain. Elle posa une main sur son bras.

— J'espérais que vous me remercieriez d'une autre manière.

Il fit mine de ne pas saisir et arqua un sourcil.

— À quoi pensiez-vous ?

— À ça.

Elle inclina la tête en arrière et tendit vers lui ses lèvres pulpeuses.

Elle ne manquait pas d'air ! Toutefois, son invitation peu subtile lui donna une idée. Cate entrerait dans l'écurie d'un instant à l'autre. Si elle le voyait embrasser Seonaid, cela la guérirait peut-être de son engouement pour lui.

Il devait y mettre un terme. Cate était comme toutes les autres jeunes filles qui s'imaginaient amoureuses dès qu'elles le voyaient. Elle croyait le connaître, mais elle se trompait. Il n'était pas pour elle. Ni pour personne d'autre, d'ailleurs. Il valait mieux qu'elle s'en rende compte rapidement. Cela lui éviterait une peine de cœur.

En proie à une émotion qui ressemblait étrangement au regret, il se pencha vers les lèvres qui s'offraient à lui.

Craignant que Gregor soit tapi dans l'ombre, prêt à se ruer sur elle avec fureur dès qu'elle quitterait le sanctuaire de sa chambre, Cate guetta le bruit de ses pas dans le couloir, puis dans l'escalier, avant de s'aventurer au-dehors.

Naturellement, elle avait su qu'elle devrait assumer les conséquences de ses actes, mais elle avait espéré bénéficier d'un sursis. Ses plans pour lui démontrer qu'ils étaient faits l'un pour l'autre prenaient plus de temps que prévu et elle ne pouvait pas rester là sans rien faire pendant qu'il batifolait avec d'autres femmes.

Dieu savait qu'elles avaient été nombreuses ! Cate ne pouvait changer le passé, mais elle lui avait trouvé assez d'excuses : « *Tu es encore trop jeune. Il ne te voit pas encore. Patiente un peu et ton tour viendra.* »

Elle en avait assez d'être patiente et elle ne le laisserait pas piétiner son cœur avant d'avoir eu une chance de le lui donner.

Il la remercierait plus tard.

Un jour ou l'autre.

Elle l'espérait.

Son expression la veille, devant l'église, n'avait pas été celle de la gratitude ; elle signifiait plutôt :

« Attends un peu que je t'attrape et que je te donne une bonne leçon ! » Jusqu'à ce qu'il se soit calmé, mieux valait se faire discrète. Il y avait une différence entre être lâche et faire preuve de bon sens.

Elle avait donc décidé de s'accorder une chevauchée plus longue que d'habitude. Après s'être assurée que Maddy et Eddie étaient entre les bonnes mains d'Ete, elle attrapa au vol une pomme et un morceau de fromage dans les cuisines (elle avait sauté le petit déjeuner), et dévala les marches en bois du donjon. Elle se mit en quête de Pip. Bien qu'il ne soit jamais monté à cheval avant son arrivée à Dunlyon, le jeune homme se sentait en selle comme un poisson dans l'eau. Elle comptait se rendre à Loch Tay pour rendre visite à Anna, la sœur aînée de Willy, et voulait que Pip l'accompagne. Cela leur permettrait de poursuivre leur conversation de la veille.

Supposant qu'elle le trouverait dans l'écurie avec le chiot, elle poussa la porte et allait l'appeler lorsqu'elle s'arrêta net. Elle eut l'impression d'avoir percuté un mur de pierres.

Son sang se figea. Le choc était si violent qu'il lui fallut quelques instants pour comprendre ce qui se passait. Puis elle voulut fermer les yeux et effacer cette image à jamais.

Non. Il ne peut pas être en train de l'embrasser. S'il vous plaît, faites que ce ne soit pas Seonaid. N'importe qui mais pas elle !

Pourtant, les tresses blondes parfaitement torsadées qui apparaissaient sous le voile ne pouvaient appartenir qu'à une seule femme, tout comme la riche robe en velours bleu sombre et la croupe rebondie. Seonaid se dressait sur la pointe des pieds, ses bras autour du cou de Gregor, son corps étiré contre le sien. Il penchait la tête vers elle, ses cheveux dorés balayant son visage. Il tenait délicatement le menton de Seonaid entre ses doigts.

Cette bouche sensuelle que Cate avait si souvent imaginée contre la sienne embrassait une autre femme. Non, pas juste « une autre » : *Seonaid !*

Elle l'avait déjà vu embrasser d'autres femmes, mais cela ne lui avait jamais procuré une douleur aussi vive et intense.

Arrête. Je t'en prie, arrête.

Elle chancela, les jambes soudain faibles.

Cela aurait dû être moi.

Les provocations de Seonaid lui revinrent en mémoire. C'était donc ça qu'il aimait ? Les filles comme elle ?

Voilà le genre d'homme qu'il est.

Non, ce n'était pas possible. Mais alors pourquoi agissait-il ainsi ?

Cate sentit les larmes lui monter aux yeux. Elle voulait tourner les talons et disparaître avant qu'il ne la voie, mais ses pieds refusaient de bouger.

Puis ce fut trop tard. Un déluge de jappements frénétiques s'abattit sur eux tandis que le chiot traversait l'écurie en direction du couple. Apparemment, le petit terrier n'avait guère apprécié la scène, lui non plus. Il se mit à gronder en tentant de mordre les talons de Gregor.

Ce dernier dut repousser Seonaid pour se libérer de sa morsure. Le fait qu'il paraisse soulagé par cette interruption n'apaisa pas la douleur de Cate.

— D'où sort-il, celui-là ? marmonna-t-il.

Il remua le pied, sans parvenir à écarter le chiot.

Seonaid, d'abord furieuse d'avoir été dérangée, se mit à pousser des cris terrifiés devant la petite boule de poils qui aurait à peine rempli deux mains en coupe.

— Qu'est-ce que c'est ? hurla-t-elle. Je vous en prie, tuez cette chose !

Pip surgit de nulle part et récupéra l'animal. Le serrant dans ses bras, il lança un regard méprisant à la femme qui continuait à geindre.

— Ce n'est qu'un chien.

Gregor se tourna enfin vers Cate. Leurs regards se rencontrèrent et elle reçut un second choc, qui se répercuta dans tout son corps encore vibrant de douleur et de déception.

Elle était en colère. Elle avait cru en lui, l'avait défendu devant cette femme vulgaire, et il l'avait couverte de ridicule, la faisant passer pour une idiote naïve. Elle avait cru qu'il était plus qu'un bourreau des cœurs, plus qu'un célibataire endurci et volage. Elle avait pensé le connaître, avait été convaincue qu'il existait un lien spécial entre eux et qu'un jour, il s'en rendrait compte.

Finalement, elle ne le connaissait pas. Leur lien n'existait que dans son imagination. Il était aussi endurci qu'il en avait l'air et ne pourrait que lui briser le cœur.

Elle ne le laisserait pas faire. S'il voulait Seonaid et ses gros seins, qu'il la prenne.

— Oui, dit-elle en le regardant droit dans les yeux. Ce n'est qu'un animal.

Gregor comprit qu'elle parlait de lui et non du petit démon poilu qui avait tenté d'enfoncer ses crocs dans ses bottes.

Sa pique fit mouche. Quand il croisa son regard, il ne se sentit guère meilleur qu'un chien. Elle était effondrée. Il avait l'impression d'être le marteau qui venait de faire voler son rêve fragile en éclats.

Fichtre, c'était précisément ce qu'il avait voulu éviter. Il n'avait jamais voulu la blesser. Pourtant, un seul regard vers son visage lui disait qu'il n'aurait pas pu lui faire plus mal.

C'était surtout la déception dans ses yeux qui lui fendait le cœur. Il se rendait compte, maintenant qu'elle s'était évanouie, à quel point sa foi en lui avait été précieuse. D'emblée, Cate l'avait considéré comme une sorte de héros. Il avait toujours su que, tôt ou tard, il ternirait cette image éclatante qu'elle s'était créée, mais il n'avait pas imaginé à quel point il en souffrirait lui aussi, et combien cela lui rappellerait l'autre personne qu'il avait déçue.

Son père avait eu honte du « joli minois » de Gregor pratiquement dès le jour de sa naissance. Ironiquement, il n'avait jamais rien vu d'autre en lui. Il répétait à sa mère : « Regarde-le, bon sang ! Ce garçon n'aura jamais besoin de travailler dur. Vois comme les gens se plient en deux pour le rendre heureux. Il sera toute sa vie un propre-à-rien et un fat ! »

La prédiction de son père s'était réalisée. Dans sa jeunesse, Gregor avait échoué dans tout ce qu'il entreprenait. Vers quatorze ou quinze ans, il avait cessé d'essayer et était entré dans une période de rébellion, faisant tout son possible pour jeter son irresponsabilité à la figure de son père. Cela avait changé quand, à dix-huit ans, il avait rejoint les combats, mais il était trop tard. En dépit de tous ses efforts pour prouver sa valeur, son père ne l'avait jamais vu autrement que comme un être faible et peu fiable. Exactement comme Cate le voyait à présent, et cela lui était insupportable.

Il n'avait jamais demandé sa confiance et n'en avait jamais voulu. Elle ne pouvait s'en prendre qu'à elle-même ! Pourquoi était-elle aussi surprise ? Il avait embrassé une femme, et alors ? Il pouvait embrasser qui il voulait, nom de nom !

Même si, la prochaine fois, ce ne serait pas cette sangsue qui s'accrochait à lui comme si une nuée de rats grouillait à ses pieds.

Enfin, un seul rat.

Il baissa les yeux vers le chiot miteux dans les bras du garçon, qui l'était tout autant. Ils étaient tous deux bruns et maigrichons et le regardaient comme s'il ne valait guère mieux que la poussière sous leurs talons. Le garçon était silencieux, ce qui n'était pas le cas de l'animal dont les jappements aigus lui rappelaient un peu trop un autre terrier qu'il aurait préféré oublier.

— Fais taire cette créature, ordonna-t-il sèchement.

— Laquelle ? rétorqua Pip avec un regard vers Seonaid.

Gregor se retint de sourire. Les geignements de Seonaid étaient aussi horripilants que ceux du chiot. Cate, elle, ne se gêna pas pour émettre un bref rire sec.

Il lui lança un regard noir, même s'il était plutôt d'accord avec elle, avant de tenter de calmer la femme dont les bras lui rappelaient fortement des tentacules.

Il n'aurait jamais dû l'embrasser. Il ne l'avait jamais appréciée. De fait, il aurait brisé leur baiser dès que leurs lèvres s'étaient effleurées s'il n'avait pas entendu les pas de Cate qui entrait dans l'écurie.

Aussi désagréable qu'il ait pu être, le baiser avait au moins eu l'effet escompté. Cate était désabusée. Elle ne le regardait plus avec un air adorateur, elle le voyait tel qu'il était.

N'était-ce pas ce qu'il avait voulu ?

Cate tendit les bras vers le chiot.

— Donne-le-moi, dit-elle à Pip. Il a dû être effrayé par tous ces miaulements.

Seonaid s'était suffisamment calmée pour rétorquer :

— Cette bestiole ? Effrayée ? C'est elle qui nous a attaqués !

Le chiot s'était tu et poussait son museau dans le creux de la main de Cate, réclamant des caresses.

Elle leva les yeux vers Seonaid avec un sourire ironique.

— Ma pauvre, tu as dû être terrifiée, dit-elle. Il est très féroce.

Les traits de Seonaid se durcirent. La lueur cruelle dans ses yeux mit Gregor mal à l'aise. Avait-il fait encore plus de mal qu'il ne le pensait ?

— Heureusement, je n'ai pas eu besoin de me comporter comme un homme pour me défendre, répliqua-t-elle sur un ton mielleux. J'en avais un vrai à côté de moi.

Elle rosit et lui lança un regard coquin.

— Enfin... reprit-elle en se tournant à nouveau vers Cate. Il n'était pas vraiment à côté de moi, comme tu as pu le remarquer.

Son ton jubilatoire confirma à Gregor l'ampleur de son erreur. Si elles avaient été amies autrefois, elles ne l'étaient plus.

— J'espère que tu n'es pas trop déçue, Caitrina, poursuivit la peste.

Cate blêmit. Elle semblait clouée sur place, ses doigts raides enfoncés dans la fourrure du chiot. Seonaid battit des cils en direction de Gregor, qui se demanda comment il avait pu la trouver jolie.

— Vous savez qu'elle s'est entichée de vous ? minauda-t-elle. Je lui ai dit qu'un homme comme vous aurait... plus de goût.

Elle s'esclaffa comme si l'idée qu'il puisse trouver Cate désirable était saugrenue.

Si elle savait !

Gregor lança un regard vers Cate, sans savoir à quoi s'attendre. Allait-elle être gênée ? Humiliée, comme Seonaid l'avait voulu ?

C'était mal la connaître. Elle n'avait rien d'une jeune fille immature lorsqu'elle leva fièrement le menton et dévisagea sa rivale.

— Je ne suis pas « entichée », rétorqua-t-elle. J'ai dit que je l'aimais.

Sa franchise cloua le bec de la vipère.

Elle ne fut pas la seule à rester sans voix. Gregor était estomaqué. Il avait entendu d'innombrables déclarations d'amour de ce genre, mais aucune ne l'avait autant affecté que les mots simples de Cate. Bigre, l'espace d'un instant, il les aurait presque crus.

Contrairement aux intrigues de Seonaid, qui l'avait coincé dans l'écurie pour lui offrir son corps en échange d'une alliance, l'aveu de Cate était une bouffée d'air frais, aux antipodes des jeux sournois et des machinations des nombreuses femmes qui s'imaginaient qu'une nuit dans son lit leur vaudrait une promesse de mariage. Combien de fois, en entrant dans une pièce, avait-il entendu une femme se vanter qu'elle serait celle qui piégerait le guerrier insaisissable ?

— Ce n'est pas un secret, poursuivit Cate. Je suis sûre que Gregor connaît mes sentiments aussi bien que toi.

Elle lança un bref regard vers lui, juste assez longtemps pour qu'il sente son cœur se serrer.

Il libéra son bras, auquel s'accrochait encore Seonaid, et s'avança vers Cate.

— Caitrina, je...

— Je suis désolée de vous avoir interrompus, l'interrompit-elle en s'écartant vivement. Viens, Pip. Allons aux cuisines chercher de quoi nourrir ce chiot.

Elle disparut avant qu'il ait pu la retenir. Pour lui dire quoi ? « Je suis navré que tu te crois amoureuse de moi » ? « Je n'ai pas voulu te briser le cœur » ? « Je ne suis pas l'homme qu'il te faut » ? Toutes ces phrases étaient vraies, mais aucune n'aurait pu atténuer la douleur qu'il venait de lui infliger.

Seul le temps y parviendrait. Oui, avec le temps, elle comprendrait que c'était pour le mieux.

8

Il avait attendu deux jours. Cela suffisait.

En entendant les lames s'entrechoquer de l'autre côté de la cour, au-delà de la caserne, Gregor hâta le pas. S'il était curieux de constater les progrès dont John lui avait parlé, il tenait surtout à voir Cate, et pas seulement pour admirer son aisance à l'épée.

Il ne supportait plus cette tension.

Ce n'était pas qu'elle l'ignorât ou l'évitât... pas vraiment. Mais elle lui en voulait toujours. Cela se voyait à la manière dont elle fronçait les lèvres chaque fois que leurs regards se croisaient ; à son sourire forcé quand il essayait de la faire rire au cours du déjeuner ; à la façon dont elle levait le menton d'un air résigné chaque fois qu'il s'adressait directement à elle. Oui, elle était toujours furieuse contre lui. Peut-être était-il enfin parvenu à faire tomber les dernières étoiles de ses yeux.

Il aurait dû être soulagé qu'elle ne cherche plus à lui plaire, à le séduire à force de sourires et d'effleurements. Elle ne le lorgnait plus comme si elle rêvait qu'il la plaque contre un mur et l'embrasse sauvagement.

Mais il se sentait coupable. Une fois qu'ils auraient tous les deux vidé leur sac, tout redeviendrait comme avant.

N'est-ce pas ?

« *J'ai dit que je l'aimais.* »

Ses paroles résonnaient encore dans son esprit. Les sentiments qu'il n'avait jamais voulu connaître avaient été exprimés à voix haute et ne pouvaient plus être effacés.

Au fond de lui, il savait que tout avait changé. C'était ce qui le perturbait le plus. Cate lui était chère. Il aimait parler avec elle car elle ne jacassait pas et ne le flattait pas comme le faisaient toutes les autres femmes. Même la Cate douce et prévenante des premiers jours de son retour l'avait plus amusé qu'agacé. Il aimait l'asticoter pour voir jusqu'où elle irait, comme il aimait la manière dont elle s'efforçait de conserver son calme chaque fois qu'il la rembarrait.

Oui, cela lui avait énormément plu ; il avait eu envie de savoir s'il pourrait allumer dans ses yeux sombres un feu plus lascif. Serait-elle aussi ardente et passionnée au lit ?

Bien sûr qu'elle le serait. Cette certitude le torturait.

C'était ce genre de pensée déplacée qui l'avait convaincu de l'urgence de lui trouver un mari. Une tâche plus ardue que prévu, pour des raisons qu'il n'avait pas anticipées. Les prétendants ne manquaient pas, mais aucun ne lui paraissait digne d'elle.

Cate était spéciale. Il lui fallait un homme capable de la comprendre, qui sache quels démons hantaient ses cauchemars et la poussaient à s'entraîner dur avec John. Un homme qui ne tenterait pas de faire d'elle ce qu'elle n'était pas.

Il ne restait que quelques jours avant Noël et la fête de Hogmanay approchait à grands pas. Il n'avait plus beaucoup de temps.

Le bruit des épées s'était tu. Gregor s'attendait, en contournant la caserne, à voir John et Cate faire une pause ou ramasser leurs affaires.

Il resta muet de stupeur.

Son frère et sa pupille se faisaient face, décrivant des cercles sur la terre gelée tels deux lutteurs lors d'une épreuve des jeux des Highlands. Ils ne portaient ni casque ni armure. Cate avait noué ses cheveux bruns sur sa nuque et, en dépit du froid, n'était vêtue que d'une tunique en grosse laine qui lui arrivait au-dessous du genou, d'une ceinture, d'épais bas et de bottes. John avait ôté son *cotun* et ne portait qu'une chemise en lin glissée dans ses braies en cuir. Ils étaient tous les deux couverts de poussière. Ils avaient le teint rouge, le souffle court, et leur peau luisait de transpiration.

Bigre, on aurait dit qu'ils avaient passé la nuit à copuler comme des bêtes !

Ils étaient tellement concentrés qu'ils ne semblaient pas avoir remarqué sa présence, même si John était un trop bon guerrier pour ne pas l'avoir perçue.

Il feinta vers Cate pour la forcer à réagir, mais elle ne mordit pas à l'hameçon. Ils semblaient se provoquer mutuellement par des mots. Cela horripila Gregor. Il voulait savoir ce qu'ils se disaient. Tout cela paraissait beaucoup trop intime.

Ce qui se passa ensuite était proprement incroyable. John s'élança vers son adversaire, envoyant son poing vers son visage. Profitant de son élan, Cate para le coup avec son avant-bras gauche, lui attrapa le poignet, l'entraîna en avant en le faisant basculer sur sa hanche et le fit tomber lourdement sur le flanc. Sans lâcher son poignet, elle lui tordit le bras en arrière. Elle aurait pu le briser comme un rien. Au lieu de cela, elle cloua John à terre en lui enfonçant son genou dans les côtes et feignit un coup au visage qui, poussé jusqu'au bout, lui aurait enfoncé le nez dans le crâne. Un coup potentiellement mortel.

Gregor était sidéré. Elle avait réagi si vite et avec une telle précision… comme une vraie guerrière.

Cate, sa petite Cate, utilisait les prises et les manœuvres que Boyd avait apprises à Gregor et que ce dernier avait ensuite transmises à son frère. Sauf qu'elles prenaient un tour très différent lorsque c'était elle qui les exécutait. Le corps à corps se parait de connotations troublantes. Beaucoup trop troublantes.

Cependant, il ne pouvait nier qu'il était impressionné.

— Parfait ! la félicita John. Tu n'as pas hésité. Si tu dois affronter un véritable adversaire, tu dois être prête à faire mal.

Elle sourit et relâcha sa pression sur son bras. Dès qu'elle retira le genou qui le plaquait au sol, John lui agrippa le poignet, la fit tomber sur le côté, roula sur elle et lui coinça les mains au-dessus de la tête.

Gregor sursauta. Lui avait-il fait mal ? Il allait bondir quand le rire de John l'arrêta.

— À présent, comment vas-tu t'en sortir ? demanda-t-il.

— Tu as triché !

Elle se débattit, les yeux brillants de colère.

— J'ai fait quoi ? demanda John.

Gregor serra les poings, incapable de détacher son regard du corps de Cate qui se trémoussait sous celui de son frère. Sacrebleu ! Le rustre semblait crever d'envie de l'embrasser !

Contrairement à ce qu'il avait pensé, John n'avait pas remarqué sa présence. Il était tellement concentré sur la femme coincée sous lui qu'il en avait oublié le reste du monde.

Cate marmonna quelque chose, probablement des imprécations fort peu seyantes dans la bouche d'une jeune vierge innocente puis, à sa surprise, elle se mit à rire.

— Oui, je sais, je sais, dit-elle. À la guerre, la tricherie n'existe pas. Tous les coups sont permis.

C'est moi qui aurais dû lui apprendre cela, pensa-t-il avec un pincement au cœur. Cate était sa responsabilité, pas celle de John. Ce dernier semblait l'avoir oublié et son expression était bien trop possessive.

— Alors, comment vas-tu t'extirper de cette situation ? demanda-t-il à nouveau.

Il était temps de mettre un terme à cet entraînement. John avait fait sa démonstration, Cate était impuissante. Il la dominait totalement par sa force et par son poids. Il était presque aussi grand que lui. Fichtre, il l'écrasait ! Si elle avait une seule contusion sur le corps...

— Comme ça, répondit-elle.

Elle fléchit le genou droit pour lui donner un coup dans l'arrière-train, puis elle glissa un bras autour de sa taille, souleva les hanches, pivota sur le côté en l'entraînant avec elle et se retrouva à califourchon sur lui.

Gregor n'en croyait pas ses yeux. Elle s'était débarrassée de son adversaire avec une facilité déconcertante.

John avait été un bon instructeur. Gregor avait sous-estimé Cate ; il ne l'aurait jamais crue capable de vaincre un guerrier aussi bien entraîné.

— Bravo, je suis fier de toi, déclara John.

La réaction de Gregor fut si virulente et si instantanée qu'il s'en serait inquiété s'il avait été en mesure de réfléchir. Il écumait. La manière dont John regardait Cate faisait retentir toutes sortes d'alarmes dans sa tête. Il n'avait plus qu'une envie, les séparer, et vite. La voir chevaucher son frère était insupportable.

Cela lui rappelait trop une position qui n'avait rien à voir avec le combat. Vu la mine de John, ce dernier pensait clairement à la même chose.

Cate n'était pas pour lui. Gregor devait intervenir avant que son frère ne se mette de fausses idées en tête. Si quelqu'un devait l'entraîner, c'était lui, son tuteur. John était sur le point d'être libéré de cette tâche.

— Je crois que ça suffira pour aujourd'hui, déclara-t-il d'une voix forte.

Cate et John sursautèrent. Leur surprise ne fit qu'accroître sa colère.

La jeune femme se leva et tendit la main à John pour l'aider à se redresser.

— Quelque chose ne va pas ? demanda-t-elle.

— Non, répondit-il sèchement.

— Alors pourquoi fais-tu cette tête ?

— Je ne fais pas de tête.

— Je m'y suis mal prise ?

Elle paraissait tellement inquiète d'avoir mal fait qu'il se sentit sot. Elle avait été formidable.

Naturellement, son maudit frère fut le premier à réagir.

— Tu as été parfaite ! dit-il avec un regard noir à Gregor.

Celui-ci lui retourna son regard et ajouta :

— Mon frère t'a bien formée, mais il ne connaît pas toutes les astuces. Si tu veux, je te les montrerai.

John parut sur le point de protester, puis se ravisa en comprenant que Gregor ne demanderait pas mieux que de faire une petite démonstration sur lui.

Les yeux de Cate s'illuminèrent. Son envie de peaufiner son entraînement était apparemment plus forte que l'aversion qu'il lui inspirait.

— Vraiment ? Quand ?

— Demain. Pour le moment, il faut que je te parle.

— Mais j'ai promis à Pip…

Il suivit son regard et aperçut le garçon assis sur une pierre, caché dans l'ombre de la caserne. Gregor n'avait même pas remarqué sa présence. Sombre et sinistre, il lui rappelait MacRuairi.

Le jeune homme se leva. Il ne lança pas un regard vers Gregor, mais celui-ci pouvait sentir son animosité. Son « fils » ne l'appréciait décidément pas beaucoup.

— Ce n'est pas grave, déclara Pip. De toute manière, j'ai promis à Eddie de jouer au ballon avec lui. C'est sa récompense pour avoir atteint la chaise percée à temps chaque fois qu'il a été pris d'une envie hier.

— Quelle bonne idée ! s'exclama Cate. Je n'y aurais jamais pensé.

Pip haussa les épaules comme si le compliment lui importait peu, ce qui n'était pas le cas. Il ne devait pas être habitué à recevoir des éloges. Gregor faillit avoir de la peine pour lui, mais il se souvint à temps que c'était un imposteur.

John lui adressa un regard signifiant qu'ils devraient discuter plus tard, puis posa une main sur l'épaule de Pip.

— Viens, mon garçon. Je vais te montrer le pré où mes frères et moi jouions au ballon autrefois.

— Faites attention à ne pas jouer trop près de l'eau ! lança Gregor derrière eux.

Il ne savait pas lui-même d'où lui était venue cette recommandation.

John arqua un sourcil surpris et Cate le dévisagea comme s'il venait de pourfendre un dragon.

Peut-être restait-il quelques étoiles dans ses yeux, après tout.

Au cours des deux derniers jours, Cate s'était jetée à corps perdu dans son entraînement et dans ses devoirs de maîtresse de maison afin d'éviter de penser à la scène qu'elle avait surprise dans l'écurie. Ce n'était pourtant pas la cruelle tentative de Seonaid pour l'humilier qui lui faisait garder ses distances. Bien sûr, elle aurait préféré déclarer ses sentiments à Gregor en privé, mais elle avait toujours su qu'elle devrait les exprimer. En outre, comme elle l'avait dit à Seonaid, ce n'était pas vraiment un secret et elle n'avait pas honte de ce qu'elle ressentait.

Non, elle était confuse. Le baiser entre Gregor et cette garce avait ébranlé sa foi en lui. S'était-elle leurrée en croyant qu'un homme qui avait toutes les femmes à ses pieds pourrait se satisfaire d'une seule ? Pourrait-il se contenter d'elle ? N'était-il attiré que par les charmes superficiels ?

Une question la hantait plus que toute autre : était-ce un homme sur lequel on pouvait compter, ou ressemblait-il à son père ?

Pour la première fois, elle leur voyait des points communs. Beaux, charmants, nobles, imposants, intenses et déterminés, ils ne connaissaient pas de demi-mesure et frappaient les esprits. Gregor n'était-il qu'un substitut du grand chevalier qu'avait été son père, venu combler le trou béant laissé dans son cœur quand celui-ci l'avait abandonnée ? Pourrait-il la quitter dès qu'une meilleure occasion se présenterait ? Le « bourreau des cœurs » serait-il capable de s'engager dans une relation, de lui offrir le soutien dont elle avait besoin ?

Ces interrogations minaient son assurance, la laissant vulnérable. L'homme qui ne pouvait la décevoir l'avait déçue. Gregor était sa bouée depuis si longtemps que, sans lui, elle se noyait.

Elle n'était pas prête à capituler pour autant. Le plus difficile dans la foi, c'était de continuer à croire sans aucune preuve. Or, elle croyait toujours en lui, en eux, même si ce n'était pas le cas de Gregor.

Sa confiance venait d'être récompensée. Sa recommandation à Pip ne signifiait peut-être pas grand-chose, mais pour elle, c'était un signe. Elle ne s'était pas trompée à son sujet. Il aimait les gens même s'il refusait de l'admettre. Il était naturellement protecteur et ne ressemblait en rien à son père. Gregor l'avait recueillie et ne lui avait jamais tourné le dos, alors qu'elle lui avait donné de nombreuses raisons de vouloir se débarrasser d'elle. Il se plaindrait et traînerait les pieds, mais il n'abandonnerait pas les enfants.

Patience. Il avait été illusoire de penser qu'il changerait du jour au lendemain. La vie n'était pas un conte de fées. Il n'aurait pas de révélation subite en la voyant, il ne déciderait pas tout d'un coup de ne plus jamais regarder une autre femme (même si cela aurait été plaisant !). Une fois qu'il aurait pris conscience de ses sentiments pour elle, tout changerait. Doux Jésus, il ne l'avait même pas encore embrassée !

Cela viendrait.

Dès que John et Pip se furent éloignés, elle se tourna vers lui. Elle oubliait parfois à quel point il était beau et, chaque fois, le regarder lui faisait l'effet d'un coup de tonnerre. Ses cheveux châtain doré chatoyaient au soleil, ses yeux d'un vert profond évoquaient deux émeraudes, ses trais parfaits auraient fait chanter les anges…

Elle prit une profonde inspiration.

— Tu voulais me parler ?

S'il semblait s'être légèrement décrispé (apparemment, sa colère avait été dirigée contre son frère et non contre elle), il paraissait toujours sévère et déterminé, comme un homme s'apprêtant à accomplir une tâche désagréable mais indispensable.

Autrement dit, *elle* était la tâche désagréable.

Toutefois, son regard n'était pas totalement dénué de compassion (même si ce n'était pas ce qu'elle attendait de lui).

— Il s'agit de ce qui s'est passé dans l'écurie l'autre jour, commença-t-il. Je ne voudrais pas que... qu'il y ait de malentendus entre nous.

Elle inclina la tête sur le côté.

— Et que voudrais-tu qu'il y ait entre nous ?

L'espace d'un instant, une lueur possessive traversa son regard, si ardente et brute qu'elle en fut ébranlée. Elle se demanda si elle mesurait vraiment la portée de sa question.

Cependant, cette lueur céda vite le pas à l'irritation.

— Mais rien, nom de nom ! répondit-il. Cate, je ne veux pas te faire de mal.

— Rien ne t'y oblige.

— Ce que tu désires est impossible.

— Comment sais-tu ce que je désire ?

Il esquissa un sourire ironique.

— Que veulent toutes les jeunes filles qui s'imaginent amoureuses ? Le conte de fées. Le mariage. Des enfants. Un mari qui les aime en retour. Ce n'est pas moi, Cate. Je ne suis pas du genre à m'établir avec une épouse. Quand tu seras un peu plus âgée, tu le comprendras.

Ce fut au tour de Cate d'être agacée.

— Ne me fais pas la morale, Gregor. Je ne suis plus une gamine de quinze ans, mais une femme de vingt. Je ne « m'imagine » pas amoureuse. Je t'aime, que tu l'acceptes ou pas. Ce que tu me décris est alléchant, et je te crois tout à fait du genre à t'établir avec une épouse, mais tout ce que je te demande pour le moment, c'est de reconnaître tes sentiments pour moi.

— Ce que je ressens, c'est de la luxure, Cate. J'ai trop d'affection pour toi pour y céder. Ne comprends-tu pas que j'essaie de te proté...

Il s'interrompit brusquement, puis demanda :

— Quel âge as-tu dit que tu avais ?

Elle prit un air penaud.

— Vingt ans.

— Pourquoi m'avoir fait croire que tu étais plus jeune ?

— Tu ne m'as jamais demandé mon âge. Ta mère pensait que tu l'avais deviné mais que tu ne tenais pas à le savoir.

Il jura dans sa barbe et se passa nerveusement une main dans les cheveux.

— Vingt ans ? répéta-t-il d'un ton accusateur.

Il la regarda des pieds à la tête comme s'il contemplait un étrange animal qu'il n'avait jamais vu auparavant.

— C'est si important ? demanda-t-elle.

— Oui ! répondit-il sèchement. Enfin... non ! Je suis toujours ton tuteur et tu es toujours trop jeune.

Cate fronça le nez. Comment interpréter cela ? Était-ce la raison pour laquelle il résistait à son attirance pour elle ? À cause d'un sens des responsabilités déplacé ? Elle n'était plus une orpheline qu'il devait sauver.

— Comme tu as pu le constater, je n'ai plus besoin d'un protecteur. Je peux me défendre seule.

— Comme tu l'as fait avec le jeune MacNab ? Tu sais que son père voulait te faire arrêter ?

— Pourquoi ? Pour m'être défendue ?

— Pour avoir humilié son fils.

Elle écarquilla les yeux, semblant croire qu'il plaisantait.

— J'aurais dû le laisser me frapper ?

— Bien sûr que non. Tu n'aurais pas dû intervenir.

— Mais il battait Pip !

— Ils étaient une demi-douzaine, Cate. Tu aurais dû chercher de l'aide. Que se serait-il passé s'ils ne m'avaient pas entendu approcher ?

Elle préférait ne pas envisager cette possibilité. Elle répliqua :

— Il ne t'est jamais arrivé de te battre alors que les probabilités étaient contre toi ?

— Là n'est pas la question !

— Quelle est la question, alors ? Nous ne parlons pas de combat, mais de la raison pour laquelle tu luttes contre cette... luxure que tu ressens pour moi.

Elle s'approcha de lui et posa une main sur sa poitrine. Il la repoussa aussitôt.

— Tu n'as pas à te sentir responsable de moi, dit-elle.

— Mais je le suis ! protesta-t-il. Je n'abuserai pas de ta jeunesse et de ton inexpérience.

Cate poussa un soupir. Elle aurait voulu le toucher à nouveau, mais elle se retint en serrant les poings contre ses flancs.

— Pourtant, tu n'as eu aucun scrupule à embrasser Seonaid, qui a un an de moins que moi.

— C'était une erreur.

Le fait qu'il en soit conscient ne la soulageait en rien.

— Comment fais-tu, Gregor ? Comment peux-tu partager une telle intimité avec des femmes qui ne représentent rien pour toi ?

Il émit un petit rire sec.

— C'est très facile. Ta question prouve que tu ne connais pas grand-chose aux rapports charnels. Crois-moi, les sentiments ne sont pas indispensables.

Cate rougit, irritée de se sentir aussi sotte et naïve.

— Si tu te moques des femmes à qui tu fais l'amour, ce n'est pas de l'amour. Ça ne t'ennuie pas de briser tous ces cœurs ?

Cette fois, il éclata de rire.

— Seigneur, que tu es mignonne ! Tu crois vraiment que les femmes que je prends dans mon lit m'aiment ? Je peux t'assurer qu'une femme qui s'offre à moi deux minutes après m'avoir rencontré n'est pas amoureuse de moi, mais de « l'homme le plus beau d'Écosse ».

— Parce que c'est tout ce que tu laisses voir de toi.

Il lui adressa un sourire ravageur, qui en avait probablement anéanti plus d'une mais qui lui fit l'effet d'une gifle.

— Parce que tu t'imagines qu'il y a autre chose ? répliqua-t-il.

— Oui. Je le sais.

Sa certitude sembla le troubler. Il fronça les sourcils.

— Ne cherche pas plus loin, Caty. Tu ne pourrais qu'être déçue. Ma vie me convient parfaitement telle qu'elle est.

Ce surnom enfantin la froissa.

— Ça ne te gêne donc pas qu'elles t'utilisent de cette manière ?

— Qu'elles m'utilisent ? répéta-t-il, hilare. Oui, c'est franchement pénible que tant de femmes soient prêtes à sauter dans mon lit, mais je parviens à survivre.

Pourtant, elle savait que cela le dérangeait. Le fait qu'il prétende le contraire et se moque d'elle lui donnait envie de le lui prouver.

— Donc, quand ta belle-sœur s'est servie de toi pour rendre ton frère jaloux, ça ne t'a rien fait ?

Son expression se refroidit si rapidement qu'elle craignit d'être allée trop loin. Elle voulut reculer, mais il la retint en lui agrippant le bras. En un clin d'œil, le beau séducteur avait cédé la place au guerrier impitoyable.

— Comment le sais-tu ?

Elle se mordit la lèvre, ne voulant pas révéler sa source.

Il la devina néanmoins.

— Mère ! lâcha-t-il avec une moue dégoûtée. Elle était la seule à pouvoir te le dire. John et Padraig ignorent tout de cette histoire. Que t'a-t-elle raconté ?

— Elle m'en a dit assez pour que je sache que ce n'était pas ta faute. Tu aimais Isobel et elle t'a manipulé.

— Bah ! Parce qu'être stupide et crédule, c'est une excuse pour coucher avec la future épouse de son frère ?

La voyant écarquiller les yeux, il s'esclaffa.

— Je parie que ma mère a omis ce détail ! C'est ce qui arrive quand deux jeunes gens jouent à un jeu dont ils ignorent les règles. Elle s'est bien moquée de moi. Je croyais qu'elle m'aimait. En fait, elle pensait que permettre quelques libertés au jeune frère d'Alasdair, un « bon à rien mais agréable à regarder », je la cite, rendrait jaloux celui qu'elle désirait vraiment. Sauf que nous nous sommes laissé emporter par ces « quelques libertés », et plus d'une fois. Son plan a tout de même fonctionné. Les rumeurs sont parvenues jusqu'à Alasdair et il est revenu la chercher.

Cate tendit une main vers lui, mais il la repoussa.

— Il ignorait qu'elle et toi… ?

— Il ne l'a pas su tout de suite, l'interrompit-il, le regard empli de douleur et de honte. Je suis parti effectuer mon service chez notre oncle en projetant d'annoncer nos fiançailles à mon retour. Quand je suis rentré, elle était mariée à mon frère. Il a dû apprendre la vérité à un moment ou à un autre car, au bout de quelque temps, le frère que j'idolâtrais ne supportait plus d'être dans la même pièce que moi. Il est parti peu après mon retour et a été tué quelques mois plus tard lors du siège du château de Bothwell. Naturellement, mon père m'a tenu pour responsable.

— C'est absurde ! Tu n'y étais pour rien.

— Détrompe-toi. La vérité a anéanti mon frère. En fait, il aimait vraiment Isobel. Elle n'avait pas besoin de m'utiliser. Il comptait l'épouser depuis le début. Sa trahison – et la mienne – l'ont détruit. Il s'est porté volontaire pour la mission la plus périlleuse qu'il pouvait trouver et s'est fait tuer.

— Ce n'était pas ta faute, Gregor. Tu n'es pas responsable des actes de ton frère, ni de ceux d'Isobel.

Il soutint son regard un long moment.

— Mon père n'était pas de cet avis, dit-il enfin. Après l'enterrement de mon frère, j'ai cessé d'exister à ses yeux. Je préférais encore quand il me méprisait. Aussi, lorsque Bruce a recruté des hommes pour la rébellion, je suis parti.

— Qu'est-il arrivé à Isobel ?

— Elle est morte en couches quelques mois après le décès d'Alasdair. Au cas où tu te poserais la question, l'enfant n'était pas de moi. Mon frère et elle étaient mariés depuis plus d'un an quand je suis rentré.

— Tu l'aimais, Gregor. Ce qui est arrivé n'était pas ta faute.

Il lui lança un regard de biais, comme pour la mettre en garde.

— Comme je te l'ai dit, l'amour n'a pas grand-chose à voir là-dedans.

— Je ne comprends pas. D'un côté, tu as de l'affection pour moi et tu ne veux pas me blesser, donc tu étouffes ton désir, mais de l'autre tu ne ressens rien pour tes conquêtes et tu trouves normal de leur faire l'amour. Ce n'est pas un peu contradictoire, comme raisonnement ? (Elle s'approcha encore un peu.) Pourquoi ne fais-tu pas comme si j'étais Seonaid ?

Il n'apprécia guère son sarcasme.

— Tu n'as rien à voir avoir Seonaid.

Sur ce point au moins, ils étaient d'accord. Toutefois, l'extrême tension qu'elle sentait en lui la poussa en avant. Elle voulait qu'il la prenne dans ses bras et lui montre la passion que son corps réclamait tant. Elle se tenait si près de lui qu'ils se frôlaient presque.

— Si les sentiments ne sont pas nécessaires, que faut-il ? insista-t-elle. Mes seins ne sont pas assez gros ? Je ne suis pas assez jolie ?

Il émit un blasphème qu'elle n'avait encore jamais entendu dans sa bouche.

— Arrête ça, Cate. Ça ne marchera pas. Je t'ai déjà dit que je n'étais pas un homme pour toi.

Malgré son ton menaçant, elle ne se laissa pas démonter. Il était sur le point de céder ; elle le sentait. Elle pressa ses seins, qu'il refusait de regarder, contre son torse, le défiant de nier le courant qui crépitait entre eux.

— En quoi suis-je si différente ? Ne suis-je pas assez déterminée ? Dois-je me jeter à tes pieds comme les autres ?

Il lui prit le bras et la plaqua contre lui, ses yeux brillant de colère... mais pas uniquement.

— Ce n'est pas ce que tu fais depuis mon retour ? rétorqua-t-il.

Cate sursauta. Était-ce vraiment ce qu'il pensait ? Elle n'avait pas voulu... Elle ne voulait pas être comme toutes ces femmes.

— Je voulais simplement que tu me remarques, parce que je t'aime.

— Oui, je sais. Tu me l'as déjà dit.

Il baissa les yeux vers ses seins et elle sentit le feu lui monter aux joues. L'espace d'un instant, elle crut qu'il allait l'embrasser. Elle était convaincue qu'il vibrait de désir autant qu'elle et que cette attirance irrésistible était réciproque. Elle crut un instant qu'elle avait ce qu'il fallait pour attirer un homme.

Au lieu de cela, il esquissa un sourire.

— Je ne me fais pas piéger aussi facilement, ma petite. Crois-moi, si un joli minois et une paire de seins suffisaient, je me serais retrouvé devant l'autel il y a belle lurette.

Horrifiée, Cate se libéra d'un geste sec. Que lui avait-il pris ? Elle n'avait voulu qu'un baiser. Avait-elle vraiment utilisé son corps pour tenter de l'obtenir ?

Elle n'était ni sensuelle ni ensorcelante. Elle ne captivait pas et n'intriguait pas. Elle n'était pas le genre de femme que les hommes ne pouvaient s'empêcher d'embrasser (la preuve : à vingt ans, aucun n'avait encore essayé). Elle n'était pas belle, mais « mignonne ». Son corps n'était pas sensuel et plantureux, mais ferme et svelte grâce à son entraînement.

Le rejet de Gregor venait de la remettre à sa place. Il réduisait à néant son assurance toute fraîche et rendait ses efforts de séduction dérisoires.

Elle espéra que les larmes qui lui nouaient la gorge ne parviendraient pas jusqu'à ses yeux.

— Je voulais que tu m'embrasses parce que je t'aime ; parce que, quand je ferme les yeux et que j'imagine mon premier baiser, c'est ton visage que je vois ; parce que j'ai vingt ans et que je n'ai jamais voulu d'autre homme que toi ; parce que je croyais que, toi aussi, tu avais envie de m'embrasser. Alors si tu dois m'accuser de quelque chose, que ce soit d'être sotte au point de croire que j'avais les moyens de te plaire.

9

Gregor suffoquait. Les moyens de lui plaire ? Savait-elle l'effort qu'il faisait pour garder ses distances ? La pression de ses seins sur son torse avait éveillé des nerfs qu'il ignorait posséder. Sa peau s'était tendue, son sang s'était échauffé et sa verge avait durci au point de battre contre son bas-ventre avec une insistance qu'il n'avait pas connue depuis ses vingt ans. Se rendait-elle compte qu'il se retenait de la plaquer contre le mur de la caserne et de lui donner exactement ce qu'elle demandait… et bien plus encore ?

Non. En regardant au fond de ses yeux scintillants, il comprit qu'elle n'en avait pas idée. Elle était innocente et, en dépit de ce qu'il avait dit, dépourvue de malice.

Il aurait été soulagé qu'elle ne se doute de rien, s'il n'y avait eu ses larmes. Des larmes qu'elle retenait et qui lui disaient qu'il l'avait blessée plus qu'il ne l'avait voulu. Son assurance n'était qu'une façade. Ses robes, sa coiffure, son allure de châtelaine accomplie… Elle expérimentait une nouvelle féminité. Il suffisait de la voir à présent, parfaitement à son aise dans sa tenue de paysan sur le terrain d'entraînement, pour comprendre à quel point cela avait été difficile pour elle. En la laissant croire qu'elle n'était pas désirable, il réduirait sa fierté de femme à néant.

S'il était tout à fait honnête avec lui-même (ce qu'il ne souhaitait pas être), il reconnaissait aussi que, égoïstement, il aurait aimé être le premier à l'embrasser. Il savait que son frère avait été à un cheveu de le faire. Cette seule pensée l'avait rendu fou de rage et l'avait empli d'une émotion nouvelle : la jalousie. Même lorsqu'il était rentré à Dunlyon et avait vu la femme qu'il comptait épouser au bras de son frère, il n'avait rien ressenti de semblable. Cela avait été un choc, mais c'était surtout son orgueil qui avait été blessé. Il s'était senti humilié en comprenant qu'elle l'avait utilisé. Il savait sans doute mieux que personne à quel point la fierté d'un jeune homme, ou d'une jeune femme, était fragile.

Il redressa les épaules comme s'il se préparait au combat et dévisagea le visage maculé de boue et couvert de taches de rousseur tourné vers lui. *Un seul baiser,* se dit-il. Un baiser pour restaurer sa confiance en elle.

— Approche, Cate.

Il avait parlé d'un ton si bourru qu'elle le fixa d'un air méfiant.

— Pourquoi ?

Il ne répondit pas, se contentant de la dévisager.

Elle se mordit nerveusement la lèvre et s'approcha d'un pas.

— Que veux-tu ? demanda-t-elle.

Il lui souleva le menton de l'index et la regarda dans les yeux. Dieu qu'elle était ravissante ! De grands yeux de biche sous des sourcils délicats, un nez fin, de hautes pommettes saillant dans l'ovale parfait de son visage, un menton pointu et des lèvres doucement incurvées qui semblaient avoir été teintes avec des framboises. Même les cheveux retenus en arrière, couverte de poussière et fagotée dans les vêtements les plus laids qu'il avait jamais vus sur une femme, elle était spectaculaire.

— Tu as plus qu'il n'en faut pour me plaire, Cate. Je vais te le prouver.

— Comment ?

Sa perplexité le fit sourire.

— En t'embrassant.

Elle écarquilla les yeux.

— Vraiment ?

Il acquiesça.

— Que dois-je faire ? demanda-t-elle d'une voix légèrement tremblante.

Il se mit à rire en se disant que, s'il ne la faisait pas taire, cela risquait de prendre toute la journée.

— Ferme les yeux.

Elle s'exécuta, pour les rouvrir aussitôt.

— Tu en es sûr ? Comme c'est ma première fois, je ne veux rien rater.

— Tu veux que je t'embrasse ou pas ? demanda-t-il.

Elle referma aussitôt les yeux.

Il la contempla encore un moment. *Respire*, se rappela-t-il. Ses poumons semblaient ne pas pouvoir contenir assez d'air devant le spectacle de ce visage tendu vers lui avec une telle confiance et un tel abandon.

Son cœur battait à tout rompre. *Un simple baiser, un seul*. Comme il en avait donné d'innombrables fois. Mais celui-ci devait être parfait. Elle méritait quelque chose de spécial et il userait de tout son talent pour le lui offrir.

Lentement, afin de savourer chaque instant, il approcha sa bouche de la sienne. Il l'entendit retenir son souffle lorsque leurs lèvres s'effleurèrent et il sentit une puissante tension dans sa poitrine.

Ses lèvres avaient un goût délicieux et il en voulait déjà plus.

Il les effleura à nouveau. Elles étaient si douces ! Il laissa sa bouche s'attarder, exerça une légère pression. Cela n'irait pas plus loin, se convainquit-il. Il garda ses lèvres sur les siennes, sans céder aux pulsions qui agitaient son corps, à l'envie de l'attirer contre lui, d'ouvrir ses lèvres et de goûter aux moindres recoins de cette bouche de miel.

Arrête-toi. Il faut que tu arrêtes.

C'était si bon ! Cela faisait si longtemps qu'il avait envie de l'embrasser. Encore quelques secondes, puis il jurait de...

Elle gémit doucement et entrouvrit les lèvres. Aussitôt, toutes ses belles résolutions fondirent comme neige au soleil.

Il laissa tomber la main qui lui soutenait le menton et enfonça ses doigts dans la masse de cheveux retenus dans sa nuque, tandis qu'il glissait son autre main autour de sa taille pour l'attirer contre lui.

Oh oui ! Il émit un grognement de satisfaction. Il se sentit soulevé par une puissante vague de bien-être et se laissa emporter.

Rien qu'un petit baiser, tu parles !

Retenant son souffle, Cate attendit le contact de ses lèvres. Le premier effleurement fut si léger et si bref qu'elle se demanda si elle ne l'avait pas imaginé. Puis elle les sentit à nouveau et une onde de chaleur la parcourut de la racine des cheveux jusqu'au bout des orteils.

Son cœur s'emballa et elle s'efforça de le calmer. Toutefois, elle ne pouvait contenir son excitation, ni l'euphorie d'être embrassée par l'homme qu'elle aimait.

Enfin.

Elle avait tant de fois rêvé de ce moment qu'elle croyait savoir à quoi s'attendre. Or, la sensation de sa bouche sur la sienne ne ressemblait à rien de ce qu'elle avait imaginé. Ses lèvres étaient chaudes et possessives, tendres et douces. C'était si exquis que mille rêves n'auraient pu le traduire en images et en sensations.

Elle n'aurait pu imaginer le bien-être qui l'envahit, la douceur de sa bouche, le vague parfum de menthe de son souffle, la chaleur de son corps qui se pressait contre le sien, les picotements de sa peau. Et, surtout, elle n'aurait jamais pensé qu'un simple effleurement pourrait provoquer en elle une telle envie. Elle voulait plus.

Ce besoin se fit plus impérieux encore quand ses lèvres pressèrent les siennes et s'y attardèrent.

L'émerveillement et l'euphorie ne tardèrent pas à se transformer en un désir ardent. Elle ignorait ce qu'elle voulait exactement mais cela semblait si près, juste hors de sa portée.

Elle gémit doucement. Il n'en fallut pas plus. Ce fut comme si un barrage avait cédé : toute la passion qu'il avait retenue déferla sur elle.

Elle se retrouva soudain dans ses bras, son corps pressé contre le sien. Il enfouit ses doigts dans ses cheveux pour lui tenir la nuque et augmenter encore la pression de ses lèvres, se faisant plus possessif.

Elle eut un hoquet de surprise et il profita de sa bouche entrouverte pour glisser sa langue en elle, effectuant de lents mouvements qui exigeaient une réponse.

Elle la lui donna timidement et le grognement sourd qui monta en lui lui indiqua que c'était la bonne réaction.

Il l'embrassait avec l'art d'un maître, l'expérience d'un libertin et le savoir d'un érudit. Il savait exactement comment lui procurer du plaisir. Il lui montra comment entrelacer sa langue avec la sienne ; comment caresser, darder, taquiner ; comment orienter sa bouche pour le prendre toujours plus profondément en elle.

Elle s'enhardit, lui rendant son baiser avec une ferveur qui égalait la sienne. Ce n'était pas suffisant. Il la fit se cambrer pour lover son corps contre le sien et son besoin ne fit que s'accroître. Bientôt, la ferveur se mua en fièvre, en tempête de sensations palpitantes.

Cela ne ressemblait en rien aux baisers contrôlés qu'elle l'avait vu partager avec d'autres. Il était passionné, vorace. Il l'embrassait comme un homme affamé, comme si elle était la seule femme au monde et qu'il ne se lasserait jamais d'elle.

De son côté, elle n'avait aucun doute. Gregor MacGregor était le premier homme qu'elle embrassait et il serait le dernier. Si elle avait encore eu besoin d'une preuve qu'ils étaient faits l'un pour l'autre, elle l'avait. Elle lui appartenait et il ne pourrait plus jamais le nier. La possessivité de son étreinte ne mentait pas. Il la marquait comme sienne de sa bouche, de sa langue, de ses mains ; il la revendiquait tout entière.

Les sensations se bousculaient en elle. Le frottement râpeux de sa mâchoire contre sa peau sensible, la chaleur humide de sa bouche tandis qu'il dévorait son cou et sa gorge, la pression de ses seins contre son torse, l'élancement de ses tétons quand il les effleura de son pouce, l'empreinte de sa main sur sa hanche, sur sa fesse, qui la soulevait contre son…

Doux Jésus !

Elle le sentait entre ses jambes, dur et épais. Une longue colonne d'acier qui se frottait contre elle et déclenchait une onde de moiteur entre ses cuisses. Elle savait ce qui se passait entre un homme et une femme, mais l'union de leurs deux corps semblait impossible.

Dès qu'il commença à bouger, elle changea d'avis. Ses seins devinrent lourds et ses membres s'amollirent. Elle glissa ses bras autour de son cou avant que ses jambes ne cèdent. Elle était malléable, souple, *prête*.

Elle tenait à peine debout et, pourtant, elle avait besoin de...

Bouger. Elle faillit crier de soulagement. C'était divin. Il accorda aussitôt ses mouvements aux siens. Les ondulations de ses hanches devinrent plus pressantes et elle chercha à augmenter la friction. Plus elle se frottait contre lui, plus son plaisir était intense.

Il faisait tout pour lui en donner, avec sa bouche, sa langue, son sexe raide et massif.

Pourtant, son corps avide n'était pas satisfait. Le besoin s'intensifia, devint plus insistant. Ses gémissements se transformèrent en halètements, l'implorant de soulager cette tension frénétique qui s'accumulait en elle. Elle sentait ses muscles se contracter sous ses doigts tandis qu'il luttait contre les exigences de son propre désir.

Quelque chose de merveilleux était sur le point de se produire et Cate avait hâte de découvrir ce que c'était.

Gregor avait sombré dans la folie. C'était la seule possibilité. Sinon, comment expliquer cette frénésie qui s'était emparée de son esprit, le dépouillant de toute pensée cohérente et réduisant à néant le sang-froid dont il était si fier ?

Il aurait dû s'arrêter et il le savait. Pourtant, il ne pouvait ordonner à ses bras de la lâcher. Elle était si succulente, ses lèvres étaient si douces, sa bouche si chaude, son corps si ferme...

Dire qu'elle était réceptive était un euphémisme. Elle était comme l'un des barils de poudre de Sutherland, sa passion prête à s'enflammer à la première étincelle. « Son » étincelle. Le pouvoir que cela lui donnait augmentait encore son excitation, même s'il était conscient du danger.

Encore une dernière caresse de la langue, un dernier effleurement. Mais ce n'était jamais assez. Rien ne serait assez tant qu'il ne serait pas en elle, tant qu'elle ne crierait pas son nom en se convulsant de plaisir autour de lui.

Même cela, cela risque de ne pas te suffire.

Il chassa cette pensée malvenue. C'était ridicule. Ce n'était que de la luxure, rien de plus.

Sauf qu'il n'avait encore jamais ressenti une telle urgence. Une urgence qui l'emplissait du besoin de la faire sienne. Une urgence qui ignorait les limites de l'honneur. Une urgence qui croissait en lui et ne le lâchait plus.

Il était dur comme pierre. La sentir se frotter contre lui tout en émettant ces petits halètements de plaisir, savoir qu'elle était sur le point d'atteindre le paroxysme rien qu'en sentant son membre raide entre ses cuisses manqua de lui faire perdre définitivement la raison.

Là, dans la cour d'entraînement, à l'ombre de la caserne, au milieu de l'après-midi, quand n'importe qui pouvait débouler à tout moment, il était à deux doigts de la faire jouir et de se répandre comme un jouvenceau avec sa première donzelle. Cette petite intrusion de la réalité dans sa conscience ivre de désir lui donna juste assez de force pour s'arracher à elle. Brusquement, et avec quelques jurons bien choisis.

Elle tituba mais parvint à garder l'équilibre, ce qui était une bonne chose car il n'était pas en état de la retenir.

Son corps était en feu. Tous ses muscles étaient bandés par l'effort de se contenir. Il était tendu comme la corde de son arc prêt à décocher sa flèche. Un seul geste, une seule caresse et elle serait à nouveau dans ses bras.

Il ne pouvait pas, même s'il en mourait d'envie. Surtout quand elle leva vers lui son visage, les joues roses, les lèvres enflées par ses baisers et le regard embué par la passion. Dieu qu'elle était désirable ! Aussi ardente qu'il l'avait imaginée. Non, plus encore.

— Que s'est-il passé ? demanda-t-elle.

J'ai perdu la tête et j'ai failli aller trop loin.

Il se retint de le dire. Il parvint à retrouver la raison et força son sang à refroidir.

— Je t'ai donné ton premier baiser.

Et j'ai été à un cheveu de te donner bien plus.

— Pourquoi t'es-tu arrêté ?

— Parce que c'était fini.

Elle fronça les sourcils.

— Ça ne m'a pas paru fini du tout.

Que Dieu lui vienne en aide ! Si seulement, pour une fois, elle pouvait garder ses pensées pour elle !

— Eh bien si. Il faudra me croire sur parole.

Elle parut sur le point de protester, puis sourit, l'air un peu timide.

— C'était merveilleux. Peut-être que, la prochaine fois, tu pourrais le faire durer un peu plus…

— La prochaine fois ? glapit-il. Cate, il n'y aura pas de prochaine fois.

Elle cessa aussitôt de sourire.

— Mais pourquoi ? Je croyais que tu…

Sa voix se brisa et elle le dévisagea avec une telle confusion qu'il faillit tendre la main vers elle. Néanmoins, rien n'avait changé. Il savait juste, désormais, à quel point il était dangereux de la toucher. Il n'était pas l'homme qu'il lui fallait. Même s'il crevait d'envie d'être celui qui lui enseignerait la passion, ce n'était pas son rôle.

Son instinct se rebella à cette idée, mais il le fit taire.

— C'était juste un baiser, Cate. N'y vois pas autre chose. Je n'ai pas changé d'avis.

Cate était sous le choc. Juste un baiser ? Il n'avait pas changé d'avis ? Comment pouvait-il dire ça après ce qui venait de se passer ? Elle avait beau être innocente et sans expérience, elle n'était pas idiote. Ce baiser avait signifié quelque chose… et pas que pour elle. Il le savait, lui aussi, même s'il prétendait le contraire.

Elle le dévisagea en plissant les yeux.

— Tu veux dire que tu n'as rien ressenti ?

Une lueur espiègle apparut dans ses incroyables yeux verts.

— Je crois que tu sais exactement ce que j'ai ressenti, répliqua-t-il.

Elle baissa les yeux. Elle savait qu'il cherchait à l'embarrasser, mais cela ne l'empêcha pas de rougir au souvenir du pieu qu'elle avait senti contre son bas-ventre.

— Ah, c'est vrai, ce n'était que de la luxure, c'est ça ? C'est drôle, mais je ne me souviens pas de t'avoir vu aussi fougueux quand tu embrassais Seonaid, Màiri ou n'importe quelle autre femme avec laquelle je t'ai vu à l'œuvre. D'un autre côté, je ne suis pas une experte en la matière, même si je compte bien le devenir.

L'expression de Gregor changea si brusquement qu'elle n'eut pas le temps de réagir. Il lui attrapa le bras et la tira vers lui, la fixant d'un regard pénétrant.

— De quoi parles-tu ? Je viens de te dire qu'il n'y aurait pas de deuxième fois.

Elle lui adressa un sourire charmant, ignorant les doigts qui s'enfonçaient dans sa chair et l'expression menaçante du grand guerrier qui essayait de l'intimider.

— Avec toi, tu veux dire.

Ses yeux devinrent si sombres qu'ils paraissaient noirs.

— C'est-à-dire ?

Elle écarta délicatement les doigts serrés autour de son bras, puis épousseta sa manche.

— À ton avis ? répondit-elle. Maintenant que j'ai eu mon premier baiser, je me demande bien pourquoi j'ai attendu si longtemps. C'était bien agréable.

— Agréable ? balbutia-t-il.

— Oui, très agréable. Cela dit, contrairement à toi, je n'ai aucun point de comparaison. Pour le moment.

Elle arqua un sourcil, avant de reprendre :

— Je suis également curieuse de savoir ce qui vient après. J'ai comme l'impression que tu as oublié quelque chose.

Elle crut un moment l'avoir poussé trop loin. Il semblait hésiter entre la pousser contre un mur et finir ce qu'il avait commencé, ou lui donner une fessée.

Il ne fit ni l'un ni l'autre, mais son regard brûlant la cloua sur place.

— Je n'ai rien oublié, et tu ne découvriras ce qui se passe après qu'une fois mariée. Tant que je serai ton tuteur, tu n'embrasseras personne, tu m'entends ? Je ne veux pas que ta réputation soit ternie.

Elle émit un petit rire cynique.

— N'est-ce pas un peu ironique, venant de toi ? Ce n'était qu'un baiser, n'est-ce pas ? Dans la mesure où le seul homme que je pourrais envisager d'épouser ne veut pas de moi, je n'épouserai personne. Je suis sûre que ma réputation pourra supporter quelques écarts, tels que des baisers inoffensifs.

— Ne me provoque pas, Cate. Je sais ce que tu essaies de faire. Ça ne marchera pas. Je ne changerai pas d'avis.

Elle soutint son regard, lui renvoyant son défi au visage.

— Vraiment ?

Il crispait tant les mâchoires qu'elle crut qu'il allait se briser les dents.

— C'est ce que nous verrons, dit-elle sur un ton léger.

Elle tourna les talons et fit quelques pas avant de se souvenir d'un détail.

— À quelle heure, demain ? demanda-t-elle.

Il parut perplexe. Pour une fois, elle l'avait décontenancé et ce n'était pas pour lui déplaire. L'idée qu'elle puisse déstabiliser l'impassible Gregor MacGregor renforçait considérablement sa fierté de femme.

— Pour quoi faire ? demanda-t-il, méfiant.

— Tu as promis de me montrer de nouvelles manœuvres.

Elle marqua une pause avant de préciser :

— Sur le terrain d'entraînement.

— Oui, je sais, rétorqua-t-il.

Il avait vraisemblablement pensé à des manœuvres d'un autre genre.

— Après le déjeuner, reprit-il. J'ai des affaires à régler pendant la matinée.

— Je m'en réjouis d'avance, déclara-t-elle.

À voir la tête de Gregor, elle était la seule. Si la perspective d'un corps à corps avec elle semblait le terrifier, Cate, elle, en était enchantée et s'éloigna d'un pas guilleret.

Juste un baiser, vraiment ! Gregor MacGregor, l'archer le plus redouté des Highlands, avait peur… d'elle ! Il luttait de toutes ses forces contre l'inévitable, mais cela ne suffirait pas. Elle le savait aussi bien que lui, même s'il n'était pas encore prêt à l'admettre. Il capitulerait. Il faudrait sans doute encore quelques baisers pour le convaincre, mais le lien entre eux était unique. Pour la première fois, Cate sentit ses rêves à portée de main.

10

Gregor la regarda s'éloigner d'un pas léger et se demanda ce qui venait de se passer. Il inspecta la cour autour de lui, s'attendant presque à voir les arbres déracinés, les caisses sens dessus dessous et du foin éparpillé sur le sol. Les signes qu'un ouragan venait de s'abattre sur lui. L'ouragan Cate.

Que lui avait-il pris ? Il s'agissait de Caitrina, de sa « petite » Caitrina. La jeune fille dont il était responsable. Depuis le début, elle avait éveillé un étrange instinct protecteur en lui, mais jusqu'à présent, cela n'incluait pas d'être à un cheveu de la violer dans la cour.

Comment avait-il pu offrir de l'embrasser ? Il n'avait pas réfléchi ; c'était bien là le problème. Il avait été trop étourdi par ses sensations. Rien de la sorte ne lui était encore arrivé. Il ne perdait jamais sa maîtrise de lui-même. Surtout pas pour un baiser.

Le pire était qu'elle s'en était rendu compte et s'imaginait que cela avait une signification.

La seule signification, c'était qu'il voulait l'emmener dans son lit et la prendre sauvagement, certainement pas qu'il voulait l'épouser. Or, il ne pouvait faire l'un sans faire l'autre. Donc, il ferait comme si ce baiser n'avait jamais eu lieu.

Plus facile à dire qu'à faire, surtout que, chaque fois qu'il la regarderait, il penserait au goût sucré de sa bouche, à sa langue soyeuse glissant contre la sienne, à la sensation de son corps ferme sous ses doigts, à ses seins écrasés contre son torse, à ses halètements de plaisir tandis qu'elle s'était frottée contre lui. *Telle une débauchée.*

N'y pense pas !

L'embrasser avait été une très grave erreur. Il avait voulu lui redonner confiance en sa féminité blessée, et s'était au passage créé une torture qu'il allait devoir endurer jusqu'à son départ pour rejoindre Bruce.

Il traversa la cour en direction de l'armurerie, où il récupéra son arc. Il le contempla un moment, puis choisit plutôt une lance. Il s'était tenu à l'écart des combats trop longtemps. Dès qu'il serait de retour sur le champ de bataille, il oublierait Cate et ses baisers ensorcelés. Il se concentrerait à nouveau sur ce qu'il savait faire de mieux : éliminer des cibles et servir le roi en lequel il croyait plus que tout.

Gregor avait rejoint la Garde des Highlands pour fuir Isobel et se prouver à lui-même qu'il était plus qu'un « joli cœur », mais il y était resté pour Robert de Bruce. C'était pour lui qu'il se battait et c'était lui qu'il ne voulait pas décevoir.

Il ne commettrait plus d'erreur.

Toutefois, il n'était pas encore prêt à reprendre son arc. Il était encore plus déconcentré qu'à son arrivée au château.

Il allait sortir de l'armurerie quand un homme apparut sur le seuil, lui barrant la route.

— Qu'est-ce que c'était que ce cirque, tout à l'heure ? demanda John.

L'espace d'un instant, Gregor crut qu'il faisait allusion au baiser. Puis il se rendit compte que son sentiment de culpabilité l'égarait. Il ravala sa réaction défensive et déclara :

— Je pourrais te renvoyer la question : que faisais-tu avec Cate ?

— À ton avis ? Je l'entraînais.

— Seulement ? Tu avais l'air d'avoir envie de l'embrasser.

Le regard de John brilla d'une lueur menaçante. Gregor n'en eut cure. Son jeune frère était un bon lutteur, mais moins bon que lui.

— Et alors ? rétorqua John. Elle est très jolie.

Ce fut au tour de Gregor de se faire menaçant. Il s'approcha de son frère, les muscles bandés et prêts au combat. Elle était bien plus que « jolie ».

— Tu ne le nies pas ?

— Pourquoi le ferais-je ?

— Parce qu'elle est sous ta responsabilité, bougre d'imbécile ! Nous avons le devoir de la protéger. Abuser de son innocence serait immoral.

— Qui cherches-tu à convaincre ? Moi ou toi ?

Gregor visa sa mâchoire. John esquiva adroitement le premier coup, mais le second, dans les côtes, atteignit sa cible. Il répliqua par une droite en plein ventre. Après quelques échanges de coups de poing, de coude et de genou, ils étaient tous les deux ensanglantés, contusionnés et hors d'haleine.

Gregor se sentait déjà mieux. Ce pugilat était exactement ce dont il avait eu besoin.

— Garde tes distances avec elle, John, haleta-t-il. Désormais, c'est moi qui m'occuperai de son entraînement. Elle n'est pas pour toi.

— Pour qui est-elle, alors ? L'un des hommes que tu as convoqués ? Tu lui as trouvé un mari idéal ?

Gregor serra les dents, hésitant entre répondre ou le frapper à nouveau.

— Non, pas encore, avoua-t-il.

— Tu veux mon avis ? Tu es jaloux. Tu ne lui as pas trouvé de mari parce que tu ne supportes pas l'idée qu'un autre la touche, y compris moi.

— Tu la veux, c'est ça ? aboya Gregor.

— Je pourrais, si je n'étais pas convaincu qu'elle en aime un autre.

Moi. Gregor se figea, n'ayant soudain plus aucune envie de se battre.

— Tu « crois » qu'elle en aime un autre, rectifia-t-il.

— Tu peux affirmer le contraire ?

En vérité, il ne savait plus quoi penser.

— Peu importe, répliqua-t-il.

Le regard de John lui rappela cruellement leur père. *Un faible. Il ne vaudra jamais rien de bon. Un garçon décevant*. Sauf qu'il leur avait démontré le contraire. Le roi d'Écosse croyait en lui, bon sang !

— Dans ce cas, reprit John, rends service à tout le monde et trouve-lui vite un mari avant de faire quelque chose que tu pourrais regretter.

— Je n'ai pas besoin que mon petit frère me fasse la morale. Je sais me tenir. J'ai une certaine expérience avec les femmes, vois-tu.

— Peut-être, mais Cate n'est pas comme les autres.

Sur ces paroles, John tourna les talons et s'éloigna. C'était vrai, Cate était différente. Il ne pouvait pas la traiter comme ses autres admiratrices, ce qui revenait à dire qu'il ignorait comment la traiter. Il avait l'habitude de donner aux femmes ce qu'elles voulaient, à savoir une ou deux nuits de plaisir. Dans le cas de Cate, ce n'était pas envisageable. Il se retrouvait donc sur un territoire inconnu, attiré par une femme avec laquelle il devait cohabiter sans pouvoir la mettre dans son lit.

Même l'absence remarquée de Gregor au dîner ne parvint pas à atténuer le bonheur de Cate. Au contraire, cela la ravit. Le fait qu'il cherchât à l'éviter signifiait qu'il était troublé. Elle supposa qu'il était sorti chasser avec son arc, même si, étrangement, elle ne l'avait pas vu avec depuis son arrivée.

Lorsqu'il était perturbé ou avait besoin de réfléchir, il disparaissait toujours avec son arc. D'après sa mère, ses disputes incessantes avec son père étaient la raison pour laquelle il était devenu un si bon archer. Cate n'en doutait pas, mais elle pensait aussi que son aptitude naturelle, sa détermination et son envie d'être le meilleur avaient également joué en sa faveur.

Elle aurait aimé que Duncan MacGregor soit encore de ce monde pour voir son fils. Il était mort quelques années avant qu'elle arrive à Dunlyon. Elle savait à quel point son opinion, ou plutôt son manque d'estime, avait motivé Gregor. Finalement, il avait démontré à tous que son père avait tort.

Son talent était réellement extraordinaire. Elle adorait le regarder s'entraîner et regrettait de ne pas l'avoir vu aux jeux des Highlands avant la guerre. D'un autre côté, compte tenu des récits sur les nuées d'admiratrices qui le suivaient partout, elle ne se serait sans doute pas beaucoup amusée.

En parlant d'admiratrices… Lorsqu'elle entra dans le grand hall pour le petit déjeuner, le lendemain matin, elle ne fut pas surprise d'y voir de nombreuses femmes espérant apercevoir le beau laird. Cela ne ferait qu'empirer au cours des prochains jours, avec les préparatifs pour les célébrations de Noël et pour la fête de Hogmanay. Cela expliquait sans doute son manque d'enthousiasme pour ces réjouissances à venir. Elle le voulait pour elle seule. Ces femmes le laisseraient-elles tranquille un jour ou devrait-elle s'habituer à leur présence ?

Que Gregor la mette dans le même sac que la masse de ses admiratrices l'inquiétait. Elle n'était pas comme toutes les autres. Quoique... elle se souvint avec un certain malaise de ses ruses peu subtiles pour attirer son attention, les premiers jours qui avaient suivi son retour. Toutefois, elle n'avait pas voulu le piéger ; elle cherchait simplement à lui montrer qu'elle avait changé.

En l'absence du laird, John trônait à sa place sur l'estrade. Il l'aperçut et lui fit signe de venir s'asseoir à côté de lui sur le banc.

— Il y a du monde, ce matin, observa-t-elle avec un sourire. Lizzie n'avait pas l'air très heureuse de me céder sa place.

John lança un regard amusé vers la jolie blonde qui venait de retourner s'asseoir près de son père à une autre table.

— Bah ! fit-il en riant. De toute manière, ce n'est pas moi qu'elle désirait voir.

Compte tenu des regards que lui lançait la jeune fille, Cate n'en était pas si sûre. John n'avait pas besoin de vivre dans l'ombre de son frère. Un jour, il s'en rendrait compte et déploierait enfin ses ailes. Il expliquerait à Gregor qu'il voulait combattre au lieu de rester au château pour administrer ses propriétés.

— Où est Gregor ? demanda-t-elle.

— Il avait des affaires à régler ce matin, répondit John avec un haussement d'épaules.

— Encore des missives à rédiger ? Depuis son arrivée, j'ai vu défiler plus de messagers qu'au cours de toute l'année. Tu crois qu'il s'agit de la guerre ? Le roi projette quelque chose ?

Bruce avait intérêt à ne pas le rappeler tout de suite ! Au début, Cate avait cru que Gregor avait rejoint l'armée au sein des troupes du chef de leur clan, Malcolm MacGregor. Toutefois, il ne semblait pas souvent se battre aux côtés de son oncle. Le plus souvent, il était avec le roi en personne. Chaque fois qu'elle les avait interrogés à ce sujet, John et lui, elle n'avait obtenu que des réponses évasives, au point qu'elle se demandait si Gregor n'était pas plus proche de Bruce qu'il ne le laissait paraître.

— Je suis sûr que c'est plutôt en rapport avec la fête, répondit John.

Cate se détendit.

— Tu as probablement raison. Il a invité beaucoup de clans voisins ?

— Je crois, oui.

— Il est tellement discret à ce sujet. C'est à croire qu'il prépare une surprise.

— En effet, attends-toi à être sacrément surprise.

— Comment ça ?

— Rien, c'est juste que…

Il hésita, semblant regretter ses paroles, puis changea de sujet :

— Il va y avoir des changements ici une fois que mon frère sera parti. Je ne voudrais pas que tu en souffres.

Elle pâlit.

— Il a donc été rappelé par le roi ?

Gregor lui avait dit qu'il resterait au château au moins jusqu'au début de janvier.

— Non. Pas encore. Mais il repartira au début de l'année et tu devrais t'y préparer.

Visiblement, il essayait de lui dire quelque chose.

— Me préparer à quoi ? Gregor t'a-t-il parlé des enfants ? Compte-t-il les renvoyer ?

John s'efforça aussitôt de la rassurer et posa une main sur son bras.

— Il ne m'a rien dit au sujet des enfants. Mais je t'avais prévenue qu'il freinerait des quatre fers.

— Tu devrais avoir plus confiance en lui, le gronda Cate. Il n'est pas aussi insensible qu'il en a l'air.

John la dévisagea attentivement.

— Peut-être, mais cela ne signifie pas qu'il est l'homme que tu voudrais qu'il soit, Cate. Ne te laisse pas aveugler par ton admiration pour lui.

— Tu n'as pas à t'inquiéter. Je sais ce que je fais.

John ne paraissait guère convaincu.

— Promets-moi d'être prudente, Caty. Tu mérites un homme qui te rendra heureuse.

Il estimait clairement que Gregor n'était pas cet homme.

Elle suivit son regard et fronça les sourcils.

— Je me demande ce que Farquhar fait là de si bon matin. On le voit beaucoup à Dunlyon ces temps-ci.

Depuis qu'il l'avait escortée après la messe, il mettait un point d'honneur à échanger quelques mots avec elle chaque fois qu'il venait parler à John. Pour une fois, il paraissait distrait et ne fit même pas un signe dans sa direction lorsqu'il traversa le hall, se dirigeant apparemment vers l'office du laird.

— C'est un bon garçon, déclara John.

Il la regardait étrangement.

— Je n'en doute pas, répondit-elle. Il a à faire avec Gregor ?

— Je crois bien que oui.

Son ton avait quelque chose de sinistre. Cate se dit que cela n'avait aucun rapport avec elle. Elle se trompait.

— Je serai capable de subvenir à ses besoins, assura Farquhar.

Assis en face de lui de l'autre côté de la table, Gregor le regarda droit dans les yeux. En dépit de sa jeunesse et de l'accueil glacial du laird, le fils du préfet ne paraissait pas nerveux. Gregor l'aurait admiré s'il n'avait pas été aussi agacé.

— Je pourrai même faire plus que cela, poursuivit le jeune homme. On m'a offert le poste de clerc auprès du régisseur de la maison du comte de Lennox. C'est un lointain cousin de ma mère. N'ayant pas de fils, il me formera afin que je lui succède.

Gregor aurait dû être aux anges. Le futur régisseur du comte de Lennox était un parti inespéré pour Cate. Que le fils du préfet ait obtenu une telle charge témoignait de son ambition, de sa perspicacité et de ses possibilités. Même s'il avait fait jouer ses relations, il avait dû faire forte impression à une personne si haut placée pour décrocher ce poste. Alors pourquoi Gregor n'était-il pas impressionné, et pourquoi ne parvenait-il pas à décrisper sa mâchoire ?

Parce que pendant que Farquhar faisait sa demande, il entendait la voix de Cate : « *Je n'ai aucun point de comparaison.* » Ce jeune homme serait-il le prochain à l'embrasser ? Ses doigts serraient convulsivement le gobelet en étain dans sa main. « *Je suis également curieuse de savoir ce qui vient ensuite.* »

Il vida le gobelet d'un trait, savourant à peine le délicieux et précieux vin de Bordeaux que le Faucon et lui avaient intercepté l'été précédent dans un convoi destiné au roi Édouard. Ce dernier n'était peut-être pas à la hauteur de son tyran de père, le « marteau des Écossais », mais il s'y connaissait en bons vins.

Se rendant compte que le jeune homme le fixait en attendant sa réponse, Gregor ravala le refus qui lui était monté aux lèvres.

— Pourquoi Caitrina ? demanda-t-il. Tu la connais à peine.

Farquhar remarqua la note étrange dans sa voix et fronça les sourcils.

— Tout le monde au village connaît Caitrina, répondit-il. Il est vrai que je me suis absenté quelques années, mais elle n'a pas changé.

— Certains considéreraient que ce n'est pas forcément une bonne chose.

— Ce sont des sots. Caitrina représente tout ce que j'admire chez une femme. Elle est forte, intelligente, directe, loyale, bonne et sans prétention. Mes parents l'adorent et pensent qu'il n'existe pas une femme dans tout le Perthshire qui ferait une meilleure épouse. Elle est telle qu'elle est, aussi sûre d'elle et à son aise avec un laird, un marchand ou un paysan. Elle se sentirait chez elle dans une cabane comme dans un château.

Il disait vrai, même si Gregor était agacé d'entendre ses meilleures qualités vantées par ce jeune homme.

— Qu'en est-il de vos tempéraments ?

Farquhar plissa le front.

— Je ne comprends pas.

— Tu es sérieux et érudit. Elle est...

— Pleine d'entrain et passionnée ? acheva Farquhar avec un sourire ironique. C'est en partie ce qui me séduit. J'admire en elle ce que je n'ai pas moi-même, mais cela ne veut pas dire que nous serions mal assortis, au contraire. Je m'ennuierais à mourir avec une épouse qui me ressemblerait trop. Quel homme ne voudrait pas d'un peu de passion dans sa vie ?

Il ne pensait probablement à rien de lubrique, mais Gregor dut se retenir de bondir, de l'attraper par le col de sa tunique et de lui faire une seconde bosse sur le nez. Pour un universitaire, Farquhar semblait avoir déjà participé à plus d'une rixe.

— Et au sujet des activités peu orthodoxes de Cate ? demanda-t-il.

Enfin, une lueur d'incertitude traversa le regard du jeune homme. Il réfléchit un moment avant de répondre :

— Je n'ai pas reçu un entraînement de guerrier, mais je sais me battre et je pourrai protéger ma femme en cas de besoin.

— Et si ta femme a reçu un entraînement de guerrier ?

— Je serai soulagé qu'elle sache se défendre quand je ne serai pas là.

— Tu n'objecteras donc pas à ce qu'elle poursuive son entraînement ?

Les traits de Farquhar s'assombrirent. Il n'aimait pas se retrouver le dos au mur.

— J'espère qu'elle ne ressentira pas le besoin de continuer et qu'elle se sentira suffisamment en sécurité avec moi pour mettre son entraînement et ses armes de côté.

Il soutint le regard de Gregor en ajoutant :

— Je suppose qu'elle a une bonne raison de vouloir apprendre à se défendre.

Il était aussi perspicace que cultivé. Gregor hocha la tête.

— Dans ce cas, reprit Farquhar, j'espère qu'elle se confiera à moi et, qu'ensemble, nous trouverons une solution qui nous satisfera tous les deux.

Ses réponses étaient presque trop parfaites. Quatre-vingt-dix-neuf pour cent des hommes que Gregor connaissait n'auraient jamais laissé leurs épouses s'entraîner à la guerre. L'exception se trouvait-elle devant lui ? Il aurait eu cette chance ?

Gregor commençait à être à court d'excuses.

— Où vivriez-vous ? demanda-t-il.

— Dans un cottage près du château de Balloch en un premier temps, puis dans la tour du régisseur.

Pas trop loin, mais assez loin quand même.

Farquhar fit une pause. Il avait visiblement hâte d'en finir avec cet interrogatoire.

— Ai-je votre permission ? demanda-t-il. J'aimerais être fixé assez rapidement, avant mon retour à Balloch pour le nouvel an.

Gregor tapota son gobelet désormais vide sur la table. *Réfléchis !* Il avait beau faire, il ne trouvait aucune raison de rejeter la demande du jeune homme. Il représentait la solution idéale à son problème. Une fois Cate mariée, il pourrait laisser son clan entre les mains compétentes de John et rejoindre la Garde sans être distrait par des responsabilités trop contraignantes. Il ne s'inquiéterait plus pour elle, n'aurait plus de remords d'être aussi souvent absent, ne craindrait plus de décevoir quelqu'un. Ni Cate ni le roi.

C'était ce qu'il voulait, non ?

Il était fait pour être guerrier, pas laird, et encore moins époux. Il aimait être seul et faire ce que bon lui semblait sans avoir d'explications à donner. Il voulait être libre sans que personne dépende de lui. Il ne voulait pas d'attachement sentimental avec ses partenaires de lit. Il aimait la variété.

Il ne pouvait que la décevoir et finirait par lui briser le cœur. Il ne pouvait pas faire ça, pas à Cate, même si l'idée qu'elle en épouse un autre lui était pénible, même si elle était unique, même si elle l'avait rendu fou d'un simple baiser. Il oublierait tout cela dès qu'il serait de retour au combat.

Elle ne l'aimait pas vraiment. Le fils du préfet serait parfait pour elle. À vingt-deux ans, il était plus proche de son âge. Il était avenant, intelligent, possédait un avenir qui élèverait considérablement son rang. Farquhar l'admirait et ferait son possible pour la rendre heureuse. Que demander de plus ?

Il prit une profonde inspiration, luttant contre une sensation d'oppression qui lui comprimait la poitrine.

— Oui, tu as ma permission, déclara-t-il. J'informerai Cate de ton offre et, si elle est d'accord, vos fiançailles pourront être annoncées lors du banquet.

Le jeune homme l'observa attentivement, un peu trop, même.

— Aurait-elle une raison particulière de refuser ? Un autre prétendant, peut-être, qui aurait sa préférence ?

Oui, il est très malin. Gregor comprenait ce qu'il demandait.

— Il y a plusieurs autres hommes en lice, mais c'est ta demande que je lui soumettrai en premier. Je suis son tuteur. Elle se fiera à mon jugement et accomplira son devoir.

À cet égard, Cate lui ressemblait. Même si cela ne lui plaisait pas, elle s'exécuterait. Néanmoins, il redoutait le moment où il devrait lui annoncer son plan.

11

Cate retint fermement le plaid autour de ses épaules tandis qu'elle courait entre les arbres. Le soleil commençait à percer à travers les branches, mais il faisait encore froid et venteux après la tempête de la veille, qui avait recouvert la vallée et la forêt d'une épaisse couche de neige.

— Je t'entends, petit diable ! Je vais t'attraper !

Un cri de surprise, suivi d'un gloussement (sans parler de petites empreintes de bottes faciles à repérer sur le sol blanc), lui indiqua qu'elle approchait de sa proie.

Elle avança à pas de loup en prenant sa voix grave de croque-mitaine.

— Mais où est-il ? Mais où est donc passé Eddie… ?

Eddie poussa un autre cri haut perché et s'enfuit de sa cachette. Elle le rejoignit en quelques enjambées, attrapa par la taille le garçonnet emmitouflé dans plusieurs couches de laine et le souleva dans les airs.

— Ah ! Te voilà ! Tu ne pourras plus jamais m'échapper !

Elle embrassa ses petites joues glacées, lui chatouilla le ventre et le fit tournoyer jusqu'à ce qu'il hurle de rire.

Elle ne se lassait jamais de l'embrasser. Ses élans d'affection pour les enfants la surprenaient elle-même.

Avant son arrivée à Dunlyon, elle n'avait jamais eu l'occasion de passer du temps avec des petits. Elle avait découvert à quel point il était facile et agréable de les aimer. Ils étaient irrésistibles.

Elle songea à sa mère et à l'enfant qu'elle avait porté. Aurait-elle eu autant de plaisir à jouer avec un petit frère ou une petite sœur ? Était-ce ce qui lui manquait ? Auraient-ils joué à cache-cache ? Organisé des combats de bâton et des parties de ballon ? Joué avec le chiot dans l'écurie comme elle le faisait avec Eddie (et avec Maddy, quand elle n'était pas malade) ?

D'ordinaire, elle évitait de se replonger dans son passé. Le sentiment de perte n'était plus aussi vif qu'autrefois, mais il était toujours là. Il le serait toujours, mais la compagnie de Pip, d'Eddie et de Maddy atténuait la douleur des souvenirs. Ils devaient rester. Leur place était ici, avec elle... et avec Gregor, quand il aurait enfin changé d'avis.

Prenant garde à la vessie imprévisible d'Eddie, elle le reposa à terre. Cela dit, le garçonnet contrôlait de mieux en mieux ses envies. C'était probablement dû au fait qu'il commençait à se sentir en sécurité.

Elle était convaincue que Gregor ne les chasserait pas, mais son étrange conversation avec John la préoccupait. Il devait avoir eu une bonne raison de la mettre en garde contre Gregor. S'agissait-il des enfants ou d'autre chose ?

Elle déposa un dernier baiser sur la joue d'Eddie et proposa :

— Si on cherchait un arbre ?

Il acquiesça et tira nerveusement sur son entrejambe. Une minute plus tard, il lança victorieusement :

— J'ai jauni la neige !

Cette prouesse lui paraissait hilarante.

— Neige jaune ! Neige jaune ! Neige jaune ! chanta-t-il. Maddy ne peut pas dessiner de ligne comme ça. Les filles doivent s'accroupir, tu savais ? Debout, c'est beaucoup mieux.

Doux Jésus, les conversations des garçons de trois ans ! Toutefois, Cate était plutôt d'accord avec lui : les garçons étaient nettement avantagés sur ce plan. Elle examina la ligne en question, qui était plutôt sinueuse.

— C'est bien, mais je serais toi, je ne m'en vanterais pas. Tu pourrais vexer Maddie.

Il cessa de rire et réfléchit à la question avec un air grave. Puis il acquiesça.

— Tu as raison. Je peux le dire à mon pè…

Il s'interrompit et rectifia :

— Au laird ?

Cate eut un pincement au cœur. Avant de l'abandonner, la mère d'Eddie lui avait dit que Gregor était son père, mais, même à trois ans, il était suffisamment grand pour comprendre qu'il n'avait pas été reconnu. Elle n'avait pas connu cette situation. Son propre père n'avait jamais nié sa paternité. Toutefois, à l'instar d'Eddie, elle avait compris très jeune qu'elle était une bâtarde. Elle s'était soustraite à l'opprobre public en quittant Lochmaben, mais les souvenirs étaient plus difficiles à effacer.

Elle aurait aimé protéger le garçon des souffrances inévitables que sa condition lui infligerait. Tout aurait été beaucoup plus facile si Gregor avait vraiment été son père. Quoi qu'il en dise, il n'aurait jamais renié sa propre chair. Qu'adviendrait-il de ces enfants qui n'étaient pas les siens, mais qui avaient besoin de lui ?

Et celle qu'il choisirait pour épouse ? Elle ne s'était encore jamais posé la question. S'il savait qu'elle était bâtarde, cela changerait-il quelque chose pour lui ? Elle voulait croire que non mais, pour la première fois, son mensonge la turlupinait. Quand elle lui avait donné un faux nom, elle n'avait évidemment pas pensé à un futur mariage. Elle était toujours la même, que ses parents aient été mariés ou pas. Que son père soit techniquement toujours en vie n'avait pas d'importance. Il était mort à ses yeux depuis qu'elle avait cinq ans.

Ce pourrait être un problème.

Elle chassa ses doutes et sourit au garçon.

— Je suis sûre que le laird sera très intéressé de l'entendre. Si nous allions le chercher ?

De toute manière, l'heure du déjeuner approchait.

Eddie acquiesça et glissa sa petite main dans la sienne. Ils se frayèrent un chemin entre les troncs. Pendant qu'Eddie continuait de s'extasier sur sa nouvelle prouesse urinaire, elle songea à sa séance d'entraînement de l'après-midi. Elle était excitée à l'idée de passer du temps avec Gregor et d'apprendre de nouvelles techniques, mais elle tenait également à lui montrer ce qu'elle savait faire, à lui prouver qu'il avait eu raison de l'encourager. Elle tenait à ce qu'il la prenne au sérieux. Elle était fière de ce qu'elle avait accompli et espérait qu'il le serait également.

Elle voulait qu'il la considère comme une femme indépendante et non plus comme une jeune fille qui avait besoin de sa protection. Elle n'était plus la victime piégée au fond d'un puits. Il fallait qu'il l'aime non par devoir, mais par envie.

Ils avaient dû s'enfoncer plus loin qu'elle ne l'avait pensé dans la forêt. Ils étaient encore à plusieurs centaines de mètres du château quand elle sentit un picotement sur sa nuque. Elle se tendit et lança un regard derrière elle. Elle avait la nette impression d'être observée.

Ne voyant rien, elle serra la main du bambin un peu plus fort et accéléra le pas.

Son malaise s'accentua et son cœur se mit à battre plus vite. Tous les quelques pas, elle lançait des regards furtifs à la ronde. Même dénudés, les troncs denses et les branches couvertes de neige lui bloquaient la vue. Elle se faisait probablement des idées.

Un envol soudain d'oiseaux, dérangés sur leurs perchoirs, lui indiqua qu'elle n'inventait rien. Qui l'observait ainsi et tentait de l'effrayer ? Dougal ? Le sale gamin était bien du genre à vouloir se venger, mais elle doutait qu'il eût la patience de rester tapi en embuscade, ni l'intelligence de concevoir un plan pour lui faire peur.

Des brigands ? Ils étaient tellement isolés dans la vallée qu'il était facile d'oublier les troubles dans d'autres parties de l'Écosse : des bandes de hors-la-loi maraudant dans les campagnes ravagées par la guerre ; des patrouilles de soldats anglais rôdant près des châteaux tenus par des garnisons ; des clans encore hostiles à Bruce, tels que les MacDowell dans le Sud-Ouest.

Cette région des Highlands avait été en grande partie épargnée par les conflits depuis que les MacDougall avaient perdu la bataille de Brander contre Bruce, quatre ans plus tôt. La plupart du temps, la guerre semblait bien loin de Roro et de Dunlyon. Si Gregor n'avait pas été sur le front, elle aurait presque oublié le danger. Toutefois, elle le sentait à présent, tapi derrière les arbres. Cela lui rappela son enfance. Lochmaben, au sud de l'Écosse, s'était retrouvée en plein cœur des hostilités. De toutes les choses que Gregor lui avait données, la paix était sans doute la plus précieuse.

— Tu vas trop vite, Cate. J'ai mal aux jambes.

Elle s'efforça de refouler sa peur. Elle ralentit sans pour autant s'arrêter et encouragea Eddie d'un sourire.

— Je suis désolée, mon chéri. C'est juste que je crains qu'il ne t'en reste plus.

— Plus de quoi ?

— J'ai demandé à la cuisinière de préparer une tarte aux figues comme tu les aimes. Mais tu sais que Pip en raffole, lui aussi.

La perspective de voir la tarte lui passer sous le nez fut toute la motivation dont Eddie avait besoin. Il se mit pratiquement à courir sur ses petites jambes.

Avec un grand soulagement, Cate aperçut la lisière de la forêt. Elle distinguait la maison-tour au loin. Ils y étaient presque…

Un craquement derrière elle la fit se tourner. À une vingtaine de mètres, un cavalier apparut entre les arbres. Constatant qu'elle l'avait vu, il s'arrêta.

Cate se figea, paralysée par l'effroi. L'espace d'un instant horrible, elle crut reconnaître le soldat de ses cauchemars, l'homme qui avait tué sa mère. Il avait les mêmes cheveux bruns, la même barbe soigneusement taillée, les mêmes traits aquilins de Normand…

Non. Ce ne pouvait être lui. Il était plus jeune et moins trapu. Son expression n'était pas aussi froide et arrogante. Il ne portait pas la cotte de mailles et le surcot des soldats anglais, mais un *cotun* en cuir et un tartan de Highlander. Toutefois, la ressemblance était troublante.

Pourquoi la suivait-il ?

Des jappements frénétiques venant de la direction opposée attirèrent son attention. Pip et le chiot arrivaient vers eux.

Pip éclata de rire en l'apercevant.

— Je me demandais ce qui le rendait aussi excité. Il est parti comme une flèche, je n'arrivais pas à le rattraper.

Elle allait lui crier de ne pas approcher quand, lançant à nouveau un regard derrière elle, elle constata que le cavalier avait disparu.

— Tu as mangé ma tarte ? demanda Eddie d'un ton furieux.

— Quelle tarte ?

Pip s'arrêta devant eux, essoufflé. En voyant la mine de Cate, il oublia la question de l'enfant.

— Que se passe-t-il ? Que fait Eddie contre cet arbre ?

Baissant les yeux, Cate se rendit compte qu'elle avait poussé l'enfant derrière elle pour le protéger.

— Tu es toute pâle, poursuivit-il. On dirait que tu as croisé un fantôme.

— Tu ne l'as pas vu ? demanda-t-elle.

— Qui ?

— Le cavalier.

Pip fronça les sourcils.

— Non, je n'ai vu personne. Il t'a menacée ? Nous devons prévenir John.

Cate remarqua qu'il pensait à John en premier lieu. L'antipathie que lui avait instantanément inspirée Gregor semblait s'être enracinée.

Elle réfléchit, se repassant la scène dans sa tête. Le cavalier l'avait-il menacée ? Elle avait cru qu'il la suivait, mais peut-être passait-il simplement par là. Il l'avait regardée et avait eu la malchance de ressembler à l'homme qui hantait ses nuits depuis cinq ans.

— Non, il n'a rien fait, conclut-elle. Il m'a juste effrayée. Ce n'était probablement qu'un courrier. Le laird en reçoit pratiquement tous les jours.

Pip prit dans ses bras le chiot qui s'était mis à aboyer quand Eddie avait commencé à « jouer » avec lui.

— Il n'aime pas qu'on lui tire la queue, Eddie. Si tu veux qu'il joue avec toi, il faut être plus doux.

— Mais j'étais doux ! protesta le petit garçon.

Ils se remirent en route vers le château, Pip expliquant à Eddie comment prendre soin d'un chiot. En les écoutant, l'humeur de Cate s'allégea considérablement. Elle se concentra sur la conversation entre les deux garçons qui n'avaient rien à voir l'un avec l'autre et qui pourtant ressemblaient de plus en plus à deux frères, et oublia le cavalier.

Gregor ne tarda pas à regretter d'avoir proposé à Cate de l'entraîner. Plus précisément, il ne lui fallut que trente secondes. Il lui avait demandé de l'attaquer avec un couteau. Elle était d'une rapidité surprenante et n'hésita pas un instant, mais il avait eu des années d'entraînement et savait réagir à une menace. Il attrapa sa main et lui tordit le bras dans le dos, faisant tomber la dague sur le sol.

Le problème était qu'il la tenait à présent contre lui, un bras passé autour de son cou, et que leurs corps étaient pressés l'un contre l'autre. Pendant qu'elle se débattait et tentait d'écarter l'étau contre sa gorge, ses fesses frottaient contre son sexe qui, évidemment, trouvait ça très excitant.

Incapable d'en supporter davantage, il la lâcha.

Elle fit volte-face, l'air furieux.

— Pourquoi as-tu fait ça ?

— Quoi ? demanda-t-il, ne comprenant pas la raison de sa colère. Je t'ai fait mal ?

— Bien sûr que non. Mais tu ne m'as pas laissé l'occasion de me libérer.

Elle paraissait tellement outrée qu'il s'efforça de ne pas rire. Pour une fois, il n'était pas fâché de la voir en rogne. Il l'avait trouvée étrangement calme pendant le déjeuner et s'était demandé ce qui n'allait pas. Elle avait paru… troublée. Cela lui avait fait perdre le fil de sa conversation avec Aonghus, son sénéchal

Am Marischal-tighe. Il avait chargé ce dernier de se renseigner au sujet des enfants et son enquête commençait à porter quelques fruits.

Lorsqu'ils avaient marché vers le terrain d'entraînement, elle n'avait ni souri ni plaisanté, paraissant très concentrée et intense. Une vraie professionnelle. C'était exactement la manière dont il aurait dû se comporter lui aussi, au lieu de réagir comme un puceau en rut qui durcissait rien qu'en sentant une fille pressée contre lui.

Il arqua un sourcil narquois.

— J'avais un bras sur ta gorge et l'autre te tordait le poignet dans le dos. Comment aurais-tu pu te libérer ?

Elle plissa les yeux, vexée par son ton amusé.

— J'étais en train d'y réfléchir.

— Tu n'avais pas le temps de réfléchir. Je t'aurais étouffée.

Elle baissa les yeux vers son bras et contempla ses muscles. La lueur admirative dans son regard lui échauffa encore un peu les sens. Apparemment, elle n'était pas non plus insensible au contact de leurs corps.

Bigre, elle était adorable ! Surtout quand elle était irritée contre lui. Il ignorait pourquoi cela l'émoustillait autant. Aucun de ses sentiments pour elle n'était compréhensible. Quelque chose dans sa détermination, son entêtement, sa franchise, son naturel et son assurance l'attirait. Elle se comportait comme une noble, mais sans le vernis superficiel de la prétention ni l'adhésion stricte aux conventions.

Comme celles qui l'auraient dissuadée de pratiquer les arts guerriers.

— Ce n'est pas toi qui disais que la force physique ne fait pas tout ? railla-t-elle.

— Si, mais dans certains cas, elle l'emporte.

— Tu ne m'avais pas encore totalement maîtrisée. J'avais rentré mon menton pour protéger mon cou. Viens, je vais te montrer.

À contrecœur, il reprit sa position. Cette fois, il ne la tenait que pour la démonstration et elle ne se débattait pas, ce qui ne l'empêchait pas d'être très conscient de leur proximité. Elle était douce contre lui, petite et féminine. Son corps était ferme. Quand il lui avait tenu le bras, il avait découvert qu'elle avait de vrais muscles. Ils n'étaient pas épais et durs comme les siens, mais longs et fins, comme ceux d'un coursier dressé pour la rapidité.

Il se demanda à quoi ressemblait ce corps musclé nu.

— Je rentre mon menton afin que tu ne puisses… Gregor, tu m'écoutes ?

— Oui, oui.

— Ta prise est trop lâche. Serre-moi plus fort.

Ce n'était pas la chose à dire… Il s'exécuta, même si son esprit n'était pas vraiment au combat. Dans ses rêveries, ils étaient nus ; la main autour de son cou descendait entre ses cuisses, l'autre malaxait ses seins tandis qu'il glissait lentement en elle par-derrière.

Il se maudit en silence, l'image envoyant un afflux de sang à un endroit qui n'en avait pas besoin. Ils étaient à nouveau collés l'un contre l'autre. Il sentit le doux parfum de ses cheveux et se demandait quelle essence de fleur contenait son savon quand elle lui enfonça violemment le talon de sa botte dans le pied.

Il poussa un grognement de surprise et de douleur, son torse se pliant en avant par réflexe.

Elle profita du relâchement de son bras autour de son cou pour se contorsionner et libérer sa main coincée dans son dos, glissa un pied derrière sa cheville, le poussa en arrière d'un coup de hanche et le fit tomber à la renverse.

Il n'aurait su dire ce qui, de sa chute ou de sa stupeur, lui coupa le plus le souffle. Cette fois, ses pensées lubriques s'étaient totalement envolées.

Les mains sur les hanches, elle le toisa, dominante.

— Voilà comment je m'y prendrais, dit-elle. À présent, vas-tu prendre mon entraînement au sérieux et cesser de me tenir comme si j'étais une poupée de porcelaine ?

Il roula sur le côté et bondit sur ses pieds.

— Je le prends très au sérieux, Cate, se défendit-il. C'est juste que j'ai peur de te faire mal.

Elle poussa un profond soupir.

— Je sais, mais cela arrivera de toute manière. J'ai reçu mon lot de bleus et d'égratignures avec John.

Ses traits s'assombrirent.

— Si John n'est pas prudent…

Elle eut l'air exaspéré. Elle semblait hésiter entre le secouer comme un prunier et lui écraser le pied à nouveau.

— Bien sûr qu'il est prudent ! Mais les coups et les blessures font partie du jeu. Ne me dis pas que tu n'es jamais sorti du terrain d'entraînement en boitant quand on t'a formé.

Si, surtout quand Boyd leur apprenait une nouvelle technique.

— C'est différent, répondit-il.

— Pourquoi ?

— Parce que tu es…

— Une fille, acheva-t-elle pour lui. Il va falloir que tu l'oublies. Autrement, comment veux-tu que j'apprenne ? Je préfère quelques bleus accidentels plutôt que de me retrouver sans défense face à un homme qui me veut du mal !

Il perçut la nervosité dans son ton et déclara d'une voix plus douce :

— Tu es en sécurité ici, Cate.

— Vraiment ? Tu ne peux pas le garantir. Aujourd'hui encore, j'ai…

Elle s'interrompit et voulut se tourner, mais il la retint par le bras. Il la força à le regarder. Quelqu'un avait-il tenté de lui faire du mal ? Était-ce la raison de son trouble au déjeuner ? Il le tuerait !

— Que s'est-il passé ? demanda-t-il.

— Je… Je jouais avec Eddie dans la forêt quand je l'ai vu… Enfin, j'ai cru le voir.

— Qui ?

— L'assassin de ma mère.

Il la lâcha subitement, le visage fermé.

— Tu t'es trompée, dit-il sèchement.

Pour lui, cette conversation était close, mais pas pour Cate.

— Oui, mais il lui ressemblait tant !

Le seul souvenir la fit frissonner. Ce bref aveu de vulnérabilité lui donna envie de la prendre dans ses bras. Cela ne dura qu'un instant car elle retrouva aussitôt son expression déterminée.

— Je ne veux pas vivre dans la peur, déclara-t-elle.

— Il t'a menacée ?

Gregor perdait rarement son calme. En tant qu'archer et tireur d'élite, il savait rester froid et méthodique dans les circonstances les plus tendues. Précis. Parfait. Toutefois, la seule idée que Cate soit en danger le rendait fou de rage et lui donnait envie de frapper aveuglément autour de lui, d'occire quiconque lui voudrait du mal.

Elle fit non de la tête et expliqua :

— J'ai cru qu'il me suivait, mais je me suis certainement trompée. Il m'a simplement regardée fixement un moment puis il a repris son chemin. Tu n'aurais pas reçu un messager aujourd'hui, par hasard ?

— Non. Quelle direction a-t-il prise ?

— L'est, je crois.

Il lui posa encore quelques questions, jusqu'à ce qu'il soit raisonnablement sûr que c'était une fausse alerte. Il n'était pas si rare que des cavaliers solitaires préfèrent éviter la route et couper à travers la forêt. Il se renseignerait le lendemain afin d'être complètement rassuré, et exigerait désormais qu'elle ne s'éloigne plus du château sans escorte. Devinant sa réaction, il jugea préférable d'attendre un peu avant de le lui annoncer.

Au moins, cela expliquait son silence au cours du déjeuner, ainsi que sa fougue sur le terrain d'entraînement.

Elle se pencha pour ramasser sa dague et la tourna un moment dans sa main avant de demander :

— Tu veux bien me rendre un service ?

Tout ce que tu voudras. Ce n'était pas une promesse qu'il pouvait tenir. Il se contenta de répondre :

— Si c'est en mon pouvoir.

— Je ne voudrais pas…

Elle hésita et se mordit la lèvre, le regardant d'un air gêné. Puis elle reprit :

— J'ai comme l'impression que tu connais assez bien le roi. Je me trompe ?

Il s'efforça de rester impassible, même si sa question le prenait de court. Elle ne l'avait jamais interrogé sur son rôle dans l'armée du roi, si bien qu'il n'avait jamais eu besoin de lui mentir. D'ordinaire, elle évitait de parler de Bruce et de ses partisans. Il sentait qu'elle ne l'aimait toujours pas et le tenait toujours pour responsable de ce qui était arrivé à son village.

— Pourquoi ? demanda-t-il.

— Tu ne pourrais pas lui demander de mener une enquête ? Je sais que tu as essayé de découvrir le nom de ce soldat, mais le roi aura peut-être de meilleurs contacts…

— J'ai fait tout ce qu'il était possible de faire.

— Je ne comprends pas pourquoi son nom est si difficile à trouver. Le comte d'Hereford ne devait pas avoir des centaines de capitaines à l'époque.

Il ne voulait pas aborder ce sujet, nom de nom !

— Je croyais que tu avais accepté de me laisser m'en charger ?

— C'est vrai, mais cela fait si longtemps et je sais que tu es très occupé.

Elle avança vers lui et posa une main sur son bras.

— Je ne veux pas continuer à lancer des regards par-dessus mon épaule jusqu'à la fin de mes jours. Il doit payer.

Gregor était d'accord sur ce point, mais il ne voulait pas risquer qu'elle se lance à ses trousses elle-même. Cette seule idée lui glaçait le sang. Elle était bien trop têtue.

— Et que feras-tu quand tu l'auras trouvé, Cate ? Tu le tueras ?

Elle n'apprécia pas son ton dédaigneux.

— Pourquoi pas ? rétorqua-t-elle. Il le mérite.

— Tu crois qu'il est si facile de prendre une vie ? Tu t'imagines que tu pourras le tuer et t'en sortir indemne ? Que cela ne te changera pas ?

Il se rendit compte qu'il criait en la voyant reculer. Elle le dévisageait avec un peu trop de perspicacité à son goût. Il lui reprit la dague et la glissa sous sa ceinture.

— Ce n'est pas ce que je veux pour toi, Cate.

— Et pour toi ?

Pour lui, il était trop tard.

— C'est ce pour quoi j'ai été formé.

— Formé pour tuer ?

Il préféra éviter sa question.

— Tu es entraînée pour te défendre, pas pour tuer, Cate. Il y a un monde de différence entre les deux. Il ne s'agit pas de gagner mais…

— De s'enfuir, je sais, soupira-t-elle en levant les yeux au ciel. On croirait entendre John.

Il sauta sur cette occasion pour changer de sujet.

— Voyons voir ce que mon frère t'a appris. Montre-moi comment tu réagis quand c'est moi qui tiens la lame.

— D'accord, mais si tu te montres trop doux avec moi, je vais chercher John.

Jamais de la vie ! Il esquissa un sourire qui ne révélait rien de la virulence de ses pensées.

— Prends garde à ce que tu demandes, Cate. Tu pourrais fort bien l'obtenir.

Si John était doué, Gregor élevait l'art de la guerre à un tout autre niveau. Il ne semblait avoir aucune faiblesse et maniait son arme avec une rapidité et une adresse mortelles, passant outre toutes ses défenses. Si cela n'avait pas été un entraînement, Cate serait morte une bonne dizaine de fois.

Elle avait donné un double coup sur l'intérieur de son poignet, comme John le lui avait montré, sans parvenir à lui faire lâcher sa dague. Elle avait tenté de bloquer la main qui s'abattait sur elle et de la faire dévier, de lui attraper l'avant-bras et de le tordre. Elle n'était jamais assez rapide pour se positionner avant qu'il ne déjoue son plan.

Il ne lui laissait aucune ouverture et semblait anticiper le moindre de ses gestes.

Puis il y avait sa force. Autant essayer de plier une barre d'acier ! Quand il la maîtrisait, ses bras étaient…

Un frisson la parcourut. Ils étaient durs comme pierre, débordant de vitalité et incroyablement chauds. C'était si agréable de les sentir autour d'elle qu'elle sentait ses genoux mollir, ce qui ne facilitait pas sa concentration.

Après un autre échec lamentable qui la vit atterrir sur le train arrière, elle se releva péniblement. Le pire était qu'il ne semblait pas faire le moindre effort, il n'utilisait qu'une petite partie de sa force pour la vaincre. Elle se sentait comme un moucheron chassé par une chiquenaude.

— Encore, ordonna-t-il.

Elle marmonna tout bas : « À quoi bon ? » Elle allait de nouveau se retrouver sur son postérieur, qui était déjà bleu et douloureux.

Il n'avait pas seulement une force surhumaine, il lisait également sur les lèvres.

— Tu capitules, Cate ?

Son sourire narquois acheva de la mettre hors d'elle. Elle le foudroya du regard.

— Jamais !

— Je m'en doutais un peu, s'esclaffa-t-il.

Il secoua la tête et devint soudain songeur.

— Tu me rappelles quelqu'un quand tu me regardes comme ça, mais je n'arrive pas à trouver qui.

— Un mari jaloux, peut-être ? Qui aimerait bien te châtrer ?

Il prit un air faussement horrifié.

— Je t'en prie, n'utilise pas le mot « châtrer » quand il y a un couteau à portée de main.

— Encore faudrait-il que je parvienne à te l'arracher.

— N'aie pas l'air aussi déçue.

Elle baissa les yeux vers la zone en question (elle crut l'entendre jurer), puis leva son regard vers lui.

— Oh, je n'ai pas l'intention de te châtrer.

— Quel soulagement !

— Pas sans une bonne raison, en tout cas.

Il se mit à rire puis, sans prévenir, écarta une mèche de cheveux qui s'était prise dans ses cils. Il ne semblait pas avoir calculé son geste, un réflexe inconscient qui était à la fois intime et tendre. Il rattrapait à lui seul tous les moments qu'elle avait passés sur les fesses au cours de l'après-midi.

— Tu es vraiment une petite créature sauvage, observa-t-il.

— Merci. Je crois que c'est le plus beau compliment que tu m'aies jamais fait.

Il fronça les sourcils, semblant se demander si elle plaisantait ou pas. Il secoua la tête.

— Tu es décidément une femme peu ordinaire, Caitrina Kirkpatrick.

Elle détesta le son du faux nom qu'elle lui avait donné ; elle aurait voulu le corriger. Au lieu de cela, elle lui sourit.

— C'est la deuxième chose gentille que tu me dis. Nous devrions peut-être reprendre le combat avant que je ne succombe à tant de flatteries ?

Il lui donna une tape sur les fesses.

— Tu l'auras voulu ! Cette fois, essaie de ne pas dévoiler tes intentions. Regarde mes bras, pas mon visage.

C'était plus facile à dire qu'à faire. Dès que leurs regards se croisaient, elle perdait sa concentration.

— Tu es rapide et agile, poursuivit-il. Mais tu dois calculer soigneusement le moindre de tes gestes. Tu n'auras pas beaucoup de marge contre un adversaire compétent et, face à une arme, tu n'as pas droit à l'erreur. Tu n'auras pas le dessus sur moi en cherchant à égaler ma force ou mon savoir.

Elle rougit en se rendant compte que c'était exactement ce qu'elle avait essayé de faire. Elle avait voulu l'impressionner en le battant, oubliant ce que John lui avait appris. Son objectif n'était pas de le vaincre, mais de lui échapper. Elle avait laissé son orgueil la dominer.

— Que sais-tu faire d'autre ? la provoqua-t-il.

Ils prirent à nouveau position. Elle devait tenter une ruse, détourner son attention. Comment ? En cherchant ses points faibles. Sauf qu'elle ne lui en connaissait aucun. Une idée lui vint soudain, lui arrachant un sourire. Finalement, il avait peut-être une faiblesse.

Cette fois, lorsqu'il attaqua, elle évita de croiser son regard et se concentra sur ses épaules. Ce fut une bonne chose car il décida de changer son arme de main.

Elle était prête. Lorsqu'il plongea la lame en avant, au lieu de tenter de la bloquer, elle bondit hors de sa portée et poussa un cri comme s'il l'avait entaillée.

— Mon Dieu, Cate !

Oubliant aussitôt le combat, il s'élança vers elle.

Elle agrippa des deux mains le poignet qui tenait le couteau et lui tordit le bras dans le dos. Il émit un grognement de douleur, se pliant en deux sous la torsion. Son arme tomba au sol. Sachant que cela ne suffirait pas pour lui faire mordre la poussière, elle lui envoya un vigoureux coup de genou là où John lui avait dit qu'un homme était particulièrement vulnérable. Dès qu'il tomba en avant, elle le lâcha, récupéra le couteau et se planta devant lui.

Elle avait réussi !

Il se tordait sur le sol en gémissant et en se tenant l'entrejambe. Elle fut prise de remords et s'avança vers lui.

— Gregor ? Je t'ai fait très ma…

Dès qu'elle fut assez proche, il balança ses jambes en ciseau et lui balaya les chevilles. L'instant suivant, elle était étendue sur le dos et Gregor, couché sur elle, lui coinçait les mains au-dessus de la tête. La lame gisait sur le sol à côté d'eux.

— C'était un coup bas, Caty, dit-il en souriant. Ça me plaît bien, mais tu as oublié un détail : après m'avoir fait tombé, tu es censée t'enfuir.

— J'ai cru que tu étais blessé ! protesta-t-elle.

— Oui, je sais. Je me suis fait avoir, moi aussi.

Elle se mordit la lèvre, comprenant qu'il avait retourné sa ruse contre elle.

— Si ça peut te consoler, reprit-il, ça fait un mal de chien. Ça faisait bien longtemps que personne n'était parvenu à placer un coup pareil.

Elle afficha un sourire rayonnant.

— Vraiment ?

— Ce n'est pas la peine d'avoir l'air aussi satisfaite.

Elle l'était pourtant. Elle gesticula légèrement pour se libérer mais elle était clouée au sol comme par un rocher.

— À présent, pourras-tu te libérer ? demanda-t-il. Je ne me laisserai plus distraire aussi facilement.

Elle essaya toutes les astuces que John lui avait apprises. Elle ne pouvait plus lui envoyer de coup de genou, ni de coup de tête, ne pouvait pas soulever les hanches… Elle ne pouvait plus bouger du tout.

Il était solide et lourd. Elle aurait dû se sentir écrasée, mais ce n'était pas le cas. Leur combat avait pris une autre tournure.

Il devait le sentir lui aussi car, quand leurs regards se rencontrèrent, la chaleur dans ses yeux lui donna l'impression d'être à quelques centimètres d'un brasier.

Il baissa les yeux vers ses lèvres. Elle sentit la tension qui irradiait de lui. Il avait envie de l'embrasser, mais quelque chose l'en empêchait.

12

Gregor s'était trompé. Elle pouvait toujours le déconcentrer comme un rien. Il suffisait qu'elle entrouvre ses lèvres rouges et douces pour qu'il ne pense plus qu'à l'embrasser. Naturellement, il y avait aussi le fait qu'elle était couchée sous lui et qu'il était très facile de s'imaginer en elle.

Ce serait forcément divin. Il n'avait pas besoin d'imagination pour le savoir, il le sentait. Le désir l'envahit, menaçant de l'emporter. Il la voulait si intensément qu'il avait presque le goût de ses lèvres sur les siennes.

Elle le voulait aussi. Il le lisait dans ses yeux ; des yeux qui sondaient les siens avec anticipation, excitation, beaucoup trop de confiance et une émotion qu'il commençait à croire sincère.

Merde.

Il se redressa et roula sur le côté, se rendant soudain compte qu'il avait juré à voix haute.

— Je ne peux pas, marmonna-t-il en se levant.

Il se tourna pour l'aider, mais elle était déjà debout. Elle le dévisageait attentivement, la confusion et la douleur ayant remplacé le désir, même si, hélas, la confiance et cette autre émotion étaient toujours là.

— Pourquoi ? demanda-t-elle.

Son ton n'était pas accusateur, mais il le prit comme un reproche. À moins que ce ne soit à cause de son sentiment de culpabilité.

— Ce n'est pas correct, répondit-il sèchement.

— Parce que tu te considères toujours comme mon tuteur ? Je te l'ai déjà dit : je suis une femme de vingt ans, je suis capable de prendre mes propres décisions. Tu n'es pas en train d'abuser de moi.

— Ce n'est pas ça, bon sang !

Ou du moins, pas entièrement.

— C'est quoi, alors ?

Il redoutait de le lui dire, mais elle devait savoir ce qu'il avait prévu pour elle. Il ne pouvait plus repousser cette discussion. Il ne devait pas être lâche. En tant que tuteur, substitut paternel ou quelle que soit sa foutue fonction, il avait des devoirs envers elle.

— J'ai pris des dispositions.

— Quel genre de dispositions ? demanda-t-elle, soudain méfiante.

— Pour ton avenir.

Il la vit se raidir, mais continua néanmoins :

— J'ai été négligent. Si j'avais connu ton âge véritable, j'aurais entamé les démarches beaucoup plus tôt. D'un autre côté, il est peut-être aussi bien que j'aie attendu car le prétendant idéal s'est présenté.

— Le *quoi* ?

Elle avait serré les poings contre ses flancs, tout son corps vibrant d'indignation.

— Farquhar, le fils du préfet, a demandé ta main. Je lui ai donné mon accord.

Elle recula d'un pas, livide, sans le quitter des yeux. Il aurait encore préféré sa fureur à cette mine décomposée. Non sans mal, il parvint à soutenir son regard et à conserver un visage de marbre.

— Tu as donc tout planifié ?

Il avait su que la nouvelle ne lui plairait pas, mais il n'avait pas prévu qu'il se sentirait comme un ogre ; un ogre traître par-dessus le marché.

C'était exactement ce qu'il avait voulu éviter. Il agissait pour son bien. Elle ne le voyait pas encore, mais elle finirait par comprendre.

— J'ai dit à Farquhar que, si tu acceptais son offre, vos fiançailles pourraient être annoncées lors du banquet de Hogmanay.

Il lui décrivit le poste qui attendait Farquhar au château de Balloch et ses perspectives d'avenir en tant que régisseur. Elle l'écouta sans broncher tandis que ses louanges enthousiastes du jeune homme commençaient à ressembler à la présentation d'un taureau primé sur un marché aux bestiaux.

— Si j'acceptais ? répéta-t-elle d'une voix glacée. Dois-je comprendre que j'ai mon mot à dire ? C'est trop prévenant de ta part.

— Bien sûr que tu as ton mot à dire, Cate ! Je veux ton bonheur.

— Tu as tout organisé sans rien me dire de tes intentions ? Cela explique sans doute les allées et venues de tous ces messagers.

Il acquiesça.

— Il y aura d'autres hommes au banquet. Si tu préfères en épouser un autre...

— Il n'y a personne d'autre, l'interrompit-elle. Comme je te l'ai dit, je n'ai aucune envie d'épouser un autre homme que toi. Apparemment, mes souhaits et mes sentiments ne comptent pas. C'est donc ce que tu mijotes depuis ton retour ? Oui, bien sûr. Tu dois être bien pressé de te débarrasser de moi !

— Ne dis pas ça, Cate ! Tu n'y es pas du tout.

— Vraiment ? Tu m'as prise chez toi, mais tu n'as jamais voulu d'une telle responsabilité. Je le savais, mais je pensais... je pensais... (Sa voix se brisa.) Je me croyais chez moi ici, alors que tu attendais simplement que je sois en âge d'être mariée.

Son regard lui comprimait le cœur, mais il ne pouvait se détourner. Il était à un cheveu de tendre la main vers elle. Il se retint de justesse, craignant ce qui arriverait s'il la touchait. S'il tentait de la réconforter, la situation dégénérerait rapidement.

— Tu es chez toi, dit-il doucement. Mais maintenant que ma mère n'est plus parmi nous, tu ne peux pas rester seule ici avec John... Ce ne serait pas convenable.

Il crut un instant qu'elle allait le gifler.

— Comment oses-tu ? John est comme un frère pour moi.

— Mais il n'est pas ton frère et d'autres ne tarderont pas à s'en rendre compte. (Surtout s'il continuait à la regarder comme s'il brûlait d'envie de l'embrasser.) Tu devais bien te douter que tu ne pourrais pas rester éternellement à Dunlyon. Tu n'as donc pas envie de te marier et de fonder une famille ?

— Et toi ?

— Il ne s'agit pas de moi, répliqua-t-il sèchement.

— Pourquoi ? Je me marierai quand tu te marieras.

— Ça ne marche pas comme ça, Cate, tu le sais très bien. Je peux me permettre le luxe d'attendre, pas toi.

— Tu comptes donc me forcer ? Tu as tellement envie de me voir déguerpir ? Mes sentiments n'ont aucune importance pour toi ?

Ses yeux brillaient. *S'il te plaît, ne pleure pas !* Si elle se mettait à pleurer, il ne répondait plus de rien.

— Bien sûr que non.

— Si tu avais l'intention de me marier à un autre, pourquoi m'as-tu embrassée ?

Parce qu'il n'était qu'un idiot. Il haussa les épaules, incapable d'expliquer son geste.

— Tu avais l'air désemparée. Cela ne signifiait rien.

Il m'a embrassée par pitié.

Cate aurait voulu se laisser tomber sur le sol et pleurer tout son saoul. Sa fierté l'en empêcha.

Elle ignorait ce qui était le pire : découvrir que l'homme à qui elle avait donné son cœur cherchait à se débarrasser d'elle depuis son retour, ou qu'il l'avait embrassée par compassion. Les deux revenaient à une trahison.

— Cela signifiait quelque chose pour moi, répondit-elle.

— Je suis navré, Cate. Sincèrement. Je n'ai jamais voulu te blesser.

— Mais tu ne m'aimes pas, tu n'as aucune intention de m'épouser et tu voudrais me marier à un homme que je connais à peine juste pour ne plus m'avoir dans les pattes. C'est limpide.

Sauf qu'elle ne parvenait pas à comprendre. Comment avait-il pu lui chercher un mari sans rien lui dire ? John devait être au courant. Il avait essayé de la prévenir. Elle se sentait si sotte !

Mon Dieu, les enfants. Que leur arrivera-t-il ? Ils avaient besoin d'elle.

— Cate…

Il voulut aller vers elle, mais elle s'écarta vivement. Elle redressa le dos, sa peine se muant en colère.

— Tu n'as pas à te justifier. Tant pis pour moi si je suis tombée amoureuse de l'homme qu'il ne fallait pas. Il est naturel que tu n'aies aucune envie de m'épouser. Le plus bel homme d'Écosse peut s'offrir n'importe quelle femme. Tu pourrais même avoir un royaume, alors que je ne suis qu'une bâtarde.

Devant son air surpris, elle ajouta :
— Oui, une bâtarde, le rejeton indésirable d'un aristocrate. Kirkpatrick était mon beau-père.
— Pourquoi ne me l'as-tu jamais dit ? demanda-t-il, interloqué.
— Parce que j'en avais assez d'avoir honte de ce père « noble » qui m'a abandonnée quand j'avais cinq ans.
— Qui est-il ?
— Qu'importe ? Il est mort à mes yeux. Mort ! Bâtarde ou orpheline, je ne suis pas un parti bien alléchant. Je m'étonne que tu aies déniché un homme qui condescende à m'épouser.
Il se crispa. C'était à son tour d'être en colère. Tant mieux ! Si ce traître pouvait ressentir un dixième de la douleur qu'elle ressentait, ce serait déjà assez.
— Tu te trompes. Beaucoup d'hommes ont demandé ta main.
— Mais pas le seul qui compte. Ce serait si épouvantable de m'aimer, Gregor ?
Il était mal à l'aise et semblait vouloir être n'importe où plutôt que devant elle.
— Je ne souhaite pas me marier pour le moment, répondit-il. Quand ce sera le cas, ce ne sera certainement pas pour un royaume ou avec une femme voulant épouser « le plus bel homme d'Écosse ». Si tu crois cela, c'est que tu ne me connais pas.
— Je ne te connais pas ? Je sais que tu aimes ton bœuf saignant, ton porc légèrement rosé, tes sauces relevées et tes légumes fermes. Je sais que tu préfères les prunes aux poires et les oranges aux pommes. Je sais que tu aimes les huîtres crues et les œufs de saumon étalés sur un pain croustillant, ce que, entre nous, je trouve dégoûtant. Je sais qu'il te suffit de tremper tes lèvres dans un verre de vin pour en deviner l'origine et que tu préférerais mourir de

soif plutôt que d'avaler le Vernaccia sucré dont raffolait ta mère. Je sais que tu bois plus que de raison quand tu es malheureux, ce qui doit être le cas ces derniers temps.

Comme il semblait trop surpris pour répondre, elle enchaîna :

— Je sais que tu refuses d'accepter quoi que ce soit que tu n'as pas mérité. Ton père t'a toujours fait croire que tu étais un bon à rien, mais tu lui as prouvé le contraire. Tu crois devoir être parfait et tu es convaincu de ne jamais y parvenir. Un homme qui est devenu le meilleur archer d'Écosse et a combattu loyalement auprès de Robert de Bruce alors même que tout semblait perdu pour lui n'est pas un irresponsable, mais un homme sur lequel on peut compter. Je sais que tu ne veux pas être un protecteur, mais que tu l'es quand même. Tu délègues ton devoir de chef du clan à John parce que tu estimes ne pas être à la hauteur. Tu n'es pas indifférent aux ennemis que tu tues au combat, ce qui explique la pile de pierres sur la tombe de ton père et les pièces toujours plus nombreuses que tu lances dans le panier d'aumônes du père Roland chaque fois que tu reviens à Dunlyon.

Elle reprit son souffle avant de poursuivre :

— Tu te crois fait pour vivre seul et tu ne veux pas avoir de sentiments pour moi, même si tu en as. Je sais aussi que je suis la seule femme à qui tu parles vraiment, ce qui n'est pas rien. Je sais que, lorsque j'ai envoyé Lizzie dans la cave à vins avec toi, tu ne l'as pas touchée alors que tu aurais pu en profiter. Je sais que tu as couché avec beaucoup de femmes mais que la seule que tu as aimée autrefois t'a blessé. Tu crois que tu me ferais du mal, alors que si tu m'aimais, tu me serais loyal et fidèle jusqu'à la mort, tout comme je le serais pour toi.

Il ouvrit la bouche pour protester, mais elle le défia du regard de l'interrompre.

— Je sais que d'être un trophée pour les femmes qui sont parvenues à se glisser dans ton lit te dérange plus que tu ne veux l'admettre. Tu es convaincu que personne ne peut voir l'homme imparfait au-delà de la façade parfaite. Tu as peut-être raison, mais tu ne le sauras jamais car tu ne fais pas confiance à tes sentiments et tu refuses de courir ce risque. Je sais que tu ressens la même chose que moi, Gregor. Un jour, tu regretteras de m'avoir mariée à un autre, mais il sera trop tard et tu ne pourras t'en prendre qu'à toi-même.

— Bon sang, Cate, je...

Évidemment, il ne savait pas quoi répondre. Soudain, toutes les émotions qui bouillonnaient en elle s'envolèrent. Il ne resta plus qu'un sentiment de futilité et d'impuissance... et peut-être une envie de le blesser à son tour.

— Marie-moi à qui tu voudras, Gregor. Peu m'importe, puisque ce ne sera pas toi. Mais quand tu seras couché dans ton lit ce soir, à essayer de trouver le sommeil alors que ton corps réclamera le mien, pense à ceci : le prochain homme sous lequel je serai couchée sera mon mari et, contrairement à toi, il ne se retiendra pas.

Elle le vit blêmir. Elle crut un instant qu'il allait tendre la main vers elle, mais ses bras restèrent ballants le long de son corps.

— Bien sûr, tu pourrais démontrer que je ne représente rien pour toi en allant te soulager ailleurs, mais je doute que tu le fasses. C'est moi que tu veux, et personne d'autre. Alors vas-y, essaye de me prouver le contraire... si tu le peux.

Elle ignorait d'où lui venait la force de lui lancer un tel défi. Elle était bien consciente du risque, mais elle ne le retirerait pas. Elle avait trop à perdre. Sa foi serait récompensée ou détruite... et elle se retrouverait mariée à un autre.

Elle se sentait plus rompue et contusionnée qu'après tous ses entraînements. Elle tourna les talons et s'éloigna.

Elle ne lança pas un regard en arrière.

Bon sang... C'était la seule pensée cohérente qu'il pouvait formuler, si bien qu'il la répéta : *bon sang !*

Il n'aurait su dire combien de temps il resta planté là après le départ de Cate. Elle avait à nouveau réussi : elle l'avait retourné sens dessus dessous. Il était sonné, comme s'il avait été aspiré par un tourbillon marin avant d'être recraché sur un écueil tranchant.

Cate.

Elle m'aime. Comment pouvait-il en douter après avoir entendu cette tirade sur ses qualités et ses défauts ? Il ne s'agissait pas d'un béguin de jeune fille ou d'une infatuation superficielle. Elle le connaissait vraiment.

Fichtre, elle le connaissait mieux qu'il ne se connaissait lui-même. Il ne savait plus quoi penser, si ce n'était que cela ne lui plaisait pas. Cela l'embrouillait. Non, *elle* l'embrouillait.

Comment savait-elle autant de détails sur lui ? Sa mère avait dû lui en livrer une partie ; elle en avait obtenu d'autres en l'observant ; quant au reste, ce n'était que des supputations. *C'est moi que tu veux, et personne d'autre.* Elle ne faisait que supputer... n'est-ce pas ?

Essaye de me prouver le contraire... si tu le peux. C'était exactement ce qu'il aurait dû faire, sauf qu'il rechignait à la blesser de cette manière simplement pour lui démontrer son erreur.

Il lui avait déjà fait suffisamment de mal avec son plan. Un plan qui avait paru parfait avant qu'il ne rentre à Dunlyon et qui semblait désormais très bancal. Il n'avait pas prévu son désir pour elle, ni la manière dont elle y réagirait, et encore moins cette montée de jalousie en lui à l'idée qu'elle appartienne à un autre. *Le prochain homme sous lequel je serai couchée sera mon mari.* Il jura à nouveau.

Il n'avait pas prévu ses scrupules à la chasser de chez lui, à être pressé de la voir partir. Il avait cru que c'était ce qu'il voulait mais, après l'avoir entendu aussi crûment dans sa bouche, cela sonnait beaucoup moins bien.

Il ne voulait pas se débarrasser d'elle, mais quel autre choix avait-il ? Il ne pouvait pas l'épouser.

N'est-ce pas ? Était-il l'homme qu'elle croyait ? Celui qui était fait pour elle ?

Palsambleu, que lui faisait-elle ? Ce n'était pas en prenant une épouse qu'il retrouverait toutes ses facultés au combat. Il ramassa la dague sur le sol et la glissa sous sa ceinture. Puis il traversa la cour en direction des cuisines. Ce qu'il lui fallait, c'était un bon bain chaud. Si cela ne suffisait pas, un grand broc de bière l'aiderait à oublier.

Je sais que tu bois plus que de raison quand tu es malheureux... Bigre, il fallait qu'il se sorte ses paroles de la tête.

Alors qu'il passait devant l'écurie, une silhouette sombre et mince bondit devant lui.

En reconnaissant l'intrus, Gregor fit une moue de dédain, une expression qui lui fut retournée avec force par le jeune homme, accompagnée par un regard menaçant.

— Que lui avez-vous fait ? gronda Pip.

Il serrait et relâchait ses poings, manifestement prêt à les utiliser. À un autre moment, Gregor aurait été amusé, mais, dans son état, il n'était pas d'humeur à supporter les atermoiements d'un morveux fourbe qui abusait de la bonté de Cate. Le gamin n'avait jamais été abandonné. Selon les informations que le sénéchal avait pu obtenir, il envoyait de l'argent à sa mère, probablement depuis son arrivée à Dunlyon.

— Qu'ai-je fait à qui ? demanda-t-il. Dépêche-toi de dire ce que tu as à dire, Phillip. Je suis occupé.

Les traits du garçon se tordirent de haine.

— Qu'avez-vous fait à Cate ? Pourquoi l'avez-vous fait pleurer ?

Bon Dieu. Il sentit son cœur se serrer. C'était précisément ce qu'il avait voulu éviter.

— Cate pleurait ?

— Si vous lui avez fait du mal, je vous tuerai !

Gregor fut surpris par le fiel et par l'intensité du garçon. Il ne doutait pas de sa sincérité.

— Ne te mêle pas de ça, Phillip. Cela ne regarde que Cate et moi.

— Pourquoi êtes-vous rentré ? Personne n'a besoin de vous ici. Vous feriez mieux de partir et de ne jamais revenir. Tout allait bien avant votre arrivée.

Gregor sentit la moutarde lui monter au nez, ces paroles venimeuses touchant une corde sensible.

— Tout allait bien parce que personne ne remettait ton histoire en question ! explosa-t-il. Parce que tu pouvais berner une femme beaucoup trop bonne avec toi ! Parce que tu pouvais continuer à envoyer de l'argent en douce à la mère qui t'a prétendument abandonné !

Le visage du garçon devint livide.

— Attendez… vous ne comprenez pas, balbutia-t-il.

— Je crois plutôt que je comprends trop bien.

La colère avait cédé la place à la peur. La bravade de Pip avait fondu comme neige au soleil.

— Je vous en prie, vous ne pouvez pas me renvoyer !

C'était précisément ce que Gregor aurait dû faire. Toutefois, il n'était pas totalement insensible aux implorations du garçon. Avant qu'il ait pu l'interroger, il subit une nouvelle attaque, de la part cette fois d'une boule de poils en furie qui avait surgi du fond de l'écurie pour s'en prendre à nouveau à ses chevilles.

Il saisit le chiot par la peau du cou, veillant à éviter ses crocs étonnamment pointus, et le tint devant lui.

— Tais-toi !

Surpris par son ton autoritaire, le chiot émit un petit jappement étranglé puis n'émit plus un son, dévisageant Gregor avec de grands yeux ronds.

Encore un rejeton abandonné sur sa conscience !

Il laissa tomber la créature dans les bras de Pip.

— Fais en sorte que ce petit rat ne se mette plus dans mes pattes ou débarrasse-t'en.

— Vous n'aimez pas les chiens, ça ne m'étonne pas.

— J'adore les chiens, pas les petits roquets qui me brisent les tympans et me mordent les pieds.

Le garçon serra le chiot dans ses bras avec un air protecteur. S'il cherchait à faire passer Gregor pour un monstre, c'était réussi.

— C'est bizarre, il aime tout le monde sauf vous, déclara-t-il. On dit que les chiens savent bien juger les gens.

Là-dessus, à l'instar de Cate un peu plus tôt, il tourna les talons et s'éloigna sans un regard en arrière. Comme plus tôt, Gregor resta planté sur place avec la nette impression d'avoir perdu un combat.

Il était grand temps qu'il retourne sur le champ de bataille. Là, au moins, il était efficace. Ou l'avait été. Et si…

Non, il refusait d'y penser. Il n'avait pas perdu ses facultés, il avait simplement besoin de se recentrer.

Peut-être devait-il simplement l'épouser pour cesser de penser à elle.

Il secoua la tête. Ce n'était pas son aptitude qu'il était en train de perdre, mais sa raison !

13

Cate avait gagné la partie. Gregor repoussa les draps entortillés autour de ses jambes, se leva pour la cinquième ou sixième fois (il avait cessé de compter) et arpenta la chambre tel un lion en cage.

Le mouvement le soulagea, mais uniquement pour un temps. Dès qu'il fut à nouveau dans son lit, la tête posée sur l'oreiller et les yeux fermés, les images défilèrent à nouveau. Des images d'une clarté insupportable de Cate couchée sous le fils du préfet. Il l'embrassait, la caressait, emporté par la passion. Il soulevait lentement l'ourlet de sa chemise en lin, glissait une main en haut de sa cuisse nue...

Gregor jura et envoya son poing dans le montant de la fenêtre, faisant trembler la vitre. Il posa son front sur le rebord en bois, ferma les yeux et tenta de faire le vide dans son esprit.

Lentement, son pouls retrouva un rythme normal. Il prit une profonde inspiration puis examina la chambre plongée dans l'obscurité. La lueur pâle des braises de tourbe permettait juste de voir les contours des objets. Son regard s'arrêta sur la bonbonne de whisky posée sur sa table de chevet.

Je sais que tu bois plus que de raison quand tu es malheureux.

Il ne buvait pas plus que de raison, bon sang ! Jamais au point d'être ivre. Il restait toujours maître de lui-même. Toutefois, le nombre de fois où il s'était réveillé avec un mal de crâne épouvantable au cours de l'année qui venait de s'écouler lui indiquait qu'elle n'avait pas complètement tort.

Fichtre, il ne pouvait même plus siroter un bon verre de whisky avant de se coucher sans entendre sa voix ! De fait, le whisky servait justement à ne plus l'entendre et à effacer ces images qui le hantaient.

Finalement, il aurait mieux fait de descendre à la taverne.

Qui croyait-il berner ? Il n'avait aucune envie d'aller à la taverne pour se trouver une fille.

C'est moi que tu veux, et personne d'autre.

Elle avait raison, même si cela ne durerait certainement pas. Il finirait par désirer une autre femme, tôt ou tard. Il n'avait que l'embarras du choix. L'une d'elles parviendrait à retenir son attention.

Et s'il ne désirait plus jamais personne d'autre qu'elle ?

Était-ce possible ?

Oui, à en croire ses frères d'armes. À l'exception de MacLean, qui était séparé de sa femme depuis le début de la guerre, tous les autres membres de la Garde étaient fidèles à leurs épouses. Même le Brigand et le Faucon qui, pourtant, attiraient les femmes presque autant que lui.

Naturellement, ils étaient amoureux de leurs épouses, un sentiment que Gregor n'était même pas sûr de pouvoir éprouver. Certes, il avait été épris d'Isobel et l'avait désirée comme un fou, mais cela n'avait rien à voir avec les « Elle est la seule femme au monde pour moi » ou les « Je ferais n'importe quoi pour elle, y compris mourir » que décrivaient ses amis. Ça, il ne l'avait jamais ressenti.

Tu donnerais ta vie pour Cate.

La petite voix au fond de sa tête l'ébranla. C'était différent, non ? Elle était sa responsabilité, sa famille... C'était son sens du devoir qui parlait.

Sa famille...

Il sentit sa poitrine se serrer. Elle était sa famille et il avait tenté de se débarrasser d'elle sans plus de prévenance que si elle avait été un chat errant... ou un chien, pensa-t-il en se souvenant des paroles de Pip. Pire, il avait involontairement touché une corde sensible : celle du père qui l'avait abandonnée.

Ce père dont il n'avait jamais rien su. Il avait été surpris et irrité de découvrir son mensonge. Avec le recul, il se rendait compte que sa réaction était injustifiée. Il avait toujours ressenti un malaise quand le nom de Kirkpatrick était évoqué. À présent, il savait pourquoi. Il pouvait comprendre qu'elle ait voulu effacer la « tache » de sa naissance, même si elle n'avait aucune importance à ses yeux.

De fait, il était scandalisé pour elle. Quel genre de père abandonnait son enfant ? Il était normal qu'elle le haïsse. Gregor aurait bien étranglé cette ordure, s'il l'avait pu.

Elle pensait sans doute qu'il essayait de l'abandonner à son tour en cherchant à la marier.

Il traversa à nouveau la pièce et se força à s'allonger sur le lit.

Cate n'était pas qu'un membre de sa famille. Ce qu'il ressentait pour elle était différent. C'était déroutant, frustrant, exaspérant, mais différent. Il ne comprenait pas ce que cela signifiait mais soupçonnait que, s'il voulait retrouver le sommeil un jour, il devrait sans doute l'épouser.

Pour la première fois de la nuit, les images ne revinrent pas lorsqu'il ferma les yeux. Il se serait sans doute enfin endormi si des cris ne l'avaient pas arraché à son lit.

— Arrêtez ! hurla-t-elle. Lâchez-la !

Peine perdue. Le soldat continuait d'onduler des hanches entre les cuisses de sa mère. Il se tourna, ses traits fins qui auraient pu être beaux déformés par un sourire hideux qui la défiait de l'arrêter. Elle le frappa avec sa houe, encore et encore, mais ne parvint qu'à le faire rire de plus belle. Ce son dément se mêlait aux cris de sa mère.

Arrête ! Je t'en supplie, arrête !

Des bras puissants l'empoignèrent et elle tenta de se débattre.

— Non ! cria-t-elle. Je dois la sauver !

— Cate !

La voix grave transperça les ténèbres. Elle tremblait. Non, quelqu'un la secouait.

— Réveille-toi, mon cœur. Réveille-toi, ce n'est qu'un rêve.

Elle ouvrit les yeux. Le visage de Gregor était plongé dans l'ombre. Elle était assise dans son lit. Ce n'étaient pas les soldats qui la tenaient, mais lui.

Elle s'affaissa contre lui et enfouit son visage dans le creux de son épaule, se réfugiant dans la force protectrice de ses bras et se laissant réconforter. Il lui murmura des paroles douces et la berça contre lui jusqu'à ce que ses sanglots se soient estompés. Peu à peu, elle retrouva une respiration normale et son pouls ralentit.

Ce n'était qu'un rêve affreux, le retour d'un de ces cauchemars qui l'avaient hantée durant des années après ce jour funeste. Il y avait différentes versions, y compris celle où, comme cette nuit, le soldat violait sa mère tandis qu'elle le frappait continuellement avec sa houe sans parvenir à le tuer. Dans un autre, elle se retrouvait au fond du puits, mourant de faim et de soif. La joie et le soulagement qu'elle ressentait en entendant les voix de ses sauveurs se transformaient en horreur lorsque le visage qui se penchait au-dessus de la margelle n'était pas celui de Gregor, mais du soldat. Le pire, c'était celui où elle revivait la mort de sa mère au ralenti et avec moult détails.

Elle avait cru être débarrassée de ces cauchemars, mais il avait suffi qu'elle aperçoive cet homme dans la forêt pour qu'ils reviennent. Au fond d'elle-même, elle savait qu'ils ne disparaîtraient pas tant que le monstre n'avait pas payé pour son crime.

S'en voulant soudain de sa faiblesse, elle s'écarta du torse de Gregor (son torse nu, remarqua-t-elle soudain), et s'essuya les yeux sur la manche de sa chemise.

— Je suis désolée. Je ne sais pas ce qui m'a pris.

— Tu as fait un cauchemar, c'est tout.

Elle suivit son regard vers la porte ouverte et son embarras décupla. Apparemment, elle avait réveillé la moitié du château. Dans le halo de lumière diffusé par les torches du couloir, elle vit les visages inquiets de Lizzie, d'Ete, de Pip et de deux des gardes de Gregor, Bryan et Cormac.

— C'est bon, leur dit Gregor. Vous pouvez retourner vous coucher. Je suis avec elle.

Je suis avec elle. Même si ces mots ne signifiaient rien, ils lui réchauffèrent le cœur.

Lorsque les autres disparurent, Gregor alla allumer une mèche dans les braises du brasero, prenant le temps de rajouter une brique de tourbe, puis ferma la porte avant de revenir s'asseoir à côté d'elle sur le lit.

Soudain gênée, elle se sentit rougir sous son regard fixe. La température dans la pièce semblait avoir grimpé en quelques secondes. Elle avait chaud et ce n'était pas à cause du feu de tourbe. Se retrouver seule avec lui dans sa petite chambre était troublant.

La proximité de son torse nu n'arrangeait rien. Sa peau dorée par la lueur de la chandelle chatoyait dans la pénombre.

Il était vraiment magnifique.

Mais il ne voulait pas d'elle. Se remémorant leur discussion et son plan pour se débarrasser d'elle, elle pinça les lèvres et détacha son regard du spectacle envoûtant de ses muscles.

— Je vais bien, dit-elle brièvement. Je suis désolée de t'avoir réveillé. Tu peux retourner te coucher.

Il prit son menton entre son pouce et son index, et la força à le regarder dans les yeux.

— Je ne vais nulle part. Tu trembles encore. D'ailleurs, moi aussi. Tu m'as fait peur ! On aurait dit que tu souffrais le martyre.

C'était le cas : le martyre de rester impuissante pendant que sa mère était violée et assassinée sous ses yeux.

— C'était encore le soldat ? demanda-t-il.

Elle acquiesça.

— Tu veux en parler ?

Elle scruta ses beaux yeux verts et secoua la tête. Le soldat était la dernière chose dont elle voulait parler, surtout quand Gregor la tenait dans ses bras de cette manière. C'était peut-être sa dernière chance.

L'atmosphère dans la chambre se modifia brusquement, se chargeant d'étranges vibrations. Le regard de Gregor se fit plus sombre et sa voix plus grave quand il demanda :

— Que désires-tu, mon cœur ? Dis-moi ce que je peux faire pour toi.

Mon cœur. C'était la seconde fois qu'il utilisait cette expression tendre, lui qui, d'ordinaire, évitait les termes affectueux avec elle. Cela signifiait-il quelque chose ? La tendresse qu'elle lisait dans ses yeux était-elle un effet de lumière ? Pouvait-elle croire ce qu'elle voyait ?

Il n'y avait qu'un moyen de le savoir. Elle lui répondit :

— Je veux que tu me prennes dans tes bras et que tu m'embrasses. Fais-moi oublier.

Gregor se raidit, se maudissant. À quoi s'était-il attendu ? Cela lui apprendrait à poser des questions dont il ne voulait pas entendre les réponses. Cependant, elle était dans ses bras, pratiquement sur ses genoux, ses grands yeux sombres brillants de larmes, les traits pâles et encore tirés par les images torturées de son passé, paraissant plus vulnérable que jamais. Quant à lui, il ne s'était jamais senti aussi impuissant. Il aurait donné n'importe quoi pour effacer ces souvenirs affreux de son esprit et l'apaiser.

Elle ne se rendait pas compte de ce qu'elle lui demandait. *Embrasse-moi. Fais-moi oublier.* Comme si c'était aussi facile ! Alors qu'il lui suffisait de la regarder pour que son pouls s'accélère et que son sang bouille. Il avait envie de faire bien plus que l'embrasser. Il n'osait pas la toucher, ne se fiant pas à ses propres pulsions. Lui qui ne perdait jamais son sang-froid et savait toujours ce qu'il faisait dans une chambre à coucher se retrouvait face à la seule femme qui pouvait le briser.

Son instinct s'affolait, criant au danger. S'il était déjà risqué de l'embrasser en plein jour, le faire dans une chambre sombre alors qu'ils étaient tous les deux à moitié nus serait une folie.

Mais elle avait besoin de lui. Comment le lui refuser ?

Cela aurait été facile, sauf qu'il n'en avait pas envie. Lui aussi, il avait besoin d'oublier. Le souvenir de son cri était encore frais dans sa mémoire. Son sang s'était glacé. Il avait été pris de panique, croyant qu'on l'agressait, et s'était retrouvé affaibli, privé de ses défenses habituelles.

Oui, cela devait expliquer pourquoi il succomba aussi facilement à son chant de sirène, pourquoi ses lèvres se posèrent aussi naturellement sur les siennes, même s'il savait combien il serait difficile de s'en arracher.

Il y parviendrait, se convainquit-il. Rien qu'un baiser pour lui faire oublier...

Ce fut lui qui oublia tout le reste dès que leurs lèvres se rencontrèrent. Ses sens s'embrasèrent. Il ne désirait plus qu'une chose : se fondre en elle et ne plus la quitter.

Ses lèvres étaient aussi douces et aussi délicieuses que dans son souvenir, aussi souples, aussi... ouvertes.

Avant même de pouvoir se retenir, sa langue était de nouveau dans sa bouche, plongeant, dardant à un rythme frénétique.

Il resserra ses bras autour d'elle, l'attirant plus près. Il sentit la pointe de ses seins contre son torse et il n'en fallut pas plus pour transformer leur étreinte en un tourbillon vorace qui engloutit toutes ses bonnes intentions et les recracha au loin comme les futilités qu'elles étaient.

Il lui était impossible d'embrasser Cate et de se contrôler. Il la désirait comme il n'avait jamais désiré personne, avec une intensité qui faisait voler en éclats sa retenue si chèrement acquise. Il ne le comprenait pas et ne voulait même pas y penser.

Il glissa ses doigts dans sa chevelure soyeuse, lui soutenant la nuque pour dévorer plus goulûment sa bouche. Elle lui répondit avec un gémissement et une pression de sa poitrine contre la sienne qui fusèrent droit dans ses bourses et les empoignèrent avec une urgence qui n'entendait ni la raison, ni l'honneur, ni aucune autre excuse pour ne pas conduire ce baiser jusqu'à sa conclusion logique.

Pour ne rien arranger, elle l'embrassait avec autant de passion que lui, émettant ces petits gémissements qui le rendaient fou. Elle avait d'abord glissé ses mains autour de son cou et les passait à présent sur ses épaules, s'accrochant à lui comme si elle ne voulait plus jamais le lâcher, ses doigts s'enfonçant dans ses muscles avec une ferveur qui lui disait à quel point elle aimait ce qu'il était en train de faire. Au point qu'il aurait pu la faire jouir en quelques caresses.

Il grogna, se répétant qu'il ne devait pas penser à cela. Pourtant, il ne pensait à rien d'autre.

Comment résister à cette peau douce et chaude qui sentait les fleurs sauvages, à ces lèvres sucrées comme du miel, à cette chevelure qui glissait entre ses doigts telle de la soie ?

Puis il y avait ce petit corps ferme, la masse compacte de ses seins couronnés de petits tétons durs s'enfonçant dans sa chair, lui donnant un avant-goût délicieux de sa peau nue contre son torse. Ce n'était pas encore assez. Il voulait la sentir tout entière contre lui, sous lui, penchée devant lui, dans toutes les positions possibles.

Il aurait été tellement facile de la pousser sur le lit et de s'abandonner à ce contact, peau contre peau. Il voulait voir son corps svelte étendu sous lui tel un banquet dont se repaître, sucer ces petits mamelons, lécher la pente douce de son ventre et goûter la fleur entre ses cuisses.

Dieu qu'il en avait envie ! Sentir ses spasmes contre sa bouche... savourer son plaisir...

Il gémit et s'enfonça plus profondément dans sa bouche tandis que les images brûlantes tourbillonnaient en lui, tendant son sexe dur contre son ventre.

Il se pencha, la poussant en arrière, le désir devenant si intense qu'il en était insoutenable. Il vibrait dans ses os, embrasait ses nerfs et semblait avoir pris possession de tout son corps. *Touche-la. Prends-la. Fais-la tienne.*

Il haletait, les battements de son cœur résonnant dans ses oreilles. Sa peau était brûlante et tendue. Elle était pratiquement étendue sous lui. Il la voulait avec une telle ardeur qu'il en tremblait.

Tout paraissait parfait, évident. Toutefois, dans les profondeurs de son esprit ivre de désir, il y avait la conscience qu'il commettait une erreur.

Il n'avait défloré qu'une seule femme dans sa vie et l'avait amèrement regretté. À l'époque, il n'était qu'un blanc-bec de dix-sept ans dont les faibles efforts pour être honorable avaient vite fondu face à quelques mots tendres et à quelques implorations. Désormais, il était un homme d'expérience qui connaissait la nature humaine. Cate méritait un foyer, un époux et un lit conjugal. Elle ne pouvait gâcher ses chances en s'abandonnant à la fièvre du désir dans un moment de vulnérabilité. Il était censé la réconforter, pas la séduire.

Il marmonna un juron et s'écarta.

— Nous devons arrêter.

Elle cligna les yeux.

— Pourquoi ?

— Ce n'est pas bien. Ta virginité appartient à ton époux.

Fichtre, il parlait comme un vieillard ou un chaperon moralisateur, deux postures qui paraissaient déplacées dans un moment pareil. En outre, à en croire l'air abattu de Cate, sa tentative pour la protéger passait mal.

Il aurait sans doute été capable de tenir bon et de respecter ses intentions honorables si elle n'avait pas tendu la main vers lui.

14

Ta virginité appartient à ton époux.

Il n'était pas surprenant que les flèches du meilleur archer d'Écosse atteignent leur cible avec une précision aussi cruelle.

Elle croyait qu'il avait oublié cette idée absurde. Comment pouvait-il l'embrasser avec autant de passion et vouloir encore la marier à un autre ?

C'était l'homme le plus borné du royaume ! En outre, il devait être idiot car il ne voyait pas plus loin que le bout de son nez. Il était épris d'elle. Peut-être même l'aimait-il vraiment, même s'il se serait précipité sur le prochain champ de bataille plutôt que de le reconnaître. Il lui montrait ses sentiments dans la manière dont il la regardait, dont il la serrait dans ses bras et l'embrassait. Un homme ne pouvait embrasser une femme avant autant de tendresse et de ferveur sans être au moins un peu amoureux d'elle. Peu importait qu'il soit un amant expérimenté ou qu'il ait couché avec un nombre incalculable de femmes.

Certes, elle n'était pas experte en la matière, mais elle était prête à parier sa chemise… et même sa vertu.

Elle ne le laisserait pas se défiler. Pas cette fois. Elle était à bout de patience et il était hors de question qu'elle en épouse un autre.

Elle se redressa légèrement et posa une main à plat sur son torse. En sentant son cœur tambouriner contre sa poitrine, elle prit courage et le regarda dans les yeux.

— Non.

Sur le coup, il fut trop surpris pour répondre. Devinant que cela ne durerait pas, elle prit une profonde inspiration puis, suivant son instinct, mit définitivement un terme à la discussion en laissant sa main glisser vers son bas-ventre et les lacets qui retenaient ses braies autour de sa taille.

Il retint son souffle, observant ses moindres mouvements tel un faucon défiant une musaraigne de s'approcher.

Elle osa. Sa main descendit encore un peu et se referma autour de l'épaisse colonne de son membre viril.

Bigre... Elle déglutit, impressionnée.

Il était tendu comme un arc. Elle faillit retirer sa main en l'entendant émettre un léger son sifflant entre ses dents serrées, mais n'en fit rien. Le sentir sous ses doigts, épais et dur, lui procura une étrange impression de pouvoir... de pouvoir féminin. Savoir que c'était elle qui le mettait dans cet état lui donna du courage.

— Non, répéta-t-elle. Je te veux et je sais que tu me veux aussi. Ne t'arrête pas. Termine ce que tu as commencé sur le terrain d'entraînement. Je veux que tu sois celui qui m'enseignera la passion. Fais-moi l'amour.

Elle regarda ses yeux, plus brillants que les flammes du brasero.

— Fais-moi l'amour, Gregor, répéta-t-elle doucement. Je t'en prie.

Il lâcha un blasphème qui la prit de court. Pourtant, il convenait parfaitement à la situation, résumant en un mot cru ce qu'elle lui demandait de faire. Il incarnait à lui seul toute l'intensité des émotions qu'il avait contenues et qu'elle le forçait à libérer. Il traduisait la violence de son désir et la profondeur de son besoin d'elle. Il faisait tomber les derniers vestiges de bienséance, révélant une pulsion brute et instinctive qu'il ne pouvait plus nier. Dans ce seul mot, elle entendit son impuissance, sa reddition et sut que, tout guerrier hors pair qu'il était, c'était là un combat qu'elle gagnerait.

Ses lèvres étaient pincées en une ligne blême et ses traits tendus à l'extrême. Pourtant, il était toujours d'une beauté renversante à la lueur de la bougie.

— Tu ne combats pas à la loyale, mon cœur. Je ne veux pas te faire de mal et je ne sais pas si je pourrai te donner ce que tu désires.

Elle retint son souffle jusqu'à ce qu'il ajoute :

— Mais Dieu sait que je vais essayer.

Elle poussa un soupir de soulagement. Elle ignorait ce que contenait sa promesse, mais il s'engageait à quelque chose et c'était le principal. Il ne lui laissa pas le temps de poser des questions ; à peine eut-il prononcé ces mots qu'il posait ses lèvres sur les siennes et l'embrassait d'une manière qui ne laissait planer aucun doute sur ses intentions.

Il l'attira de nouveau à lui et reprit sa bouche avec une fougue renouvelée, sa langue la dévorant avec une voracité qui la fit frémir des pieds à la tête. Il l'embrassait comme s'il n'en aurait jamais assez, comme si c'était important pour lui, vital même. Elle lui rendit son baiser avec une ferveur croissante, jusqu'à ce qu'ils se fondent l'un dans l'autre, leurs lèvres, leurs langues, leurs corps ne faisant plus qu'un.

Le désir les consumait tous les deux. C'était incroyable et puissant et, cette fois, plus rien ne les retenait.

C'était la même bouche douce, le même goût épicé, la même langue habile, mais son baiser s'accompagnait cette fois d'une intensité qui était à la fois totalement possessive et étrangement libératrice. Elle se sentait à l'abri, protégée. *Aimée.*

Il était sur elle, en elle, autour d'elle. Sa chaleur l'enveloppait, son torse de granit se pressait contre elle, sa bouche la possédait et, pourtant, il ne prenait rien. Au contraire, il se donnait comme il ne s'était probablement jamais donné à une autre femme. Elle lui répondait avec passion, s'ouvrant à lui, à son baiser, à ses bras et aux puissantes sensations qu'il faisait naître en elle.

D'instinct, elle resserra ses doigts autour de son membre, lui arrachant un grognement de plaisir qui résonna au plus profond d'elle-même. Il posa sa main sur la sienne et l'incita à le serrer plus fort. Puis il s'enfonça dans le cercle de ses doigts. Une fois. Deux fois. Elle sentit son bas-ventre fondre et une moiteur se répandre entre ses cuisses tandis qu'il s'enfonçait à nouveau, ses gémissements de délice résonnant à ses oreilles.

Quand il n'en put plus, il écarta sa main et l'allongea à nouveau sur le lit.

Il s'étendit sur elle, la masse solide de son corps l'enfonçant plus profondément dans le matelas. Ce corps de guerrier tout en muscles qu'elle en était venue à désirer désespérément, frénétiquement. Ses doigts s'accrochèrent à ses épaules puis descendirent le long de son dos. Ce n'était pas suffisant. Elle le voulait plus près, ce qui paraissait impossible dans la mesure où leurs deux corps étaient déjà collés l'un contre l'autre.

Le membre dur qu'elle avait tenu dans sa main se trouvait à présent entre ses cuisses. Elle souleva légèrement les hanches, cherchant à accroître la pression contre cette partie sensible d'elle-même qui palpitait d'envie.

Leur baiser devint plus fou, plus ardent, plus profond. Les mouvements de leurs langues devinrent moins précis, plus sauvages. Il promenait ses mains brûlantes sur tout son corps, la revendiquant par chaque caresse.

Il posa sa paume sur son sein et caressa son mamelon du pouce jusqu'à ce qu'il soit tendu de désir.

Lorsqu'il interrompit leur baiser, elle voulut crier de frustration, mais sa déception ne dura qu'un instant, le temps qu'il baisse la tête.

Sa bouche chaude et humide se posa sur son sein et elle sentit une coulée de lave se répandre dans tout son corps. Ses lèvres se refermèrent sur son téton. Même à travers sa fine chemise en lin, leur moiteur l'assaillit. Inconsciemment, elle cambra les reins pour s'offrir plus entièrement à lui, une prière silencieuse qu'il exauça aussitôt.

Sans qu'elle s'en rende compte, il était parvenu à dénouer les lacets de sa chemise. Elle eut à peine le temps de sentir l'air frais sur sa peau nue qu'il reprit son sein dans sa bouche, suçant son mamelon et décrivant des cercles de sa langue jusqu'à ce que tout son corps se mette à trembler d'un plaisir si intense qu'elle cria.

— Dieu que tu es belle ! murmura-t-il.

Il la titilla encore un peu avec sa langue, puis tira doucement son téton entre ses dents, la faisant gémir.

— Ça te plaît ? demanda-t-il.

Si ça lui plaisait ? Quelle question ! C'était divin et elle ne voulait pas qu'il s'arrête.

Toutefois, lorsque leurs regards se rencontrèrent, elle prit soudain conscience de sa poitrine dénudée et rougit.

— Tu n'as pas à être gênée, Cate. Tu es exquise.

Il posa sa main sur son sein avec un air de ravissement qui ne laissait planer aucun doute sur sa sincérité.

— Ils sont parfaits, si ronds et si fermes, poursuivit-il en exerçant une légère pression. Ils tiennent parfaitement dans ma main. Tes tétons sont roses et durs comme des perles.

Il en caressa doucement la pointe du pouce.

— Je pourrais te contempler ainsi éternellement.

Éternellement. Elle sentit sa poitrine se gonfler d'amour. Ce n'était qu'une manière de parler, bien sûr, mais lorsqu'elle le regardait dans les yeux, cela paraissait tout à fait crédible.

Gregor pensait ce qu'il disait. Lorsqu'il la contemplait ainsi, ses cheveux bruns étalés sur l'oreiller, sa peau rosie par l'excitation, ses paupières lourdes, ses lèvres enflées par leurs baisers, la courbe ferme de ses seins nus… Il n'y avait pas que le désir qui l'envahissait, même s'il était indéniablement très présent. C'était une émotion beaucoup plus puissante que tout ce qu'il avait connu jusqu'alors. Elle étreignait son cœur, lui nouait la gorge et emplissait sa poitrine de chaleur. C'était un sentiment d'adéquation totale et de bonheur, ce qui, compte tenu de ce qu'il était en train de faire, était ironique.

Ce n'était pas le moment de se poser la question. Il savait exactement ce qu'il faisait et ce que cela signifiait, même si, il devait le reconnaître, la décision n'avait pas vraiment été la sienne. Ce n'était pas la première fois qu'une femme le « prenait en main » pour tenter de lui faire changer d'avis. C'était la première fois qu'une femme réussissait.

Lorsqu'elle avait refermé ses doigts sur son sexe, cela avait été l'un des moments les plus sensuels et excitants de sa vie. Quand il avait regardé ses yeux grands ouverts, sans la moindre malice et emplis d'amour pour lui, rien ne lui avait paru plus juste.

Elle lui appartenait et il la ferait sienne. Quel qu'en soit le coût, cela en valait la peine.

Le seul fait de la contempler était déjà un bonheur. Elle était si ravissante qu'il en restait sans voix. Il aurait voulu s'agenouiller devant elle et vénérer chaque centimètre de son corps... de préférence avec sa bouche et sa langue. Il le ferait, la prochaine fois. Pour le moment, le seul spectacle de son sein nu dans sa paume et de son petit téton durci menaçait de le submerger.

Où était passé tout ce savoir-faire qui avait fait sa réputation ?

Elle était vierge. Il fallait que cette première expérience soit mémorable, ce qui n'allait pas être facile car le seul fait de l'embrasser le rendait aussi maladroit et aussi fébrile qu'un puceau qui n'avait qu'une seule idée en tête.

Ralentis, bon sang ! Ressaisis-toi.

Il reprit son mamelon dans sa bouche, le pinça délicatement entre ses dents, le tira et le suça jusqu'à ce qu'elle oublie toute pudeur et se trémousse comme une débauchée. Exactement comme il aimait. Tout son corps appelait le plaisir qu'il s'apprêtait à lui donner.

Elle était si réceptive à ses caresses qu'il aurait pu la faire jouir rien qu'en lui titillant les seins. Mais il voulait sentir sa première convulsion de plaisir. Il voulait voir son visage quand elle se désagrégerait sous lui.

Il glissa une main sous sa chemise et la remonta lentement le long de ses jambes. Elle ne sembla pas le remarquer, jusqu'à ce que ses doigts se glissent entre ses cuisses. Elle se tendit un instant puis, dès qu'ils effleurèrent ses plis soyeux, elle frémit et gémit.

Elle était si chaude et humide ! Il crispa les mâchoires pour résister au violent assaut de son propre désir, qui palpitait dans ses bourses. Le peu de contrôle qu'il était parvenu à conserver l'abandonnait rapidement.

Il se concentra sur son visage, observant d'abord la surprise puis le plaisir s'épanouir sur ses joues comme une fleur rose. Il l'effleura à nouveau, la laissant s'habituer aux sensations qui déferlaient dans son corps.

Il enfonça lentement un doigt en elle tout en continuant à passer sa langue sur son téton, décrivant des cercles, la torturant de son souffle chaud sur sa peau mouillée jusqu'à ce qu'elle cambre les reins, l'implorant en silence de la conduire au paroxysme.

Elle était si belle, son besoin d'elle si intense qu'il ne pouvait plus attendre. Sans quitter son visage des yeux, il suça goulûment son sein tout en caressant son point sensible, exerçant une pression sur son mont de Vénus avec le talon de sa main et lui donnant la friction qu'elle réclamait.

Elle haleta, se tendit puis se désagrégea en lâchant le cri le plus doux qu'il avait jamais entendu. Son corps se contracta et trembla tandis qu'une expression euphorique se peignait sur son visage. Il la tint contre lui, savoura chaque spasme de plaisir qui la parcourait des pieds à la tête.

C'était presque parfait ; cela le serait totalement dans quelques instants, car il serait en elle. Très vite, car il ne pourrait plus tenir longtemps.

Cate avait l'impression d'être entrée au paradis. Ce devait être ce que l'on ressentait en flottant parmi les nuages. Enfin, flotter… peut-être pas. C'était plutôt comme de monter en flèche ou d'être catapultée dans le ciel.

Son corps était encore parcouru de picotements quand sa vision s'éclaircit suffisamment pour le voir penché au-dessus d'elle. Ses traits étaient tendus. Elle aurait voulu l'enlacer et l'embrasser, mais elle n'avait même plus la force de lever les bras.

Il la lâcha un instant pour délacer ses braies.

Intriguée, elle leva la tête juste au moment où il se libérait. *Doux Jésus !* Elle se passa nerveusement la langue sur les lèvres. L'épaisse colonne de chair paraissait encore plus imposante que lorsqu'elle l'avait tenue dans sa main. Lisse, brillante, aux proportions parfaites, elle semblait avoir été sculptée dans le marbre.

Il émit un son étranglé.

— Si tu continues à me lorgner comme ça, mon cœur, je vais avoir terminé avant d'avoir commencé.

Elle ne comprit pas ce qu'il voulait dire, mais sentit que ce qu'elle faisait lui convenait.

— Tu aimes que je te regarde ?

Il se mit à rire et marmonna quelque chose qui ressemblait à « pas qu'un peu » avant de lui adresser ce fameux sourire qui la faisait fondre et avait probablement fait défaillir plus d'une femme avant elle.

— Tu as aimé quand je t'ai touché, n'est-ce pas ? demanda-t-elle. Je peux recommencer ?

Il paraissait incapable de parler et se contenta d'acquiescer. Elle referma ses doigts autour de lui. Elle fut d'abord surprise par sa chaleur et sa douceur, ce qui paraissait impossible compte tenu de sa dureté. Il était bien comme du marbre, mais enveloppé dans une fine gaine de velours. Du marbre chaud au cœur duquel palpitait la vie.

— Ça te fait mal ?

— Oh non !

Elle vit les muscles de son ventre se contracter tandis qu'elle faisait courir ses doigts sur la longueur de son membre, d'abord d'une manière hésitante, puis s'enhardissant à mesure que ses grognements de plaisir l'encourageaient. En voyant son expression extatique, elle se sentit telle une déesse.

Elle effectua quelques mouvements de va-et-vient, comme il le lui avait montré plus tôt, puis il l'arrêta en posant sa main sur la sienne.

— Assez, dit-il d'une voix tendue.

— Je m'y prends mal ? demanda-t-elle.

— Bien au contraire, c'est parfait. Mais j'aimerais faire durer le plaisir et, si tu continues comme ça, ça ne sera pas possible.

Satisfaite, elle sourit, glissa ses bras autour de son cou et l'attira à elle pour unir leurs bouches.

Ce fut comme si un barrage avait cédé. Toute l'ardeur qu'il avait retenue pendant qu'il lui donnait du plaisir revint dans un torrent de passion. Il s'étendit sur elle et, d'instinct, elle enroula ses jambes autour des siennes tandis qu'il l'embrassait.

Être couchée sous lui lui paraissait la chose la plus naturelle du monde, leurs corps plaqués l'un contre l'autre, leurs membres enlacés, torse contre torse, hanches contre hanches, la masse solide et épaisse de sa virilité calée entre ses cuisses.

Dieu que c'était bon.

Les sensations affluèrent à nouveau, plus rapides et plus intenses maintenant qu'elle savait où elles menaient. Son baiser était parfait, de longues et puissantes caresses de sa langue, qui réveillaient une source brute en elle. Des picotements se répandirent sur sa peau. Elle souleva les hanches et ondula contre lui. Son besoin de friction et de pression s'accrut à un rythme frénétique. Elle s'accrocha à ses épaules comme s'il était un rocher dans la tempête qui faisait rage autour d'elle.

Alors qu'elle approchait à nouveau du paroxysme, il s'écarta.

— Pas encore. Cette fois, je veux être en toi.

Sa chemise s'étant enroulée autour de ses jambes, il lui fallut un certain temps pour réussir à la soulever. Il lui lança un regard impatient.

— Tu es tout empêtrée dans ta chemise. La prochaine fois, je te déshabillerai.

Elle ne put s'empêcher de sourire. *La prochaine fois*.

Il reprit position entre ses jambes. Ils se dévisagèrent. Elle était trop émue pour parler. Elle avait tant rêvé de ce moment, sans jamais imaginer que ce serait aussi divin.

— Ça va peut-être faire un peu mal, la prévint-il.

Sa mise en garde fut perdue dans le tourbillon de sensations qui suivit. Il effectua un doux balancement de ses hanches et l'épaisse extrémité de son membre s'insinua en elle. Cela se passait comme dans un rêve. La connexion entre eux était telle qu'elle l'avait imaginée et plus encore. Elle se sentait possédée, liée à lui d'une manière qui ne pouvait plus être défaite.

Toutefois, cela n'allait pas sans un certain désagrément.

— Mmm… que tu es douce, murmura-t-il.

Il la fixait avec une concentration intense. Il procédait très lentement, patiemment, et cela ne semblait pas être facile.

« Doux » n'était pas le mot qu'elle aurait employé, néanmoins. Elle se demanda s'il n'était pas un peu trop massif pour elle. Elle se tendit alors que son corps luttait pour l'accueillir.

— J'y suis presque, mon cœur. Je suis désolé…

Elle n'eut pas besoin de lui demander pourquoi. Il soutint son regard et donna un coup de reins plus déterminé. Elle tressaillit, surprise par la sensation de l'avoir soudain tout entier en elle, mais aussi par la douleur cuisante.

« Un peu mal » ? Tout son corps protestait contre l'invasion.

Cela ne dura pas. Il l'embrassa à nouveau, murmurant des mots doux contre ses lèvres et à son oreille, ce qui la chatouillait et la faisait frémir en même temps. Il lui répétait qu'il était désolé, que la douleur allait disparaître et qu'il allait faire en sorte qu'elle se sente bien, très bien.

Il avait raison.

Au bout de quelques minutes, elle oublia la douleur. Elle ne se sentait plus comme un rempart dont les défenses venaient d'être percées par un bélier. La tension diminua et la gêne céda le pas à autre chose... à de l'excitation. D'abord un léger frémissement, puis un grand frisson quand il commença à bouger, lentement d'abord, pour la laisser s'habituer au mouvement, puis plus profondément et plus rapidement.

Il continuait à l'embrasser, son corps glissant contre le sien à chaque pénétration. La sensation de toute cette puissance masculine, sur elle et en elle, était incroyable. Elle lui donnait envie de bouger avec lui.

Ce qu'elle fit. Il sembla apprécier. Beaucoup, même. Elle l'entendait dans les grognements de plaisir qui accompagnaient chaque coup de reins.

Elle s'était attendue à l'intimité et à la connexion, mais pas à l'intensité. Elle ne s'était pas rendu compte à quel point faire l'amour était « physique ». Un peu comme l'entraînement dans la cour. Plus elle y mettait du sien, mieux c'était.

Il travaillait dur, lui aussi. Son corps était brûlant et luisant de transpiration. Elle aimait sentir ses muscles se gonfler sous ses mains chaque fois qu'il s'enfonçait en elle, et la manière dont son propre corps se préparait à recevoir chaque assaut.

Il sentait bon. Bien sûr, pensa-t-elle avec un sourire. Même la sueur sentait bon sur Gregor MacGregor. La chaleur accentuait son odeur masculine subtilement épicée qui la grisait. Elle avait envie de presser son nez contre sa peau et de l'inhaler.

Leurs regards se rencontrèrent. Le sien était sombre, poignant et ardent. Elle sentit son cœur s'emplir de bonheur.

— Tout va bien ? lui demanda-t-il.

— Mieux que ça, répondit-elle avec un sourire. C'est merveilleux.

— Attends, tu n'as encore rien vu.

Elle savait qu'elle pouvait lui faire confiance. Il ne la déçut pas.

Il ralentit la cadence et ondula des hanches dans un long mouvement circulaire qui débuta lentement puis s'accéléra, plongeant profondément en elle et la faisant gémir chaque fois que leurs corps se rejoignaient, provoquant en elle une nouvelle vague de sensations.

Il était incroyable. Son corps était un instrument de musique ; chaque mouvement, chaque coup de reins calculé pour atteindre la note parfaite.

Il savait exactement comment lui procurer du plaisir… presque plus qu'elle n'en pouvait supporter. Elle entendait la musique monter dans ses oreilles : les battements de son cœur, les halètements, l'écho de leurs râles d'extase tandis qu'ils approchaient du tempo final en un crescendo spectaculaire.

— Oh, mon Dieu ! gémit-il entre ses dents.

Elle vit l'extase emplir son regard au moment même où elle atteignait le sommet de la vague. Leurs corps se raidirent ensemble durant quelques secondes hors du temps avant de se désagréger dans une explosion d'étoiles et de lumière. Leurs cris s'entremêlèrent et ils furent emportés par une puissante succession de vagues d'extase.

Lorsque les sensations moururent enfin, ce fut comme si elle s'était vidée de toute son énergie.

Rompue et exténuée, Cate se lova contre la chaleur du corps de Gregor telle une chatte rassasiée et satisfaite, et s'endormit presque aussitôt.

Gregor mit quelques secondes à se souvenir où il était. Puis cela lui revint. La dernière pensée qu'il avait eue avant de fermer les yeux était ironique : pour une fois qu'il aurait aimé entendre à quel point leurs ébats avaient été merveilleux (fabuleux, explosifs, défiant l'entendement...), sa partenaire blottie contre lui s'était endormie en un clin d'œil sans le moindre commentaire. Lorsqu'il rouvrit les yeux dans la chambre sombre et froide, le lit était vide.

Où diable est-elle passée ? Il regarda autour de lui, d'abord perplexe et incrédule, puis irrité. Ne savait-elle pas qu'il était impoli de filer ainsi en douce, sans rien dire ? Il aurait apprécié quelque chose comme : « Merci, Gregor, pour la nuit la plus incroyable de ma vie », ou « Tu as été merveilleux, Gregor », ou encore « Je t'aime, Gregor ». Oui, surtout cette dernière phrase. Il aurait bien aimé l'entendre à nouveau maintenant qu'il était satisfait. Non, pas satisfait, *heureux*. Sans doute plus heureux qu'il ne l'avait jamais été de sa vie.

Faire l'amour avec Cate avait été physiquement aussi extraordinaire qu'il l'avait pensé, mais cela avait été bien au-delà, le conduisant en un lieu où il n'était encore jamais allé. Un lieu où il voulait retourner sur-le-champ.

Les minutes s'écoulèrent... une bonne vingtaine en tout. Fichtre, où était-elle ? Si quelqu'un devait s'éclipser pendant la nuit, c'était lui. Elle était dans sa chambre.

Il repoussa les draps et se leva. Il cherchait ses braies sur le sol quand la porte s'ouvrit. Il se redressa en voyant l'objet de son irritation apparaître sur le seuil.

Elle parut surprise, mais il n'aurait su dire si c'était de le trouver éveillé ou de le voir entièrement nu devant elle.

Ce devait être la seconde option. Après un instant d'hésitation, elle le reluqua sans vergogne, ne cachant pas son intérêt pour les moindres détails de son anatomie. Bigre, elle n'aurait pas dû le regarder ainsi à moins d'être prête à assumer toute la luxure que contenait son regard. Il risquait d'oublier qu'il devait partir et qu'elle n'était probablement pas en état de subir d'autres outrages après ceux de la veille.

Ses traits s'affaissèrent quand elle le vit enfiler ses braies.

— Tu pars ? Tu ne peux pas !

Son ton catégorique calma légèrement son agacement de s'être éveillé seul.

— Le jour va bientôt se lever, répondit-il. Où étais-tu ?

Elle ferma la porte derrière elle et s'approcha de lui en se mordant la lèvre, l'air gêné.

— Je suis désolée si je t'ai réveillé. J'ai essayé d'être discrète, je devais aller au petit coin.

— Tu es partie longtemps.

Ce n'était pas très délicat de sa part, mais c'était une nouvelle expérience pour lui et il se sentait...

Inquiet. Comme s'il naviguait sur une mer inconnue. Il ne s'était encore jamais trouvé dans une telle situation. Il avait besoin de savoir que tout allait bien. Non, mieux que cela. Il devait s'assurer qu'elle allait bien, qu'il ne lui avait pas fait mal, que cela avait été aussi incroyable pour elle que pour lui.

L'embarras de Cate s'accrut encore.

— Il y avait un peu de sang. J'ai utilisé un linge et l'aiguière de ta chambre pour ne pas te déranger. Ai-je fait quelque chose de mal ? Tu as l'air fâché contre moi.

Il se comportait vraiment comme un imbécile. Navré, il la prit dans ses bras.

— Pardonne-moi. Tout va bien et non, bien sûr, je ne suis pas fâché contre toi.

Il lui leva le menton et regarda ses yeux lumineux.

— Je n'ai aucune raison de t'en vouloir, déclara-t-il.

Elle mordit à nouveau sa succulente lèvre inférieure rouge cramoisi avant de répondre :

— J'ai pensé que, peut-être, tu regrettais ce que… nous avons fait.

— Je ne regrette rien de ce qui s'est passé hier soir. Comment le pourrais-je ?

Un petit sourire apparut au coin de ses lèvres, d'abord hésitant, puis illuminant tout son visage.

— J'en suis heureuse. C'était… merveilleux.

Elle soupira, puis prit un air coquin.

— J'avais oublié à quel point tu es grincheux à ton réveil.

— Moi ? Grincheux ? Pas du tout !

Elle arqua un sourcil.

Certes, il pouvait lui arriver, quoique rarement, d'être légèrement irritable le matin, mais ce n'était pas le cas à présent.

— C'est juste que je ne m'attendais pas à m'éveiller seul.

Le second sourcil rejoignit le premier.

— Qu'as-tu imaginé ? Que, mortifiée, je m'étais enfuie ?

— Bien sûr que non.

— Mais si ! s'exclama-t-elle, amusée.

Elle posa une main sur son front en feignant d'être horrifiée.

— Quoi, le plus bel homme d'Écosse abandonné seul dans son lit, c'est le monde à l'envers !

Il lui adressa un regard noir.

— Tu ne vas pas t'y mettre, toi aussi ! Si je tiens un jour celui ou celle qui a inventé ce surnom ridicule, je lui tordrai le cou !

Elle se mit à rire, se hissa sur la pointe des pieds et déposa un baiser sur ses lèvres. Cet élan d'affection le surprit. C'était le genre de geste auquel il pourrait facilement s'habituer.

— Mon pauvre Gregor, le taquina-t-elle. Ce doit être horrible d'avoir toutes ces femmes qui tombent à tes pieds.

— Bah… Ce n'est pas toujours horrible, mais tu n'as pas encore rencontré le Faucon.

— Qui ?

Fichtre, il avait parlé sans réfléchir. Il avait relâché sa garde. Cela aurait dû l'inquiéter, mais il avait confiance en elle. Cate était d'une droiture à toute épreuve. C'était ce qui la rendait différente et l'avait attiré vers elle. Elle était vraie. Avec elle, il n'avait pas à s'inquiéter d'intrigues, de ruses ou de manipulations.

— Un ami, répondit-il vaguement.

Il avait glissé un bras autour de sa taille lorsqu'elle l'avait embrassé. Sentir ce corps chaud et ferme contre lui commençait à produire ses effets. Il la lâcha et recula.

— Je ferais mieux de partir.

— Non, pas déjà. Le jour n'est pas encore levé. Tu ne peux pas rester encore un peu ?

Pas s'il voulait éviter qu'elle soit encore plus endolorie qu'elle ne l'était déjà. Il lança un regard vers le lit, une réaction inconsciente qui trahit sa pensée. Cette fois, le sourire de Cate était sensuel et calculateur. Elle glissa lentement les bras autour de son cou et se pressa contre lui, féline. Il sentit ses tétons durs contre son torse nu.

Elle le poussa légèrement en ondulant des hanches.

— S'il te plaît, reste.

Finalement, elle était plus manipulatrice qu'elle ne le paraissait. Qui aurait cru qu'elle pouvait se transformer en sirène enjôleuse ?

Elle battit innocemment des cils.

— Tu n'as pas parlé d'une prochaine fois sans ma chemise ?

Elle savait exactement quels mécanismes actionner pour le mettre en branle.

Il la poussa sur le lit et arracha le vêtement inopportun pour révéler un corps qui méritait amplement d'être vénéré.

Il n'avait jamais vu une femme aux proportions aussi parfaites. Elle était tout en longs muscles, avec une taille fine. En dépit de sa force évidente, elle était extrêmement féminine, avec des hanches joliment incurvées, des seins ronds et délicats, un charmant petit derrière rebondi avec une fossette bien placée sur chaque fesse.

Il lui dit à quel point elle était belle, d'abord avec des mots, puis avec sa bouche et sa langue. Il crut défaillir de bonheur quand elle se désagrégea contre sa bouche. Il n'avait pas eu l'intention de la prendre à nouveau, mais elle en avait décidé autrement et sembla beaucoup apprécier, surtout quand il fut profondément en elle. Elle cria son nom et l'implora de la pilonner toujours plus vite, plus fort, jusqu'à ce qu'il explose en elle.

Tout aurait été parfait si, juste après qu'il eut roulé de côté sur le lit, son frère n'avait fait irruption dans la chambre.

— Cate, il faut que tu…

En les voyant au lit, John s'arrêta net. Sa stupeur fut suivie par un air accusateur qui réveilla en Gregor tous les scrupules qu'il aurait dû avoir bien plus tôt.

15

— Salaud !

Par réflexe, Gregor se dressa devant Cate, comme s'il pouvait la protéger du caractère désagréable de la situation.

Comme si cela ne suffisait pas, John n'avait pas débarqué seul dans la chambre. Ete et Lizzie se tenaient derrière lui. Toutefois, contrairement à son frère, elles eurent la délicatesse de se retirer rapidement au lieu de rester plantées là à les regarder d'un air scandalisé.

Certes, il avait mérité leur opprobre, mais il ne voulait pas que Cate essuie le feu d'une colère qui ne devait être dirigée que contre lui.

— Je te retrouve en bas, déclara-t-il à John.

Ce dernier fit la sourde oreille et avança d'un pas dans la chambre. Tous les muscles de son corps frémissaient d'indignation.

— Comment as-tu pu ?

Il ne devait pas s'attendre à une réponse, car il enchaîna aussitôt :

— À présent, tu as intérêt à l'épouser, même si je dois te traîner de force devant l'autel.

Cate émit un petit son étranglé.

— Non, John... commença-t-elle.

Gregor l'interrompit en posant sa main sur la sienne et en la serrant.

— Je n'aurai pas besoin que tu me forces, mon frère. J'ai la ferme intention de l'épouser.

— Vraiment ? demandèrent Cate et John à l'unisson. Ils paraissaient aussi surpris l'un que l'autre.

Gregor se tourna vers la jeune femme. Elle serrait les draps sous son menton, ses cheveux bruns retombant en désordre sur ses épaules, l'air merveilleusement... dépravée. Elle fouillait son regard, perplexe. Un grand élan de tendresse lui étreignit le cœur.

Il écarta une mèche qui lui tombait devant le visage et la coinça derrière son oreille.

— Si mon lourdaud de frère ne nous avait pas interrompus, j'aurais pu te faire ma demande convenablement.

Cette fois, John comprit qu'il était de trop. Il fit demi-tour, mais pas avant d'avoir lancé à Gregor un regard lui indiquant qu'il n'en avait pas terminé avec lui. Gregor attendit qu'il eût fermé la porte derrière lui pour se tourner vers Cate.

— J'espère que tu n'en doutais pas ?

Son honneur l'exigeait. Il en avait été conscient avant de lui faire l'amour et avait su ce qu'il aurait à faire.

Néanmoins, il ne s'agissait pas que de son honneur. Ses sentiments pour elle étaient plus profonds qu'il ne l'aurait cru possible. Assez pour essayer d'être l'homme dont elle rêvait.

Elle rougit et baissa les yeux d'une manière qui laissait entendre qu'elle avait effectivement eu des doutes. Il lui leva le menton, la forçant à le regarder.

— Je ne savais pas quoi penser, avoua-t-elle. Tu m'as bien expliqué ce que tu pensais du mariage.

Il esquissa un sourire ironique.

— Oui, il semblerait bien que, cette fois, je me suis laissé piéger.

Elle pâlit.

— P-p-piéger ? Je ne voulais pas... Juste ciel, tu crois que j'ai...

Elle était vraiment adorable. Bien sûr qu'elle n'avait rien manigancé. Elle était bien trop honnête. S'il avait pensé qu'elle avait eu une arrière-pensée intéressée en le caressant la nuit précédente, il aurait déguerpi. C'était ironique, il se retrouvait dans la situation qu'il avait toujours voulu éviter, être surpris au lit avec une innocente, et cela n'avait aucune importance. Avoir été exposé publiquement ne faisait qu'accélérer l'inévitable.

— Ne prends pas cet air horrifié, je plaisantais, la rassura-t-il. D'un autre côté, si j'avais su à quel point il serait agréable d'être piégé, je me serais marié plus tôt.

Sa plaisanterie tomba à plat. Elle afficha un sourire contrit et ses traits pâles virèrent au gris.

Il comprit soudain pourquoi et eut honte de sa propre insensibilité. Elle venait de vivre une scène traumatisante. Elle n'allait pas se mettre à rire alors que son frère venait de les surprendre en flagrant délit !

Elle était innocente, ou du moins elle l'était encore quelques heures plus tôt. Elle devait être atterrée, comme il aurait dû l'être lui-même s'il n'avait été aussi heureux. Oui, heureux. Il ne l'avait pas cru possible, mais il avait trouvé une femme qui s'intéressait à lui pour lui-même et ne s'arrêtait pas, comme toutes les autres, à la surface.

Il se pencha vers elle, prit son visage entre ses mains et l'embrassa pour chasser ses inquiétudes. Lorsqu'il eut fini, elle était étendue sur le dos et lui sur le flanc. Ils étaient lovés l'un contre l'autre, comme il se devait.

Il redressa la tête et elle rouvrit les yeux.

— Tu ne m'as pas donné ta réponse, lui rappela-t-il. C'est vrai que je ne t'ai pas vraiment posé la question. Je mettrai un genou à terre, si tu le souhaites, mais je crains d'avoir l'air un peu idiot, vu ma tenue.

Sans parler de son état d'excitation.

Elle rosit légèrement et se frotta contre lui.

— Tu es très bien là où tu es, répondit-elle.

C'est-à-dire sur le point de rouler sur elle, de lui écarter les cuisses et de plonger en elle pour la troisième fois. Cela aurait été une demande en mariage mémorable.

Il avait toujours aussi faim d'elle. De fait, il était plus affamé que jamais.

La gorge soudain nouée, il caressa sa joue, encore irritée par le frottement de sa barbe.

— Cate, me feras-tu l'honneur de devenir mon épouse ?

Cate refoula ses larmes. Gregor MacGregor, l'homme dont elle était amoureuse depuis cinq longues années, était dans son lit, ses cheveux mordorés caressant ce visage qui avait fait battre d'innombrables cœurs. Il la dévisageait avec une tendresse inimaginable, et lui demandait de l'épouser.

Je vais me réveiller. Ce ne peut être qu'un rêve.

Elle ne rêvait pas. Il était bien réel. Tout ce qu'elle avait tant désiré était à portée de main. Il suffisait de dire oui.

Elle ne pouvait pas. Pas avant d'être sûre de ses motivations.

Sa plaisanterie un peu plus tôt lui avait glacé le sang, lui rappelant sa conversation avec Seonaid et le défi qu'elle lui avait lancé. Elle avait été convaincue que Gregor l'épouserait par amour, pas parce qu'elle lui forcerait la main. Lorsqu'elle l'avait caressé (elle avait encore du mal à croire qu'elle s'était montrée aussi hardie), c'était pour le retenir encore un peu, pas pour le piéger. Elle ne pouvait pas deviner non plus que John ferait irruption dans sa chambre de si bonne heure.

Gregor plissa le front, l'air inquiet.

— J'espérais que ma demande ne nécessiterait pas autant de réflexion.

Elle prit une profonde inspiration. Elle devait savoir.

— Pourquoi veux-tu m'épouser, Gregor ?

— J'aurais cru qu'après la nuit dernière, c'était évident.

Cela ne l'était pas, d'où le problème. Était-ce simplement parce qu'il avait pris son innocence ou parce qu'il avait de vrais sentiments pour elle ? Le mot qu'elle redoutait le plus d'entendre à cet instant était « honneur ».

— Je ne suis pas noble, Gregor. Tu sais d'où je viens. Tu n'es pas obligé de m'épouser si tu n'en as pas envie. Mon père ne va pas surgir l'épée à la main en exigeant réparation.

— Il devrait, répliqua Gregor, l'air grave. Il mériterait d'être écartelé pour t'avoir abandonnée ainsi. Quel genre d'homme...

— Je t'en prie, Gregor. Je ne veux pas parler de lui... jamais.

Elle tourna la tête, incapable de soutenir son regard. Son indignation soulevait une question qu'elle ne voulait pas se poser. *Cela n'a pas d'importance,* se dit-elle. Et si cela en avait une ? Pour la première fois, ce qu'elle lui avait caché ressemblait à un lourd secret et non plus à un détail insignifiant qu'elle pouvait pousser sous le lit et oublier, comme une vieille robe.

— Tu t'imagines vraiment que tes origines changent quelque chose pour moi ? demanda Gregor, vexé.

— Elles le devraient peut-être. Ta famille ne le verra pas du même œil. Que dira ton oncle ? Il a sûrement des projets pour toi. Tu as le devoir d'épouser...

— Tu sais très bien que je m'en soucie comme d'une guigne. J'accomplirai mon devoir envers mon oncle sans qu'on me vende au plus offrant. Ma position auprès du roi suffit amplement. De quoi s'agit-il vraiment, Cate ? Je croyais que tu voulais m'épouser, que tu m'aimais.

— C'est le cas... (C'était bien là le problème.) Mais je ne veux pas que tu te sentes contraint ou lié par l'honneur.

Il prit son visage entre ses mains.

— Regarde-moi bien, mon cœur, et écoute-moi. Je savais parfaitement ce que je faisais hier soir et ce que cela impliquait. Oui, mon honneur me demande de t'épouser, mais je voulais que tu sois ma femme avant de te faire l'amour.

Elle crut que son cœur allait éclater de joie.

— Vraiment ?

— Oui. Tu comptes énormément pour moi et je ferai mon possible pour être le bon époux que tu mérites.

Il lui caressa la joue du pouce, puis suivit les contours de ses lèvres.

— Je peux avoir ma réponse, à présent ?

Elle sourit, les yeux brillants de larmes.

— Oui. Oui, je t'épouserai.

Il marmonna quelque chose qui ressemblait à « Il était temps », puis roula sur elle et couvrit sa bouche de la sienne.

Il passa l'heure suivante à lui démontrer par ses gestes à quel point il voulait l'épouser. Parvenu à un moment crucial, il rechigna en arguant qu'il ne voulait pas lui faire mal, mais elle en décida autrement, prenant les choses en main, si l'on peut dire. Elle commençait à développer une dextérité remarquable.

Cate n'avait jamais été aussi heureuse. Leurs fiançailles furent annoncées au cours du déjeuner et accueillies par un tumulte d'approbations assourdissant. L'enchaînement des compliments et des hourras qui suivit se transforma en fête improvisée, généreusement arrosée de vin et de bière, accompagnée de danses et même de quelques chansons paillardes qui la firent rougir.

Elle n'était pas certaine que l'Église approuverait de tels débordements ; la fête de Noël n'avait lieu que le lendemain et ils étaient censés respecter l'avent. Toutefois, le père Roland semblait s'amuser comme un petit fou.

Gregor accepta toutes les félicitations et les taquineries d'usage avec un petit sourire satisfait. Il était plein d'attentions pour elle et semblait heureux de l'épouser, ce qui apaisa ses derniers doutes. Il se comportait comme un homme amoureux et elle se demanda si les sentiments qu'elle avait toujours soupçonnés en lui étaient enfin prêts à se révéler au grand jour.

Le seul à ne pas se réjouir était Pip. Il avait disparu peu après l'annonce de leur mariage et elle ne le revit que plus tard dans la soirée. Il attendait devant la porte de sa chambre.

— Tu ne peux pas l'épouser ! explosa-t-il.

Ses traits sombres étaient tordus par un tumulte d'émotions allant d'une fureur virile à une frustration enfantine, juste reflet de son état de garçon sur le point de devenir un homme.

Son nez avait désenflé, mais il avait encore de grands cernes noirs sous les yeux suite à la raclée que lui avait mise Dougal McNab.

Une grande mèche noire lui tombait devant les yeux. Après leur dernière séance d'entraînement, elle lui avait recommandé de la couper. Il ne l'avait pas encore fait, mais il finirait par obtempérer... lorsqu'il se serait pris suffisamment de coups à cause de son champ de vision diminué.

Jusqu'à présent, elle l'avait initié à l'épée, au tir à l'arc, et lui avait montré plusieurs prises de combat au corps à corps que lui avait enseignées John. Il n'avait montré d'aptitude particulière dans aucune de ces disciplines, mais il était enthousiaste, apprenait vite et travaillait dur. C'était encourageant. En outre, il était aussi têtu qu'elle et ne capitulait pas facilement.

Malheureusement, ce même entêtement qui l'aidait à se relever chaque fois qu'il mordait la poussière lui faisait freiner des quatre fers dès qu'il s'agissait de Gregor.

Cate pinça les lèvres. Même si Gregor avait fait d'elle la femme la plus heureuse du monde, cela ne signifiait pas qu'elle n'avait pas une ou deux raisons de vouloir l'étrangler, Pip étant l'une d'elles. Leur relation avait démarré d'un très mauvais pied, en grande partie à cause de l'indifférence de Gregor par rapport à la situation du garçon. Elle était déterminée à ce que cela change. Ils finiraient par s'apprécier mutuellement, elle en faisait son affaire.

Elle fit entrer Pip dans sa chambre et lui fit signe de s'asseoir sur un tabouret près du brasero. Elle prit place sur le bord de son lit et tenta d'apaiser sa douleur avec calme.

— Je sais que tu n'aimes pas beaucoup le laird...

— Je le hais ! l'interrompit Pip. Il n'était pas censé t'épouser, mais partir. Les hommes comme lui partent toujours.

Cate sentit que sa virulence cachait autre chose. Elle avait présumé que Pip n'avait jamais connu son père (après tout, il avait affirmé que c'était Gregor) ; pourtant, il semblait savoir de quoi il parlait.

Son cœur se serra. Elle savait ce que l'on ressentait quand l'un de vos parents vous abandonnait ; alors, quand on était rejeté par les deux… Elle ne pouvait qu'attendre que Pip lui fasse suffisamment confiance pour lui raconter toute son histoire.

— Pip, dit-elle doucement. Tu le connais à peine.

— Je sais tout ce que j'ai besoin de savoir. J'ai vu la manière dont il te regardait quand tu as fait ton cauchemar. Je savais qu'il te ferait du mal !

— Il ne m'a fait aucun mal, Pip.

Il fit une grimace.

— Je suis peut-être un bâtard, mais je sais que sa conduite est répréhensible. Je sais tout sur lui et le nombre de femmes qu'il a mises dans son lit. Pourquoi crois-tu que ma mère…

Il s'interrompit brusquement, la regardant avec un air horrifié.

— Qu'a fait ta mère ? l'encouragea-t-elle doucement.

Ses traits s'affaissèrent et les larmes qu'il avait vaillamment contenues firent briller ses yeux.

— Tu vas me détester, balbutia-t-il. Puis tu voudras me renvoyer, tout comme lui. Il sait… ou il croit savoir.

— Que sait-il, Pip ?

L'histoire sordide sortit peu à peu, entrecoupée de sanglots et d'excuses. Sa mère avait été la maîtresse de l'un des métayers de Gregor. Il la maltraitait et l'avait abandonnée quelques années après la naissance de Pip. Il lui avait néanmoins envoyé régulièrement de l'argent pour élever leur enfant, jusqu'à sa mort six mois plus tôt. Pip avait alors tenté de subvenir à leurs besoins en effectuant de petits travaux ici et là, mais il ne parvenait même pas à gagner de quoi payer la bière de sa mère.

Sombrant dans l'amertume et l'alcool, celle-ci s'était mise à concocter toutes sortes d'histoires au sujet de son père, auxquelles elle finissait par croire elle-même. Incapable de les nourrir tous les deux, elle avait envoyé son fils à l'homme qui avait couché avec tant de femmes. « Pourquoi ne pourrait-il pas être ton père ? », avait-elle déclaré. Pip s'était exécuté en pensant être refoulé à la porte du château. Il n'aurait jamais imaginé que Cate le prendrait en pitié.

Il n'avait pas osé lui dire la vérité, craignant d'être rejeté. Lorsque sa mère avait appris qu'il avait été accueilli et était bien traité, elle avait exigé qu'il lui donne de l'argent, sans quoi elle l'arracherait à son nouveau foyer.

Au milieu de son récit, Cate l'avait pris dans ses bras, tenant ses épaules maigrelettes contre elle avec toute l'affection qu'elle avait toujours voulu lui témoigner. Elle entendait également ce qu'il ne disait pas. La violence de sa mère n'avait pas été que verbale ; elle le battait souvent.

Lorsqu'il eut fini, ils tremblaient tous les deux : Pip de sanglots, Cate d'indignation. Elle s'était toujours doutée qu'il avait eu une enfance peu enviable, mais quel genre de mère traitait ainsi son enfant ? Peu importait qu'elle ait eu une vie difficile ou qu'elle soit abrutie par l'alcool, c'était inexcusable. Pauvre Pip.

— Pardonne-moi, sanglota-t-il. Je suis désolé d'avoir menti, mais je savais que tu me chasserais.

— Je n'ai aucune intention de te chasser, Pip. Tu es ici chez toi.

Il s'écarta et la dévisagea, interdit.

— Tu n'as donc rien entendu de ce que j'ai dit ?

— Je t'ai parfaitement entendu.

— Mais tu vas l'épouser et il ne me laissera pas rester.

Il marqua une pause, une petite lueur d'espoir dans les yeux.

— Si tu épousais plutôt John ?

Elle s'efforça de ne pas sourire.

— Ce n'est pas John que j'aime, mais Gregor.

— Et lui, il t'aime ? demanda-t-il sans cacher sa déception.

Il n'y avait qu'un enfant ou un très jeune homme pour plonger ainsi au cœur des choses. Elle ne lui en voulait pas pour sa question, puisqu'elle se la posait elle-même.

— Je crois, mais je ne pense pas qu'il en soit conscient. Gregor est un homme qui ne se lie pas facilement.

— Pourquoi ? Qu'est-ce qui coince, chez lui ?

— Rien, sinon une bonne dose de cynisme. Tant de femmes lui ont offert leur cœur pour de mauvaises raisons qu'il est devenu blasé. Il n'accorde pas facilement sa confiance.

Après sa mauvaise expérience avec Isobel, c'était sans doute compréhensible. Ce n'était pas un mur, mais de véritables remparts qu'il avait érigés autour de lui.

Pip ne semblait pas convaincu.

— Donne-lui une chance, insista-t-elle. Tu verras, il ne nous décevra pas.

16

Il était minuit passé, la nuit de Noël, lorsque Gregor grimpa enfin les marches vers sa chambre. Entre les longues messes de la saison et ses devoirs de laird, la journée avait été longue.

Il s'efforça de ne pas regarder la porte voisine de la sienne, mais il ne put s'empêcher de remarquer la lumière qui filtrait par-dessous.

Elle ne dormait pas. Le fait de savoir qu'elle était éveillée dans la chambre attenante à la sienne n'allait pas faciliter son vœu de se conduire convenablement.

Il n'était plus un jeune homme découvrant les plaisirs de la chair, même si c'était la sensation qu'il éprouvait quand il était avec elle. Il pouvait attendre qu'ils soient mariés pour la mettre dans son lit. D'ailleurs, elle avait sans doute besoin d'un peu de temps pour se remettre de leurs ébats.

Néanmoins, il pressentait que les douze prochains jours allaient lui paraître bien longs. Avec l'aide du roi, il espérait obtenir une dispense de Lamberton, l'évêque de St. Andrews, afin d'épouser Cate le 5 janvier, jour qui marquerait la fin des célébrations d'hiver, à la veille de l'Épiphanie.

Il aurait pu attendre trois semaines et la fin de la publication des bans, mais Bruce risquait de le rappeler pour le siège du château de Perth. Cela reporterait leur mariage à sa prochaine visite à Dunlyon.

Ça, ce n'était pas supportable. Cate était à lui et il tenait à ce que ce soit officiel.

Il n'aurait jamais imaginé qu'il serait un jour pressé de passer devant l'autel. C'était comme si un dernier obstacle avait été franchi et que plus rien ne pouvait l'empêcher d'obtenir ce qu'il voulait, c'est-à-dire Cate, son épouse, se tenant à ses côtés durant la journée et dormant près de lui la nuit (même si, les premiers temps, ils dormiraient sans doute peu).

Le seul fait de penser à tout ce qu'il lui ferait lui échauffa les sens. Son sexe se tendit, augmentant encore sa frustration. C'était sa faute, elle montrait un tel enthousiasme ! Elle faisait l'amour comme elle faisait tout le reste : sans retenue, sans prétentions ni artifices, se donnant entièrement.

Avec un peu d'expérience...

Que Dieu lui vienne en aide ! Elle le mènerait par le bout du nez.

Sans doute était-ce déjà le cas. Il n'avait encore jamais rien ressenti de pareil pour une femme.

L'aimait-il ? Il ignorait s'il était capable de ressentir une telle émotion. La confiance qu'elle avait en lui lui donnait envie d'être le genre d'homme qui restait au foyer. Pour le moment, cela suffisait.

Il entra, laissant la tentation derrière lui. Toutefois, quelques minutes plus tard, on frappait doucement à la porte. Il rassembla ses forces avant d'ouvrir. Comme il s'y attendait, Cate se tenait sur le seuil en robe de chambre.

— Tu te couches tard, observa-t-elle.

— Toi aussi.

— Je t'attendais.

Il esquissa un sourire.

— Je m'en doutais, mais tu ne devrais pas être ici.

Elle entra quand même, en lui lançant une œillade effrontée.

— Je sais, mais nous avons été tellement occupés ces derniers jours que je n'ai pas eu l'occasion de te parler en tête à tête. J'ai quelque chose à te donner.

Il remarqua soudain qu'elle serrait les pans de sa robe de chambre devant elle comme si elle cachait quelque chose. Sa nudité, peut-être ?

Elle remarqua son regard lascif et leva les yeux au ciel.

— Ne te fais pas d'illusions, je porte une vieille chemise de nuit très épaisse, la seule qui me reste après ce qui est arrivé à l'autre.

— Je t'achèterai une douzaine de chemises.

— Pour mieux les déchirer ?

— Comment as-tu deviné ?

Elle se mit à rire et ouvrit sa robe de chambre.

— Désolée de te décevoir, mais voici ce que je t'apporte.

Elle sortit un petit paquet en lin et le lui tendit.

— C'est... pour Noël, expliqua-t-elle.

— Qu'est-ce que c'est ?

— Ouvre-le, tu verras.

Après avoir dénoué le petit ruban en soie avec lequel elle avait fermé le paquet, il déplia soigneusement le linge et découvrit une tunique en lin. Le col et les manches étaient brodés de volutes or et écarlate. En regardant de plus près, il constata que le motif en question était constitué de minuscules dessins.

— Ce sont des flèches, déclara-t-il, stupéfait.

Elle acquiesça en rosissant.

— C'est pour porter sous ton armure.

Il n'en croyait pas ses yeux. Le vêtement était superbe, la broderie d'une finesse remarquable. Il était ému.

— C'est toi qui l'as faite ?

— Je sais coudre, répondit-elle, légèrement vexée par son ton surpris.

Il arqua un sourcil dubitatif. Tout le monde savait qu'elle détestait broder.

— Bon, admit-elle, Ete en a fait la plus grosse part, mais c'est moi qui ai conçu le motif. Et j'ai réalisé cette partie, ici.

Elle lui montra l'arrière du col, où les points étaient nettement moins réguliers.

Il sourit et la prit dans ses bras.

— Elle me plaît beaucoup. Merci.

Il l'embrassa, doucement d'abord, puis, comme toujours, avec plus de fougue qu'il n'en avait eu l'intention. Lorsqu'il s'écarta, ils étaient tous les deux hors d'haleine. Son lit était beaucoup trop près ; il aurait été si facile de la pousser légèrement en arrière...

— J'ai autre chose pour toi, annonça-t-elle.

— Tu caches d'autres merveilles sous cette robe de chambre ?

— Qui sait ? répondit-elle en riant. Mais ce dont je parle se trouve sous ton lit. John m'a aidée à le transporter jusqu'ici tout à l'heure.

Il se pencha et découvrit un autre paquet sous le sommier, nettement plus gros. Il faisait près de deux mètres de long et était enveloppé dans des peaux.

— Qu'est-ce que tu as caché là, un tronc ?

— Presque.

Il écarta les peaux et contempla, bouche bée, le présent à ses pieds. Il se pencha pour l'examiner de plus près, prêtant une attention particulière au grain immaculé. Il n'y avait pas un nœud, pas la moindre roulure.

Incroyable. Elle devait être un peu sorcière. Comment avait-elle déniché un tel trésor ?

Elle l'observait en tripotant nerveusement les pans de sa robe de chambre en velours rubis, inquiète de son silence.

— C'est de l'if, précisa-t-elle.

Il savait pertinemment ce que c'était. Ce n'était pas qu'une branche d'if taillée ; c'était une branche d'if sans le moindre défaut, le genre qui convenait parfaitement à la fabrication d'un arc long et qui était pratiquement introuvable depuis le début de la guerre. La demande avait tellement augmenté que la plupart des ifs avaient été abattus en Angleterre et en Écosse.

— Comment te l'es-tu procurée ? demanda-t-il d'une voix emprunte de révérence.

— Par le marchand qui te livre tes vins de Bordeaux.

Gregor fronça les sourcils.

— Il m'a dit qu'on n'en trouvait plus nulle part.

— Je l'ai encouragé à chercher un peu mieux, répondit-elle avec un sourire.

Gregor préféra ne pas demander comment.

— L'ouverture des routes commerciales nous a un peu facilité la tâche, ajouta-t-elle. Cet if vient d'Espagne et a été abattu l'hiver dernier, si bien qu'il sera bientôt assez sec pour être travaillé.

Il ne trouva rien à répondre. Il était trop ému pour faire autre chose qu'admirer le présent le plus généreux et le plus attentionné qu'il avait jamais reçu.

— Ça te plaît ? demanda-t-elle.

Son ton incertain l'arracha à sa stupeur.

— Tu n'imagines pas à quel point. Je ne sais pas quoi dire.

Elle rayonna. Se hissant sur la pointe des pieds, elle glissa ses bras autour de son cou.

— Tu peux peut-être trouver un autre moyen de me remercier ?

Il lui enlaça la taille.

— J'essayais de bien me tenir.

Une petite étincelle malicieuse brilla dans ses yeux noirs. Elle se frotta contre lui.

— Vilaine, dit-il en lui donnant une petite tape sur les fesses. Que vais-je faire de toi ?

— J'ai plusieurs idées qui me viennent à l'esprit, et je suis sûre que tu pourrais en trouver d'autres auxquelles je n'ai pas encore pensé.

Il gémit, sentant la chaleur se répandre dans son entrejambe. Ça, il ne manquait pas d'idées lubriques. La choquerait-il ? Probablement, mais, la connaissant, cela ne durerait pas longtemps. Il rêvait de sa bouche depuis trop longtemps. Cette seule idée lui donnait une érection.

— Tu as vraiment l'art de réduire à néant toutes mes bonnes intentions.

— Vraiment ? dit-elle avec une moue coquine.

Il l'embrassa à nouveau avant de déclarer :

— Il fut un temps où je savais me contrôler.

Il glissa les mains sous sa robe de chambre et la fit tomber en arrière. Elle dénouait déjà les lacets de ses braies.

— Et tu n'y arrives plus ? demanda-t-elle.

— Apparemment, pas quand je suis avec toi.

En guise de démonstration, il déchira d'un coup sec la chemise qu'elle portait. Elle était vieille, laide et en travers de son chemin.

— Gregor ! cria-t-elle.

Elle était encore suffisamment pudique pour tenter de se couvrir, alors qu'elle n'avait absolument rien à cacher.

— Encore une ! gémit-elle. Je n'aurai bientôt plus rien à me mettre.

— Quel dommage ! Tu seras obligée de rester nue dans mon lit.

Il coupa court à toute autre protestation en passant sa tunique par-dessus sa tête, en ôtant ses bottes et en se débarrassant rapidement de ses braies. Elle le dévorait des yeux.

— Dis-moi ce que je dois faire, demanda-t-elle. Comment te donner du plaisir.

— Tu m'en donnes déjà.

Le seul fait de la regarder le faisait fondre. Elle était adorable. Petite, svelte et forte, avec la grâce d'un chat sauvage. Inoffensive en apparence, mais dangereuse, avec des instincts de guerrière. À côté d'elle, toutes les autres femmes qu'il avait connues lui paraissaient légères et insignifiantes.

Elle rougit.

— Je sais que les hommes préfèrent les formes plantureuses. Ta mère disait que j'étais trop mince et que je m'entraînais trop, que je faisais peur aux hommes.

— Ma mère n'avait pas la moindre idée de ce qui plaît à un homme, répondit-il en riant.

Son corps était ferme, sensuel et terriblement excitant.

— Tu es parfaite. Si parfaite que je tiens à ce que tu passes encore plus de temps à pratiquer toutes ces prises de combat au corps à corps. Mais pas dans la cour.

— Où alo... ?

Elle n'eut pas le temps d'achever sa question car il la projeta sur le lit et se jeta sur elle.

Après un bref moment de surprise, elle sourit.

— Il y a un petit problème avec ton plan.

— Lequel ?

— Et si je ne veux plus me lever ? Si je préfère rester là où je suis ?

Elle remua légèrement les hanches, jusqu'à sentir son érection entre ses cuisses, son gland turgescent frottant doucement contre sa fente. Il ondula du bassin à son tour, jusqu'à ce qu'il entende ces petits halètements qui le rendaient fou.

— Oh, je crois que tu auras envie de te lever, Caty.

Il s'enfonça de quelques centimètres en elle avant de se retirer. Il la sentit frémir d'envie et il dut faire un effort surhumain pour ne pas plonger en elle jusqu'à la garde et lui donner ce qu'elle voulait.

— Tu ne voulais pas apprendre de nouvelles choses ? la provoqua-t-il. Je ne croyais pas que tu capitulerais aussi facilement.

Il savait qu'elle ne résisterait pas à un défi. Tout comme il savait que, dès qu'il lui laisserait une ouverture, il se retrouverait sur le dos.

Il était plus excité qu'il ne l'avait jamais été. Cate donnait un nouveau sens à l'expression « activité sexuelle » et il soupçonnait que lui faire l'amour aujourd'hui serait une expérience inouïe, une expérience à laquelle il pourrait prendre goût pendant un bon moment.

Peut-être même pour le reste de sa vie.

Pour une fois, il ne repoussa pas aussitôt cette pensée. Il la garda en suspens, laissant son esprit s'y habituer.

— Et maintenant ? demanda-t-elle, couchée sur lui.

Le temps sembla s'arrêter. Elle était si jolie et si naturellement sensuelle, avec ses yeux noirs fixés sur lui, ses cheveux caressant ses épaules, ses petits seins impertinents pointant fièrement. Il aurait voulu retenir ce moment à jamais.

Il tendit la main et écarta une mèche de cheveux qui lui barrait le visage. Puis il se redressa en l'attirant à lui et l'embrassa longuement et tendrement.

Toutefois, ils étaient tous les deux trop excités pour attendre plus longtemps.

— Assieds-toi à califourchon sur moi, demanda-t-il d'une voix rauque.

Elle parut perplexe un instant, puis comprit. Un sourire malicieux illumina son visage. Il ignorait s'il devait vraiment se réjouir qu'elle le comprenne aussi vite. Combien de temps lui faudrait-il pour se rendre compte qu'elle détenait tout le pouvoir ?

Pas longtemps, à en croire l'aisance avec laquelle elle trouva la bonne position. Posant les mains à plat sur son torse, elle ondula des hanches contre lui.

— Comme ça ? demanda-t-elle.

Elle se pencha sur son membre raide, l'écrasant contre son bas-ventre.

Ses seins étaient trop tentants. Il saisit fermement les deux globes dans ses mains, ses doigts pinçant les petits tétons sombres et durcis.

Elle gémit et se cambra, faisant glisser son entrecuisse le long de son érection. Il sentait sa fente chaude et humide aller et venir sur lui. Il émit un son de pur plaisir et souleva les hanches.

— Que dois-je faire ? demanda-t-elle.

Il aurait pu le lui montrer, mais il préférait qu'elle prenne les rênes et contrôle elle-même son plaisir.

— Prends-moi en toi.

Elle referma ses doigts autour de son membre et se souleva légèrement. Il gémit et tous ses muscles se bandèrent quand elle frotta son gland épais contre son sexe moite, cherchant…

Oh, mon Dieu, oui ! Elle s'abaissa sur lui, centimètre après centimètre. Il était en nage et au bord de l'explosion.

Elle renversa la tête en arrière et s'empala sur lui encore plus profondément, savourant l'union totale de leurs corps.

— C'est tellement bon ! soupira-t-elle. C'est si… gros… J'adore te sentir en moi.

Il aurait mérité une couronne pour ne pas avoir joui sur-le-champ. Ses paroles à la fois candides et extrêmement sensuelles l'excitaient à la folie.

Elle bougea légèrement, le faisant gémir de plaisir. Elle était si étroite…

— Chevauche-moi, Cate, parvint-il à dire.

Ce n'était pas un ordre, plutôt une supplique.

Elle s'exécuta. D'abord lentement, d'une manière hésitante, puis de plus en plus rapidement à mesure qu'elle trouvait son rythme.

C'était divin. Il sentit la tension s'accumuler entre ses cuisses jusqu'à ce qu'il n'en puisse plus. Il lui prit les hanches et enfonça les doigts dans ses fesses fermes.

— Oh, mon Dieu ! Je crois que je vais…

Elle l'interrompit de son cri, s'empalant violemment sur lui. Il la tint fermement et laissa les spasmes qui la parcouraient l'entraîner dans un précipice de volupté.

Il jouit comme il n'avait encore jamais joui, projetant sa semence profondément en elle dans une explosion de plaisir aveuglant.

Lorsqu'elle s'effondra sur lui, il eut à peine la force de la faire rouler sur le côté et de se lover contre elle. Il aurait voulu dire quelque chose, mais il était encore trop étourdi pour trouver des mots pertinents.

Elle l'avait totalement vaincu et c'était la plus délicieuse des défaites.

Cate se dit qu'elle aurait dû avoir honte d'être aussi dévergondée, mais elle était trop heureuse et merveilleusement épuisée pour en avoir la force. En outre, en toute sincérité, elle n'avait pas honte du tout. Elle n'avait pas besoin d'expérience pour comprendre que Gregor aimait sa hardiesse et sa passion.

Chevauche-moi. Un frisson exquis la parcourut à ce seul souvenir. Elle n'aurait jamais imaginé ressentir une telle liberté ni une telle euphorie. Cela avait été incroyable. Empalée sur lui, elle s'était sentie assez puissante pour prendre d'assaut des châteaux ou conquérir des royaumes.

Elle sourit contre son torse tout en suivant du bout du doigt le tracé du dessin sur son bras. Être ainsi blottie contre lui était exquis. Elle ne l'avait jamais connu aussi léger et enjoué. Il ne semblait plus lointain et inaccessible. Elle ne s'était jamais sentie aussi proche d'un autre être.

— Qu'est-ce qui t'amuse autant ? demanda-t-il.

— Rien, répondit-elle, légèrement gênée d'être aussi heureuse. Je n'avais encore jamais vu un tatouage. Qu'est-ce qu'il signifie ? Je comprends les deux flèches croisées derrière le bouclier, mais je croyais que l'écu des MacGregor représentait une tête de lion. Le lion rampant est le symbole du roi. Et ce motif qui fait le tour de ton bras ? On dirait une toile d'araignée.

Il prit sa main et la ramena sur son torse.

— Tu es bien curieuse, mon cœur. Tu n'as donc pas sommeil ?

Elle posa son menton sur sa poitrine et fronça les sourcils.

— C'est une impression ou tu évites ma question ?

Il la dévisagea un long moment à la lueur de la chandelle, semblant débattre intérieurement.

— Tu as raison, dit-il enfin. Ça n'a rien à voir avec les MacGregor. C'est un tatouage que j'ai fait faire avec quelques amis, il y a des années.

Il avait beau parler légèrement, elle sentit que cela avait de l'importance pour lui.

— Cela a un rapport avec ton rôle dans l'armée du roi ?

Voyant son air surpris, elle ajouta :

— Je sais que tu n'aimes pas en parler, mais je suppose que ce que tu fais est important.

— Je suis un archer, Cate.

— Oui, mais pas n'importe lequel. Que fais-tu, au juste ?

Il resta silencieux un si long moment qu'elle crut qu'il ne répondrait pas, puis il déclara en choisissant soigneusement ses mots :

— Parfois, le roi a besoin d'éliminer certaines cibles. C'est là qu'intervient le tireur d'élite.

— Des cibles ? Tu veux dire des gens ?

Il soutint son regard, comme s'il s'armait contre sa réaction.

— Oui, j'ai été entraîné à tuer. C'est mon travail.

Il l'annonçait froidement et sans chercher à s'excuser. Pourtant, elle sentait que le dire ouvertement n'était pas aisé pour lui.

— Je suis sûre que chacune de ces morts était justifiée, même si cela ne doit pas te rendre la tâche plus facile.

Il parut surpris qu'elle ne le condamne pas.

— On s'y habitue, dit-il avec un haussement d'épaules.

Elle soupçonnait le contraire : il ne s'y était jamais fait. Il considérait sans doute la compassion comme une faiblesse pour un guerrier, alors qu'elle ne faisait que démontrer son humanité. Il n'y avait aucune honte à éprouver des sentiments.

Elle s'était rendu compte que ces morts l'affectaient en comprenant à quoi correspondaient les pierres qu'il déposait près de la tombe de son père. C'était un acte d'expiation, une reconnaissance de chacune des vies fauchées pour satisfaire les aspirations de Robert de Bruce.

— Mais quel rapport avec ton tatouage ? demanda-t-elle.

— Décidément, tu es aussi implacable que certains guerriers que je connais, soupira-t-il. Je t'expliquerai tout quand nous serons mariés.

Voilà qui n'était pas pour lui déplaire.

— Et c'est pour quand ?

— J'espère pour le jour des rois. J'ai écrit à Bruce, pour lui demander son aide pour obtenir une dispense. (Il sourit.) J'aurais aimé être là pour voir sa réaction. Il pensait sans doute que je ne me marierais jamais. Il sera déçu de ne pas être là pour notre mariage, mais je suis sûr que, quand nous aurons pris Perth, il organisera un grand banquet pour nous.

Cate se raidit.

— Un quoi ?

Il se tourna vers elle.

— Je sais que tu tiens le roi pour responsable de ce qui s'est passé, mais tu te trompes, Cate. Il a été aussi bouleversé par le massacre de ton village que par la capture de son épouse, de sa fille, de sa sœur et de la comtesse de Buchan. Il a disparu dans la forêt et n'a parlé à personne pendant des jours.

Cate refusait d'avoir pitié de lui.

— S'il s'est senti coupable, c'est à juste titre. Nous ne sommes que des pions servant l'ambition d'un noble. Un trône vaut bien le sacrifice de quelques villageois. Ou d'une fille.

Elle marqua une pause, puis ajouta rapidement :

— Ou d'une épouse.

— Tu n'y es pas du tout, Cate. Tu ne le connais pas comme moi. C'est un grand homme : j'ai une foi totale en lui. Il a été le seul à croire en moi. Quand je suis allé le trouver, j'étais jeune et plus fanfaron que guerrier. Il m'a aidé à affiner mes dons d'archer. Il a fait de moi un combattant.

Cate tiqua. L'admiration de Gregor pour le roi était bien plus profonde qu'elle ne l'avait pensé. À l'entendre, c'était presque un père pour lui. Elle était bien placée pour savoir qu'une telle vénération était dangereuse. Elle ne voulait pas qu'il connaisse la même déception qu'elle.

— L'Écosse a besoin de lui, poursuivit-il. Ce qu'il a déjà accompli est inimaginable et nous n'avons jamais été aussi proches de la victoire. La place de Robert de Bruce est sur le trône et je ferai tout ce qui est en mon pouvoir afin qu'il la conserve. Il est important pour moi que tu lui laisses une chance, Cate. Crois-moi, il n'aurait pas pu imaginer ce qui arriverait à ton village si vous nous aidiez, pas plus que nous.

— « Nous » ? Mais tu n'y étais pas.

— Deux de mes meilleurs amis, des hommes que je considère comme des frères, faisaient partie du groupe abrité par ton village. Si vous ne les aviez pas protégés, ils seraient morts. Ces deux hommes étaient avec moi quand je t'ai trouvée dans le puits.

Elle ne trouva rien à répondre. Elle ne l'avait jamais su...

— Bruce porte le deuil de tous ceux qui sont morts au cours de cette guerre. Personne ne sait mieux que lui tout ce qui a été perdu dans la quête du trône. Il ne s'agit pas que de ses frères et de ses amis proches, mais également de gens comme ta mère et les autres villageois. Il était même inquiet pour toi, Cate.

Elle crut que son cœur s'était arrêté. Craignant qu'il ne le remarque, elle s'écarta légèrement. Elle eut aussitôt froid.

— Pour moi ?

— Oui, il était très intéressé par ton sort.

— Tu ne lui as rien dit ?

Il perçut une certaine anxiété dans son ton et la regarda étrangement.

— Je lui ai dit ce que je savais à l'époque : ton nom et ton âge. Enfin... ce que je croyais être ton âge, c'est-à-dire onze ou douze ans.

Elle fut soulagée. Elle n'aurait jamais imaginé que le roi s'intéresserait à elle. Elle avait bien fait de mentir sur son nom. Bruce ne pouvait avoir connu le second époux de sa mère. Elle avait épousé son premier mari peu après son départ.

Bien qu'elle eût aimé en savoir plus, elle craignait de se trahir. Gregor était trop perspicace. Elle ne voulait pas qu'il devine que l'homme qu'il vénérait était celui qui l'avait abandonnée quand elle avait cinq ans.

— J'étais petite pour mon âge.

— Tu l'es toujours, répondit-il avec un sourire.

— Mais je suis assez grande pour te flanquer une raclée ! dit-elle avec un sourire charmant.

— En tout cas, ne crois pas que le roi était indifférent. Il a très mal pris le massacre de ton village. Il a dit qu'il n'y était pas allé depuis longtemps mais qu'il connaissait personnellement bon nombre des villageois. Tu ne l'as pas connu ?

Elle avait cru le connaître. Il fut un temps où elle avait pensé qu'il n'existait pas d'homme plus noble que Robert de Bruce, le fringant comte de Carrick. En fait, elle ne le connaissait pas du tout. L'homme dont elle avait chanté les louanges, celui dont elle affirmait qu'il était « le plus grand chevalier de la chrétienté », l'avait effacée de sa vie comme si elle n'avait jamais existé. Cela n'aurait pas été si terrible si elle ne l'avait pas adoré. Ce seul souvenir lui broyait le cœur.

— Il est venu dans notre village quand j'étais toute petite, répondit-elle prudemment.

— Et tu n'as pas été éblouie ? Ça m'étonne. Peu de femmes restent insensibles à son charme.

Oui, d'après ce qu'elle avait entendu, sa mère n'était pas la seule à avoir été « charmée » au point d'avoir eu un enfant naturel avec lui.

— Il faut un peu plus que des charmes superficiels pour m'impressionner.

Il arqua un sourcil.

— Tu ne parlerais pas pour moi, par hasard ?

— Non, répondit-elle avec un sourire. Mais penses-y. Ta beauté « éblouissante » finira par se faner un jour… d'ici une douzaine d'années.

— C'est bon à savoir. Et comment ferai-je pour t'impressionner, alors ?

Elle roula sur lui.

— D'ici là, je suis sûre que tu auras quelques idées originales.

Il posa les mains sur ses fesses et la cala bien contre lui. Son corps réagit aussitôt, devenant chaud et tendu. Il glissa une main derrière sa nuque et l'attira à lui avec un grognement de satisfaction avant de l'embrasser sauvagement. Elle était ravie de constater que leur contact lui faisait le même effet qu'à elle.

Puis il s'écarta.

— Fichtre, tu finiras par causer ma perte, gémit-il. Cela dit, tu as besoin de dormir. Une longue journée nous attend demain.

— Demain ? Tu veux dire aujourd'hui. Il est bien plus de minuit. Nous sommes déjà le jour de Noël. Tu me renvoies dans ma chambre ?

— Hélas oui, mon cœur. Je ne veux pas ajouter aux ragots. D'ailleurs, je devrais sans doute m'installer dans la caserne jusqu'à notre mariage.

Voyant sa mine déconfite, il se mit à rire.

— Je suis heureux de savoir que je ne serai pas le seul à compter les jours.

Il n'aurait pu lui faire de plus beau cadeau que ces quelques paroles.

— Tu es sincère, Gregor ? Tu as vraiment hâte de m'épouser ?

— Je croyais que nous avions déjà couvert le sujet, répondit-il en fronçant les sourcils.

— C'est vrai, mais tout s'est passé si vite. J'ai l'impression que je vais me réveiller et découvrir que tu as changé d'avis.

Il caressa sa joue du bout du pouce.

— Cela n'arrivera pas. C'est toi qui auras peut-être des regrets.

— Pourquoi ?

Il resta silencieux un long moment avant de répondre :

— J'ai failli à beaucoup de gens dans ma vie, Cate. Je ne veux pas te décevoir.

— Tu ne me décevras pas, dit-elle sur un ton catégorique.

Elle ne connaissait pas tous les détails de son passé, mais elle le connaissait, lui. Gregor fuyait les attachements et les responsabilités non pas parce qu'il était incapable de les assumer, mais parce qu'il craignait de ne pas être à la hauteur des attentes des autres. Néanmoins, si le roi pouvait compter sur lui, elle aussi. Il ne la décevrait pas.

Il déposa un baiser sur son nez.

— Tu me rappelles quelqu'un quand tu as cette expression, mais je n'arrive pas à trouver qui.

Heureusement qu'il faisait sombre dans la chambre ; il ne la vit pas pâlir.

À contrecœur, elle se redressa en serrant le drap contre elle, et chercha des yeux sa robe de chambre abandonnée sur le sol.

— Tu ne veux pas la chercher pour moi ? demanda-t-elle.

Il s'adossa à la tête de lit et croisa les bras sur son torse avec une lueur diabolique dans le regard.

— Non, je préfère te voir sortir du lit en tenue d'Ève.

Elle lui lança un regard noir, arracha le drap du lit et le drapa autour d'elle. Il se mit à rire.

— Il n'est pas un peu tard pour jouer les pudiques ? demanda-t-il. Je t'ai déjà regardée sous toutes les coutures.

— Tout le monde n'a pas l'habitude de se promener tout nu, répliqua-t-elle d'un air pincé.

— Pourquoi ? demanda-t-il avec un haussement d'épaules. Je le fais tout le temps et personne ne s'en est encore plaint.

L'impudente canaille ! Elle contempla des pieds à la tête ce corps qui aurait fait verdir Adonis de jalousie.

— Je n'en doute pas.

Elle laissa tomber le drap et se baissa lentement pour ramasser sa robe de chambre. Un bref regard vers son entrejambe lui confirma que son petit numéro produisait son effet.

— Fais de beaux rêves, Gregor, lança-t-elle avec un sourire.

— Attends ! J'ai quelque chose pour toi.

Il traversa la pièce, ouvrit l'armoire et en sortit un coffret en bois ainsi qu'un sac en cuir.

— Moi aussi, j'ai deux présents pour toi. J'allais te donner le premier à mon arrivée mais, après ce que tu as fait à Dougal, j'ai eu peur de t'encourager.

Il lui tendit le sac en ajoutant :

— Promets-moi de ne t'en servir que si tu y es vraiment contrainte.

Elle se retint de rétorquer que Dougal l'avait obligée à se défendre et ouvrit le sac. Il contenait un mince fourreau en cuir protégeant une petite dague. Fine et étroite, la lame mesurait une douzaine de centimètres et se terminait par une pointe effilée. Le manche était en corne et, quand elle le prit en main, elle constata qu'il tenait parfaitement dans le creux de sa paume.

— Elle est magnifique ! s'émerveilla-t-elle.

— Un ami l'a conçue pour moi. C'est une dague très spéciale. Elle traverse les mailles.

Elle écarquilla les yeux, comprenant la raison de la forme particulière de la lame. C'était ingénieux. Elle la retourna plusieurs fois dans sa main.

— Tu l'as fait fabriquer pour moi ?

— Oui, tu peux l'attacher à une ceinture et la cacher dans ton dos ou sur ta hanche.

Elle était profondément touchée par son attention et ce qu'elle révélait. Ils se connaissaient décidément bien. Ils s'étaient tous les deux offert des armes.

— Elle est parfaite, dit-elle doucement. Merci.

— De rien, mais range-la jusqu'à ce que je t'aie montré comment t'en servir. Je n'ai pas oublié que tu as un jour menacé de me châtrer.

Elle se mit à rire et rangea le couteau dans son fourreau.

— J'ai changé d'avis. Mais évite quand même de me donner une bonne raison de le faire.

Il redevint soudain sérieux et il y eut un long silence gêné.

Elle se sentit ridicule. Il ne lui avait jamais fait de promesse. Il n'allait pas commencer maintenant. Était-ce vraiment ce qu'elle voulait ?

— J'espère être à la hauteur, dit-il simplement.

Elle comprit ce qu'il voulait dire et sentit son cœur se serrer. *Le bourreau des cœurs*… Il était connu pour être volage, mais ce qu'il y avait entre eux deux était différent, non ? *Il ne brisera pas le mien*…

— Combien de temps a duré ta relation avec Isobel ? demanda-t-elle soudain.

Les traits de Gregor se durcirent.

— Quel rapport ?

— Combien de temps ?

— Près de deux ans.

— As-tu couché avec d'autres femmes pendant que tu étais avec elle ?

— Non, répondit-il comme si cela le surprenait lui-même.

— C'est parce que, quand quelqu'un compte pour toi, tu lui es loyal. Et j'ai la ferme intention de compter pour toi.

Ils se dévisagèrent un moment en silence et un puissant courant passa entre eux. Elle fut légèrement rassurée. Ce n'était pas encore une promesse, mais cela commençait à y ressembler.

Il lui tendit le coffret.

— Ceci t'appartient, désormais.

— Qu'est-ce que c'est ?

Il esquissa un sourire et répéta ce qu'elle lui avait dit un peu plus tôt :

— Ouvre-le, tu verras.

Elle souleva le couvercle et resta bouche bée. Sur un coussin de velours se trouvait la bague que lady Marion avait portée jusqu'au jour de sa mort. Elle était en or, avec un grand cristal ovale au centre et des têtes de lions gravées sur chaque côté. Elle la sortit du coffret.

— C'est une pierre talisman, expliqua-t-il. Il y a une inscription à l'intérieur.

Elle tint le bijou à la lumière de la chandelle tandis qu'il lisait à voix haute : « *S Rioghal mo dhream.* »

Royale est ma race.

Les mots la piquèrent au vif. Elle regarda le bijou sans savoir quoi faire. Elle ne pouvait pas la porter. *Menteuse !*

— C'est la devise des MacGregor, précisa-t-il.

Elle cligna les yeux, perplexe, puis poussa un soupir de soulagement.

— Oui, bien sûr ! Je l'ai déjà vue gravée sur ton arc et ton épée.

Les MacGregor affirmaient descendre de Kenneth MacAlpin, le premier roi d'Écosse. Comment pouvait-elle l'avoir oublié ? L'espace d'un instant, elle avait cru à une plaisanterie cruelle.

Elle enfila la bague et tendit la main devant elle pour l'admirer à la lueur de la chandelle.

— Je serai honorée de la porter.

— Ma mère en aurait été très heureuse.

Le cœur de Cate se serra en pensant aux deux femmes qui auraient été ravies pour elle. Elle aurait aimé qu'elles soient présentes pour partager ce moment avec elle.

— Oui, je crois, convint-elle.

— Joyeux Noël, Cate.

— Joyeux Noël, Gregor.

Là-dessus, après un dernier baiser, il la renvoya dans sa chambre. Seule, hélas.

17

Il lui attrapa le bras alors qu'elle passait devant lui et l'entraîna aussitôt dans la réserve sombre. Elle se débattit, comme il s'y attendait, mais il se tenait prêt et la plaqua de face contre la porte avant qu'elle n'ait eu le temps de dégainer sa nouvelle dague.

Néanmoins, sa résistance était de pure forme. Elle se détendit contre lui dès qu'il enfouit le nez dans son cou. Cela la faisait toujours frissonner.

— Tu n'allais tout de même pas utiliser ta lame contre moi, Caty ? T'es-tu bien entraînée, comme je te l'ai montré ?

Elle s'étira contre lui telle une chatte, pressant son corps contre le sien. Ses fesses se trémoussèrent contre son entrejambe. Il était raide comme un pieu et continuait à durcir tandis que sa petite croupe ferme le titillait.

— Tu l'aurais mérité, à me surprendre comme ça, répliqua-t-elle. Toutefois, je n'aurais pas opté pour « la mort silencieuse ». C'est bien comme ça que tu l'appelles ? J'aurais choisi une manœuvre un peu plus douloureuse.

Gregor sourit en promenant ses lèvres le long de son cou. Il aimait son côté sanguinaire. L'idée de la laisser seule lorsqu'il retournerait sur le champ de bataille l'angoissait au plus haut point, mais, au moins, elle saurait se défendre.

— Menteuse, tu n'as pas été surprise. Tu m'as entendu approcher et tu aurais pu mettre en danger notre future progéniture d'un coup de genou mal placé si je ne m'étais pas préparé.

Elle s'immobilisa.

— Progéniture ?

Elle avait beau s'efforcer de paraître nonchalante, il eut un pincement au cœur en entendant l'espoir dans sa voix. Il savait à quel point créer un foyer comptait pour elle. Il suffisait de voir son engouement pour les enfants trouvés. Il devait reconnaître que cette famille imaginaire qu'elle avait reconstituée n'était pas si insupportable. Sauf Pip. Il allait devoir trouver une solution pour ce dernier. Néanmoins, il n'était pas prêt à affronter la dispute et les larmes que ce sujet ne manquerait pas de provoquer.

— Ce sera le résultat logique de nos activités nocturnes, répondit-il doucement.

— Tu veux parler des activités auxquelles tu as mis un terme il y a quatre nuits ?

Il se mit à rire et, déposant un baiser sur son épaule, inhala le parfum fleuri qui se dégageait de sa chevelure.

— Quoi, tu geins encore, Cate ? On croirait entendre Ruadh.

— Il s'appelle Eddie, s'impatienta-t-elle. Tu ne peux pas le nommer par la couleur de ses cheveux.

— C'est toujours mieux que de le nommer d'après un roi anglais. En outre, il aime bien ce surnom.

Elle poussa un soupir de résignation et marmonna quelque chose au sujet des hommes en général et de lui en particulier. Il pouvait l'imaginer en faire autant dans vingt ans. Bigre, ils n'étaient même pas encore passés devant l'autel et ils se comportaient déjà comme un vieux couple.

Sauf qu'il la tenait plaquée contre une porte dans une réserve sombre. Peut-être qu'il en serait également ainsi dans vingt ans. Sa soif d'elle n'avait diminué en rien. Au contraire, elle semblait croître de jour en jour.

Il lâcha un de ses poignets et posa une main sur son sein. Dans la mesure où elle ne tenta pas de lui donner un coup de coude dans le ventre et n'essaya pas d'attraper son couteau, il en déduisit qu'elle appréciait ce qu'il lui faisait.

Lorsqu'il fut sûr qu'elle n'allait pas se rebiffer et le faire tomber en arrière, il libéra son autre main et se mit sérieusement au travail, promenant ses doigts sur tout son corps, embrassant son cou et sa nuque et pressant son érection contre ses fesses.

Il se consumait de désir. Elle le rendait fou. Il avait attendu trop longtemps et aurait dû se rendre compte plus tôt qu'il ne pourrait pas résister.

— Ce n'est pas encore la nuit, mon cœur, murmura-t-il d'une voix rauque.

Elle gémit tandis qu'il glissait sa main vers son entrecuisse.

— Je croyais que tu voulais attendre qu'on soit mariés ?

— C'est trop loin.

Il pouvait presque l'entendre sourire.

— Ce n'est que dans huit jours, répondit-elle.

La dispense demandée avait été obtenue encore plus rapidement qu'il ne l'avait espéré. Il avait reçu la missive du roi le matin même, l'informant qu'elle leur parviendrait quelques jours avant la fête de l'Épiphanie.

Malheureusement, le roi ne lui avait pas envoyé que ses félicitations. Sa lettre contenait d'autres nouvelles auxquelles Gregor ne voulait pas penser pour le moment. Il rechignait à cacher des informations à Cate, même si c'était pour son bien. Il allait enfin avoir l'occasion de lui offrir la vengeance qu'elle réclamait. De Bohun envoyait des troupes pour défendre le château de Perth... sous le commandement de son capitaine, sir Reginald Fitzwarren.

Ce n'était pas tout. Des rumeurs selon lesquelles Gregor faisait partie de la Garde des Highlands, ou des « Fantômes de Bruce », comme on les appelait dans les campagnes, étaient parvenues jusqu'aux oreilles du roi. La nouvelle ne tarderait pas à se répandre partout et Bruce lui enjoignait de se tenir sur ses gardes. Gregor avait désormais une raison de plus de se maudire pour l'échec de la mission à Berwick : Cate. Comment la protéger des Anglais ?

Il oublia toutes ses préoccupations en l'entendant demander :

— Gregor... et si on... ? Euh... Si on le faisait comme ça ?

Oh oui !

— Ça te plairait ? demanda-t-il avec un calme remarquable compte tenu de son état d'excitation.

Il la tint plus fermement contre lui. Il sentait qu'elle était prête.

— Oui, je crois, répondit-elle, le souffle court.

Il retroussa ses jupes et délaça ses braies en un clin d'œil, avant qu'elle ne change d'avis.

Il émit un râle de pur plaisir quand il glissa son sexe entre ses cuisses, allant et venant contre sa fente moite.

Elle haleta, tout son corps vibrant d'envie.

— Gregor, je t'en prie... Prends-moi... C'est si bon !

Il enfonça un doigt en elle, puis un autre.

— Tu es si douce et soyeuse. J'ai hâte d'être en toi.

Elle se trémoussait contre lui, son corps implorant d'être satisfait. Il ne pouvait plus attendre. Il la prit d'un grand coup de reins qui la plaqua contre la porte.

Elle lâcha un cri de plaisir.

— Oh, oui ! Je t'en supplie, ne t'arrête pas !

Elle répondait avec ferveur à chacun de ses va-et-vient, cambrant les reins et murmurant des paroles ensorcelantes. *Plus fort. Plus vite. C'est si bon. Tu me rends folle.*

Bientôt, il ne contrôla plus rien. Il n'aurait su dire où son corps finissait et où le sien commençait. Il ne pouvait plus s'arrêter. Il la pilonnait avec toute la passion et toute l'émotion sans nom qui le tenaillaient. Il ne se retenait plus et, pour la première fois de sa vie, se sentait totalement libre.

Ils jouirent ensemble dans une explosion d'énergie brute qui fit trembler la terre sous leurs pieds, anéantissant tout le reste. Le temps et le monde n'existaient plus. Il ne restait plus que la femme qui se désagrégeait contre lui.

Deux jours plus tard, les escapades dans la réserve où étaient entreposés les fûts de bière et de vin étaient presque devenues une habitude. Cate mit les dernières touches à sa tenue et à sa coiffure puis se tourna vers lui.

— De quoi ai-je l'air ? demanda-t-elle en laissant retomber sa tresse dans son dos.

Il la contempla de haut en bas.

— D'une très belle femme qui vient de jouir trois fois de suite.

— Gregor ! Tu ne devrais pas dire ces choses-là !

— Pourquoi pas, puisque c'est vrai ? C'est ce que je vois quand je te regarde. D'autres penseront peut-être que tu es restée assise au coin du feu un peu trop longtemps.

Elle leva les yeux au ciel.

— J'en doute. Notre petit manège ne trompe personne. Ce matin, Ete m'a demandé si j'avais compté les sacs de blé dans la réserve récemment. Elle m'a recommandé de le faire en vue des prochains banquets et m'a dit de prendre tout mon temps.

Un large sourire illumina le visage de Gregor.

— Elle est vraiment bien cette femme ; je l'ai toujours trouvée sympathique.

Cate secoua la tête. C'était vraiment une canaille. Mais il était « sa » canaille, ou du moins il le serait bientôt.

— Heureusement, il ne reste que sept nuits…

— Six, la corrigea-t-il. La septième, tu seras à moi.

— Je vois que tu comptes les jours, dit-elle avec un sourire.

— Et même chaque minute.

Il saisit sa ceinture et la boucla autour de sa taille. Puis il s'assit sur un fût et la regarda. Il semblait rechigner à partir. Elle ressentait la même chose. Leurs petits rendez-vous illicites étaient les uniques moments où ils étaient seuls ensemble et il fallait savourer chaque instant.

Ils avaient tous les deux été très occupés. La fête de Hogmanay avait lieu le lendemain et, outre leurs devoirs habituels, il fallait recevoir les invités et surveiller les préparatifs. Cette surcharge de travail était prévisible, mais cela ne la rendait pas plus facile. En outre, Cate devait supporter les femmes qui fondaient sur Gregor telles des locustes, ou plutôt tels des vautours se disputant les derniers lambeaux de chair sur la dépouille de son célibat. Apparemment, qu'il soit fiancé n'était pas dissuasif.

— Où allais-tu ? demanda-t-il.

— Tu veux dire, avant que je ne sois brutalement détournée de mon chemin par un barbare bardé de muscles ?

— Oui, juste avant ça, répondit-il avec un sourire.

— Je partais rejoindre Pip pour une promenade à cheval. Puis j'irai l'entraîner au tir à l'arc sur les buttes de tir qu'ils ont installées de l'autre côté du village.

Il fronça les sourcils. Elle ignorait si c'était l'allusion à Pip ou le fait qu'elle s'aventure si loin du château qui lui déplaisait.

— Combien de temps seras-tu partie ?

— Quelques heures. Ne t'inquiète pas, tes deux gardes te feront leur rapport dès notre retour.

Il ne feignit même pas d'être gêné.

— Je ne m'excuserai pas d'être prudent, Cate. Avec ces cavaliers inconnus dans les parages, je préfère que mes hommes t'accompagnent quand tu t'éloignes de Dunlyon.

— Qu'ils m'accompagnent ou qu'ils me suivent ?

Il haussa les épaules comme si la distinction importait peu.

— Je dois te protéger, Cate.

— Je sais me protéger toute seule.

Il ne la contredit pas, se contentant de l'implorer du regard.

— Laisse-moi m'en charger, mon cœur. Au moins jusqu'à ce que nous soyons sûrs que l'homme que tu as vu ne faisait que passer.

Avait-il une bonne raison de penser que le cavalier en question représentait un danger ? Elle sonda son regard un long moment, mais n'y lut rien d'autre qu'une préoccupation sincère.

Doux Jésus, il était si difficile de lui résister !

— Si tu tiens tant à me protéger, pourquoi ne viens-tu pas avec nous ?

Il semblait sur le point de refuser quand elle ajouta :

— Si tu peux t'arracher quelques heures à ta horde d'admiratrices, bien sûr.

Elle pinça la bouche et singea :

— « Mon laird, je vous ai apporté cette tarte parce que je sais à quel point vous aimez les figues. » « Oh, mon laird, avez-vous déjà goûté au fromage de notre ferme ? » Peuh ! Leurs stratagèmes sont si grossiers ! Les femmes croient-elles toutes que c'est par le ventre qu'elles vont attraper un homme ?

Il croisa les bras, hilare.

— C'est vrai que j'aime les figues et le fromage, admit-il.

— Gregor ! Ce n'est pas drôle.

Il lui prit le bras et l'attira à lui.

— Tu n'as aucune raison d'être jalouse, Cate. Ces femmes ne représentent rien pour moi. Je vois clair dans leur jeu. C'est ce qui te rend si différente.

— Parce que tu ne vois pas clair dans le mien ? grommela-t-elle.

Il se mit à rire.

— Non, parce que tu n'emploies pas de stratagèmes stupides, répondit-il en déposant un baiser sur son nez. À présent, vas-tu sourire et être une bonne hôtesse pour *tous* nos invités, ou dois-je te plier de force à ma volonté ?

Elle arqua un sourcil.

— C'est ça, ton plan diabolique ?

— Oui, tu m'as démasqué. J'ai l'intention de te combler au point que tu n'auras même plus la force de me contredire.

Elle se mit à rire. Le pire était qu'il en était capable. Ils venaient de faire l'amour et elle le sentait déjà durcir contre elle.

— Sauf que, maintenant que je connais tes noirs desseins, je serai sur mes gardes, le prévint-elle.

Elle fit une grimace avant d'ajouter :

— Soit, je serai tout sourire et absolument charmante, jusqu'à ce que quelqu'un m'agace. Demande à tes admiratrices de garder leurs mains dans leurs poches. Surtout la grande blonde élancée... la sœur de l'écuyer de ton oncle, si je ne m'abuse ?

— Et si je racontais à tout le monde que tu manies la dague comme personne, tu crois que cela refroidirait leurs ardeurs ?

— Ce serait un bon début. À présent, que penses-tu de ma proposition de nous accompagner ?

Il réfléchit un instant. La perspective de passer du temps avec Pip le rebutait probablement, mais c'était précisément l'une des raisons pour lesquelles elle voulait qu'il vienne. Elle avait un plan.

— Je dois d'abord régler quelques affaires, répondit-il enfin. Si je vous retrouvais dans une heure ?

Elle était aux anges.

— Ce sera parfait !

Son plan marchait. Cate lança un regard de biais vers Gregor, adossé à un arbre en lisière du bosquet, faisant de son mieux pour paraître indifférent.

Elle n'était pas dupe. Il bouillonnait. L'envie d'intervenir et de mettre un terme à cette mascarade le démangeait.

Lorsqu'elle aida Pip à bander son arc, en plaçant sa flèche quelques centimètres sous son oreille et en abaissant son coude, il n'en put plus. Il marcha vers eux d'un pas martial.

Ils se trouvaient en bordure du plus grand pré du village. Ils étaient entourés de collines et de forêts, mais devant eux s'ouvrait une étendue de lande relativement plate. Elle servait de terrain de tir à l'arc lors de la fête d'été du village. Des meules de foin couvertes de toiles de chanvre avaient été placées à plusieurs endroits. Tapissées de quelques centimètres de neige, elles ressemblaient à des rochers blancs et servaient de cibles.

Gregor s'arrêta près d'eux et lança à Cate un regard irrité.

— Bon sang, Cate, il n'arrivera à rien en tirant comme ça. Il a tout faux, même sa posture. Son pied gauche devrait être pointé vers la cible.

Il poussa le pied de Pip avec le sien. Le garçon allait objecter mais Cate lui pinça le bras pour le faire taire.

— Je connais la position à prendre, Gregor, insista-t-elle. Demande à John. Je sais parfaitement ce que je fais.

Oh oui, elle savait ce qu'elle faisait. Elle forcerait ces deux têtes de mule à passer du temps ensemble, que cela leur plaise ou pas. Or, quel meilleur moyen que de pousser Gregor à apprendre au garçon une discipline qu'il aimait ?

Le célèbre archer émit un son guttural de dédain.

— Tu ne vois donc pas qu'il repose trop son poids sur son pied arrière ? Pour ses premiers tirs, il devrait être plus équilibré. La corde se tient entre ces deux doigts, pas entre ceux-là. (Il corrigea la main de Pip.) Il arme trop rapidement et son mouvement n'est pas assez fluide. Sa main doit se trouver au niveau du lobe de l'oreille et son coude doit être à la verticale. Il devrait regarder la cible et non la pointe de sa flèche. En outre, il ferme un œil, nom de nom ! Et il attend trop avant de décocher.

Il paraissait furieux, comme si elle avait commis un sacrilège.

— Rien ne va, poursuivit-il. La position, l'encochage, l'armement, l'allonge…

Cate croisa les bras et lui lança un regard noir, feignant la colère.

— Il me semblait avoir tout vérifié, mais, si tu estimes pouvoir faire mieux que moi, je t'en prie, ne te gêne pas.

Gregor plissa les yeux. Il était perspicace et avait deviné ce qu'elle essayait de faire. Elle avait sans doute exagéré avec ses erreurs, mais elle voulait être sûre qu'il s'en rendrait compte.

Consciente du jeune homme entre eux qui s'efforçait de faire comme si la situation lui importait peu, Cate retint son souffle. *Je t'en prie, ne le rejette pas une nouvelle fois.*

Gregor soutint son regard un long moment, puis hocha la tête.

L'heure suivante se déroula comme dans un rêve. Gregor guidait Pip dans ses premiers pas au tir à l'arc. Il paraissait très à l'aise dans son rôle de professeur et, en l'observant, Cate se dit qu'il devait être aussi patient et efficace avec les hommes sous son commandement.

Les Anglais étaient craints pour leurs archers, notamment les Gallois, mais les Highlands et les forêts du Galloway avaient également donné le jour à des tireurs très réputés. Lorsque le moment serait venu d'affronter les Anglais, Bruce ne serait pas dépourvu d'archers expérimentés, surtout si Gregor les entraînait.

Il savait exactement quelles informations fournir, quand corriger son élève et quand le féliciter.

Il fit des démonstrations, mais sans utiliser son propre arc, quoi qu'il l'eût apporté. Lorsqu'elle déclara qu'elle ne l'avait pas vu s'entraîner depuis longtemps et lui demanda si quelque chose n'allait pas, il détourna sa question en concentrant son attention sur elle.

Il apporta quelques légères corrections à sa technique qui, à sa surprise, augmentèrent aussitôt sa précision. Comme Pip, elle utilisait un arc petit et léger adapté à sa force physique. Essayer de bander l'arc de Gregor revenait à tenter de plier une barre en acier. Elle pouvait à peine bouger la corde de quelques centimètres. Elle comprenait mieux la puissance de son dos et de ses bras.

Pip ne fut pas le seul à être déçu quand Gregor mit fin à leur entraînement.

— Nous ferions mieux de rentrer si nous voulons arriver à temps pour le déjeuner, déclara-t-il.

La plupart des invités pour le banquet du lendemain étaient déjà arrivés et sauter le repas était hors de question. Elle ne put s'empêcher de pousser un soupir de déception.

— Il le faut vraiment ?

— Oui, répondit-il avant de se tourner vers Pip. Tu dois considérer chaque flèche que tu tires à l'entraînement comme si tu étais sur un champ de bataille. Chacune d'elles compte. Ce n'est pas le nombre que tu décocheras qui fera la différence, mais la précision de chaque tir. Muscle ton dos et ton épaule ; n'oublie pas que ta force n'est pas dans ton bras. T'entraîner quand tu es fatigué ne te fera pas progresser.

L'heure qui venait de s'écouler avait porté ses fruits. Pip ne regardait plus Gregor avec une animosité et une suspicion à peine voilées, mais comme un chiot battu qui reçoit ses premières caresses. Il était avide d'affection tout en craignant de l'accepter, de peur qu'elle ne dure pas.

Lorsqu'il acquiesça, Cate tourna la tête pour qu'il ne voie pas les larmes dans ses yeux.

La matinée aurait été parfaite si elle n'avait pas été gâchée par ce qui se produisit sur le chemin du retour.

Ils se trouvaient au cœur de la forêt quand elle sentit Gregor se tendre. Comme la plupart des guerriers, il était toujours en alerte et très attentif à son environnement, quelles que soient les circonstances. Cette fois, c'était différent. Tout en lui semblait s'être durci, comme s'il se préparait au combat.

Pip chevauchait en tête et Gregor se trouvait légèrement derrière elle. Elle se tourna sur sa selle.

— Que se passe-t-il ?

— Je n'en suis pas sûr, répondit-il. J'ai senti quelque chose. Dans les collines, au nord.

Il n'avait pas besoin de lui dire de ne pas regarder dans cette direction.

— Je crois que quelqu'un nous observe, ajouta-t-il.

Elle sentit la chair de poule se répandre sur sa peau. Son pouls s'accéléra.

— Que devons-nous faire ?

— Lorsque nous arriverons à la fourche, je veux que tu rentres au château avec le garçon. Je vais décrire un cercle et essayer de le surprendre par-derrière.

— Et s'ils sont plusieurs ?

Pour une raison étrange, cela le fit sourire.

— Ne t'inquiète pas, il ne m'arrivera rien. Conduis le garçon à l'abri et explique à John ce qui s'est passé. Je vous rejoins le plus rapidement possible. Trouve-moi une excuse auprès de nos invités.

Elle acquiesça. Avant qu'elle ait eu le temps de discuter ou de paniquer, il était parti.

Elle rentra à Dunlyon avec Pip et informa John de la situation. Elle s'efforça de faire son devoir de châtelaine de son mieux, présidant au déjeuner et veillant à ce que les invités ne manquent de rien, mais sa tête, comme son cœur, était ailleurs.

Sa respiration ne redevint normale qu'en voyant Gregor franchir la porte du grand hall, deux heures plus tard. Le déjeuner n'était toujours pas terminé. Il croisa son regard avant d'être englouti par la foule. L'air sombre, il secoua la tête.

Elle ne savait pas si elle devait être soulagée. Gregor n'avait couru aucun danger, mais cela signifiait que la menace qui rôdait à l'extérieur était toujours là.

18

Cate avait le nez aplati contre le mur. Il lui tenait les mains et l'immobilisait en l'écrasant de tout son poids.

Elle avait du mal à respirer. L'espace d'un instant, elle sentit la panique monter en elle, mais réussit à la refouler. Elle tenta de glisser un pied derrière sa cheville, mais il l'anticipa et le bloqua avec sa jambe.

Il pressa encore plus fort.

— Cette fois, ça ne marchera pas, Cate. Que peux-tu faire d'autre ? Réfléchis !

Elle ne comprenait pas l'urgence dans sa voix. Elle ne faisait qu'attiser sa frustration. Que pouvait-elle faire ? Rien. Il était fort comme un bœuf ! Elle sentit son pouls s'accélérer et sa colère monter. Tout en elle se rebellait à l'idée d'être impuissante.

Sauf qu'elle ne l'était pas. Dans un éclair de lucidité, elle cessa soudain de résister. Dès qu'il relâcha sa pression, elle réagit. Elle fléchit les genoux, baissa légèrement la tête et la releva brusquement, percutant son visage. Du fait de sa petite taille, elle l'atteignit à la mâchoire plutôt qu'au nez, mais suffisamment fort pour entendre un craquement.

Il poussa un cri de douleur et se pencha en avant. Elle en profita pour se tourner et lui envoyer son coude dans les côtes tout en balayant sa cheville du pied.

Il ne tomba pas, mais fut suffisamment déséquilibré pour qu'elle se libère.

Il se frotta la mâchoire.

— Je t'ai fait très mal ? s'inquiéta-t-elle.

— Ça ira. Tu as eu un bon réflexe. Quand tu seras prête, nous essayerons autre chose : comment te défendre quand tu es plaquée contre un mur avec un couteau sous la gorge.

Elle acquiesça, remarquant son air concentré. Elle aurait dû être ravie qu'il prenne son entraînement au sérieux, mais elle sentait qu'il avait un autre objectif. C'était comme s'il cherchait à passer en revue toutes les situations horribles dans lesquelles elle pourrait se trouver en une seule séance.

Gregor ramassa la gourde posée sur la pile d'armes qu'il avait apportées, but une longue rasade et la lui tendit. En dépit de la journée froide et grise, ponctuée de rafales chargées de neige, elle transpirait.

En lui rendant la gourde, elle demanda :

— Quelque chose te préoccupe, Gregor ?

— Non.

— Tu en es sûr ? Tu as l'air tendu aujourd'hui. Cela n'aurait pas un rapport avec ce qui s'est passé ce matin ? Je croyais que tu n'avais vu personne ?

— C'est un fait, mais il y avait bien quelqu'un. Plusieurs personnes, même. J'ai compté au moins cinq séries d'empreintes.

— Peut-être des voyageurs de passage ?

Il fronça les lèvres.

— Quoi ? insista-t-elle.

— Ils n'étaient pas de passage. Ils étaient là depuis plusieurs jours.

— Comment le sais-tu ?

— Grâce à ce qu'ils ont laissé derrière eux. Ils sont partis précipitamment et n'ont pas eu le temps d'effacer leurs traces.

Elle grimaça.

— Même s'ils ont campé là quelques jours, pourquoi cela te préoccupe-t-il ? Et quel rapport avec moi ?

— Aucun, enfin... pas directement. Ce n'était sûrement rien.

Il paraissait perturbé et indécis ; cela ne lui ressemblait pas. Elle posa une main sur son bras.

— Que se passe-t-il, Gregor ? Que ne me dis-tu pas ?

Il soutint son regard un long moment, puis soupira et se passa une main dans les cheveux.

— Je suppose que tu as le droit de le savoir et, puisque le secret est déjà éventé, je ne violerai pas mon serment.

— Quel serment ?

Il lança un regard à la ronde pour s'assurer que personne ne pourrait l'entendre. Apercevant plusieurs hommes du clan s'affairer près de la caserne, il l'entraîna vers l'autre côté du terrain d'entraînement, près de la palissade en bois.

— Je ne t'ai pas dit toute la vérité sur mon rôle dans l'armée du roi.

Le cœur de Cate se mit à battre furieusement.

— Ah non ?

— Tu avais raison. Je ne suis pas qu'un simple archer.

Elle attendit la suite. Sa manière de se comporter, si mystérieuse, lui faisait craindre le pire.

— As-tu déjà entendu parler des Fantômes de Bruce ?

— Oui, bien sûr. Tout le monde les connaît. Mais...

Elle s'interrompit et écarquilla les yeux. Soudain, tout s'éclaircissait.

— Tu es un Fantôme ?

— Si l'on veut, bien que, comme tu peux le constater, je suis fait de chair et de sang. À l'origine, nous ne voulions pas nous faire passer pour des spectres, mais, finalement, la rumeur nous a bien servis et a empêché nos ennemis de nous trouver.

— « Nous » ? Combien êtes-vous ?

Il hésita.

— Je ne peux pas t'en dire plus. Tout ce que tu as besoin de savoir, c'est que ma position dans la Garde a été compromise.

Il lui résuma brièvement l'attaque de Berwick, omettant l'histoire des tickets. Le Faucon s'était déjà suffisamment fichu de lui, il n'avait pas besoin d'entendre les railleries de Cate en plus.

— Nous avons décidé de garder nos identités secrètes, non seulement pour nous protéger de nos ennemis, mais également pour protéger nos familles, afin qu'ils ne s'en prennent pas à elles. Jusque-là, nous sommes parvenus à ne pas être démasqués, à quelques exceptions près. Dont moi, désormais.

— Donc, tout ce zèle dans mon entraînement aujourd'hui, c'est parce que tu crois que je suis en danger ?

— Je réagis sans doute de manière excessive, mais je ne veux courir aucun risque. Si j'avais pensé que cela te mettrait vraiment à l'abri, je t'aurais mariée à Farquhar, quitte à en mourir de dépit. Toutefois, épouse ou pupille, cela ne change rien. Toi, John et Padraig, vous êtes tous en danger.

Elle était trop stupéfaite pour relever son allusion à Farquhar.

— John et Padraig sont au courant ?

— Non. Je crois que John s'en doute. Mais je vais devoir les informer.

Cate le dévisageait comme si elle le voyait pour la première fois. Elle s'était imaginé beaucoup de choses, mais pas cela.

— Un Fantôme ! Je n'en crois pas mes oreilles. On raconte que vous êtes des surhommes, que vous pouvez traverser les murs et vous dématérialiser dans le brouillard. On dit que vous êtes des géants et que…

Elle s'interrompit, une image lui revenant en mémoire.

— Ces hommes qui étaient avec toi quand tu m'as trouvée… Ils portaient tous ces horribles casques, avec des plaids et des *cotuns* noirs. Ce sont des Fantômes eux aussi, n'est-ce pas ?

Il acquiesça.

— Si je te demandais d'oublier leurs noms, tu le pourrais ? demanda-t-il.

— J'essaierai. Malheureusement, j'ai une excellente mémoire.

Il esquissa un sourire ironique.

— Je m'en doutais. Je ne parviendrai probablement pas à te cacher l'identité des autres bien longtemps.

— Je ne trahirai jamais tes amis, Gregor.

— Je sais, mais je ferai en sorte que l'on ne t'oblige jamais à le faire. Que dirais-tu d'emménager dans les Hébrides jusqu'à la fin de la guerre ?

Elle le dévisagea, incrédule.

— Tu plaisantes, j'espère ?

— En partie. L'idée de te laisser seule ici quand Bruce m'appellera me retourne les tripes.

Cate ne voulait pas y penser. Elle savait qu'il partirait bientôt, peut-être quelques jours seulement après leur mariage.

— Je ne serai pas seule. Il y aura John et les autres guerriers de ta maison. Je veillerai à ne pas m'aventurer au-dehors sans être accompagnée. En outre, je n'ai peut-être pas la force surhumaine d'un Fantôme, mais je suis capable de me défendre en cas de besoin.

— Je n'aurais jamais cru être soulagé d'avoir une femme entraînée aux arts de la guerre.

— Et moi, je n'aurais jamais imaginé épouser un Fantôme.

— Un membre de la Garde des Highlands, corrigea-t-il. À présent, tu connais tous mes secrets.

Elle pâlit, mais comme il s'était penché pour déposer un baiser sur son crâne, il ne s'en rendit pas compte.

— Et si nous reprenions ton entraînement ? proposa-t-il.

Elle acquiesça, le choc de la nouvelle s'estompant à mesure qu'elle comprenait sa portée. Elle connaissait peut-être tous ses secrets, mais Gregor ne connaissait pas tous les siens. Il devenait de plus en plus évident qu'elle allait devoir lui dire la vérité. Elle ne pouvait plus se leurrer en pensant que le nom de son père lui importerait peu. Néanmoins, elle redoutait sa réaction quand il l'apprendrait.

Gregor la tenait par le cou, la lame de sa dague plaquée contre sa gorge. Il lui avait montré deux manières de se libérer. Elle maîtrisait déjà la première, qui consistait à saisir son bras des deux mains, à se pencher en avant, puis à reculer rapidement en lui faisant heurter une surface dure, en l'occurrence, le mur de la caserne. La seconde lui donnait plus de fil à retordre.

— Baisse ton menton pour protéger ta gorge, l'instruisit-il. Là encore, tu tires sur mon bras pour abaisser la lame, mais en l'attirant vers ton épaule. Tu dois pivoter plus vite afin que je n'aie pas le temps de réagir et de remettre la lame en position.

— J'essaie, gémit-elle, mais j'ai du mal à déplacer mes mains en tournant.

— Tu réfléchis trop. Laisse tes mains au même endroit quand tu tires sur mon bras, sers-toi uniquement de ton coude et incline la tête vers moi en pivotant.

Il eut envie de rire en voyant son expression féroce, déterminée et obstinée. Si elle avait été un homme, elle aurait inspiré des légions avec une telle grimace.

— Prête pour un nouvel essai ?

Elle hocha la tête.

Il venait juste de remettre le couteau sous sa gorge quand il perçut un mouvement derrière lui. Il tourna la tête, mais trop tard. Sa distraction le perdit. Cate pivota, tira sur son bras et le lui tordit dans le dos, le forçant à s'agenouiller. Elle posa un pied sur ses reins et le poussa en avant tout en retenant son bras.

Il jura. Pas parce qu'il avait mordu la poussière, mais à cause des témoins qui avaient assisté à la scène. Notamment celui dont il aurait reconnu le rire n'importe où.

— N'abîme pas ce joli minois, mon garçon, lança MacSorley, hilare. Il ne faudrait pas décevoir celles qui ont acheté leur ticket pour l'admirer.

Il prenait Cate pour un jeune homme, ce qui était compréhensible dans la mesure où, outre sa tenue d'entraînement, Gregor l'avait obligée à porter une coiffe en mailles pour se protéger.

Cate fronça les sourcils et interrogea Gregor du regard.

— Je t'expliquerai plus tard, répondit-il en se levant.

Fichtre, il allait devoir lui raconter cette histoire ridicule, cette fille qui avait vendu des tickets pour le lorgner en douce. Cela dit, il était diablement content de voir son vieil ami. Il sourit au grand chef de clan des Hébrides qui ressemblait plus à un pillard nordique qu'à un guerrier d'élite.

— Ne t'inquiète pas, Faucon. S'il m'arrive malheur, on bradera les billets : deux pour le prix d'un pour venir te voir, toi.

Les deux hommes qui l'accompagnaient, Lachlan MacRuairi et Arthur Campbell, s'esclaffèrent. Ils avaient dû laisser leurs montures dans l'écurie avant de venir le chercher sur le terrain d'entraînement.

— Il faudra sans doute encore baisser les prix, trois pour un, déclara MacRuairi. Mon cousin est marié depuis si longtemps qu'il a oublié comment satisfaire les femmes.

— Il n'y a qu'une seule femme que j'ai besoin de satisfaire, répliqua MacSorley. Et crois-moi, elle ne se plaint pas.

— Comment va Ellie ? demanda Gregor nonchalamment. J'ai bien l'intention de venir la voir la prochaine fois qu'elle rendra visite à la femme de Campbell à Dunstaffnage.

Le sourire de MacSorley s'effaça aussitôt et il prit une expression menaçante.

— Ne t'approche pas de ma femme, MacGregor. Tu ne la verras qu'en ma présence.

Gregor arqua un sourcil amusé.

— Comment, tu es inquiet, Faucon ? Je croyais qu'aux yeux de ton épouse, tu étais la huitième merveille du monde.

— Disons qu'il est prudent, intervint Campbell. Même la femme la plus sage et la plus maligne peut perdre un peu la tête quand tu es dans les parages. Crois-moi, MacSorley n'est pas le seul à avoir été soulagé d'apprendre qu'on t'avait enfin mis la corde au cou.

— À propos, reprit MacSorley, où est celle qui t'a mis le grappin dessus, l'Anguille ? J'ai hâte de la connaître.

Cate, qui se tenait à côté de Gregor pendant qu'il accueillait ses amis, commençait à s'impatienter. Elle ôta sa coiffe et souffla pour écarter une mèche de cheveux de son adorable visage maculé de poussière. Elle lui tapota le torse du bout de l'index.

— Dis-moi, « l'Anguille », tu n'oublierais pas quelqu'un ?

— Bon Dieu ! Mais c'est une fille ! s'exclama MacRuairi.

— Une fille t'a terrassé ? renchérit MacSorley.

Il leva les mains vers le ciel et remercia les dieux.

— Merci, merci, merci !

Il se réjouissait d'avance de toutes les railleries qu'il ferait pleuvoir sur son ami, mais il allait vite déchanter. Gregor comptait bien le laisser s'entraîner avec sa future épouse. Le Viking se retrouverait sur le train arrière avant d'avoir compris ce qui lui arrivait. Rirait bien qui rirait le dernier !

Il fit les présentations. Même MacRuairi, d'ordinaire impavide, ne put cacher sa surprise. Gregor devinait leurs pensées. C'était ce petit bout de femme, mignonne à croquer, vêtue d'une simple tunique, de bas et d'une cotte de mailles, qu'il avait choisie pour épouse ?

Et comment ! Il les défia tous du regard.

Campbell s'avança et s'inclina devant Cate.

— Enchanté de faire votre connaissance, ma dame. Pardonnez nos plaisanteries. Nous ne voulions pas vous offenser. C'est que nous n'avons pas souvent l'occasion de voir MacGregor se faire battre… surtout par une femme.

Elle lui adressa un sourire chaleureux.

— Je ne m'offense pas facilement, mon seigneur… Campbell ?

Elle lança un regard perplexe vers Gregor.

Il comprenait sa confusion. Avant la guerre, les Campbell et les MacGregor avaient été en proie à une querelle de clans sans merci, qui reprendrait probablement dès la fin du conflit. C'était précisément en raison de cette inimitié que Tor MacLeod avait eu l'idée de les associer, Arthur et lui.

Ce partenariat improbable avait fonctionné. Ils étaient désormais devenus comme deux frères. D'autres équipes mal assorties n'avaient pas connu le même succès, comme celle de Boyd et de Seton. La Garde se remettait difficilement de la défection de « sir » Alex Seton. Les relations entre le chevalier écossais né en Angleterre et son coéquipier, le farouche patriote Robbie Boyd, avaient été houleuses d'emblée, mais personne n'aurait imaginé qu'il les trahirait.

Chassant cette pensée désagréable, Gregor se tourna vers Cate.

— Oui, tu as bien entendu. C'est un Campbell, mais il possède quelques qualités qui compensent ses défauts. Néanmoins, fais attention : c'est un sournois. Ne le laisse pas te prendre par surprise.

Cate lui demanda à voix basse :

— Ce sont tous des... ?

Il n'était pas surpris qu'elle ait compris. Il acquiesça. Il avait su qu'il serait impossible de lui cacher l'identité des autres membres de la Garde, même s'il n'avait pas prévu de les voir débarquer si vite.

Il attendrait encore un peu pour découvrir le but de leur visite. Pour le moment, il n'avait qu'une hâte : voir MacSorley tomber sur son cul.

Quelques heures plus tard, les quatre hommes étaient assis autour de la grande table en bois de l'office du laird. Gregor sirotait son vin et s'efforçait de ne pas sourire en voyant MacSorley grimacer et s'agiter sur son banc.

Le derrière endolori du marin n'était pas sa seule satisfaction. Il avait également un œil au beurre noir, provoqué par un coup de coude de Cate plus violent que prévu. Elle avait été horrifiée, MacSorley s'était enfin tu, et Gregor et les autres avaient ri aux larmes.

— Bigre ! déclara MacSorley en glissant un coussin sous ses fesses, je n'en reviens toujours pas que tu lui aies enseigné tous nos secrets. Je n'aurais jamais imaginé qu'une fille puisse apprendre à se battre comme ça !

— C'est surtout John, répondit Gregor avec un sourire. Elle est douée, n'est-ce pas ? Je ne l'aurais pas cru moi-même si je ne l'avais pas vu de mes propres yeux.

— S'il te plaît, fais que ma femme ne la voie jamais à l'œuvre, gémit MacRuairi. J'ai suffisamment de mal à la tenir à l'écart du champ de bataille. Dieu sait ce qu'elle fera si elle se met en tête que les femmes peuvent faire la guerre !

Gregor se retint de sourire. En parlant d'association improbable... MacRuairi, le mercenaire sans foi ni loi, avait épousé l'une des plus ferventes partisanes de l'Écosse libre, Bella MacDuff, ancienne comtesse de Buchan.

— Ta fiancée est petite, déclara Campbell, mais elle est étonnamment rapide et agile. Elle se déplace comme...

Il n'acheva pas sa phrase, mais tous devinèrent ce qu'il avait été sur le point de dire. *Comme Seton.* Tous les visages se rembrunirent.

— Il a parlé ? demanda doucement Gregor.

— Non. Jusqu'à présent, il a tenu parole.

— Il a tenu « une » de ses paroles, rectifia MacRuairi. Il n'a pas divulgué nos noms aux Anglais, mais il nous a quand même trahis sur tous les autres plans. Il a intérêt à rester à Londres et à prier pour ne jamais se retrouver face à l'un d'entre nous sur le champ de bataille.

Personne ne pipa, mais tous avaient pensé la même chose à un moment ou à un autre. L'homme qui avait été autrefois un de leurs frères était désormais un ennemi et une menace pour eux tous.

Sauf, peut-être, pour Gregor.

— Vous avez eu des nouvelles ? demanda-t-il.

— La rumeur se propage, répondit Campbell. Ce n'est qu'une question de temps avant que ton nom circule, comme ceux de MacRuairi et de Gordon. Tu dois prendre tes précautions. Tu as prévenu ta fiancée ?

— Aujourd'hui même, avant votre arrivée, répondit Gregor.

Il leur parla des hommes qui avaient campé dans la forêt.

— Le Chasseur parviendra peut-être à en apprendre plus quand il sera là, déclara MacSorley.

— Je croyais que le Frappeur et lui se trouvaient dans le Sud avec Édouard de Bruce ?

— C'est le cas, mais tu ne crois pas qu'ils rateraient tes noces ? Tous les hommes d'Écosse ont hâte de te voir enfin casé, et nous plus particulièrement. Le Brigand les rejoindra. En chemin, ils passeront prendre ta dispense accordée par notre brave évêque.

Ils connaissaient tous William Lamberton, l'évêque de St. Andrews. Son soutien avait considérablement aidé la cause de Bruce.

— Je m'étonne que le Brigand parvienne à s'arracher à son bébé.

L'épouse de Boyd, une Anglaise, avait donné naissance à leur premier fils quelques mois plus tôt.

— Il se trouve au sud avec le Frappeur et le Chasseur, expliqua Campbell avec un sourire. Mais je suppose qu'il fait souvent la route jusqu'à Kilmarnock. La Glace et le Saint arriveront avec le Chef dans quelques jours.

— Et l'Ange ? demanda Gregor.

Helen MacKay, née Sutherland, épouse du Saint et sœur de la Glace, était devenue la guérisseuse attitrée de la Garde. Gregor caressa inconsciemment la cicatrice dans son cou. La flèche qu'il avait reçue l'aurait tué sans les soins d'Helen. Il lui devait la vie, ce qui avait créé un lien spécial entre eux, au grand dam de son époux.

Cate allait l'adorer. Elles se ressemblaient assez. Elles excellaient toutes deux dans des domaines jusque-là réservés aux hommes, les techniques de combat pour Cate et la médecine pour Helen.

— Le Saint est allé la chercher dès que le roi a reçu ton message. Il savait qu'elle lui arracherait les yeux s'il ne l'amenait pas à ton mariage. Le roi, Douglas et Randolph seraient bien venus eux aussi, mais ils préparent l'armée pour le siège de Perth.

Gregor s'en était douté.

— C'est pour quand ?

— Dans une semaine, répondit Campbell. J'ai bien peur que tu n'aies qu'une seule nuit avec ta nouvelle épouse avant que nous partions tous le rejoindre.

Gregor marmonna un juron. Il avait espéré avoir quelques jours de plus. Cate serait déçue, mais pas autant que lui.

Au moins, il était de nouveau prêt à combattre. Être avec Cate avait fait des miracles et lui avait éclairci les idées. La semaine qui venait de s'écouler l'avait à la fois détendu et revigoré. Désormais, il n'y avait pas que Bruce pour lui ; il y avait Cate. Il voulait être le genre d'homme sur lequel elle pouvait compter, qu'elle soit fière de lui. Il avait hâte de reprendre son arc et de prouver sa valeur.

— Une seule nuit, je n'en suis pas si sûr, dit MacRuairi avec un regard entendu. Vu la manière dont il regarde sa petite fiancée, je dirais qu'il a déjà eu quelques nuits de noces.

Gregor lui lança un regard noir. Naturellement, MacSorley bondit sur l'occasion.

— Comment, tu as anticipé ta nuit de noces ? Ah, je comprends mieux ! On se demandait comment elle était parvenue à te passer la corde au cou. D'un autre côté, je ne devrais pas être étonné. Derrière ce joli visage se cache un esprit rusé, j'ai des bleus partout qui le démontrent.

Gregor plissa les yeux et se pencha vers lui d'un air mauvais. Il ne laisserait personne médire de Cate ni mettre en doute ses motifs pour l'épouser.

— Qu'est-ce que tu insinues, Faucon ?

MacSorley leva les mains devant lui.

— Du calme, la Flèche ! Je n'insinue rien. Tu ne serais pas le premier à cette table à ne pas avoir attendu le prêtre. Nous avons tous nos limites et j'ai rencontré les miennes il y a cinq ans. Nous désespérions simplement que tu trouves les tiennes un jour.

Il croisa les bras sur son torse avec un sourire avant de conclure :

— Il n'y a aucune honte à se faire piéger par la femme de ses rêves et, à ce que je vois, tu es bel et bien mordu.

Gregor se détendit.

— Va te faire voir, Faucon. Ce n'est pas ce que tu crois.

MacSorley mit sa main en cornet, feignant d'écouter un bruit.

— Quel est ce fracas que j'entends ? Ce doit être celui des milliers de cœurs qui se brisent dans toutes les Highlands. Le plus beau requin de la mer a enfin mordu à l'hameçon.

— J'ai dit que je me mariais, pas que je devenais moine, rétorqua Gregor.

— Pour avoir expérimenté personnellement les dons inhabituels de ta future épouse, je te conseille de te tenir à carreau. À ta place, j'éviterais de lui donner une raison de me mettre son couteau sous la gorge, ou ailleurs.

Gregor sourit. Cate avait eu des paroles similaires.

— Il ne lui en donnera pas, intervint Campbell.

Gregor fut surpris par cette démonstration de confiance de son équipier. Il n'insista pas. Campbell avait le don troublant de voir des choses que les autres ne distinguaient pas.

Son vieil ami fronça les sourcils.

— C'est drôle, elle me rappelle quelqu'un, mais je ne trouve pas qui.

Gregor sentit un frisson lui parcourir l'échine.

— Oui, j'ai souvent eu la même impression.

Ils échangèrent un regard. Gregor s'efforça de ne pas se soucier de la lueur d'inquiétude dans les yeux de Campbell. Toutefois, cette histoire le turlupinait. Bah, il finirait bien par trouver qui Cate lui évoquait.

Mais alors, il serait trop tard.

19

Cate observa avec satisfaction Gregor et les trois autres Fantômes partir à cheval le matin du banquet de Hogmanay.

Elle était surprise qu'ils aient pu préserver le secret de leur identité aussi longtemps. Il suffisait de chercher les guerriers les plus grands, les plus terrifiants et les plus imposants. Si elle n'avait pas été sur le point d'épouser le plus bel homme d'Écosse, elle aurait sans doute remarqué également qu'ils étaient tous particulièrement séduisants.

Ce qui la rendait heureuse, c'était que Gregor emportait son arc avec lui et avait l'intention de s'en servir. Elle avait été inquiète qu'il passe des semaines sans s'entraîner. Cela lui ressemblait si peu. Néanmoins, cette pause inhabituelle venait de prendre fin, sans doute parce qu'il repartirait bientôt à la guerre. Son cœur se serra quand elle se souvint de ce qu'il lui avait dit la veille après le dîner.

Le lendemain de leurs noces ! C'était injuste.

Une fois de plus, elle maudit l'homme qui l'avait engendrée. Pas pour l'avoir abandonnée, cette fois, mais parce qu'il lui prenait l'homme qu'elle aimait.

Tu dois le dire à Gregor. Elle ne pouvait pas le lui cacher indéfiniment. Cela n'aurait pas eu tant d'importance s'il n'avait été qu'un simple soldat dans l'armée du roi, mais il était bien plus que cela.

Elle le lui dirait à la première occasion. Avec les invités et les festivités, il leur avait été presque impossible de se retrouver en tête à tête. Toutefois, avant de partir, Gregor lui avait glissé à l'oreille « *Cette nuit* ». Ces simples mots remplis de promesses sensuelles lui avaient procuré un frisson délicieux.

Le monstre ! Savait-il ce qu'il lui faisait ? Probablement. Dans l'attente de ce moment, elle avait été fébrile toute la journée, des pensées lubriques l'assaillant dans les situations les plus inopportunes.

Comme lorsqu'elle était aux cuisines avec Ete, surveillant la préparation du porc rôti. L'une des servantes avait déclaré qu'elle était tout excitée à l'idée de la soirée. Lorsqu'elle avait demandé à Cate si elle l'était aussi, celle-ci avait rougi comme une pivoine. Ce n'était pas au même genre de réjouissances qu'elle pensait.

Son supplice s'accrut durant le banquet tant attendu. Les devoirs de laird de Gregor lui laissaient peu de temps pour s'entretenir avec elle, mais il ne cessa de l'aguicher. Elle était assise à côté de lui sur l'estrade et, à plus d'une reprise, sa main rencontra « accidentellement » la sienne, son bras frôla son sein, sa cuisse se pressa contre la sienne sous la table, la faisant sursauter. L'oncle Malcolm, assis en face d'eux, lui lança quelques regards surpris, puis finit par demander si elle se sentait bien. Virant à nouveau au rouge vif, elle lança un bref regard de reproche à Gregor et s'écarta de quelques centimètres sur le banc.

Mettre un peu de distance entre eux ne changea rien. Chaque fois que leurs regards se croisaient, elle voyait dans le sien cette petite lueur lascive qui la mettait dans tous ses états. Elle avait du mal à se concentrer sur ses conversations avec le flot d'invités qui venaient leur présenter leurs vœux.

Le bal après le banquet fut encore pire. Gregor ne ratait pas une occasion de la toucher, retenant sa main un peu trop longtemps, lui tenant la hanche en guidant ses pas...

À la fin du premier quadrille, elle était essoufflée et tellement excitée qu'elle était convaincue que tout le monde savait qu'elle mourait d'envie de lui arracher sa tunique bleue et de se jeter sur lui. Elle croisa le regard du pirate patibulaire, Lachlan MacRuairi. Il arqua un sourcil ironique, visiblement amusé. Mortifiée, elle eut envie de ramper sous la table.

Malheureusement, elle n'était pas la seule à regarder son fiancé comme s'il était une friandise dont elle ne ferait qu'une bouchée. L'essaim d'admiratrices était toujours là, voletant autour de lui. Gregor ne lui donna aucune raison d'être jalouse. Il était charmant et courtois avec toutes ses partenaires de danse, comme à son habitude, mais ses tendres œillades n'étaient que pour elle. Elle se tendit lorsqu'elle le vit danser avec Seonaid, mais elle se rendit vite compte qu'elle n'avait aucune raison de s'inquiéter. Il s'était de nouveau retranché derrière sa muraille d'inaccessibilité. Elle ne l'avait pas vue depuis si longtemps qu'elle l'avait oubliée. Il n'en avait pas besoin avec elle ; elle seule était parvenue à la percer.

Lorsque vint le moment d'allumer les lustres, elle n'en pouvait plus. Elle avait la ferme intention de lui faire payer ses taquineries.

Il ne la fit pas attendre beaucoup plus longtemps. Peu après avoir dansé avec Seonaid, il s'approcha alors qu'elle discutait avec John et lui glissa à l'oreille :

— Je vais chercher du vin.

Elle comprit le message. Du coin de l'œil, elle le vit se glisser derrière la cloison et prendre le couloir qui menait à la petite réserve.

Ils allaient devoir faire vite afin qu'on ne remarque pas leur absence. La précipitation et la clandestinité ajoutaient encore à son excitation.

Elle attendit ce qu'elle espérait être un délai suffisant avant de s'éclipser à son tour.

Elle n'avait fait que quelques mètres quand elle entendit quelqu'un derrière elle et se tourna. Elle se tendit, s'armant pour ce qui allait probablement être une confrontation désagréable.

— Ah, te voilà, Caitrina ! s'exclama Seonaid en feignant la surprise.

Cate lança un regard derrière elle, s'étonnant de ne pas apercevoir ses deux acolytes.

— Tu me cherchais, Seonaid ? répondit-elle avec un sourire charmant. Je n'étais pourtant pas difficile à trouver. J'étais assise sur l'estrade à côté du laird.

Elle devait reconnaître qu'elle prenait un plaisir malsain à voir la mine furieuse de la femme dont les piques cruelles et les railleries l'avaient poursuivie au fil des ans. Toutefois, elle en eut rapidement honte. Elle n'avait pas un mauvais fond et ne devait pas se laisser entraîner sur ce terrain par cette garce de Seonaid.

Chaque fois que celle-ci la regardait, elle avait l'impression d'être un être insignifiant qui voulait désespérément devenir quelqu'un, comme une gamine de cinq ans qui avait enfilé une jolie robe et s'imaginait princesse.

Or, elle n'avait rien à prouver à personne et n'avait pas besoin de jubiler. Elle avait séduit Gregor par sa personnalité, pas par des ruses féminines ou une poitrine opulente.

Elle serra les dents et décida d'être aimable.

— Je peux faire quelque chose pour toi ? demanda-t-elle d'une voix plus douce.

— Je t'avais sous-estimée, déclara Seonaid avec une lueur malveillante dans le regard. Tu savais ce que tu disais quand tu assurais parvenir à te faire épouser.

— Je n'ai jamais dit ça !

Ou l'avait-elle dit ? Elle se mordit la lèvre, puis précisa :

— En tout cas, ce n'est pas ce que je pensais.

— Que pensais-tu alors ? Tes paroles étaient pourtant claires. Tu m'as dit que tu parviendrais à te faire épouser par le plus bel homme d'Écosse, quitte à l'y obliger. Tu paraissais très sûre de toi. Ce n'est pas ce que tu as dit en partant : « Attends un peu et tu verras » ?

Cate tiqua. Doux Jésus, avait-elle vraiment dit ça ? Cela paraissait si... laid. Non, Seonaid avait mal interprété ses propos. Elle n'avait jamais parlé de le piéger, même si cela pouvait prêter à confusion.

— Alors, comment t'y es-tu prise ? demanda Seonaid. Tu t'es glissée nue dans son lit afin qu'il soit obligé de t'épouser ?

Le visage de Cate s'empourpra. Cela ne s'était pas passé ainsi. Elle avait fait un cauchemar et... une chose en avait entraîné une autre. *Parce que tu l'as caressé pour le retenir. Tu voulais lui forcer la main. Tu voulais le séduire.* Certes, mais pas le piéger. Elle voulait juste lui prouver qu'il avait des sentiments pour elle. Elle ne pensait pas au mariage.

Mais, au fond de toi, n'avais-tu pas prévu la conséquence logique ?

Elle pâlit. Non ! Elle ne laisserait pas Seonaid salir son histoire.

— Comment oses-tu insinuer une telle fourberie de ma part ? Ce qu'il y a entre Gregor et moi ne te regarde pas !

Seonaid avait flairé la faille.

— C'est donc ça ! s'exclama-t-elle. Je savais qu'il y avait une explication ! Autrement, pourquoi Gregor MacGregor se serait-il intéressé à quelqu'un comme toi ?

Son ton méprisant eut raison des dernières retenues de Cate. Elle ne se laisserait pas déstabiliser.

— Pourquoi « quelqu'un comme moi » ? Peut-être parce que je lui ai plu pour ce que j'avais en moi et non uniquement pour mon physique. Peut-être parce que je ne me résume pas à des boucles parfaitement coiffées et à une grosse poitrine. Tu ferais bien d'être un peu moins aguicheuse. Cette robe est si moulante qu'elle ne laisse plus grand-chose à l'imagination. Les hommes aiment bien qu'il leur reste un petit quelque chose à découvrir, surtout quand on n'a rien d'autre à offrir.

Seonaid suffoqua.

— Tu peux te donner de grands airs, rétorqua-t-elle, mais c'est toi qui as dû recourir à des stratagèmes pour forcer un homme à t'épouser. Si j'avais été prête à sombrer aussi bas...

— Tu sais quel est ton problème ? la coupa Cate. Tu es jalouse. Tu ne supportes pas que la fille qui n'était pas assez bien pour être ton amie ait décroché le gros lot que tu convoitais. Mais j'ai gagné, Seonaid. Ce n'est pas toi qu'il épouse, c'est moi. Fais-toi une raison.

Le regard de Seonaid, qui avait été fixé sur elle, glissa soudain vers un point au-dessus de son épaule.

Il y avait quelqu'un.

Cate sentit son sang se figer dans ses veines. Elle n'avait pas besoin de se tourner pour savoir de qui il s'agissait.

Seonaid sourit.

— Mon seigneur ! Je félicitais justement Cate pour son coup de maître.

Depuis combien de temps se tenait-il là ? Cate se tourna. Le regard de Gregor était sombre et glacial.

Depuis suffisamment longtemps.

Tous les mots qu'elle avait prononcés lui revinrent en mémoire en une vague d'horreur. Elle aurait voulu se couper la langue, mais il était trop tard. Une fois de plus, elle avait laissé Seonaid l'entraîner au ras du sol.

Gregor aurait mieux fait de rester dans la réserve. Ne voyant toujours pas venir Cate, il avait cru qu'elle n'avait pas compris son message. Dès qu'il avait ouvert la porte, il avait entendu les voix, reconnaissant le timbre doux de Cate et celui, plus grinçant, de Seonaid.

Il avait tout entendu. Les deux femmes avaient été tellement concentrées sur leur joute qu'elles ne l'avaient pas remarqué.

C'était très regrettable.

« *Parvenir à te faire épouser par le plus bel homme d'Écosse... l'obliger... piéger...* » Il ne pouvait croire ce qu'il avait entendu. Au lieu de nier, Cate avait répondu par des vantardises et des provocations. Puis elle avait asséné le coup de grâce, des mots qui ne laissaient planer aucun doute sur ce qu'elle pensait de lui : « ... *J'ai décroché le gros lot que tu convoitais*. »

Comme s'il n'était qu'un trophée de foire.

Il sentit ses entrailles se retourner.

Elle aussi ? Ce ne pouvait être vrai. Elle n'était pas comme ça. Elle était trop honnête pour une telle fourberie. Elle n'était pas superficielle et manipulatrice comme Seonaid et ses consœurs... même si elle venait de parler comme elles. Il n'aimait pas ce côté vénéneux et vantard.

Calme-toi, se sermonna-t-il. *Tu te trompes sûrement*. Il s'agissait de Cate. De « sa » Cate.

Pourtant, ses propos la condamnaient. Pourquoi n'avait-elle émis qu'un vague démenti, pourquoi n'avait-elle pas contredit les accusations de l'autre peste ? Pourquoi lui envoyait-elle sa « victoire » à la figure ? Puis il y eut son expression quand elle se rendit compte de sa présence et se tourna vers lui.

Il y vit l'horreur, la culpabilité et la honte. Il sentit le doute en lui commencer à se figer.

Il lança un regard vers Seonaid. Son sourire félin et satisfait l'endurcit encore plus. Pour rien au monde il n'aurait montré à cette tigresse que son coup de griffe lui avait lacéré le cœur.

— Un coup de maître ? demanda-t-il nonchalamment.

— C'est une façon de parler, mon seigneur, répondit Seonaid avec un sourire mielleux. C'est une prouesse pour une fille comme Caitrina d'être demandée en mariage par un homme de votre... réputation.

Il pinça les lèvres malgré lui. Il savait exactement à quelle « réputation » elle faisait allusion.

— « Une fille comme Caitrina » ? répéta-t-il.

Elle se rendit compte de sa gaffe.

— Je veux dire, une orpheline, mon seigneur.

Cate semblait s'être remise de son choc et posa une main sur son bras.

— Gregor...

Il n'était pas prêt à entendre ses explications et l'interrompit.

— Tu peux dire la vérité à Seonaid, dit-il.

Elle parut aussi surprise par son sourire que par ses mots.

— La vérité ?

Il se tourna vers Seonaid.

— Cate m'a rapporté votre échange. L'annonce de nos fiançailles tombe à point nommé, apparemment. Nous n'avions pas songé que quelqu'un croirait vraiment que cette union n'était pas prévue de longue date. Ai-je vraiment l'air d'un homme qui se laisse piéger par une jeune femme innocente ?

Seonaid devint cramoisie.

— Bien sûr que non, mon seigneur. Nous avons simplement été surpris par cette annonce soudaine.

— Et vous en avez donc déduit qu'il y avait anguille sous roche ? J'espère que vous n'avez pas colporté de fausses rumeurs sur ma fiancée, mademoiselle MacIan.

— Non, bien sûr que non ! répondit précipitamment Seonaid.

— Tant mieux, dit-il sans la croire un instant. J'espère que vous corrigerez tous ceux qui répéteront ce genre de propos pernicieux.

Seonaid acquiesça frénétiquement, marmonna une réponse inintelligible, puis s'excusa avant de détaler dans le couloir.

— Merci, murmura Cate en lui prenant le bras.

Elle le sentit se raidir et l'interrogea du regard.

— De quoi ? répondit-il sèchement.

— De m'avoir défendue. D'avoir eu assez confiance en moi pour ne pas croire cette vipère. Je n'ai jamais eu l'intention de te piéger, Gregor.

— Ah non ? C'est pourtant exactement ce qui s'est passé. Tu en avais même parlé à l'avance avec ton amie, ou ton ancienne amie, peu importe. Elle se souvient très bien de votre conversation, apparemment. Je t'ai entendue te vanter de ta victoire, mais pas la démentir.

Une rougeur coupable embrasa les joues de Cate.

— Si tu ne me crois pas, pourquoi lui avoir menti ? Ah... je vois.

La seule idée d'avoir été la victime d'une telle machination, de n'avoir été qu'un trophée à remporter, lui faisait horreur. C'était ce qu'il avait voulu éviter toute sa vie. Évidemment qu'il n'allait pas le clamer sur les toits.

Les doigts de Cate se crispèrent autour de son bras. Elle se rapprocha de lui.

— Je t'en prie, Gregor. Écoute-moi. Ce n'est pas ce que tu crois.

Il voulait tellement la croire.

— N'as-tu pas dit que tu allais obliger « le plus bel homme d'Écosse » à t'épouser ? N'as-tu pas voulu la battre de vitesse et me « remporter » ?

Les mots paraissaient si ridicules qu'il avait du mal à les prononcer. Que Cate ait pu tenir des propos aussi superficiels et aussi fourbes lui retournait le cœur. Elle n'était pas comme ça. Elle était différente.

Dans ce cas, pourquoi ne niait-elle pas ? Pourquoi cette expression honteuse et coupable ? Pourquoi cette lueur de panique dans ses grands yeux sombres ?

— Je n'ai jamais dit que je voulais te piéger. Ce sont les mots de Seonaid, pas les miens. Tu dois comprendre ce qui se passe entre elle et moi. Elle trouve toujours le moyen de me rabaisser et de me faire sentir que je ne suis pas à ma place. Je ne supportais plus de l'entendre me dire que j'étais inférieure, que je me comportais comme un garçon, qu'il était impossible qu'un homme comme toi tombe amoureux de moi. Quand elle m'a coincée derrière l'église, j'en ai eu assez. Je venais de découvrir que je t'attirais et cela m'avait confirmé que nous étions faits l'un pour l'autre. Aussi, quand elle m'a narguée en me disant que tu ne m'épouserais jamais à moins d'y être obligé, que je n'avais pas les attraits nécessaires pour te séduire, je lui ai dit qu'elle se trompait.

C'était idiot et petit de ma part, mais je n'ai pas pu m'en empêcher. Comme tout à l'heure. Elle fait ressortir ce qu'il y a de pire en moi.

Sa peine paraissait sincère et ses yeux étaient mouillés de larmes.

— Tu n'as jamais eu envie de faire ravaler son fiel à quelqu'un qui s'était montré cruel envers toi ? reprit-elle. Je sais que c'est puéril, mais j'ai été la cible de tellement de railleries quand j'étais plus jeune que, quand l'occasion s'est présentée, je n'ai pas résisté.

Elle avait été chahutée et moquée quand elle était enfant, et cette injustice le hérissait. Oui, il pouvait compatir. S'il n'y avait eu que cette conversation, il aurait compris. Mais cela allait plus loin.

Il avait effectivement été contraint de demander sa main après avoir été surpris dans son lit. Un lit qu'il avait d'ailleurs tenté de fuir la veille, jusqu'à ce qu'elle le touche avec audace. D'une manière qui n'aurait pas dû faire succomber un homme aussi expérimenté que lui ; mais, parce que c'était Cate, il avait cédé.

Il avait encore essayé de quitter sa chambre le lendemain matin, après sa mystérieuse absence, et elle l'avait de nouveau retenu. Avec véhémence, se souvenait-il à présent. Sur le moment, il avait pensé qu'elle ne voulait pas que la nuit se termine (lui non plus d'ailleurs), mais si elle avait eu d'autres arrière-pensées ? Il se souvenait aussi de son étrange réaction à sa plaisanterie sur le fait de se retrouver « piégé ». Il l'avait prise pour de l'innocence, mais si cela avait été tout l'inverse ?

Il voulait la croire, mais il avait trop de questions en suspens.

— Le cauchemar n'était donc qu'une coïncidence ? demanda-t-il. J'avais cru comprendre que tu n'en faisais plus depuis longtemps.

La douleur dans ses yeux lui donna des remords d'avoir posé la question.

— Je t'ai dit pourquoi j'avais fait un cauchemar. C'était à cause de l'homme que j'ai vu.

— Oui, c'est ce que tu as dit.

Elle recula légèrement.

— Enfin, Gregor ! Que t'imagines-tu ? Que je l'ai inventé ? Que je t'ai attiré dans mon lit en feignant un cauchemar, que je t'ai séduit, puis que je me suis arrangée pour qu'on nous découvre ? C'est me prêter beaucoup plus de rouerie que je n'en ai.

Peut-être.

— Pourtant, c'est exactement ce qui s'est passé.

Elle soutint son regard.

— Je n'ai pas fait ce dont tu m'accuses. Je n'ai rien planifié. Je regrette de t'avoir provoqué en te caressant, c'est pour cela que les paroles de Seonaid m'ont piquée au vif. Mais ce n'était pas pour te piéger. Je voulais que tu cesses de nier ce que tu ressentais pour moi. Je t'aime, je n'essaierais jamais de te forcer à m'épouser. Je pensais que cela allait de soi. Ma conversation avec Seonaid était stupide et je n'aurais jamais dû parler de toi comme d'un trophée à remporter. C'était indigne de moi et de mon amour pour toi. Il n'en reste pas moins que je ne t'ai pas dupé.

Elle se tenait le dos droit, telle une reine, attendant qu'il réponde. Quand il se tut, elle baissa les yeux comme s'il l'avait déçue.

— Réfléchis-y, Gregor. Au fond de ton cœur, tu sais la vérité. Je ne suis pas Isobel.

Il la regarda s'éloigner, la tête haute. Il voulait la croire en dépit de ce qu'il avait entendu. Elle paraissait si sincère, et tout ce qu'il savait d'elle jusqu'ici confirmait son honnêteté. Elle l'aimait. Elle le comprenait. Elle n'aurait jamais agi de la sorte, surtout connaissant son mépris pour ce genre de stratagèmes.

Mais l'amour n'excluait pas la trahison. Et puis, ses sentiments ne pèseraient pas bien lourd dans la balance s'il découvrait qu'elle mentait.

Il attendit quelques minutes que sa colère retombe. Il lui accorderait le bénéfice du doute… pour le moment.

Toutefois, il y avait trop de détails à propos de cette fameuse nuit qui le turlupinaient. Il ne pourrait trouver la paix avant que bon nombre de ses questions aient trouvé une réponse.

Cela prit bien moins de temps qu'il ne l'aurait cru. Lorsqu'il retourna dans le grand hall rempli à craquer, la première personne qu'il croisa fut son frère. D'une simple phrase apparemment anodine, John fit voler en éclats tous ses espoirs. Quand Gregor lui demanda pourquoi il était entré dans la chambre de Cate ce matin-là, il répondit sans hésiter :

— Parce qu'elle m'a envoyé chercher.

Ayant un peu abusé du *cuirm* qui coulait à flots, il ne se rendait pas compte de l'effet de ses mots. Il ajouta :

— C'était apparemment pour une question importante.

— Et ça ne pouvait pas attendre ? demanda Gregor.

— J'étais inquiet. Le garçon m'a parlé de sang, c'est pourquoi je suis allé réveiller Ete et Lizzie.

Il fronça les sourcils.

— Je me demande ce qu'elle voulait ? Bah… apparemment, ce n'était pas si grave. Tout s'est bien terminé.

En effet, tout s'était terminé comme elle l'avait souhaité. Le goût amer de la trahison emplit la bouche de Gregor, puis ses poumons et sa poitrine. Il brûlait ses entrailles tel un acide. Il demanda un verre de whisky, mais cela ne fit qu'attiser les flammes qui le consumaient.

Il avait senti que quelque chose n'allait pas, ce matin-là. Il savait désormais ce que c'était. Elle avait dû envoyer chercher son frère lorsqu'elle s'était absentée. Voilà pourquoi elle avait tant insisté, à son retour, pour qu'il reste encore un peu dans la chambre.

Quel idiot ! Comment avait-il pu croire un instant qu'elle l'aimait sincèrement, pour lui-même et non pour sa réputation et toutes les autres âneries qui allaient avec ?

Elle était comme Isobel et il avait été pareillement aveuglé. L'une s'était servie de lui pour rendre son frère jaloux, l'autre l'avait utilisé pour clouer le bec à ses amies. Oui, la petite orpheline apparemment si franche et si ingénue avait piégé l'homme qui se croyait imprenable. Elle avait fait d'un être blasé et cynique un croyant temporaire.

Gregor en aurait ri s'il n'avait eu l'impression qu'on lui piétinait la poitrine. C'était la douleur qui le rendait furieux. Il n'avait pas voulu l'admettre, mais elle s'était glissée sous sa peau. Il avait commencé à se croire amoureux d'elle.

Isobel avait blessé son orgueil, mais Cate avait fait bien pire. Elle avait fait naître de vrais sentiments. Elle lui avait donné envie de plus. Si c'était ça l'amour, il n'en voulait pas. Il préférait rester ce qu'il était avant de la connaître, avant de se laisser entraîner dans les jeux pervers d'une jeune fille.

Plus jamais. Ses yeux avaient été dessillés et, bientôt, elle réaliserait son erreur. Elle l'avait contraint au mariage, mais elle n'avait rien « gagné » de plus. Elle le prendrait tel qu'il était ou pas du tout. Désormais, peu lui importait.

Il vida son verre d'un trait. C'était Hogmanay, bon sang ! Il se mariait dans une semaine. Que lui importait que sa fiancée se soit moquée de lui ? C'était la fête et il avait bien l'intention d'en profiter.

Cate retourna dans le hall et s'efforça de faire comme si de rien n'était. Toutefois, ses sourires étaient forcés, son attention ailleurs et son cœur en lambeaux. On avait donné un coup de marteau dans son bonheur et l'illusion avait volé en éclats.

Il avait suffi que Seonaid apparaisse et lance quelques demi-vérités pour mettre en évidence la fragilité de son lien avec Gregor.

Si elle avait honte de s'être vantée devant la jeune femme et de s'être abaissée au niveau des innombrables femmes qui courtisaient Gregor parce qu'il était le « plus bel homme d'Écosse », elle n'était pas comme elles. Ne voyait-il pas la différence ?

Elle n'était pas aveugle. Bien sûr qu'elle aimait sa beauté, mais elle voyait plus loin. Elle voyait celui qui aurait pu avoir un royaume mais préférait démontrer sa vraie valeur. Elle voyait celui en qui personne, pas même sa propre famille, n'avait cru et qui avait prouvé qu'il était digne de confiance. Elle voyait celui qui avait accueilli une jeune fille traumatisée, lui avait donné un toit, une famille et un moyen d'éloigner ses cauchemars en l'encourageant à apprendre à se défendre comme un homme. Elle voyait les talents qui faisaient de lui l'un des meilleurs guerriers d'Écosse. Elle voyait sa compassion pour ceux qu'il avait tués, qui faisait de lui un grand homme.

Peut-être méritait-elle sa colère et sa réprobation pour sa conversation stupide avec Seonaid, mais ses quelques phrases irréfléchies lancées dans un coup de sang étaient loin de la duperie et de la fourberie dont il l'accusait.

Même si les apparences jouaient contre elle, il aurait dû lui faire confiance. S'il se retournait contre elle aussi facilement, c'était peut-être qu'elle le connaissait beaucoup moins bien qu'elle ne l'avait cru.

Briseur de cœurs. Non, ce n'était pas lui. Il avait des sentiments pour elle. Peut-être même l'aimait-il. Lorsqu'il réfléchirait, il verrait la vérité.

Elle était déçue, blessée, en colère et peu d'humeur à faire la fête. Elle se força néanmoins à sourire tandis qu'elle dansait avec l'oncle de Gregor et une série d'autres invités. *Tout ira bien*. Gregor finirait par entendre raison. Il aurait honte de ne pas lui avoir fait confiance et trouverait un moyen créatif de se racheter plus tard.

Toutefois, à mesure que la soirée avançait, il devint de plus en plus difficile de croire à ses rêves d'excuses passionnées et de baisers fougueux. Il ne semblait pas désolé pour un sou.

En revenant dans le hall, Gregor s'était dirigé vers l'estrade, avait échangé quelques mots avec John, avait demandé du *uisge beatha*, puis s'était mis à siffler verre après verre du puissant breuvage, qu'il buvait pourtant rarement, même en petites quantités.

Comme si cela ne suffisait pas, ses regards complices et ses mains baladeuses, qui lui étaient jusque-là réservés, étaient à présent distribués généreusement à toutes les dames qui passaient par là.

Il ne lui avait pas adressé un seul regard depuis son retour, ce qui n'était pas le cas de ses amis. Les regards inquiets que lançaient vers elle les autres Fantômes et John rendaient la situation encore plus pénible. Lorsque l'une des serveuses se retrouva assise sur les genoux de Gregor après lui avoir rempli son verre, ses seins plantureux pratiquement sous son nez, Cate en eut assez. Elle ne le laisserait pas se comporter comme si elle n'existait pas.

Elle se dirigea vers le coin devant la cheminée où il était entouré de sa cour tel un sultan ivre et le fixa jusqu'à ce que la serveuse la voie, cesse de rire aux éclats et ait le bon sens de déguerpir.

Les hommes qui se tenaient autour de lui (peut-être pour épargner à Cate de voir la scène) se dispersèrent lentement.

Ne voulant pas faire un esclandre, elle demanda à voix basse, avec un sourire forcé :

— Que fais-tu au juste ?

— À ton avis ? répondit-il. Je fête la nouvelle année.

— Il me semble que tu l'as assez fêtée, déclara-t-elle avec un regard vers son verre.

Il esquissa un sourire sournois et calculateur qui lui fit froid dans le dos.

— Je débute à peine. La nuit ne fait que commencer.

Il se leva avec plus d'aplomb qu'elle ne l'aurait cru possible compte tenu de ce qu'il avait ingurgité, et avala le reste de son verre d'une traite avant de le reposer bruyamment sur la table devant lui.

— Tu n'es pas encore ma femme, Cate. Tu ferais bien de t'en souvenir.

Elle pâlit. Était-il en train de dire qu'il ne voulait plus l'épouser ?

— Qu'est-ce que tu entends par là ? demanda-t-elle.

— Que je connais la vérité. Tu as peut-être remporté ton « concours » contre ton amie, mais je te conseille de ne pas te mettre dans mes pattes.

La mise en garde était claire. Il ne la croyait toujours pas.

— Ne sois pas comme ça, Gregor. Nous devons parler.

Il la toisa d'un regard glacial.

— Oh oui, et j'aurai beaucoup de choses à dire. Mais ce n'est pas le moment. Fiche-moi la paix, Cate.

Elle le laissa partir, le regardant s'éloigner, impuissante. S'il avait vraiment su la vérité, il ne se serait pas comporté ainsi. Il n'était pas en état de réfléchir. Il avait dit qu'ils parleraient. Oui, demain... demain, tout s'éclaircirait.

20

Le lendemain arriva... et repartit. Rien n'avait changé. Même en plein jour et la tête claire, Gregor ne voyait toujours pas la lumière.

Il ne lui laissa même pas une chance de s'expliquer. Il sauta le petit déjeuner, s'enfermant toute la matinée dans son office avec Aonghus, Bryan et Cormac, trois hommes de son clan.

Comme la plupart des invités restaient jusqu'au mariage, il ne pouvait se permettre de ne pas assister au déjeuner. Il prit place à côté d'elle sur l'estrade, mais il y avait une telle distance entre eux qu'il aurait pu se trouver sur un autre continent. Il ne lui adressait la parole que lorsque c'était strictement nécessaire, avec une courtoisie neutre qui était presque blessante. La complicité et l'intimité dans lesquelles ils baignaient la veille encore semblaient n'avoir jamais existé.

Cate aurait pu lutter contre sa colère, mais cette certitude de sa culpabilité et cette condamnation à un purgatoire d'indifférence (sans qu'elle puisse faire appel ni connaître sa sentence) étaient bien plus difficiles à surmonter. Elle l'avait trouvé inaccessible autrefois, mais ce n'était rien à côté de ces remparts de glace qu'il avait à présent érigés autour de lui.

Elle essaya pourtant. Elle s'efforça de lui parler, mais soit il l'ignorait, soit il incluait leurs voisins dans la conversation afin qu'elle ne puisse pas prendre un tour personnel. Sitôt le repas terminé, il s'excusa et rejoignit les autres Fantômes à leur table. Quelques minutes plus tard, ils partirent tous ensemble. John lui apprit plus tard qu'ils étaient allés chasser.

Elle resta seule face aux invités et fit comme si tout allait pour le mieux. Comme si elle n'était pas profondément blessée par son comportement. Comme si elle ne voyait pas les regards apitoyés qu'on lui lançait.

Comme si elle n'était pas inquiète.

Et s'il refusait de la croire ?

À la fin de la journée, elle n'y tint plus. Elle avait espéré ne pas avoir à se défendre. Cela ne pouvait plus durer ainsi. Si Gregor ne voulait pas lui parler, il pouvait toujours l'écouter.

Après avoir dit bonne nuit aux enfants, elle descendit au second étage et se rendit dans l'ancienne chambre de Gregor (il dormait dans la caserne en attendant le mariage). Contrairement à la sienne, sa fenêtre donnait sur la cour et sur le portail.

La chambre étant provisoirement inoccupée, le brasero n'avait pas été allumé. La pièce était aussi froide et aussi triste qu'elle-même. Bien que n'étant ni spacieuse ni moderne, la maison-tour de Dunlyon était un palais comparé au petit cottage où elle avait grandi. Elle aimait cette vieille bâtisse. Elle était confortable et elle s'y sentait chez elle. Elle prit la courtepointe bordée de fourrure étendue sur le lit et la drapa autour de ses épaules. Puis elle s'assit devant la fenêtre et guetta le retour des cavaliers.

Il ne tarderait pas à rentrer. Il n'était que sept ou huit heures du soir, mais la nuit était tombée depuis longtemps.

Une heure passa, puis une autre. En contrebas, la cour se vida peu à peu. Bientôt, il ne resta plus que les sentinelles qui montaient la garde pour la nuit.

Le château devint silencieux. La chandelle qu'elle avait apportée acheva de se consumer et ses paupières devinrent lourdes.

La réalité s'imposa : Gregor ne rentrerait pas. Du moins, pas cette nuit. Peut-être même...

Elle refusa d'achever sa pensée. Proche du désespoir, elle s'étendit sur le lit où ils avaient fait l'amour et se recroquevilla en chien de fusil, s'efforçant de ne pas laisser son esprit dériver dans des directions terrifiantes.

Il reviendrait. Elle lui parlerait. Cela ne faisait qu'un jour. Rien d'horrible ne pouvait arriver en un jour. Tout s'arrangerait.

Il lui fallut toutefois longtemps avant de s'endormir.

Elle s'éveilla en sursaut en entendant un cliquetis de harnais et des claquements de sabots. Désorientée, elle se redressa dans le lit. Elle avait attendu ces bruits durant des heures... Des chevaux.

Ils furent noyés par un déferlement de jappements surexcités.

Elle bondit hors du lit et se précipita à la fenêtre. S'agrippant au rebord, elle regarda à l'extérieur. Sa déception fut vive : les cavaliers ne rentraient pas, ils sortaient. Elle reconnut Bryan qui franchissait le portail.

Qu'arrivait-il au chiot de Pip ? Il courait dans tous les sens devant l'entrée, aboyant frénétiquement. Un homme l'attrapa et l'emporta vers l'écurie.

Pip avait intérêt à surveiller son petit compagnon. Il allait également devoir lui trouver un nom. Le chiot était florissant de santé et n'était plus en danger… à condition qu'il ne se fasse pas piétiner par les chevaux.

Elle lança un regard vers le ciel. Le soleil était déjà haut. Elle allait rater le petit déjeuner.

Peut-être Gregor était-il rentré durant la nuit ? Sinon, elle demanderait à John s'il savait quelque chose.

Gregor ne pouvait pas disparaître. Pas avec tous ces invités et à quelques jours du mariage. Elle ne cessait de se le répéter.

Elle retourna dans sa chambre, fit sa toilette en hâte, se donna un coup de brosse et se changea avant de descendre au pas de course. En arrivant dans le grand hall, elle découvrit qu'il était encore plus tard qu'elle ne le pensait. Les servantes débarrassaient les plateaux. La plupart des invités et des hommes du clan étaient partis.

Elle aperçut Ete qui filait vers les cuisines, courant probablement derrière Maddy. Elle allait la suivre quand elle vit John qui discutait avec Aonghus devant la cheminée. Elle attrapa un morceau de pain et de fromage sur un plateau et les grignota en attendant qu'ils terminent leur conversation. Celle-ci était animée. John paraissait furieux et Aonghus, mal à l'aise, tentait de répondre à une avalanche de questions.

Des questions qui s'interrompirent brusquement lorsque John leva les yeux et l'aperçut. Son expression hérissa les poils sur sa nuque. Elle était à la fois contrariée et pleine de compassion. Il semblait être navré pour elle et elle n'était pas sûre de vouloir savoir pourquoi.

Gregor l'avait-il quittée ?

Les battements de son cœur s'accélérèrent. John parla encore sèchement à Aonghus pendant quelques secondes puis le congédia.

Cate s'approcha de lui prudemment, avec la nette impression d'avoir été l'objet de leur conversation.

John la regarda venir, les lèvres pincées et les traits tendus.

— Quelque chose ne va pas ? demanda-t-elle.

Elle vit l'un des muscles de son cou tressauter.

— Mon crétin de frère t'expliquera. Je ne veux rien avoir à faire là-dedans.

— Gregor est rentré ?

Elle espérait ne pas avoir l'air trop soulagé.

— Oui. C'est un salaud mais pas un lâche.

Cate ne comprenait pas de quoi il parlait, mais il avait dû se passer quelque chose de grave. Elle rassembla son courage pour demander :

— Qu'a-t-il fait ?

John jura dans sa barbe et se passa une main dans les cheveux, comme le faisait Gregor quand il ne savait pas quoi dire.

— C'est ma faute, répondit-il enfin. Je n'ai pas compris ce qu'il me demandait. Si j'avais su, je ne lui aurais pas répondu avant de t'en parler avant.

— Mais de quoi parles-tu, John ? Que lui as-tu dit ?

— Que tu m'avais envoyé chercher ce fameux matin. Je n'ai pas prêté attention à mes paroles jusqu'à ce qu'il commence à se comporter comme un âne.

Cate le dévisagea, perplexe.

— Je t'ai envoyé chercher ?

— Oui, le matin où je suis entré dans ta chambre et vous ai vus, Gregor et toi… euh, dans le lit.

Cate recula d'un pas, atterrée.

— Mais je ne t'ai jamais demandé de venir !

— Pip m'a dit que tu voulais me voir d'urgence.

— Non. Ce doit être une erreur. Je ne t'ai jamais envoyé chercher.

Elle écarquilla les yeux et porta une main à sa bouche, comprenant soudain les implications.

— Et c'est ce que tu as dit à Gregor ?

— Oui. Je n'ai compris mon erreur que quand il s'est mis à boire et à...

Il s'interrompit, n'osant pas dire la suite. *À courtiser... Pourvu qu'il n'ait fait que courtiser ces autres femmes.*

— À se comporter comme un âne, acheva-t-elle pour lui.

— Je suis désolé, Cate.

— Je ne t'ai jamais envoyé chercher, John, répéta-t-elle. Je ne l'aurais jamais forcé à m'épouser. Tu le sais, n'est-ce pas ?

Il hésita. Il était clair que, à l'instar de Gregor, il avait imaginé le pire. Toutefois, contrairement à son frère, il ne l'avait pas condamnée d'office.

— Je ne voulais pas le croire, Cate. J'espérais qu'il y avait une explication. C'est ce que je lui ai dit, mais il était trop furieux contre moi pour m'entendre. Je venais de lui annoncer que je voulais me battre pour Bruce et ne plus diriger le clan à sa place.

Elle était contente qu'il ait trouvé le courage de dire ce qu'il ressentait à son frère. En revanche, il lui paraissait ironique qu'il lui accorde le bénéfice du doute alors que son fiancé le lui refusait. D'un autre côté, John n'avait jamais été trahi et manipulé par une maîtresse. Il ne craignait pas que chaque femme qu'il rencontrait nourrisse des intentions cachées. Surtout, il n'avait pas entendu sa conversation avec Seonaid.

Elle tiqua. Gregor devait la haïr ! À ses yeux, elle avait commis la pire des trahisons.

— Il y a une explication, répondit-elle fermement. Je vais aller chercher Pip et nous tirerons cette affaire au clair.

Les traits de John se rembrunirent à nouveau.

— Je crains qu'il ne soit un peu tard pour ça.

— Que veux-tu...

Elle s'interrompit, comprenant soudain la raison de la colère de John et de son comportement étrange.

Non… non ! Gregor n'aurait jamais…

Pourtant, il l'avait fait. La douleur lui lacéra la poitrine. Il l'avait prévenue qu'ils ne pourraient pas rester. Elle n'avait pas voulu croire qu'il les renverrait. Sa colère lui avait donné l'excuse dont il avait besoin. Il lui indiquait clairement qu'ils ne formeraient pas une famille tous ensemble.

Les jappements frénétiques du chiot prenaient un nouveau sens terrible. Pip, Eddie, la petite Maddy… Ils étaient partis.

Concentre-toi, bon Dieu.

Gregor cueillit une flèche dans le tas à ses pieds, arma son arc et la décocha dans un même mouvement souple, avant d'en prendre une autre, puis une autre dans une succession rapide.

En quelques secondes, il tira une demi-douzaine de flèches sur autant de cibles suspendues à une corde le long du mur. Toutes firent mouche sauf une, qui se planta à deux centimètres du centre. C'était presque parfait, mais, pour Gregor, deux centimètres ou deux mètres, cela revenait au même.

Il n'était pas le seul à avoir remarqué son erreur. Ils s'efforçaient de ne pas le montrer, mais ses trois frères d'armes le regardaient avec divers degrés d'inquiétude. Il en allait ainsi depuis le matin, sauf que ses tirs étaient de plus en plus mauvais.

— Nous avons veillé tard la nuit dernière, déclara MacSorley. Nous sommes tous fatigués. Sans compter que nous avons parcouru une bonne soixantaine de kilomètres. Nous devrions peut-être en rester là.

Bigre, si MacSorley n'essayait même plus de plaisanter, ce devait être grave !

Sans un mot, Gregor se dirigea vers le mur pour retirer les flèches plantées dans des sacs remplis de linge et marqués d'un « X » noir.

Il était effectivement fatigué et ils avaient chevauché toute la nuit, pourchassant des ombres sans trouver la moindre trace des hommes qui avaient campé dans la forêt. Cependant, ils savaient tous que ce n'était pas la raison pour laquelle il avait raté une cible. Un simple écuyer aurait fait mieux. D'ailleurs, c'était un exercice qu'il avait inventé étant jeune et qu'il utilisait désormais pour former de jeunes archers.

Deux jours plus tôt, lorsqu'il était sorti avec son arc pour s'entraîner pour la première fois depuis son retour à Dunlyon, il avait fait un sans-faute. Il avait été concentré. Le Gregor d'autrefois.

Mais il s'était passé bien des choses en deux jours. Deux jours plus tôt, il n'avait pas su que le mariage qu'il attendait avec hâte n'était qu'une comédie. Deux jours plus tôt, il n'avait pas eu envie d'arracher la tête de quelqu'un… de préférence la sienne.

Comment avait-il pu être si sot ? Il avait cru qu'elle était différente, qu'elle l'aimait vraiment et pour les bonnes raisons.

Quel que soit le degré de sincérité de ses sentiments, cela ne l'intéressait plus. Il n'avait pas besoin de son amour ni de celui de personne d'autre. Il avait eu son lot de jeux, de « pièges » et de vantardises pour le restant de ses jours.

Il arracha une flèche du sac avec une grimace de dégoût. Il avait raté sa cible pour une seule raison : il ne parvenait pas à se concentrer. Il ne parvenait pas à retrouver cet état mental où plus rien n'avait d'importance, cet espace exigu où il ne restait plus que sa flèche et sa cible.

Il n'aurait jamais dû se laisser entraîner dans ce traquenard. Il était venu pour s'éclaircir les idées. Il aurait dû la marier à un autre comme prévu. Il avait une mission, bon sang ! Le roi comptait sur lui, tout comme ses amis. Il ne pouvait pas leur faire défaut.

Il ne pouvait pas se permettre de perdre sa précision légendaire, pas quand ils étaient si près du but. Il devait se sortir Cate de la tête une fois pour toutes.

MacSorley et MacRuairi avaient déjà repris le chemin de la caserne, mais Campbell l'attendait.

Le célèbre éclaireur se tut un long moment. Il le dévisageait avec ce regard étrange et pénétrant qui vous donnait l'impression qu'il voyait jusqu'au fond de votre âme.

Il se raidit soudain, sentant l'arrivée de Cate avant même qu'elle n'apparaisse au coin d'un bâtiment. Son équipier avait ce don déroutant. Il sentait les choses avant qu'elles ne se produisent. Cela leur avait été très utile à plus d'une reprise.

Il suffit à Gregor d'un regard vers le visage dévasté de Cate pour comprendre ce qui l'amenait. Il chassa de son cœur la pointe de remords qu'elle ne méritait pas et se tourna à nouveau vers son coéquipier.

Celui-ci lui glissa rapidement :

— Quel que soit le problème entre vous, règle-le. Nous avons besoin de toi.

Gregor soutint son regard un moment, puis hocha la tête. C'était exactement ce qu'il avait l'intention de faire.

21

Cate remarqua à peine la présence de Campbell. Elle n'avait d'yeux que pour Gregor. Des yeux hantés, pleins de douleur, de condamnation et d'incrédulité. Des yeux qui l'imploraient de lui dire qu'elle se trompait.

Elle était tendue comme un arc, ses petits poings serrés contre ses flancs.

— Où sont-ils ?

Il ne feignit pas de ne pas comprendre.

— Les enfants sont retournés dans leurs familles.

Elle pâlit. Le voile de larmes qui brillait dans ses yeux lui serra le cœur et lui donna l'impression que ses poumons étaient en feu. Sous son masque de fureur froide, il discernait la douleur et savait qu'elle était à un cheveu de s'effondrer. *Surtout, ne pleure pas !* Le cas échéant, il ignorait comment il réagirait.

— Leur vrai foyer est ici, répondit-elle. Nous sommes leur famille.

Son regard accusateur piqua sa conscience et dissipa légèrement sa propre colère.

— Tu te trompes dans les deux cas. C'était un rêve que tu avais créé de toutes pièces. La place de ces enfants n'est pas ici, mais au sein de leur vraie famille, avec leurs vrais parents.

— De quoi parles-tu ? demanda-t-elle, surprise. Ils ont été abandonnés.

— C'était effectivement le cas d'Edward et de Mathilda, mais ils avaient tous les deux des membres de leur famille encore en vie et qui ne demandaient qu'à les récupérer.

Il omit de parler de la généreuse pension annuelle qu'il avait offerte.

— Tu as retrouvé des parents ? demanda-t-elle d'une petite voix.

— Ce n'était pas sorcier. Il m'a suffi de poser quelques questions.

Elle cligna les yeux.

— Et ensuite, tu t'es débarrassé d'eux, dit-elle d'une voix tremblante. Comment as-tu pu, Gregor ? Sans même me laisser leur dire au revoir ?

Il s'agita nerveusement, incapable de cacher son malaise. Elle ne pouvait pas le blâmer pour ce qu'il avait fait, mais elle pouvait condamner la façon dont le départ s'était déroulé.

— J'ai pensé qu'il valait mieux éviter une scène pénible pour tous. À quoi aurait servi d'arracher des enfants en larmes de tes bras ? Une rupture nette était plus facile pour tout le monde.

— « Une rupture nette » ? Au moins, ils auraient su que je les aimais. Mon père m'a quittée sans un mot, et, crois-moi, cela n'a rien eu de « facile » pour moi. Que doivent-ils penser ? Comment as-tu pu leur faire ça ? Tu n'avais pas le droit de défouler ta colère sur eux.

— Ma décision n'a rien à voir avec toi.

Plutôt avec lui. Il avait craint de flancher s'il avait dû assister à la scène. Cela valait mieux ainsi pour tout le monde.

— Tu savais que cela arriverait tôt ou tard, reprit-il. Je t'avais prévenue d'emblée.

— Et Pip, tu l'as envoyé à des parents, lui aussi ?

Cette fois, il n'eut aucun scrupule.

— Cela n'a pas été nécessaire. Sa mère vit tout près.

— Quoi, tu l'as renvoyé chez sa mère ! s'exclama-t-elle, outrée. Que va-t-elle l'obliger à faire, cette fois ?

— Ah, tu étais donc au courant ? lâcha-t-il en plissant les yeux.

— Pip m'a tout raconté, mais c'est toi qui ne comprends pas. Sa mère menaçait de le contraindre à revenir vivre avec elle s'il ne lui donnait pas de l'argent.

Que cela soit vrai ou pas ne changeait rien.

— Tu n'as aucun droit sur eux, Cate. Ils ne t'appartiennent pas.

— Je les aime. Si cela ne signifie rien pour toi, cela représente tout pour moi.

— Oui, je sais très bien ce que vaut ton amour, rétorqua-t-il sans cacher son sarcasme. Tu as peut-être réussi à me piéger pour que je t'épouse, mais je n'enlèverai pas trois enfants à leurs familles pour satisfaire tes rêveries immatures de famille idéale.

Il aurait tout aussi bien pu la gifler tant le coup était violent et douloureux. Pourtant, elle ne chancela pas. Elle se contenta de le dévisager dans un silence qui le défiait et l'accusait à la fois.

— Je ne t'ai pas piégé, dit-elle enfin. Je n'ai pas envoyé chercher John.

— Mon frère est un menteur, alors ?

— Ce n'est pas ce que j'ai dit. Je n'ai pas envoyé Pip le chercher, c'est tout. Je ne sais pas pourquoi il l'a fait.

— Dommage que Pip ne soit plus là pour nous l'expliquer.

— À qui la faute ?

Ils se toisèrent dans la lumière froide du jour. Un courant d'émotions dangereuses passa entre eux. Dont une qu'il aurait voulu nier. Son attirance pour elle ne faisait pas de différence entre l'amour et la haine. Même en sachant ce qu'il savait, il la désirait toujours, si intensément que ses mains le démangeaient de la prendre par les épaules et de la presser contre lui.

Il lui en voulait de lui faire cet effet. Il se redressa, les traits durs.

— Si je comprends bien, le fait que je me sois éveillé seul et que, peu après ta réapparition, une foule soit apparue dans la chambre n'était qu'une coïncidence ?

— Oui, répondit-elle sans sourciller.

Il serra tellement les mâchoires que ses dents crissèrent.

— Je te demande de me faire confiance, Gregor, reprit-elle. D'avoir un peu de foi en moi. Je te dis la vérité.

L'espace d'un instant, il hésita. Elle paraissait si sincère. Il se repassa la conversation dans sa tête, les démentis faiblards mêlés de culpabilité, ses rodomontades, puis les paroles accablantes de John.

Il ne doutait même pas de son amour, mais cela ne suffisait pas. Il était déjà passé par là.

— Tu me demandes trop, répondit-il.

Il fit mine de ne pas lire la déception dans son regard, mais chacune des larmes qui coulèrent sur ses joues brûla comme un acide dans sa poitrine.

— Si tu m'aimais, tu saurais que je dis la vérité.

— Il faudrait que je sois fou, ce que je ne suis pas.

Elle tiqua. Il ne pouvait être plus clair : il ne l'aimait pas.

Il aurait dû être insensible à sa douleur, mais il ne l'était pas, crénom !

— Tu as eu ce que tu voulais, Caitrina. Tu seras mon épouse, mais n'attends rien de plus.

— Comme de l'amour ?

Surtout de l'amour.

— Je te donnerai mon nom. En retour, je garderai ma liberté.

— Que veux-tu dire ?

— Que je ne peux être contraint au mariage qu'une seule fois.

Elle comprit et le dévisagea comme si elle avait affaire à un inconnu.

— Tu n'as pas l'intention de respecter ton serment de mariage.

Ce n'était pas une question. Il arqua un sourcil ironique.

— Que croyais-tu ? J'ai une réputation à entretenir.

— Donc, je serai ton épouse, mais tu ne me devras rien d'autre, c'est bien ça ? Je resterai à Dunlyon avec John, je dirigerai ton château et toi, tu reviendras quand bon te semblera ? Quels autres devoirs m'incomberont dans cette union ? Devrai-je aussi partager ta couche, ou y aura-t-il trop de monde dans ton lit ?

Il lui renvoya son sarcasme au visage.

— J'aurai besoin de fils.

— Bien sûr ! Comment ai-je pu l'oublier ? Des fils que tu auras quand tu voudras, comme ça ! (Elle fit claquer ses doigts.) Tu me feras donc l'amour, mais sans m'aimer, c'est ça ?

— Comme je te l'ai déjà dit, l'un ne va pas nécessairement avec l'autre. Appelle ça comme tu voudras, mais l'amour n'a pas grand-chose à voir avec le fait de plaquer une femme contre un mur et de la prendre par-derrière.

Il n'aurait pu décocher sa flèche avec plus de précision ni plus de dégâts. Il vit la blessure profonde qu'il avait causée dans ses yeux et dans son léger hoquet de stupeur.

Toutefois, Cate était une combattante. Elle ne se laisserait pas abattre aussi facilement. Elle se redressa et lui fit face, tel un guerrier sur le champ de bataille.

— Je ne te laisserai pas faire, Gregor. Je ne te laisserai pas me convaincre que ce qu'il y a eu entre nous ne signifiait rien, que ce n'était que charnel. Même plaquée contre un mur, je l'ai senti. Je l'ai senti chaque fois que tu me caressais, que tu chuchotais à mon oreille, que tu te répandais en moi en criant mon nom. *Mon* nom, Gregor, et pas celui d'une autre. Notre passion va bien au-delà de la luxure et tu le sais très bien. Nie-le autant que tu voudras, c'est la vérité. Ce que tu ressens pour moi, tu ne l'as jamais ressenti pour aucune autre. Alors si tu m'épouses mais que tu amènes d'autres femmes dans ton lit, qui crois-tu que tu tromperas ?

Gregor luttait pour se maîtriser. C'était elle qui l'avait trahi et elle se tenait devant lui, sûre d'elle, convaincue de le tenir en son pouvoir. Cette jeune femme de vingt ans qui était encore vierge une semaine plus tôt croyait en savoir plus que lui sur la passion et sur le désir. Elle croyait savoir ce qu'il ressentait et essayait encore de le contrôler.

Elle se fourrait le doigt dans l'œil. Elle venait de le provoquer une fois de trop.

Il allait le lui prouver.

Cate fulminait. Comment osait-il avilir leur relation en la faisant paraître aussi bestiale et vulgaire !

Certes, il était en colère et plus profondément blessé qu'il ne le laissait paraître, mais il était allé trop loin, tant en chassant les enfants sans lui en parler qu'en transformant leur futur mariage en une sorte d'arrangement pratique et insignifiant. En aucun cas elle ne l'épouserait dans de telles conditions. Jamais. Si elle avait vraiment cru qu'il pensait ce qu'il disait, elle l'aurait envoyé au diable une fois pour toutes.

Elle misait tout sur le fait qu'elle le connaissait mieux qu'il ne se connaissait lui-même. Elle savait qu'il réagissait ainsi non par indifférence mais parce qu'il avait de vrais sentiments, des sentiments qu'elle avait profondément blessés. Une fois qu'il comprendrait qu'elle disait la vérité, il retrouverait la raison.

Il était détestable d'être contrainte à prouver son innocence, mais elle n'était pas encore prête à rendre les armes. Elle avait suffisamment de foi en leur relation pour deux.

Néanmoins, elle comptait bien lui faire payer ses doutes plus tard. Peut-être lui ferait-elle écrire un poème d'amour ou chanter une sérénade ? À moins qu'elle ne l'oblige à prendre Pip comme écuyer. Oui, elle avait trouvé. Il se chargerait personnellement de la formation de Pip.

Car elle avait la ferme intention de récupérer le garçon, ainsi que Maddy et Eddie, sauf s'il s'avérait que leurs familles tenaient vraiment à eux.

Comment les avait-il retrouvées ? Elle n'aurait pas dû être surprise. *Tu ne les as jamais cherchées*. Elle ressentit une pointe de culpabilité, sachant qu'elle aurait dû faire les recherches elle-même. Elle n'avait pas fait l'effort, elle voulait les garder.

Néanmoins, même s'il avait raison en disant qu'elle n'avait aucun droit sur eux, il avait eu tort de les renvoyer de cette manière. Elle devait les retrouver pour leur dire au revoir, leur faire comprendre qu'elle les aimait et qu'elle serait toujours là pour eux s'ils avaient besoin d'elle.

Elle parvint à conserver son sang-froid durant le déjeuner, assise à côté de Gregor sur l'estrade, faisant comme si tout allait pour le mieux dans le meilleur des mondes. Elle ne fut pas surprise qu'il refuse de lui dire où se trouvaient les enfants. Il lui répondit qu'ils avaient besoin de temps pour s'adapter à leur nouvel environnement. Plus tard, assura-t-il, elle pourrait leur rendre visite.

Cate était trop furieuse pour risquer de se disputer avec lui en public. Le repas lui parut interminable ; dès qu'il fut terminé, elle lança sa propre enquête.

Ete et Lizzie avaient été aussi surprises et bouleversées qu'elle. Elles aussi ignoraient où étaient les enfants. Aonghus, Bryan et Cormac les avaient réveillées à l'aube et leur avaient demandé de préparer les petits. Ils leur avaient interdit de prévenir Cate. Les deux femmes avaient fait du bruit au-dessus de sa chambre en espérant attirer son attention, ignorant qu'elle s'était endormie dans celle de Gregor.

Naturellement, Aonghus, Bryan et Cormac (à l'instar de John) étaient introuvables. La plupart des hommes, y compris Gregor et les autres Fantômes, étaient partis à la chasse au faucon et ne seraient de retour que pour le dîner.

Devinant qu'elle ne tirerait rien des hommes de Gregor de toute façon, elle décida de profiter de leur absence pour chercher des indices dans les papiers du laird.

Elle se glissa dans sa pièce de travail, alluma quelques chandelles et examina les différents coffres. Sachant que les registres du domaine reliés de cuir se trouvaient dans le plus grand, elle se concentra sur les deux autres. L'un renfermait des documents de l'époque où le père de Gregor était chef du clan ; l'autre, plus petit et en bois, placé près du bureau du clerc, contenait une série de missives pliées, leurs cachets de cire brisés.

L'un d'eux retint son attention. Elle eut un pincement au cœur en reconnaissant le sceau qu'elle avait déjà vu de nombreuses fois. Le jeune comte de Carrick ne s'était jamais séparé de sa chevalière sur laquelle était gravé le lion rampant au-dessus de la croix de saint André. Comme il ne s'agissait pas d'un document officiel, le roi avait sans doute utilisé sa bague plutôt que le sceau royal.

Cate était reconnaissante à sa mère de l'avoir obligée à apprendre à lire et à écrire, même si elle avait été une élève récalcitrante. En parcourant le texte, elle sentit ses jambes mollir et dut se retenir au bord de la table.

Non.

Elle relut le texte plusieurs fois pour s'assurer d'avoir bien compris. La vérité s'étalait en élégantes volutes à l'encre noire sur le parchemin. Dans sa lettre, son père félicitait Gregor pour son futur mariage, l'informait que la nouvelle de son identité au sein de la Garde se propageait et lui transmettait des renseignements sur l'arrivée des hommes de Bohun pour défendre le château de Perth, parmi lesquels sir Reginald Fitzwarren, le capitaine dont il attendait le retour en Écosse depuis des années.

Des années.

Il avait su. Depuis tout ce temps, Gregor savait qui avait attaqué son village et assassiné sa mère et l'enfant à naître, et il le lui avait caché. Non, pire. Il lui avait menti, prétendant ne pas savoir. Elle le lui avait demandé une douzaine de fois au fil des ans. Pourquoi, alors qu'il savait qu'elle voulait désespérément l'identifier et pouvoir mettre un nom sur le visage qui hantait ses cauchemars ?

Elle était tellement perdue dans sa douleur qu'elle n'entendit pas la porte s'ouvrir.

— Que fais-tu ici, Cate ?

Elle se tourna vers John, la lettre toujours serrée dans sa main tremblante.

— Il savait. Depuis tout ce temps, Gregor connaissait l'homme qui a décimé mon village.

John jura dans sa barbe.

— Tu n'étais pas censée voir ça.

— Je m'en doute. Je n'ai pas besoin de te demander si tu étais au courant, toi aussi. Pourquoi me l'avoir caché, John ? Tu ne penses pas que j'avais le droit de savoir ?

John accepta ses reproches en pinçant les lèvres. Il n'essaya même pas de se défendre.

Elle comprit.

— C'est lui qui t'a ordonné de ne rien me dire, n'est-ce pas ?

— Il essayait de te protéger, répondit-il en choisissant prudemment ses mots.

— De me protéger ? répéta-t-elle, incrédule. De la vérité ?

— Fitzwarren se trouve en Angleterre depuis l'attaque, inaccessible. Gregor craignait que tu ne fasses... euh...quelque chose de malavisé.

— Tu veux dire une bêtise. Il a cru que je m'enfuirais et tenterais de l'assassiner moi-même, c'est ça ?

— Il a probablement envisagé cette possibilité. On peut le comprendre, non ?

Les larmes brouillèrent sa vue. Ce n'était pas tant le mensonge qui faisait si mal, mais ce qu'il signifiait. Il n'avait pas eu assez de confiance en elle, ou de respect, pour la croire capable de gérer cette information et de prendre ses propres décisions. Elle avait voulu qu'il la considère comme une femme solide, capable de se prendre en charge, mais il la voyait toujours comme une enfant au fond d'un puits qui avait besoin d'être protégée. Leur intimité s'était accrue au cours des dernières semaines, mais il avait continué à lui cacher ces informations, alors qu'il savait à quel point c'était important pour elle.

Elle aurait aimé être en colère, mais c'était surtout le poids de la déception qui la terrassait.

— J'ai fait confiance à Gregor quand il m'a dit qu'il s'en chargeait. J'aurais écouté ses explications, mais il ne m'en a jamais donné l'occasion. Il n'a aucune foi en moi.

— Parle-lui, Cate. Il ne cherchait qu'à te protéger. Donne-lui une chance de t'expliquer avant de rendre un jugement précipité. Il a foi en toi, même si cela ne saute pas aux yeux en ce moment.

John avait raison. Ils devaient mettre les choses au clair entre eux s'ils voulaient que ce mariage fonctionne.

Elle baissa les yeux vers la lettre, la cire rouge du cachet retenant son attention. Ils ne devraient pas uniquement discuter du contenu de la missive, mais également de son expéditeur. Gregor n'était pas le seul à avoir des secrets.

— Où est-il ? demanda-t-elle.

— Il se lave avant le dîner.

Cate en fit autant. Quand elle redescendit dans le hall, Gregor n'y était pas, pas plus que les autres Fantômes.

Il ne lui fallut pas longtemps pour apprendre qu'ils étaient partis au village. Toutefois, ce ne fut qu'en remarquant les regards fuyants et les réponses évasives de John qu'elle comprit ce qu'ils étaient allés y faire.

Elle sentit le sang se figer dans ses veines. Elle songea à sa dernière conversation avec Gregor. Connaissant sa façon de penser, il avait pris ses paroles pour un défi. Il s'était rendu à la taverne pour prouver que leur relation n'avait rien de spécial.

Elle aurait dû savoir qu'il ne fallait pas le provoquer lorsqu'il était dans cet état. Elle avait été si sûre d'elle, si sûre qu'il l'aimait et serait incapable de la trahir.

Ses entrailles se nouèrent. Elle aurait voulu se recroqueviller en boule, mais elle cacha sa douleur derrière un masque impassible, finit son repas et monta dans sa chambre pour se changer. Elle devait voir la vérité de ses propres yeux. Alors seulement, elle pourrait accepter ce que son cœur lui disait déjà.

— Le plus bel homme d'Écosse *et* un des fantômes de Bruce ? J'ai hâte de raconter ça à ma sœur !

S'il avait encore eu quelques doutes sur le fait que son secret était éventé, il fut dissipé quelques minutes après être entré dans la taverne d'Annie. Tout le monde savait.

Il cacha son irritation derrière un sourire. Il se concentra sur la jeune femme assise sur ses genoux, sur ses fesses douces qui écrasaient son sexe, sur ses seins pleins et lourds qui frôlaient son bras enroulé autour de sa taille et sur sa bouche charnue et talentueuse, qui lui avait déjà donné beaucoup de plaisir par le passé.

Il savait aussi d'expérience qu'elle crierait sur tous les toits qu'elle avait couché avec lui. C'était pourquoi, même si cela avait été très agréable, il n'était pas revenu après la première fois.

Mais, au fond, quelle importance ? À quoi bon lutter ? Maggie aurait de quoi se vanter auprès de sa sœur et des autres femmes, des veuves de guerre pour la plupart, qui utilisaient les chambres au premier étage de la taverne pour « accueillir » des visiteurs. De son côté, il profiterait d'une nuit de bon sexe salutaire.

Elle se pencha vers lui et une bouffée de lavande l'enveloppa. Cate se parfumait également à la lavande. Sur elle, c'était une odeur douce et délicate qui lui donnait envie d'inhaler profondément pour s'en emplir les poumons. Sur Maggie, c'était capiteux et écœurant ; il se serait bien précipité à l'extérieur pour prendre une goulée d'air frais.

Il jura dans sa barbe et avala une nouvelle rasade de whisky. Pourquoi fallait-il qu'il pense à Cate ? Elle avait tort. Il ne lui appartenait pas et ne lui devait rien, nom de nom !

Maggie lui glissa à l'oreille :

— Et eux, ce sont des Fantômes aussi ?

D'un signe de tête, elle indiqua ses trois frères d'armes amassés autour de la petite table, arborant tous une mine digne du père Roland, le prêtre du village.

De vrais moines. Ce n'était pas parce qu'ils avaient été châtrés par leurs épouses et refusaient de s'amuser un peu que Gregor était obligé de les imiter. Qu'ils aillent au diable, tous !

— Ces trois-là ? demanda-t-il avec un regard vers les mines réprobatrices de ses compagnons. Ils ont l'air d'être les meilleurs guerriers d'Écosse ? Penses-tu ! Ce ne sont que des brigands des Hébrides qui espèrent se faire quelques sous maintenant que Bruce est proche de la victoire.

MacSorley tiqua et Gregor lui adressa un regard noir. Que voulait-il ? Qu'il confirme haut et fort qu'ils appartenaient tous à la Garde ?

Maggie paraissait peu convaincue. Elle examina les trois hommes en plissant le front.

— Vous en êtes sûr ? Ils m'ont l'air assez imposants et assez dangereux pour être des Fantômes.

— Ce ne sont que des gros bras sans cervelle, répliqua Gregor. Les Fantômes, eux, sont très intelligents. En outre, si j'étais moi-même un Fantôme, crois-tu que je m'afficherais publiquement avec des confrères ?

— Vous avez sans doute raison, dit-elle en se calant plus confortablement sur ses genoux.

Constatant que cela ne provoquait pas l'effet escompté, elle lui caressa doucement le ventre tout en frottant contre son torse ses seins qui menaçaient de déborder de son corset.

Il fallait reconnaître que sa poitrine était spectaculaire. Il se souvenait d'avoir enfoui son visage entre ces seins généreux, de les avoir malaxés et sucés jusqu'à ce que leurs tétons durcissent sous sa langue.

En dépit de sa poitrine affolante, Maggie avait la taille fine et les cheveux noirs, comme il les aimait. Elle était plus grande que Cate, mais son corps était plus voluptueux, pas ferme et nerveux comme celui de...

Il s'interrompit et but une nouvelle gorgée de whisky. Il lui sembla que son gobelet était nettement plus léger. Il lança un regard vers MacRuairi, assis non loin de lui, le soupçonnant de le vider chaque fois qu'il regardait ailleurs.

Palsambleu ! Ils le traitaient comme un gamin. Il n'avait pas besoin d'être surveillé... ni sauvé. Il savait parfaitement ce qu'il faisait.

Dans ce cas, pourquoi avait-il l'impression, comme lorsqu'il était plus jeune, de commettre une bêtise sans pouvoir s'en empêcher ?

Les muscles de son ventre se contractèrent lorsque la main de Maggie descendit vers ses braies.

Cela aurait dû être agréable ; non, c'était forcément agréable ! Ses doigts n'étaient qu'à quelques centimètres de son sexe. Pourtant, son corps ne réagissait pas comme il l'aurait dû.

C'est moi que tu veux...

Il fit aussitôt taire la petite voix. Elle se trompait. Il avait simplement besoin que la main de Maggie se referme sur lui, qu'elle le prenne dans sa bouche. Là oui, il serait diablement excité.

Néanmoins, il ne pouvait refouler la colère qui montait en lui. C'était la faute de Cate. Elle lui avait mis la tête sens dessus dessous... et pas que la tête, d'ailleurs. Il ne la laisserait pas le transformer en un maudit eunuque.

Elle ne tuerait pas son désir d'avoir d'autres femmes.

Maggie ne lui avait pas menti ; elle n'avait pas essayé de le piéger ; elle n'avait pas fait de lui un nigaud aveugle.

Il n'avait aucun scrupule à avoir. Cate avait jeté le gant à ses pieds. Il ne faisait que le relever.

Il vida un autre gobelet de whisky avant que l'un de ses compagnons ne le boive à sa place.

— Je dois avouer que j'ai été surprise de vous voir ici avec votre mariage qui se prépare, déclara Maggie.

Il se raidit légèrement, mais elle ne sembla pas s'en apercevoir, étant trop occupée à promener ses doigts sur ses braies.

— Certains ont été surpris que vous ayez choisi Cate, poursuivit-elle. Pas moi. C'est vrai que c'est un peu étrange de la voir se battre à l'épée, mais c'est une vraie dame. Elle ne juge pas les autres, contrairement à beaucoup de femmes dans ce village. Elle est bonne et elle a toujours un mot gentil pour moi lorsque nos chemins se croisent.

Elle fronça les sourcils, semblant soudain se rendre compte que ce qu'elle était en train de faire ne lui attirerait pas les bonnes grâces de Cate.

Gregor en avait assez. Il n'allait pas l'écouter chanter les louanges de Cate. Il se leva brusquement, rattrapant de justesse Maggie par le poignet avant qu'elle ne tombe. Il chancela légèrement, l'esprit embué par l'alcool.

Il saisit un pichet sur la table et le coinça sous son bras.

— Viens, dit-il à Maggie. Il y a trop de monde ici. Allons nous chercher un endroit plus tranquille.

Les scrupules de Maggie s'envolèrent aussitôt. Elle hocha vigoureusement la tête et lui prit le bras pour l'entraîner à l'étage.

Campbell lui attrapa l'autre bras pour le retenir.

— Ne fais pas ça, la Flèche, lui glissa-t-il. J'ignore ce qui se passe entre toi et ta fiancée, mais tu vas le regretter.

Campbell ne savait pas de quoi il parlait, tout comme les autres.

Vas-y... essaye de me prouver le contraire. C'était exactement ce qu'il allait faire.

— Ne m'attendez pas, répondit-il à son ami. Je ne pense pas rentrer au château avant demain.

Résolu, il suivit Maggie à travers la foule puis dans l'escalier. Il était tellement concentré qu'il ne remarqua pas la petite silhouette enveloppée dans une cape à capuche assise dans un coin.

22

Bourreau des cœurs. Gregor avait bien mérité sa réputation. Elle avait entendu cette expression maintes fois. Pourtant, dans sa foi aveugle qu'ils étaient faits l'un pour l'autre, elle n'avait jamais pensé que l'un de ces cœurs serait le sien.

Elle n'était assise dans la taverne que depuis quelques minutes quand il passa devant elle avec Maggie. Le beau don Juan dans toute sa gloire ; il buvait, batifolait, l'air insouciant.

Une larme perla au coin de son œil. Elle l'essuya rageusement. Elle ne s'effondrerait pas. Elle affronterait la situation jusqu'au bout afin qu'il ne subsiste plus en elle le moindre doute et qu'elle ne se berce plus jamais d'illusions sur ses sentiments pour elle.

Gardant la tête baissée et s'efforçant de se fondre dans le décor, elle traversa la salle enfumée. Elle avait pris le temps de se changer. Dans sa tenue d'entraînement, sa capuche rabattue devant son visage, elle passait facilement pour un garçon venu se protéger du froid mordant qui régnait à l'extérieur.

Elle atteignit l'escalier. Sa poitrine se serra. Elle se doutait de ce qu'elle allait trouver en haut des marches, mais, au fond d'elle-même, elle nourrissait encore l'espoir de se tromper.

Elle n'était jamais montée à l'étage de la taverne, mais elle savait ce qu'on y faisait. Il y avait là-haut quelques alcôves pour les voyageurs et les hommes esseulés qui voulaient passer la nuit avec l'une des femmes qui fréquentaient les lieux.

En temps normal, Cate n'avait rien contre ces dernières. Elles avaient perdu leurs époux à la guerre et survivaient en monnayant leurs charmes. Elle avait changé d'avis en voyant la jolie brune aux yeux bleus et aux formes généreuses tripoter Gregor, qui la tenait sur ses genoux. Elle aurait volontiers assommé cette traînée.

Elle s'était retenue, attendant que Gregor la repousse. Il allait comprendre son erreur ; il ne pouvait faire l'amour à une autre, parce que c'était elle qu'il aimait.

Il n'en avait rien fait, laissant la catin promener ses mains sur tout son corps.

À présent, elle voulait voir la suite.

Lentement, telle une condamnée se dirigeant vers la potence, elle gravit les marches en bois. Vieilles et branlantes, elles craquaient sous son poids, mais, avec le vacarme dans la salle du bas, on ne risquait pas de l'entendre.

L'étage supérieur, bas de plafond, avait été divisé en plusieurs alcôves autour d'une pièce centrale. N'étant séparées que par des cloisons en bois, avec une tenture en guise de porte, elles n'offraient guère d'intimité. Sur sa gauche, elle entendait les grognements et les gémissements d'un couple occupé à des ébats particulièrement énergiques. Sur sa droite, elle entendit Maggie pouffer de rire puis la voix mâle de Gregor déclarer :

— Oui, comme ça. C'est très bien.

Elle s'approcha du rideau tel un spectre. Ils ne s'étaient pas donné la peine de le fermer complètement. Pour quoi faire, puisqu'il ne cachait pratiquement rien ?

Oh, Seigneur, non...

Gregor se tenait devant le lit étroit, seul meuble de la chambre minuscule, embrassant fougueusement Maggie. Sa main était posée dans le creux de ses reins et ses longs doigts étalés sur la courbe de ses fesses. Les cheveux bruns de Maggie tombaient librement dans son dos. Les lacets de son corsage avaient été dénoués et le vêtement abaissé, dénudant sa poitrine.

Cela n'avait rien à voir avec le baiser qu'il avait donné à Seonaid. C'était plus charnel, plus passionné... plus douloureux pour elle. Cela ressemblait à la manière dont il l'embrassait. *Ce que nous avons est spécial... différent*. Tu parles ! Elle ne pouvait détacher son regard de ses mains, fortes et puissantes, en étreignant une autre.

Heureusement, le baiser ne dura que quelques secondes avant qu'il ne s'écarte.

— Quelque chose ne va pas ? demanda Maggie.

Dis oui. Je t'en prie, dis oui !

— Non, répondit Gregor d'une voix traînante.

— Vous êtes sûr ? insista Maggie avec un clin d'œil. Vous avez peut-être un peu trop bu ?

Son épaule bougea. Cate se mordit le poing pour étouffer son cri en comprenant ce qu'elle faisait. Elle le caressait.

Maggie rit à nouveau, puis déclara :

— Voyons voir si j'ai plus de succès d'une autre façon. Vous m'avez dit autrefois que j'avais une bouche magique, vous vous en souvenez ?

Sans attendre sa réponse, elle s'agenouilla devant lui et glissa ses mains sur ses fesses. Cate se demanda ce qu'elle fabriquait, puis, en voyant sa tête avancer et reculer entre les jambes de Gregor, elle comprit soudain. Elle le caressait avec sa bouche.

Repousse-la. S'il te plaît, repousse-la.

Au lieu de cela, Gregor glissa les mains sur sa nuque et lui tint la tête. Il ferma les yeux, les traits tendus par une concentration intense.

Incapable de regarder plus longtemps sans avoir la nausée, Cate s'écarta. Elle en avait vu et entendu assez. Gregor avait atteint son but. Elle le croyait.

Ce qu'il y avait entre eux n'avait rien de spécial. Elle n'avait rien d'unique. Il venait de le lui prouver. Il ne l'aimait pas, du moins pas assez pour l'empêcher d'aller en trouver une autre dès qu'un problème entre eux se présentait.

Elle ne l'épouserait pas, même s'il rampait à ses pieds pour implorer son pardon. Elle ne doutait pas qu'il regretterait son geste lorsqu'il apprendrait la vérité, mais peu importait. C'était trop tard. Elle avait atteint les limites de sa patience, de sa compréhension et de sa foi. Voir cette facette de lui avait détruit ses dernières illusions.

Il avait réussi l'impossible : détruire son amour. Il lui avait arraché le cœur et l'avait réduit en lambeaux avant de le piétiner. Il ne restait plus rien hormis la douleur sourde du vide, comme s'il lui manquait une partie vitale d'elle-même.

Elle le haïssait en partie, mais pas totalement. Elle avait également de la peine pour lui. Il était trop blasé et cynique, trop déformé par ses expériences passées avec les femmes, pour reconnaître le véritable amour quand il se présentait à lui.

Tant pis pour lui. Elle ne perdrait plus un instant de sa vie pour lui.

L'homme qu'elle épouserait croirait en elle autant qu'elle croirait en lui. Ce ne serait donc pas Gregor. En devenant sa femme, elle se sentirait aussi abandonnée que lorsque son père était parti. Peut-être pas physiquement, mais dans tous les autres sens.

Gregor n'était pas celui qu'elle avait cru. Elle avait pensé qu'il y avait plus en lui qu'un beau visage, qu'il était un homme sur lequel elle pouvait compter. En réalité, il n'était pas plus le noble chevalier de ses rêves que ne l'avait été son père. Sans doute avait-il raison : elle avait tenté de créer une famille parfaite pour remplacer celle qu'elle avait perdue. Elle avait placé Gregor en son centre, croyant qu'il représentait tout ce qu'elle considérait qu'un grand homme devait être. Elle avait voulu qu'il soit ce qu'il n'était pas et lui avait prêté toutes sortes de qualités qu'il ne possédait pas.

Elle s'apprêtait à redescendre l'escalier lorsqu'elle entendit des voix en bas des marches et s'arrêta.

— Quelqu'un doit l'arrêter, bon sang !

Elle reconnut la voix de l'un des Fantômes, le grand blond qui ressemblait à un Viking et à qui elle avait fait un œil au beurre noir, Erik MacSorley.

— On a essayé, cousin. Il n'était pas en état de nous entendre.

Ce devait être Lachlan MacRuairi. Sa voix était aussi sinistre que son allure. Mis à part leur barbe drue à la forme inhabituelle, les deux cousins ne se ressemblaient en rien.

— Dans ce cas, forçons-le à nous écouter. Il aime cette fille. Une fois qu'il s'en rendra compte, il ne se le pardonnera jamais.

Cate aurait voulu lui dire qu'il se trompait, mais elle était trop occupée à se chercher une cachette au cas où ils monteraient l'escalier.

— Et si ça ne marche pas ? demanda MacRuairi.

— Alors nous le sortirons d'ici par la force, répondit MacSorley en gravissant la première marche.

Cate allait se jeter derrière une malle quand une troisième voix s'éleva.

— La Flèche a besoin de s'en rendre compte par lui-même. S'il l'aime, il se ressaisira. Ce n'est pas à nous de décider pour lui.

Arthur Campbell, la voix de la sagesse. Il avait raison. Malheureusement, Gregor avait déjà démontré qu'il ne l'aimait pas.

Les trois hommes discutèrent encore quelques instants puis s'éloignèrent de l'escalier. Cate hésita à les suivre jusqu'au château. Il faisait très sombre dehors et lorsqu'elle avait traversé les bois pour venir à la taverne, elle avait cru apercevoir plus d'une ombre menaçante. Néanmoins, ne voulant pas risquer d'être découverte, elle se réfugia plutôt dans l'écurie le temps de les laisser partir.

Lorsqu'il se mit à neiger, peu de temps après, elle décida qu'elle avait assez attendu. Elle arriva rapidement à la lisière du village. Là, elle hésita. L'obscurité de la forêt était inquiétante. Elle fut tentée d'emprunter l'une des torches qui brûlaient devant les cottages, mais elle craignit d'attirer l'attention.

Elle regretta sa décision lorsque les ténèbres se refermèrent sur elle et l'engloutirent telle la gueule d'un dragon.

Elle lança plusieurs fois des regards par-dessus son épaule, croyant avoir entendu un bruit. Une brindille qui se brisait. Une branche qui remuait. La peur lui brouillait l'esprit. Toutefois, une fois profondément entrée dans la forêt, elle se rendit compte que ce n'était pas son imagination. Elle crut d'abord être poursuivie par une meute de loups, mais les bêtes qui l'encerclèrent étaient monstrueusement humaines.

Elle lutta de toutes ses forces mais, au bout du compte, seule contre cinq soldats, elle ne faisait pas le poids. Plaquée au sol avec un couteau sous la gorge, des voix autour d'elle jurant de l'égorger si elle ne cessait de se débattre, elle capitula.

Deux hommes la remirent brutalement debout, lui coinçant les bras dans le dos, et la tournèrent face aux autres. Ils lui avaient pris son épée, mais elle avait toujours la dague de Gregor accrochée à sa ceinture. Si elle parvenait à l'atteindre...

Elle étira les doigts vers le manche. Percevant son mouvement, l'homme qui la tenait tira plus fort sur son bras, la faisant gémir de douleur mais rapprochant sans le savoir sa main de la dague de quelques centimètres. Elle y était presque...

Un troisième homme approcha une torche de son visage. Elle retint son souffle en le reconnaissant : c'était le cavalier aperçu dans les bois, celui qui ressemblait tant à l'assassin de sa mère.

— Je vous avais bien dit que c'était elle, déclara-t-il aux autres. Elle s'habille et se bat comme un homme, mais c'est bien la fiancée de MacGregor.

— Tu avais raison, Fitzwarren.

Le sang de Cate se figea. Ce n'était pas possible. Ce ne pouvait être lui, il était trop jeune.

Non, ce n'était pas le capitaine, mais ce pouvait fort bien être son fils.

— Que me voulez-vous ? demanda-t-elle.

Fitzwarren esquissa un sourire sournois et promena un long regard lubrique sur sa poitrine, révélant qu'il était bien le fils de son père.

— Tu vas nous servir un des Fantômes de Bruce sur un plateau, répondit-il.

— Vous ne croyez tout de même pas à ces sornettes, s'esclaffa-t-elle.

Elle poussa un cri lorsque Fitzwarren attrapa une de ses nattes qui s'était libérée dans le combat et la tordit autour de son poing, lui tirant le cuir chevelu.

— Ne te fatigue pas à nier, ma belle. Nous savons la vérité. Nous le surveillions depuis un certain temps, mais il nous a toujours échappé. Grâce à toi, nous n'aurons même pas besoin de traquer Gregor MacGregor. Il viendra de lui-même au château de Perth pour faire libérer sa chère promise.

Cate était sur le point de le contredire (elle n'était plus sa « chère promise »), puis referma la bouche. Si ces hommes pensaient qu'elle n'avait plus de valeur, ils la tueraient. Vu la manière dont Fitzwarren la lorgnait, elle pourrait s'estimer heureuse s'ils ne la violaient pas avant de la trucider.

Elle frissonna de dégoût, mais pas de peur. C'était au moins l'un des enseignements qu'elle retiendrait de Gregor. Elle réprima un sourire de satisfaction lorsque ses doigts se refermèrent enfin sur le manche de sa dague. Dès qu'ils desserreraient leur prise, elle se tiendrait prête.

Puis il lui vint une autre idée. Il avait parlé du château de Perth. L'endroit où, selon la missive de son père, se rendait le capitaine Fitzwarren, l'homme qui avait échappé trop longtemps à son châtiment.

Gregor avait promis de s'en charger, et peut-être l'aurait-il fait s'il en avait eu l'occasion. Ce n'était pas ce qu'elle voulait. Ce n'était pas sa responsabilité. C'était à elle de le faire. Pour le moment, rien d'autre n'avait d'importance et elle concentra toutes ses pensées sur ce point. Pendant trop longtemps, toute sa vie avait été focalisée sur Gregor et sur le futur parfait qu'ils auraient ensemble. Comment avait-elle pu oublier son devoir envers sa mère et les autres villageois ? Le prix à payer pour avoir eu la vie sauve était de s'assurer que justice soit faite. Elle n'aurait sans doute jamais d'autre occasion de se trouver si près de l'homme responsable de leurs morts.

Toute sa douleur, son ressentiment, sa désillusion se muèrent en désir de vengeance. Elle s'empara de ce sentiment tel un étendard. Il lui donnait un objectif.

Elle lâcha la dague. Pour le moment.

Gregor fut éveillé par des ronflements et une odeur fétide de vomi. Son estomac se retourna aussitôt et la bile remonta dans sa gorge.

Le vomi était le sien, se rendit-il compte. Les souvenirs désagréables de la nuit lui revinrent en mémoire avec une clarté étonnante compte tenu des quantités de whisky qu'il avait ingurgitées et de son épouvantable mal de crâne.

Il était en piteux état et il l'avait bien cherché. Il cligna les yeux en contemplant le plafond, puis se tourna vers le visage de la femme endormie à son côté.

Il tiqua. Fichtre, il devait déguerpir et vite ! Toutefois, le moindre mouvement était atrocement douloureux et menaçait le peu de contrôle qu'il avait encore sur le contenu de son estomac, ou ce qu'il en restait. Il se libéra laborieusement de l'étreinte d'acier de Maggie et parvint à se redresser sur le bord du lit.

Ce n'était pas Maggie qui ronflait, mais un homme dans une alcôve voisine.

Que fichait-il là ? Il regarda autour de lui avec un mélange de répugnance et de honte. Était-ce vraiment ce qu'il avait voulu ? Des liaisons avinées et sans lendemain dans des tavernes sordides où il se réveillait au son des ronflements d'un autre ivrogne ?

Il n'était qu'un idiot. La nuit n'avait servi à rien. Il avait échoué, lamentablement. Même avec son sexe dans la bouche de Maggie, il n'avait vu que le visage de Cate. Il avait entendu sa voix et avait su qu'il ne pouvait pas et ne voulait pas aller plus loin, quand bien même Maggie fût parvenue à lui soutirer une érection.

Il aurait aimé prétendre que c'était à cause du whisky, mais il se serait menti. Dès que ses lèvres s'étaient refermées sur son membre, il avait eu envie de la repousser. Il s'était efforcé de se concentrer et de refouler sa révulsion, en vain. Au bout de quelques secondes, il s'était précipité vers le pot de chambre, l'atteignant in extremis.

Maggie s'était montrée compréhensive, lui conseillant de s'allonger et d'attendre que les effets du whisky passent avant une nouvelle tentative.

Gregor avait sombré dans le sommeil tout en sachant qu'il n'y aurait pas de second essai, ni sobre ni ivre. Jamais.

Cate avait raison. Il l'aimait. En dépit de ce qu'elle avait fait. Il aimait son endurance, sa combativité, sa détermination. Il aimait sa force et son indépendance. Il aimait qu'elle trace son propre chemin et ne se repose pas sur ses acquis comme la plupart des dames de la noblesse. Il aimait l'embrasser, la tenir dans ses bras, lui faire l'amour.

Au point que toucher une autre femme ou se laisser toucher paraissait une trahison qui le rendait physiquement malade.

Il n'avait rien fait de mal, se répéta-t-il. C'était Cate qui l'avait trahi.

Alors pourquoi avait-il encore envie de rendre ses tripes ?

Après un regard sombre vers la femme endormie, il puisa quelques pièces dans son *sporran* et les déposa sur le lit. Il s'excuserait plus tard. Pour le moment, il avait besoin de quitter cet endroit avant de se ridiculiser à nouveau.

Il quitta la taverne en hâte, sans croiser personne. Le jour se levait à peine et la plupart des occupants dormaient encore après les réjouissances de la veille.

Il se sentait sale. Avant de rentrer au château, il fit un léger détour par la rivière. Les berges étaient enneigées et l'eau était glaciale. Pourtant, son bain ne parvint pas à laver la souillure de sa culpabilité. Il avait beau se dire qu'il n'était pas allé jusqu'au bout, il savait qu'il était déjà allé trop loin.

Le seul moyen de se sentir propre à nouveau était de tout raconter à Cate. Le comprendrait-elle ? La situation entre eux s'était tellement dégradée qu'il n'en était pas sûr, mais il lui dirait la vérité et demanderait son pardon.

Elle avait touché une corde sensible et il avait réagi comme un imbécile. Il l'aimait et devrait apprendre à lui faire confiance. Si elle affirmait ne pas l'avoir piégé pour qu'il l'épouse, il ferait son possible pour la croire.

Déterminé, il sortit de l'eau et enfila rapidement sa chemise, ses bas et ses braies. Au moment où il saisissait son *cotun*, il entendit un bruit derrière lui.

Encore embrouillé par l'alcool, ses membres engourdis par le froid, il eut à peine le temps de dévier la trajectoire du couteau qui fusait vers son dos, un coup qui aurait pu le tuer en quelques secondes.

Il sentit le tranchant de la lame l'effleurer tandis qu'il pivotait, frappait le poignet de son agresseur et lui faisait un croche-pied pour le faire tomber en arrière.

Pip ! Le garçon tenta de récupérer son couteau, mais Gregor lui marcha sur la main. Il se pencha et le releva en le tirant par le col.

— Qu'est-ce qui te prend ? Tu as failli me tuer !

Les traits de Pip étaient tordus par la rage et la frustration.

— C'était bien mon intention ! Je voudrais que vous soyez mort !

— Désolé de te décevoir, mais tu devras faire la queue comme tout le monde. Tu passeras derrière toute l'armée anglaise. Je sais pourquoi ils veulent ma peau, mais qu'ai-je fait pour mériter que tu me plantes ton couteau dans le dos ?

— Vous n'étiez pas censé l'épouser ! Vous deviez repartir et nous laisser en paix. Au lieu de ça, vous nous avez tous renvoyés et vous avez blessé Cate. Je n'ai jamais voulu qu'elle souffre.

Gregor le libéra et recula d'un pas, le choc de l'attaque s'estompant. Les propos du garçon n'avaient aucun sens, pourtant il comprit.

— C'est toi ! Cate n'a jamais envoyé chercher John. Tu as été le réveiller pour le faire venir.

Pip acquiesça, en larmes.

— Je l'ai vue sortir de votre chambre avec du sang sur sa chemise. Je voulais que ce soit John qui l'épouse. John est un homme d'honneur, pas vous.

Comprenant peu à peu les implications de son geste, Gregor se laissa tomber sur une pierre et regarda Pip, hébété.

Elle ne l'avait jamais piégé. Elle était innocente et il l'avait traitée de menteuse. Il eut un nouveau haut-le-cœur en pensant à ce qu'il avait été à deux doigts de faire.

— As-tu la moindre idée de ce que tu as fait ? De ce que j'ai fait ? explosa-t-il.

Pip le regarda d'un air perplexe. Ce n'était pas la réaction à laquelle il s'était attendu.

— Quoi ?

— Je l'aime et j'ai failli détruire notre seule chance de bonheur.

— Vous l'aimez ?

Gregor ne lui répondit pas. Il acheva rapidement de s'habiller et d'attacher ses armes à sa ceinture. Remarquant le couteau sur le sol, il le ramassa et le tendit au garçon.

— Il pourrait te servir plus tard. Si Cate ne me pardonne pas, je te donne le droit de me le planter dans le cœur.

Pip écarquilla les yeux, puis resta silencieux durant le bref trajet vers le château.

Gregor avait à peine mis un pied dans le hall que John surgit devant lui.

— Où étais-tu ? Enfin, ai-je vraiment envie de le savoir ?

Gregor se raidit et ignora sa question.

— Où est Cate ?

— J'espérais que tu me le dirais. Quand Ete est allée dans sa chambre ce matin, elle n'y était pas et son lit n'était pas défait. Personne ne l'a vue depuis hier soir.

— Comment ça, « personne ne l'a vue » ? Où peut-elle être ?

Attirés par les éclats de voix, ses frères d'armes quittèrent leur table et s'approchèrent.

— Que se passe-t-il ? demanda Campbell.

— Cate a disparu.

— Où pourrait-elle être allée ? demanda MacSorley.

MacRuairi posa la question à laquelle tout le monde pensait :

— Savait-elle où tu étais hier soir ?

Gregor lança un regard à son frère, qui hocha la tête.

— Ce n'est pas tout, déclara John. Elle a lu la lettre.

— Quelle lettre ?

— Celle dans laquelle il est question de Fitzwarren.

Gregor jura et sentit la panique monter en lui. Il expliqua le contenu de la missive à ses compagnons.

— Tu crois qu'elle se lancerait seule à sa poursuite ? demanda Campbell.

— Je ne sais pas, mais nous ne pouvons pas l'exclure.

Sans perdre plus de temps, Gregor organisa rapidement des équipes de recherche. John et Campbell en dirigeraient une ; MacSorley et MacRuairi une autre ; lui-même une troisième. Toutefois, avant qu'ils ne quittent le hall, plusieurs de ses hommes apparurent avec un morceau de parchemin froissé.

— Qu'est-ce que c'est ? leur demanda-t-il.

— Un garçon du village l'a apporté ce matin. Un homme le lui a donné la nuit dernière avec l'instruction de ne pas la transmettre avant le lever du jour.

Le papier enveloppait un objet. Gregor le déplia prudemment et sentit son cœur s'arrêter en découvrant ce qu'il contenait : la bague de famille qu'il avait offerte à Cate pour leurs fiançailles. Les mots sur le parchemin dansèrent devant ses yeux. Il le tendit à John, qui lut : « Nous avons quelque chose qui t'appartient. Si tu la veux en vie, viens la chercher au château de Perth. »

Pour la première fois de sa vie, il se crut sur le point de défaillir. Ils la détenaient. C'était ce que la Garde avait toujours craint si leurs identités étaient dévoilées. Les Anglais utiliseraient Cate pour le capturer.

S'il lui était arrivé le moindre mal…

Il ne les laisserait pas faire. Rien au monde n'était plus important que Cate à ses yeux. Il aurait donné sa vie un millier de fois pour sauver la sienne. Apparemment, c'était ce qu'il lui restait à faire.

23

Cate était à bout de force lorsqu'ils arrivèrent à la lisière du bourg royal de Perth, l'un des plus riches et des plus importants d'Écosse. Situé au bord du Tay et proche de l'abbaye de Scone, Perth avait été considéré comme la capitale du royaume par les anciens rois d'Écosse.

Le château avait été partiellement détruit par des inondations, puis reconstruit par Guillaume Ier. Moins de dix ans plus tôt, Édouard d'Angleterre avait pris la ville lors des rébellions de Wallace et l'avait fortifiée, ajoutant une enceinte, des tours et des portes.

Lorsqu'ils parvinrent au sommet de la dernière colline, Cate aperçut la muraille au loin. Elle n'avait jamais rien vu de la sorte. L'imposante fortification en pierre chatoyait comme de l'albâtre doré aux premières lueurs du jour. Bordée sur trois côtés par des douves, vestiges des anciennes défenses, la ville était protégée sur son côté est par le fleuve. À l'idée d'être bientôt prisonnière derrière ces murs, elle déglutit péniblement.

Cate lança un regard vers les hommes en selle. Ils discutaient entre eux, lui prêtant peu d'attention. Puis elle se tourna vers l'immense étendue de forêt qui s'étirait derrière la prochaine colline. Si elle souhaitait s'échapper, c'était sa dernière chance. Non, elle ne fuirait pas alors qu'elle était si proche d'une occasion de se venger.

L'arme cachée sous sa cape lui redonna courage. Les soldats ne l'avaient pas fouillée, décidant sans doute que trouver une épée sur une femme était suffisamment inhabituel. Elle espérait qu'ils n'effectueraient pas de fouille plus approfondie une fois à destination. Elle ne se leurrait pas. Ses chances de réussite et d'évasion étaient déjà minces ; sans sa dague, elles étaient quasiment nulles.

Elle devrait agir vite. Quoi qu'il ait fait, elle ne pouvait laisser Gregor se rendre aux Anglais pour elle. Elle comptait sur son père pour le raisonner. Même s'il croyait qu'elle l'avait trahi, elle ne doutait pas qu'il volerait à sa rescousse. En tant que « tuteur », il se sentirait responsable d'elle. Cependant, Robert de Bruce ne laisserait pas un de ses plus précieux guerriers se sacrifier pour une femme. Il n'avait certes pas été à la hauteur en tant que père, mais elle ne pouvait lui nier certaines qualités qui faisaient de lui un bon roi. C'était en prenant des décisions guidées par la raison plutôt que par les sentiments qu'il était parvenu à coiffer sa couronne et, jusqu'ici, à la conserver.

Si elle ne se trompait pas sur l'identité de l'armée qui prenait position sur l'autre rive du fleuve et qui semblait inquiéter ses ravisseurs, Robert de Bruce était déjà là. Avec Berwick, Roxburgh, Édimbourg et Stirling, Perth était l'une des dernières places fortes stratégiques que Bruce devait reprendre aux Anglais. Il devait en outre trouver particulièrement irritant que Perth, tout comme Sterling, soit tenu par un Écossais, sir William Oliphant, et qu'il soit défendu par une garnison composée principalement de compatriotes.

Savoir son père si proche lui procura une sensation étrange. Même après toutes ces années, elle aurait voulu lui poser la question : pourquoi ? Pourquoi l'avait-il abandonnée du jour au lendemain ? Était-ce à cause de sa nouvelle épouse ? Il avait épousé sa première femme, Isabelle de Mar, peu après les avoir quittées. Était-ce cette dernière qui avait exigé qu'il cesse de voir la mère de l'un de ses « bâtards », ou s'était-il simplement lassé de Cate et de sa mère ?

Elle détourna les yeux. Elle ne le saurait jamais, puisqu'elle n'épouserait pas Gregor et aurait donc peu de chances de se retrouver face à son père. Cela faisait si longtemps qu'il serait probablement incapable de la reconnaître. Elle se demanda si elle-même le reconnaîtrait. Le séduisant jeune comte approchait désormais de la quarantaine et était devenu roi. Oui, elle saurait l'identifier. Il occupait une place trop importante dans son passé. Et c'était précisément là qu'il devait rester : dans son passé, tout comme Gregor. Des relents de colère et d'amertume lui nouèrent la gorge.

L'un de ses ravisseurs, un jeune soldat du nom de Gibbon qui s'était pris de pitié pour elle au cours de leur long parcours d'un jour et demi, lui tendit une gourde d'eau. Cate était bonne cavalière, mais pour éviter que Gregor ne les rattrape, ils avaient galopé sur plus de soixante kilomètres en ne faisant que de brèves pauses. Elle était tellement épuisée qu'elle tenait à peine en selle.

— Comment allons-nous entrer ? demanda-t-elle en montrant les portes fermées. Je suppose que ce sont les troupes ennemies que l'on voit là-bas, de l'autre côté du pont-levis ?

— Oui, le roi voyou a commencé son siège plus tôt que prévu. Nous ne pourrons pas passer par la porte rouge sans risquer de tomber sur ses hommes, mais il n'a pas encore eu le temps d'encercler toute la ville et il nous reste d'autres entrées. On nous ouvrira en voyant notre étendard.

Ils portaient les armoiries de Bohun. Ce n'étaient pas des chevaliers mais des hommes d'armes ordinaires, même si, apparemment, le jeune Fitzwarren espérait être adoubé pour avoir capturé l'un des Fantômes de Bruce.

— Nous avons de la chance d'être arrivés à temps, reprit Gibbon avec un sourire. À quelques jours près, nous aurions eu du mal à entrer dans la ville.

— J'aurais pensé que c'était le dernier endroit où vous auriez envie d'être, avec ce siège sur le point de commencer.

Il se mit à rire.

— Je vous comprends, mais regardez cette muraille ! Le roi voyou ne dispose pas d'engins de siège pour la percer et nous connaissons déjà toutes ses ruses. La ville a suffisamment d'eau fraîche et de réserves pour tenir six mois, mais nous n'aurons pas besoin de les utiliser. L'usurpateur remballera ses joujoux et retournera dans sa tanière la queue entre les jambes d'ici peu.

Cate ne pouvait imaginer à quel point ces paroles étaient prophétiques.

Deux semaines après son arrivée au camp, Gregor se tenait devant le roi d'Écosse. Il ne ressemblait plus vraiment à un grand guerrier d'élite, encore moins au « plus bel homme d'Écosse ». Il n'avait pratiquement pas fermé l'œil depuis l'enlèvement de Cate, torturé à l'idée de ce qu'elle était en train de vivre.

Il était à bout de nerfs.

— Je ne peux plus attendre, annonça-t-il.

Le roi l'examina attentivement depuis l'autre bout de la longue table montée dans sa tente. Celle-ci était spartiate pour une demeure royale, même provisoire. Bruce avait toujours été plus guerrier que roi, ce qu'admiraient Gregor et ses frères de la Garde. La toile était peinte en rouge écarlate et or, couleurs du blason royal, mais, à l'intérieur, ils se tenaient sur des joncs et non de riches tapis d'Orient. Outre la table, il n'y avait qu'un fauteuil, un banc, un lit et un paravent peint derrière lequel le roi faisait sa toilette et se changeait. Après avoir vécu sur les routes pendant tant d'années, Bruce avait appris à voyager léger, contrairement à ses homologues anglais qui ne pouvaient partir en campagne sans une interminable procession de carrioles transportant le mobilier et la vaisselle royaux.

— Je comprends ce que tu vis mieux que personne, la Flèche, répondit Bruce. Ne crois-tu pas que, si je le pouvais, je filerais en Angleterre pour tenter de libérer mon épouse et ma fille ? Je ne te laisserai pas partir à l'abattoir comme un agneau. J'ai trop besoin de toi. Je ne risquerai pas non plus la vie de tes compagnons.

Gregor s'efforça de ravaler sa frustration, mais le refus du roi de le laisser tenter de sauver Cate ou de s'offrir en échange le rendait fou. Il n'avait encore jamais eu de compassion pour MacRuairi, mais il commençait à comprendre ce que l'ancien mercenaire devenu membre loyal de la Garde avait enduré pendant deux ans. La femme de sa vie, Isabella MacDuff, avait été enfermée dans une cage par les Anglais. Pourvu que Cate ne subisse pas le même sort ! Isabella était désormais libre (à l'instar de Mary, la jeune sœur du roi), mais la reine et l'héritière de Bruce étaient toujours retenues dans des couvents anglais. Le roi craignait également qu'il ne craque sous la torture, ce qu'il pouvait comprendre. Toutefois, l'Ange pourrait lui donner de l'aconit ou un autre poison qu'il ingurgiterait en cas de besoin, préservant ainsi l'anonymat de ses compagnons.

Il puisa dans le peu de raison qui lui restait pour défendre son point de vue.

— Cate n'est pas en Angleterre, sire, mais ici en Écosse, dans l'un de nos châteaux. En outre, ils ne menacent pas d'exécuter votre épouse et votre fille.

Sa voix se brisa. Les yeux rouges et brûlants, il dévisagea le roi d'un air hagard.

— Ils menacent de tuer Cate si je ne me rends pas avant la fin de la semaine. Je ne peux pas les laisser faire.

Au cours des deux dernières semaines, Gregor avait échangé une série de missives avec sir William Oliphant, l'ancien héros écossais qui était à présent le gouverneur de Perth et le gardien du château pour les Anglais. Puis, la veille, Cate avait été conduite sur le rempart afin de lui prouver qu'elle était en vie et en bonne santé. En la voyant, même de loin, il était presque tombé à genoux de soulagement.

— Je te demande simplement de patienter encore quelques jours, répondit le roi. Si mon plan se déroule comme je l'espère, d'ici là, nous serons à l'intérieur du château. En outre, je doute fort qu'Oliphant autorisera l'exécution d'une femme, quels que soient les ordres des Anglais.

Compte tenu du peu d'efficacité de leurs quelques engins de siège jusque-là, Gregor le trouvait bien optimiste. D'un autre côté, ils avaient surmonté de nombreuses fois des obstacles autrement plus difficiles.

— Comment comptez-vous y parvenir ? demanda-t-il.

Devant son air sceptique, Bruce s'enfonça dans son fauteuil et croisa les bras sur son torse avec un air narquois.

— En battant en retraite.

Cate entendit les hourras des soldats en sortant du donjon.

Sir William Oliphant marcha avec elle le long du parapet. Lorsqu'ils atteignirent l'endroit où il l'avait conduite la veille (pour montrer à Gregor qu'elle était indemne), il s'arrêta et lui montra la berge de l'autre côté du fleuve.

Elle était éberluée.

— Ils abandonnent ?

Sir William acquiesça.

— C'est ce qu'il semble. Naturellement, nous les suivrons pour nous assurer que ce n'est pas une autre ruse de Bruce mais, compte tenu du peu de progrès de leur siège, je n'en suis pas surpris. Il sait qu'il ne pourra pas nous affamer et préfère ne pas gaspiller son temps et ses provisions. Il se trouvera une cible plus facile, même si elle sera moins importante.

Au cours de ses deux semaines de captivité, Cate en était venue à admirer le vieux guerrier bourru et à avoir de la peine pour lui. Au gré d'alliances familiales et de vœux d'allégeance contraints et forcés, l'ancien patriote écossais se retrouvait dans la position peu enviable de se battre contre ses compatriotes.

Comme de nombreux autres rebelles des premiers temps, sir William Oliphant avait été fait prisonnier par les Anglais lors de la terrible défaite de Dunbar, puis libéré. Comme bon nombre de patriotes, il avait rompu sa promesse à Édouard d'Angleterre et s'était à nouveau « rebellé » en rejoignant Wallace.

Il avait été érigé en héros écossais après avoir tenu pendant plus de trois mois le château de Stirling avec quelques douzaines de soldats contre Édouard et ses puissants engins de siège, notamment le « loup de guerre », le plus grand trébuchet jamais construit. Ironiquement, comme le vieux guerrier l'avait souligné, c'était alors Bruce qui se battait du côté des Anglais.

Le roi Édouard avait rendu à sir William la monnaie de sa pièce en brisant sa promesse à son tour : lorsque ce dernier s'était rendu après avoir négocié des termes qu'il croyait avantageux, il avait été déshabillé, promené nu comme un ver avec ses hommes devant les Anglais hilares, puis emprisonné dans la Tour de Londres durant quatre ans. Il avait été libéré sous *mainprise* à la condition de se battre pour le nouveau roi, Édouard II. Il avait reçu le commandement de Perth plus tôt dans l'année, après que le favori du roi, Piers Gaveston, était rentré en Angleterre et y avait été exécuté.

Sir William ne portait pas Bruce dans son cœur, le considérant tantôt avec une admiration réticente pour tout ce qu'il avait accompli et tantôt comme un usurpateur meurtrier (d'abord pour avoir pris la couronne de Jean d'Écosse, roi inefficace mais consacré, puis pour avoir assassiné son parent et prétendant au trône, John Comyn « le Rouge », devant l'autel du couvent des Greyfriars).

Contraint de se battre du côté de ses anciens ennemis, le vieux guerrier, qui avait une dizaine d'années de plus que Bruce, n'appréciait pas pour autant ceux qu'il surnommait ses « nourrices anglaises », qu'il s'agisse de Bohun, envoyé pour le surveiller et s'assurer qu'il ne changerait pas de camp à nouveau, ou des Fitzwarren, père et fils, qu'il détestait particulièrement.

Sur ce point, Cate ne pouvait qu'abonder en son sens. Elle avait eu du mal à cacher sa haine de l'homme qui avait violé et tué sa mère lorsqu'elle avait été conduite devant lui peu après son arrivée au château. Si « sir » Reginald Fitzwarren n'avait pas été en armure et entouré d'une demi-douzaine d'hommes armés, elle lui aurait bien planté sa dague en plein cœur. Cependant, elle ne donnerait pas raison à Gregor en commettant une folie. Elle attendrait une meilleure occasion.

Toutefois, celle-ci ne se présentait toujours pas et le temps pressait. Les négociations pour sa libération avaient déjà pris plus de temps qu'il n'en fallait.

Elle pouvait en remercier sir William. Au grand dam des Fitzwarren, c'était lui qui avait été chargé des pourparlers et de son emprisonnement. Il lui avait donné une petite chambre, simple mais confortable, dans le donjon et s'était occupé lui-même de son « interrogatoire ».

Elle ne pouvait pas dire qu'elle venait de Lochmaben, de peur que Fitzwarren la reconnaisse (il lui avait semblé qu'il l'avait regardée un peu trop longuement lors de leur premier entretien). Elle avait donc déclaré être la fille orpheline de l'un des gardes du père de Gregor.

En apprenant qu'elle n'avait pas quitté Dunlyon depuis des années et que Gregor rentrait rarement chez lui (le cas échéant, toujours seul), sir William en avait déduit qu'elle ne leur apprendrait rien sur les Fantômes. Comme la majorité des hommes, il considérait les femmes comme de moindre importance. À ses yeux, il était donc peu probable qu'on leur confiât des informations aussi sensibles.

Fitzwarren avait été furieux. Mentionnant les techniques de combat qu'elle avait utilisées lors de sa capture, il assurait qu'elle avait été entraînée par les Fantômes. Cate avait vigoureusement nié, expliquant que John lui avait appris à se défendre contre les lâches Anglais qui croyaient que violer des femmes faisait d'eux des hommes.

Elle avait soutenu le regard de Fitzwarren un peu trop longtemps et il avait plissé des yeux suspicieux.

Sir William avait été amusé par la façon dont elle tenait tête au capitaine, ainsi que par l'idée d'une femme apprenant les arts de la guerre. Il s'était moqué du fils Fitzwarren lorsque celui-ci avait expliqué que ses hommes et lui avaient eu un mal fou à la capturer. Il trouvait hilarant qu'un « petit bout de femme » ait assommé un homme avec le manche de son épée et failli trancher la jambe d'un autre.

Même s'il était très occupé à organiser les défenses de la ville, sir William avait pris Cate sous son aile, veillant à ce qu'elle soit bien nourrie, qu'on lui donne une tenue convenable (à savoir, une robe) et qu'elle puisse se dégourdir les jambes une fois par jour dans la cour accompagnée d'un garde. C'était beaucoup plus de liberté qu'elle n'en aurait eue si elle avait été confiée aux Fitzwarren et elle était désolée de devoir en abuser tôt ou tard.

Se méprenant sur les causes de sa tristesse, sir William lui prit la main et la tapota gentiment. Il faisait penser à un ours avec ses grosses paluches, ses épaules larges et ses moustaches grisonnantes.

— N'ayez crainte, ma petite. Votre fiancé ne vous a pas abandonnée. Même si Bruce bat en retraite, MacGregor a promis de se rendre samedi prochain au crépuscule.

— Samedi ? répéta-t-elle.

Ce n'était que dans trois jours !

— En effet. Je crois qu'il est rentré à Dunlyon pour quelques jours afin de régler ses affaires.

Elle pâlit.

— Cela signifie que vous comptez le tuer ?

Le vieux guerrier fit une moue de dégoût. Elle savait qu'il n'approuvait pas qu'on utilise une femme pour forcer un homme à se rendre, aussi important soit-il.

— Pas moi, mon enfant. Mais je ne vous mentirai pas. Le roi Édouard rêve depuis longtemps de mettre la main sur l'un des Fantômes de Bruce. Toutefois, une fois que MacGregor lui aura donné ce qu'il veut, il n'aura aucune raison de le garder en vie. En fait, il aura surtout de bonnes raisons de le faire disparaître.

Cate frissonna et se répéta qu'ils n'en viendraient pas là. Il ne lui restait plus beaucoup de temps. Elle devait agir avant samedi.

Debout à côté de sir William sur le rempart, le regard fixé sur les hommes de son père qui levaient le camp, il lui vint à l'esprit que quelque chose sonnait faux. Robert de Bruce ne capitulait pas si facilement. Elle devait rester parée à toute éventualité.

Sir William semblait du même avis.

— J'ai beau me réjouir de les voir partir, déclara-t-il, j'ai comme l'impression que nous n'en avons pas fini avec Robert de Bruce.

24

L'attente fut un véritable supplice. Enfin, deux jours après avoir mis fin au siège de Perth et battu en retraite, Gregor, la plupart des autres membres de la Garde, Douglas, une poignée de ses hommes et le roi en personne reprirent le chemin du bourg royal.

Ils avaient failli abandonner leur plan quand Bruce avait insisté pour les accompagner plutôt que d'attendre avec le gros des troupes qu'ils leur ouvrent les portes de la ville. Gregor avait cru que le Chef allait faire une apoplexie tant il était furieux. Rien, pas même le redoutable Tor MacLeod, n'avait pu dissuader le roi. C'était son plan et, donc, il irait. C'était ainsi que les légendes étaient forgées, avait-il déclaré. Ce à quoi le Chef avait rétorqué que c'était également ainsi que les sots se faisaient tuer et que les trônes tombaient.

Peu d'hommes pouvaient se permettre de traiter le roi d'Écosse de sot. Tor MacLeod, le chef de la Garde des Highlands, en faisait partie. Le roi s'était contenté de rire en lui répondant que s'il venait, c'était précisément pour s'assurer qu'il n'en était pas un.

Gregor s'était joint au concert des hommes tentant de raisonner Bruce. En vain. S'ils voulaient un roi qui se contentait d'attendre tranquillement « à l'abri » pendant que d'autres se battaient pour sa couronne, ils n'avaient qu'à se rallier à Édouard II. Bruce était un guerrier et il mènerait ses hommes au combat, même si cela signifiait que sa cause pouvait mourir avec lui. Dieu le protégerait et, à défaut, il comptait sur la Garde des Highlands. Il était difficile de lutter contre une telle logique, même si elle tenait du blasphème.

Ils laissèrent une centaine d'hommes dans une forêt voisine, le reste de l'armée attendant au château de Dundee, repris par Bruce l'hiver précédent, afin d'entretenir l'illusion d'une retraite et ne pas alerter les espions anglais. Le petit groupe de guerriers approcha la ville par le nord, là où se trouvait le château. Perth comptait plusieurs portes, dont Red Brig Port, Turret Brig Port, Southgate Port et Spey Port. Ils comptaient traverser les douves, escalader le mur et ouvrir la petite porte de Curfew Row pour laisser entrer le reste de l'armée et prendre la garnison par surprise.

Il était minuit passé lorsqu'ils s'avancèrent vers les eaux noires et glacées, n'emportant que les échelles de corde de Douglas, expérimentées pour la première fois à Berwick, et quelques armes légères. Ils avaient choisi une nuit sans lune et le ciel était noir d'encre. Avec la suie et la graisse de phoque qui noircissaient leurs visages, ils se reconnaissaient à peine entre eux. Depuis les remparts, les sentinelles seraient incapables de les voir. Il était encore moins probable qu'elles les entendent car, même de loin, le vacarme des festivités couvrait tous les bruits. La garnison et les habitants célébraient leur victoire. Un peu prématurément, mais ce n'était pas Gregor qui s'en plaindrait car cela signifiait que les soldats ne seraient pas sur le qui-vive.

Bruce fut le premier à entrer dans l'eau, à la stupeur d'un jeune chevalier français qui venait de rejoindre l'escorte de Douglas et était peu habitué à voir un roi devancer ses hommes au combat. Le Chef lui emboîta le pas, suivi immédiatement par Gregor.

Les douves faisaient une vingtaine de mètres de large. Assez glacée pour vous geler les bourses, l'eau était nauséabonde, vaseuse et peu ragoûtante. Elle leur parvenait presque jusqu'à la bouche et, compte tenu de sa puanteur, Gregor remercia le ciel qu'elle ne soit pas plus profonde.

Parvenus de l'autre côté, ils rampèrent sur la berge boueuse et rocailleuse au pied de la muraille. Une fois tout le monde en place, MacSorley et MacRuairi lancèrent les grappins.

Personne ne parlait. Ils n'en avaient pas besoin, chacun savait ce qu'il avait à faire. Si nécessaire, ils communiquaient par signes.

Le Chef avait remporté une petite victoire avant leur départ : Bruce ne serait pas le premier à grimper. MacRuairi passerait le premier, le roi viendrait ensuite. Gregor serait le premier sur la seconde échelle afin de prendre position sur le parapet.

Lentement, sans un bruit, jamais à plus de deux hommes à la fois sur les échelles, ils commencèrent leur ascension. MacRuairi était à moins de deux mètres du sommet, le roi quelques échelons en dessous, quand le désastre frappa. L'une des cordes frottant contre le parapet céda. Les deux hommes se raccrochèrent de justesse à la seconde corde tandis que les échelons se rabattaient violemment. Ils furent balancés le long de la muraille, ce qui était toujours mieux que de s'écraser sur les rochers une dizaine de mètres plus bas.

Le cliquetis du bois et du métal contre le mur en pierre aurait attiré l'attention du garde le plus laxiste. Depuis la berge, le Chef lança à Gregor :

— La Flèche, sur ta droite.

À mi-chemin sur la seconde échelle, Gregor n'eut pas le temps de réfléchir. Une sentinelle sur l'une des tourelles s'était arrêtée pour chercher l'origine du bruit. Il formait à peine une ombre dans le noir, à une vingtaine de mètres, regardant dans leur direction. Calé contre le mur, en équilibre sur un échelon, Gregor lâcha la corde, banda son arc et décocha une flèche dans l'obscurité. C'était le tir le plus irréaliste et le plus périlleux qu'il eût jamais effectué. Un faux mouvement et il basculait dans le vide. Cependant, il n'était pas question que cette attaque échoue. Avant d'avoir pu crier pour alerter le reste de la ronde, la sentinelle s'effondra en silence.

Entre-temps, MacRuairi était parvenu à se hisser au sommet. Le roi était toujours suspendu à l'échelle brisée, les autres se mettant en position sur la berge pour le rattraper en cas de chute. Comme MacRuairi, il parvint à passer par-dessus le parapet. Grâce à Gregor, la catastrophe avait été évitée.

Tandis que le Chef ne cessait de bougonner dans sa barbe, Bruce, avec cette bravoure qui lui avait valu le cœur du peuple écossais et l'admiration de ses hommes, mena l'attaque-surprise avec son petit groupe de guerriers. Même s'il mourait d'envie de se lancer à la recherche de Cate, Gregor resta à son poste sur le rempart au-dessus de la cour afin de s'assurer que personne ne sonnerait l'alerte avant que le château ne soit pris et la porte ouverte.

Il n'eut pas besoin de décocher d'autres flèches. Totalement prise au dépourvu, la garnison offrit peu de résistance. En l'espace d'une demi-heure, le château et la ville étaient à eux. Bruce venait d'ajouter une nouvelle prouesse improbable à son règne qui ne l'était pas moins, et qui était en passe de devenir légendaire.

Gregor n'était pas encore prêt à s'en réjouir. Incapable d'attendre un instant de plus, il lança à Campbell :

— Je dois trouver Cate.

— Je t'accompagne.

Gregor acquiesça.

— Fouillons d'abord les tours de garde.

Ils commençaient à dévaler l'escalier qui descendait du rempart lorsque Gregor entendit un cri. Reconnaissant la voix de Bruce, il se tourna vers la cour. Un seul regard lui suffit pour comprendre la situation. Un soldat anglais se servait d'une femme comme d'un bouclier humain. Bruce, qui ne pouvait oublier ses racines chevaleresques, s'élançait à la rescousse de la malheureuse, risquant de se faire tuer par la même occasion.

Sans hésiter, Gregor arma son arc, le banda et visa. Ce n'était pas un tir difficile. La cour était éclairée par des torches et le soldat ne se trouvait qu'à une vingtaine de mètres. Dès que la femme s'écarterait légèrement…

Son regard se posa sur cette dernière et son cœur s'arrêta.

Cate.

Cate reconnut l'homme qui avançait vers eux quelques instants avant Fitzwarren. Les trois quarts de son visage étaient cachés sous un casque et sa peau badigeonnée avec une substance noirâtre. Toutefois, sa démarche fière, comme son aura d'assurance et d'autorité, n'avait pas changé depuis qu'elle avait vu le séduisant comte de Carrick s'éloigner de leur petit cottage d'un pas leste, quinze ans plus tôt.

Durant quinze ans, elle avait cru le haïr. Pourtant, il suffit que leurs regards se croisent un instant pour qu'elle comprenne que, quoi qu'il ait fait, elle ne pouvait être l'instrument de sa mort. Or, elle savait d'instinct que c'était précisément ce que Fitzwarren comptait faire d'elle.

La frustration et la rage faisaient bouillir son sang. Rien ne s'était passé comme elle l'avait prévu. Pourtant, elle s'était tenue prête. Elle avait patiemment attendu qu'on vienne la chercher afin de passer à l'acte. Elle aurait dû avoir tout le temps nécessaire pour trouver Fitzwarren, exercer sa vengeance et s'évader.

Elle avait même prévu un plan de secours. Si elle échouait à sortir de la ville, elle se réfugierait dans une église. L'honneur de chevalier de sir William lui interdirait de violer un sanctuaire (contrairement au comte de Ross lorsqu'il avait capturé l'épouse, la sœur et la fille de Bruce, ainsi que la comtesse de Buchan). En outre, il ne pouvait exiger la reddition de Gregor sans monnaie d'échange.

Elle avait arpenté fébrilement sa chambre toute la journée. Pour la première fois depuis son emprisonnement, personne n'était venu la chercher pour sa promenade dans la cour, ni même pour lui apporter son repas. À en juger par les bruits à l'extérieur, ils avaient tous été trop occupés à faire la fête.

On l'avait oubliée. Elle avait tambouriné contre la porte, crié, imploré jusqu'à ne plus avoir de voix. Elle avait presque perdu espoir quand une clef avait enfin tourné dans la serrure et qu'était apparu sur le seuil l'homme même qu'elle espérait trouver.

Stupéfaite de se retrouver face à Fitzwarren père, elle n'avait pas réagi tout de suite.

Il avait avancé d'un pas vers elle, la faisant tressaillir. L'espace d'un instant, elle avait été à nouveau la jeune fille du cottage, celle qui avait vu ce monstre violer et tuer sa mère.

— Tu es parvenue à grimper hors de ta tombe ? J'aurais dû les laisser remplir le puits d'eau comme ils le voulaient. J'ai pensé qu'il serait plus amusant de te laisser crever de faim.

Il avait soudain pris un air songeur, avant de poursuivre :

— Je me disais bien que ton visage m'était familier. Ce n'est que ce soir, quand une servante que je troussais s'est défendue, que tout m'est revenu. Je n'oublie jamais une femme qui hurle quand je la baise, surtout si elle est aussi jolie que ta mère. Tu lui ressembles. Qui aurait cru que la petite morveuse rachitique deviendrait aussi ravissante ? Je dois reconnaître une qualité à Bruce : en matière de putains, il a bon goût.

— Ce n'était pas une putain, sale ordure ! avait hurlé Cate.

Elle avait crié comme un animal blessé. Sa haine de l'homme qui avait assassiné sa mère et la torturait avec ce souvenir effroyable l'avait consumée tout entière. Elle n'avait plus pensé qu'à tuer. Elle en avait oublié son entraînement et s'était laissé guider par ses émotions.

Hélas, comme dans un terrible cauchemar, sa tentative avec la dague avait été aussi vaine qu'avec la houe quinze ans plus tôt. Elle avait revécu le passé. Fitzwarren avait aperçu son arme une fraction de seconde trop tôt. Avant qu'elle ait pu lui planter sa lame dans le ventre à travers sa cotte de mailles, il avait paré le coup et bloqué sa main. La pointe effilée avait pénétré légèrement sa cotte avant que la dague ne tombe sur le sol.

Elle ne l'avait pas tué, mais elle l'avait piqué et surpris, ce qui lui avait donné le temps nécessaire pour s'écarter. Elle aurait pu s'enfuir, mais elle ne pouvait le laisser s'en tirer ainsi. Il devait payer. Elle n'était pas arrivée si près du but pour abandonner au dernier moment.

Elle avait bondi vers le couteau sur le sol. Une grave erreur. Fitzwarren avait écarté l'arme d'un coup de pied, puis lui avait asséné un coup de genou en plein menton, l'étourdissant un instant. Elle avait senti le sol vaciller sous ses pieds. Elle s'était ressaisie aussitôt, mais pas assez vite.

— Petite garce ! avait-il craché.

Il l'avait attrapée par l'épaule et lui avait passé un bras autour du cou, écrasant sa trachée avant qu'elle n'ait eu le temps de baisser le menton.

— Si je n'avais pas besoin de toi, tu serais déjà morte. Tu as de la chance que mes hommes et moi devions sortir d'ici.

Il l'avait traînée à l'extérieur, le bras toujours sur la gorge, la comprimant tellement qu'elle ne pouvait plus respirer. Elle avait agrippé son avant-bras, tiré dessus. Peine perdue. Les mailles en acier de sa cotte s'enfonçaient dans sa chair. Des étoiles dansaient devant ses yeux. Elle avait suffoqué, puis perdu connaissance.

Lorsqu'elle revint à elle, ils étaient dans la cour. Fitzwarren la poussait devant lui comme un bouclier, lui enserrant le torse et lui coinçant les bras le long du corps. Il enfonçait la pointe d'un couteau dans son dos. Des hommes couraient dans tous les sens autour d'eux. Dans un coin de la cour, elle aperçut Fitzwarren fils avec plusieurs autres soldats anglais.

Il lui fallut quelques secondes pour comprendre ce qui se passait. Le château avait été attaqué. Les Anglais et sir William se rendaient.

C'est alors qu'elle reconnut l'homme qui s'avançait vers eux.

— Lâchez-la !

Sa voix grave pénétra les profondeurs de sa mémoire.

— Pas si vite, répondit Fitzwarren. Où est ton chef ?

Soudain, il se raidit. Puis il émit un ricanement sinistre.

— Tiens, tiens, tiens... Décidément, c'est mon jour de chance. Ravi de vous revoir, « sir » Robert. Ça fait un bail. Justement, j'ai quelque chose qui vous appartient.

Fitzwarren la poussa vers la lueur d'une torche, sa lame s'enfonçant un peu plus dans sa chair. Elle lâcha un cri de douleur et sentit un filet de sang couler dans le bas de son dos.

Elle croisa le regard de son père.

— Caty Cate ? demanda-t-il d'une voix étranglée.

Il paraissait ahuri. Sous les traînées noires, son visage paraissait livide. Oubliant le danger, il fit un pas vers elle sans la quitter des yeux.

— Mon Dieu... Catherine, c'est bien toi ?

Il tendit la main vers elle.

Oh, Seigneur, non ! Elle sentit la lame s'écarter de son dos et comprit ce qui allait se passer. Dans son geste vers elle, Bruce venait d'exposer sa poitrine et Fitzwarren allait en profiter pour le poignarder.

Son instinct protecteur réagit au quart de tour. Elle était responsable. Elle aurait dû s'échapper quand elle en avait eu l'occasion. À présent, son père...

Je dois l'arrêter.

Dès que Fitzwarren desserra sa prise, elle réagit. Cette fois, elle se souvint de son entraînement. Reproduisant les leçons de Gregor, elle baissa légèrement la tête puis la rabattit brutalement en arrière dans la mâchoire de Fitzwarren. Sa coiffe en mailles amortit le choc, mais il fut suffisamment sonné pour lui laisser le temps de se contorsionner et de se libérer.

Il grogna de douleur et jura, mais il ne tenta pas de la retenir. Son attention était toujours concentrée sur Bruce, qui se trouvait à présent à portée de son bras.

Cate aperçut le reflet argenté de la lame que Fitzwarren plongeait vers le roi. La lame de sa dague, celle qui transperçait les mailles.

— *Non !*

Elle savait quoi faire. Gregor lui avait fait répéter les gestes tant de fois qu'ils étaient pratiquement devenus automatiques. Elle agrippa des deux mains le poignet de Fitzwarren, lui tordit la main en arrière et lui enfonça la lame dans la poitrine.

Elle vit la surprise dans ses yeux une seconde avant d'être elle-même projetée en avant par un violent coup dans le dos. La douleur raidit ses membres et, avec un air aussi stupéfait que celui de son ennemi juré, elle s'effondra avec lui sur le sol.

Écarte-toi et cours. C'était ce qu'il lui avait appris. Ce qu'elle était censée faire. Une fois libérée, Cate devait prendre ses jambes à son cou.

Dès qu'elle rabattit la tête en arrière et s'extirpa de l'étreinte du soldat, Gregor fut prêt. Il vit luire la lame du couteau et décocha la flèche qui sauverait la vie du roi. Au moment même où ses doigts lâchaient l'empenne, trop tard pour retenir le projectile, un mouvement le déconcentra.

Celui de Cate.

Il poussa un cri d'horreur en la voyant bondir en avant et se mettre sur la trajectoire de sa flèche.

Il comprit trop tard ce qu'elle avait voulu faire. C'était ce qu'il aurait fait, lui aussi. Elle avait un instinct de guerrière et il l'avait trop bien formée.

Il aurait voulu lui hurler de s'écarter, mais il était trop tard. Il crut que son cœur avait été arraché de sa poitrine et brûlait sous ses yeux tandis qu'il attendait l'inévitable.

Dévie. Je t'en prie, dévie.

Sa prière ne fut pas entendue. La flèche qui aurait dû se planter entre les deux yeux du soldat atteignit Cate alors qu'elle tentait de lui arracher son couteau des mains.

Il se précipitait déjà vers elle quand il entendit l'horrible impact, son hoquet de douleur puis le cri du roi. Un instant plus tard, Cate s'effondrait sur le sol.

Il aurait voulu mourir.

Toute la fierté qu'il aurait pu ressentir en voyant le soldat qu'elle avait poignardé, et visiblement tué, s'effondrer lui aussi fut noyée dans la peur qui glaçait son sang.

Il repoussa sans ménagement tous ceux qui se trouvaient en travers de son chemin.

Faites qu'elle n'ait rien. Je vous en supplie, faites qu'elle soit indemne. Je ne peux pas l'avoir…

Il refusa d'achever cette pensée et tituba en avant à travers le cercle qui s'était formé autour du roi. Celui-ci était tombé à genoux et tenait Cate dans ses bras. Elle avait la tête renversée en arrière, le visage exsangue, les yeux fermés. Elle paraissait…

— Cate ! hurla-t-il en se précipitant vers elle.

Le roi l'arrêta d'un geste.

— Cate ? répéta-t-il.

Le regard de Bruce brûlait d'une fureur qu'il ne lui avait encore jamais vue.

— Ne t'approche pas d'elle ! s'écria-t-il.

Gregor le dévisagea, interloqué.

— Mais c'est ma…

— Sais-tu ce que tu as fait ? l'interrompit le roi. Tu as tiré sur ma fille !

Les mots résonnèrent un moment dans le vide, puis Gregor chancela comme s'il avait reçu un coup de poing dans le ventre.

Sa fille ? C'était impossible !

Il avait dû parler à voix haute, car Bruce lui adressa un autre regard assassin.

— Tu crois que je ne reconnaîtrais pas ma propre enfant ? Tu m'avais dit qu'elle était morte. Pendant tout ce temps, j'ai cru que ma petite Catherine n'était plus de ce monde.

Il la serra contre lui, lui caressant les cheveux.

Le regard de Gregor allait de l'un à l'autre, remarquant les ressemblances qui, jusque-là, n'avaient qu'effleuré les marges de sa conscience. Les mêmes yeux sombres, les mêmes cheveux noirs, les mêmes moues entêtées, le même menton déterminé.

À côté de lui, il entendit Campbell marmonner :

— Je savais bien qu'elle me rappelait quelqu'un.

Gregor comprit soudain ce que cela signifiait. Il fut pris de colère contre l'homme qu'il avait toujours admiré.

— Père indigne ! Vous l'avez abandonnée !

Le regard de Bruce lui rappela qu'il s'adressait à son roi.

— Contre mon gré, répliqua-t-il. Je n'ai pas d'explications à donner à celui qui m'a fait croire à sa mort.

Gregor n'eut pas l'occasion de répondre. Bruce en avait terminé avec lui. Il souleva le corps inerte de Cate puis cria qu'on lui trouve un lit au plus vite et qu'on aille chercher le meilleur guérisseur de la ville.

Impuissant et anéanti, Gregor regarda s'éloigner l'homme qu'il avait considéré comme un père et qui emportait la femme qu'il aimait et qu'il avait peut-être tuée.

Non, il n'était pas impuissant. Il pouvait encore faire quelque chose. Il s'élança à la recherche de MacKay et le trouva dans la cour avec plusieurs autres membres de la Garde. À leurs mines consternées, il devina qu'ils avaient entendu au moins en partie sa conversation avec le roi. Peu lui importait pour le moment.

— Où est l'Ange ? demanda-t-il.

Elle l'avait autrefois ramené à la vie après qu'il avait eu la gorge transpercée par une flèche. Si quelqu'un pouvait sauver Cate, c'était bien Helen MacKay.

25

La flèche de Gregor ne l'avait pas tuée, mais la fièvre faillit s'en charger. Sans la jolie guérisseuse rousse arrivée quelques jours après l'accident, elle ne se serait sans doute jamais réveillée du délire dans lequel elle avait sombré.

Elle n'aurait jamais su la vérité. Oui, Cate devait beaucoup à Helen MacKay. Elle lui avait redonné vie et lui avait rendu son père. Le roi avait été à son chevet lorsqu'elle avait repris connaissance la première fois, avant que la fièvre ne s'empare d'elle. Il lui avait tout raconté.

Elle n'en croyait toujours pas ses oreilles. Il ne les avait pas abandonnées. C'était sa mère qui avait insisté pour qu'il garde ses distances. Elle voulait que son mariage réussisse et son fiancé, l'homme qui deviendrait le premier beau-père de Cate, avait été très jaloux du comte de Carrick. Sa mère avait pensé que, si son ancien amant s'effaçait, elles auraient toutes les deux plus de chances d'avoir une vie heureuse.

Elle avait juré de dire la vérité à Cate quand elle serait assez grande pour la comprendre. Pour une raison ou une autre, elle ne l'avait jamais fait. Peut-être avait-elle pensé que Cate avait oublié son vrai père ? Peut-être n'avait-elle pas voulu raviver d'anciennes plaies ? Peut-être avait-elle tant aimé Bruce qu'il aurait été trop douloureux pour elle qu'il reste dans les parages ? Cate ne le saurait jamais.

Son père n'avait jamais eu l'intention de s'absenter définitivement. Puis la guerre était arrivée. Il s'était battu puis avait été contraint de fuir pour sauver sa peau. Quand il était rentré en Écosse pour revendiquer le trône, le village de Cate avait été attaqué et il était trop tard.

Du moins l'avait-il cru. Elle eut beau lui répéter qu'elle avait menti à Gregor, Bruce reportait toute la responsabilité de leur longue séparation sur les épaules de son archer et rien de ce qu'elle put dire ne le fit changer d'avis. Bruce était aussi intransigeant que sa mère l'avait accusée d'être elle-même. Cate n'était pas d'accord. Elle, elle était raisonnable.

La servante achevait de nouer un ruban bleu au bas de sa tresse quand la bonne fée de Cate entra dans la chambre.

Habituée au regard pénétrant d'Helen, Cate lui laissa le temps de l'examiner de la tête aux pieds. Elle portait la chemise de nuit en lin fin et la robe de chambre en velours que son père lui avait offertes.

Satisfaite, Helen hocha la tête.

— Tu as meilleure mine. Le bain ne t'a pas fatiguée ?

— Bien au contraire, répondit Cate avec un sourire. Je me sens revivre. Mon épaule me fait à peine mal.

Helen plissa les yeux, devinant qu'elle mentait.

— Tu ne quitteras pas cette chambre avant plusieurs jours, douleur ou pas. Cela ne fait qu'une semaine. Tu as encore besoin de récupérer des forces. Tu m'as contrainte sous la menace à te laisser prendre un bain, je ne céderai sur rien d'autre.

Elle poussa un soupir en levant les yeux au ciel.

— Tu es vraiment comme ton père ! Lui aussi, c'est un patient insupportable.

Cate retint un sourire. Même si elle n'était pas flatteuse, la comparaison n'était pas pour lui déplaire.

Elle aurait été surprise que quiconque parvienne à forcer la main à Helen MacKay. En dépit de son apparence frêle, la guérisseuse avait une volonté de fer et, d'après ce que Cate avait pu voir, elle menait le roi à la baguette.

— J'espère ne pas avoir à te faire avaler tes légumes de force ?

Cate secoua la tête, se souvenant de l'aversion de son père pour tout ce qui poussait dans la terre ou sur les arbres.

— J'aime les légumes, sauf les betteraves, répondit-elle en fronçant le nez.

— Laisse-moi deviner : elles ont un goût de terre. J'ai déjà entendu ça quelque part. Hier soir, j'ai surpris le roi en train de donner en douce aux chiens les carottes que je lui avais préparées spécialement. Aux chiens, tu te rends compte ?

Elle s'approcha de Cate, assise au bord d'un coffre en bois, et demanda à Lisbet :

— Tu as été prudente ?

Lisbet hocha timidement la tête.

— Lisbet a scrupuleusement suivi toutes tes instructions, intervint Cate. Mes bandages n'ont pas été mouillés.

— Tant mieux, répondit Helen. À présent, retour au lit. Il y a quelqu'un qui demande à te voir.

Cate se raidit.

Comme elle lui tenait le bras, Helen sentit sa réaction et la rassura :

— Il s'agit de ton père.

Cate se détendit aussitôt. Elle pouvait lire la requête tacite dans le regard de la guérisseuse, mais décida de ne pas en tenir compte. Helen ne comprenait pas son refus de voir Gregor et Cate était trop fière pour éclairer sa lanterne. Helen respectait son souhait, c'était tout ce qui importait.

La jeune femme était mariée à Magnus MacKay (que Cate soupçonnait d'être un Fantôme). C'était Gregor qui était allé la chercher. Même si elles n'en parlaient pas, Cate soupçonnait un lien fort entre eux. Elle le voyait dans les yeux de la guérisseuse chaque fois qu'elle refusait de voir son ancien fiancé. Helen avait manifestement beaucoup d'affection pour lui.

Connaissant Gregor, Cate avait une petite idée de la nature du lien en question. La pointe de jalousie qu'elle ressentait lui donnait un aperçu de la vie qu'elle aurait eue en l'épousant. Quoi qu'il en soit, elle était reconnaissante envers Helen. Elle lui devait la vie.

Soutenue par les deux femmes, Cate gagna son lit et s'efforça de ne pas grimacer lorsqu'elles calèrent des oreillers dans son dos.

La flèche s'était plantée dans son omoplate gauche. Comme le moindre mouvement du bras était extrêmement douloureux, Helen le lui avait mis en écharpe, ce qui la soulageait considérablement. Néanmoins, elle se rendait compte qu'il faudrait un certain temps avant qu'elle soit totalement rétablie et retrouve toute sa mobilité.

Helen lui avait dit qu'elle avait eu de la chance d'être petite. Quelques centimètres de plus et la flèche aurait transpercé son cœur ou son poumon.

Cate s'était gardée de la corriger. La flèche de Gregor avait bien atteint son cœur, mais quelques semaines avant l'attaque de Perth ; et elle avait fait beaucoup plus de dégâts que la seconde.

Helen l'assurait qu'elle serait remise sur pied dans quelques semaines, à condition qu'elle se ménage et que la fièvre ne revienne pas.

— Je peux le faire entrer ? demanda Helen. Quand je suis arrivée, il faisait les cent pas nerveusement dans l'antichambre.

Cate se mit à rire.

— Oui, il ne faut jamais abuser de la patience d'un roi.

Pendant qu'Helen allait le chercher, Cate arrangea la couverture en fourrure autour d'elle. Il y avait un feu dans la cheminée, les murs en pierre étaient couverts de tapisseries et les deux fenêtres étaient protégées par des vitres. Même ainsi, le mois de janvier dans les Highlands était rude et des courants d'air glacés s'infiltraient dans la chambre au sommet du donjon.

Quelques instants plus tard, la porte s'ouvrit et le roi d'Écosse pénétra dans la pièce. Il l'examina presque aussi intensément qu'Helen un peu plus tôt, avant de se fendre d'un large sourire.

— Ah, Caty, ce que tu ressembles à ta mère ! Cela fait resurgir tant de souvenirs en moi. Tu es devenue une vraie beauté.

Elle rougit. Tout en sachant qu'il exagérait, elle ne pouvait qu'être flattée. Sa mère avait été très belle et même lui ressembler vaguement était un honneur.

Il s'assit à côté d'elle sur le bord du lit. Quinze ans de guerre l'avaient vieilli. Son visage était marqué et plus dur que dans son souvenir. La mort de ses frères et d'innombrables amis, l'emprisonnement de son épouse, de sa sœur et de sa fille y étaient pour beaucoup. Cependant, quand il souriait et que ses yeux pétillaient de malice, il redevenait le fringant chevalier qui avait empli leur petit cottage de chaleur et de rires.

Il prit son menton entre ses doigts et orienta son visage vers la lumière qui filtrait par les fenêtres.

— Tu vas mieux. Il me semble voir un peu de couleur sur tes joues.

— Le bain m'a fait le plus grand bien. Dès que je serai autorisée à sortir, je retrouverai mon teint de rose.

Il sourit, levant une main pour repousser sa requête implicite.

— Ne me demande pas d'intervenir, c'est entre toi et Helen. Elle m'a déjà suffisamment houspillé. Il paraît que notre dernière conversation t'a mise dans tous tes états.

Cate retint son souffle.

— Sir William n'a rien ?

Il fit une moue de dépit.

— Non, grâce à toi. Sans ton plaidoyer, le traître aurait été droit au gibet. Au lieu de ça, il sera banni dans les îles afin que je ne me retrouve plus jamais face à lui.

Soulagée d'apprendre que la vie du vieux guerrier avait été épargnée, Cate se renfonça dans ses oreillers. Elle savait déjà ce qui était arrivé aux autres. Les Anglais avaient été libérés et renvoyés chez eux de l'autre côté de la frontière, sauf les Fitzwarren. Le fils avait été tué lors du bref assaut ; quant au père, elle s'en était chargée elle-même. Elle ne le regrettait pas, sans pour autant ressentir la satisfaction attendue. Elle se souvenait de la mise en garde de Gregor. Elle avait tué, et, même si cela avait été nécessaire, elle en porterait la marque.

— Qui aurait cru qu'un petit bout de femme comme toi saurait aussi bien se battre ? déclara Bruce avec un sourire malicieux. Tu tiens plus de moi que de ta mère. Ne crois pas que je ne te sois pas reconnaissant, mais tu n'aurais pas dû. Tu aurais pu te faire tuer !

Sachant qu'ils ne seraient jamais d'accord sur ce point, elle préféra changer de sujet. Ils discutèrent de choses et d'autres pendant quelques minutes, puis il en vint enfin au but de sa visite.

— As-tu changé d'avis ?

Elle s'arma de courage et soutint son regard.

— Non, et je n'en changerai pas. Pour rien au monde je ne voudrais épouser Gregor MacGregor.

— Pourtant, vous étiez fiancés. Il m'a dit que tu l'aimais.

Elle tourna la tête. Bien qu'elle se soit juré de ne plus verser une larme pour ce scélérat, elle sentit ses yeux piquer.

— Je vous en prie, n'en parlons plus. Disons simplement que les fiançailles ont été rompues. Si je l'ai aimé un jour, ce n'est plus le cas.

Elle n'eut pas le temps d'en dire plus car, au même moment, la porte s'ouvrit avec fracas et l'homme qu'elle ne voulait surtout pas voir fit irruption dans la pièce.

— Comment ça, « si » tu m'as aimé un jour ?

Cate sursauta, pas tant à cause de son entrée fracassante que de son aspect. Dire qu'il paraissait « négligé » était un euphémisme. Il avait les yeux rouges et soulignés de profonds cernes, ses cheveux étaient hirsutes et il ne s'était pas rasé depuis une bonne semaine. Le « plus bel homme d'Écosse » avait piètre allure.

Le roi bondit sur ses pieds, furieux.

— Je t'avais dit de m'attendre à l'extérieur !

Gregor ne lui adressa pas un regard, il fixait Cate. Leurs regards se rencontrèrent et elle vit dans le sien un immense soulagement accompagné d'une profonde tristesse. Puis, quand elle tourna sèchement la tête, elle sentit la chaleur de sa colère et de sa frustration.

— Je n'en peux plus d'attendre ! Cela fait des jours qu'elle refuse de me voir. Cate... « Catherine », reprit-il avec sarcasme, je dois te parler.

— Tu lui parleras si elle le souhaite et quand elle l'aura décidé, pas avant, intervint son père. Dois-je te rappeler que tu n'es ici que sur l'insistance d'Helen ? Si cela ne tenait qu'à moi, tu serais dans le Sud avec les autres.

Gregor pinça tellement les lèvres qu'elles blêmirent.

Le regard de Cate alla de l'un à l'autre, remarquant la tension qui avait remplacé le respect et l'admiration mutuels.

Même si elle mourait d'envie d'envoyer Gregor au diable, elle ne le pouvait pas. Il n'y avait peut-être plus rien à sauver de leur relation, mais elle ferait de son mieux pour réparer celle du roi et de son archer favori. Elle savait à quel point l'approbation de son souverain comptait pour Gregor. Quoi qu'il lui ait fait, elle ne pouvait pas la lui enlever. Elle ne dirait jamais à son père la manière dont il l'avait trahie. Gregor n'était sans doute pas le genre d'homme qu'un roi voulait pour gendre, mais il avait besoin de lui.

Elle posa une main sur le bras de son père.

— Ce n'est rien, je vais lui parler.

Il hésita. Elle ignorait ce qu'il savait exactement de leurs dissensions, mais, vu son regard, il avait deviné le plus gros de l'histoire.

— Tu n'as pas besoin de le faire si tu ne t'en sens pas la force, dit-il d'un air inquiet. Je ne veux pas que tu te fatigues.

Il lança un regard torve vers Gregor.

— Tout va bien, le rassura-t-elle.

Puis, tournant un visage de marbre vers l'homme qui lui avait brisé le cœur, elle ajouta :

— Cela ne prendra pas longtemps.

Gregor sentait sa vie suspendue à un fil. Depuis l'instant où il avait décoché sa flèche, il vivait un supplice constant. Avoir été à un cheveu de tuer la femme qu'il aimait l'avait plongé dans un abîme de désespoir et de panique.

Durant les heures les plus sombres de la fièvre de Cate, il avait cru perdre la raison. Avec l'aide de son mari, Helen avait dû le droguer pour le forcer à dormir.

Il avait passé des journées entières à prier dans la chapelle. Ses prières avaient été exaucées lorsque Helen était venue lui annoncer que la fièvre baissait. Il avait alors attendu que Cate le demande et avait été stupéfait, puis furieux, d'apprendre qu'elle refusait de le voir.

Comment pouvait-elle lui faire ça alors qu'elle lui avait menti sur son identité ? Il avait encore peine à croire que sa petite « pupille » était la fille naturelle du roi. Ce dernier fulminait contre lui, le tenant pour responsable des années où il l'avait crue morte, alors qu'ils savaient tous les deux qu'il n'y était pour rien. Gregor n'en était pas moins coupable. Il avait pris l'innocence de sa fille et il redoutait le moment où il confirmerait à Bruce ce qu'il soupçonnait déjà.

Bon sang, pourquoi ne lui avait-elle rien dit ? Cate lui devait des explications, mais, s'il y avait une chose dont il était certain, c'était qu'ils se marieraient.

Il s'efforça de contrôler les émotions qui le tiraillaient pendant que le roi prenait tout son temps pour quitter la chambre, ce qu'il fit enfin en lui lançant un dernier regard de mise en garde.

Helen avait eu pitié de lui et l'avait laissé entrevoir Cate pendant que le roi avait le dos tourné, mais c'était la première fois qu'ils se retrouvaient seul à seul dans une pièce depuis des semaines. Elle était ravissante et si merveilleusement vivante qu'il ne savait pas s'il devait tomber à genoux et remercier le ciel ou la prendre dans ses bras et la secouer jusqu'à ce qu'elle lui jure de ne plus jamais lui flanquer une telle frousse.

Il avait été terrifié de la perdre. De fait, il l'était toujours, ce qui le rendait totalement furieux. Elle semblait complètement ignorer son tourment. Pire, elle avait presque l'air de s'ennuyer. Elle s'ennuyait alors qu'il était à bout de forces !

Elle tourna vers lui un regard parfaitement neutre.

— Tu voulais me dire quelque chose ?

Sa nonchalance le hérissa. Il rejoignit le lit en quelques enjambées, la regardant de haut. Il aurait voulu la prendre dans ses bras, mais, se rappelant sa blessure, il laissa tomber ses mains le long de son corps.

— Et comment, j'ai quelque chose à te dire ! Nous avons quelques points à mettre au clair, « Catherine ».

— C'est-à-dire ?

Il se pencha afin que leurs yeux soient à niveau. Le parfum de lavande qui emplit ses narines était si doux et si familier qu'il faillit la serrer contre lui en dépit de sa blessure. Son regard froid et indifférent l'en empêcha.

— D'une part, le nom que tu veux faire figurer sur notre contrat de mariage, parce que, en dépit de ce que tu viens de dire à ton père, nous nous marierons, que cela te plaise ou pas.

Il laissa son regard se promener sur son corps avant d'ajouter :

— Je n'ai pas besoin de te rappeler pourquoi.

Il se comportait comme un sot et il le savait. Mais elle le provoquait avec son indifférence ! À rester assise comme si elle se souciait de lui comme d'une guigne, comme si elle n'avait aucune envie qu'il la prenne dans ses bras alors que lui pouvait à peine se retenir.

Elle arqua un sourcil.

— Comme tu es bien placé pour le savoir, la fornication n'entraîne pas nécessairement le mariage.

Elle avait vraiment l'art de lui faire bouillir le sang.

— Enfin, Cate, tu ne vas même pas t'excuser de m'avoir menti sur ton père ?

— Et toi de m'avoir caché le nom de l'homme qui a assassiné ma mère et a tenté de me tuer ?

Il tiqua. Un point partout.

— Je cherchais à te protéger.

— Tu ne me faisais pas confiance, répondit-elle un peu trop calmement. Je comprends, crois-moi. Tu me l'as démontré avec beaucoup d'efficacité.

Il savait ce qu'elle voulait dire et comprenait sa colère. Il l'avait méritée.

— Je suis navré de ne pas t'avoir crue.

Il lui raconta les aveux de Pip, omettant la partie où le jeune homme avait tenté de le poignarder.

— J'aurais dû te faire confiance, conclut-il. J'aurais dû savoir que tu ne m'aurais jamais piégé. Je le savais, au fond de moi, mais j'étais trop fier pour t'écouter.

Il s'interrompit, attendant une réaction. Il venait de s'excuser, pourquoi ne disait-elle rien ? N'était-elle pas satisfaite qu'il ait reconnu son innocence ?

De plus en plus mal à l'aise, il reprit :

— La situation avec Bruce est un peu tendue. Tu aurais dû me le dire, même si je comprends pourquoi tu n'en as rien fait, compte tenu de ce que tu pensais de lui. Cela n'aurait rien changé pour moi. Je te désirais trop, et je te désire toujours autant. Une fois sa colère passée, je ne pense pas qu'il s'opposera à notre union. Il n'y a aucune raison pour que nous ne puissions pas nous marier devant un prêtre. Helen m'a dit que tu n'étais pas enceinte, mais...

— Comment oses-tu ? explosa-t-elle.

Il recula légèrement, pris de court par sa virulence.

— Que je sois enceinte ou pas ne te concerne pas ! Et tu n'as aucun droit d'en discuter avec ton ancienne...

Elle fronça les lèvres, préférant ne pas prononcer le mot.

— Helen est mon amie, rien de plus. Elle m'a sauvé la vie il y a quelques années. Elle attend un enfant, ce qui m'a fait craindre que ce soit également ton cas. Ne lui en veux pas. Elle cherchait seulement à m'aider, j'étais... en piteux état.

Elle soutint son regard, semblant se demander si elle devait le croire ou pas.

— Ça n'aurait rien changé, dit-elle enfin. Cela ne m'aurait pas incitée à t'épouser. Rien ne m'inciterait à t'épouser. Je préférerais que mon enfant soit traité de bâtard plutôt qu'il ait un père comme toi.

Gregor s'était préparé à essuyer sa colère. Elle était justifiée. Il avait eu un comportement odieux et aurait dû lui faire confiance. Mais il ne s'était pas attendu à une telle animosité.

Peut-être sa plaie était-elle plus douloureuse qu'il ne l'avait cru ? Il s'assit sur le bord du lit et tenta de lui prendre la main.

— Je suis sincèrement désolé, Cate. Je n'ai pas fait exprès de te tirer dessus. Tu étais censée t'écarter. Je n'ai jamais voulu te faire de mal.

Elle se mit à rire, le déroutant totalement.

— Vraiment ? La flèche était accidentelle, d'accord, mais pourquoi es-tu allé à la taverne si ce n'était pour me blesser ? Tu pensais que me démontrer que je n'étais rien pour toi ne serait pas douloureux ? Je t'aimais, Gregor. De tout mon cœur. Pire, je croyais en toi. Et comment m'as-tu récompensée ? En couchant avec la première femme qui a croisé ton chemin.

— Je n'ai pas couché avec une femme.

— Ne mens pas ! s'écria-t-elle. Je t'ai vu.

— Comment as-tu pu me voir puisqu'il ne s'est rien passé ?

— Je t'ai suivi à la taverne. Je t'ai vu monter l'escalier avec Maggie. Je vous ai vus dans la chambre.

L'horreur, la honte et la panique l'envahirent. Dieu du ciel, qu'avait-elle vu au juste ? Beaucoup trop, à en juger par son expression.

Comment lui faire comprendre ?

— Il ne s'est rien passé, Cate. Je te le jure. Je ne l'ai pas prise dans mon lit.

— En effet, ce que vous faisiez ne nécessitait pas de lit.

Elle marqua une pause, puis ajouta dans un sanglot :

— Je l'ai vue te prendre dans sa bouche, Gregor. J'ai *tout* vu.

Gregor crut défaillir en imaginant ce qu'elle avait enduré. Que devait-elle penser ? Ce qu'il avait fait était inexcusable.

Il lutta de toutes ses forces pour s'accrocher à elle, pour ne pas la laisser lui glisser entre les doigts. C'était comme essayer d'attraper un nuage qui flottait loin de lui.

— J'ai voulu le faire, Cate, mais je n'ai pas pu. C'était terriblement mal, je le sais, mais je t'assure que je l'ai repoussée au bout de quelques instants. J'ai vomi, puis j'ai perdu connaissance. Quand je me suis éveillé, j'ai compris ma terrible erreur. Je comptais tout te raconter. J'ai su alors que je t'aimais et que je ne voulais aucune autre femme que toi. Tu avais raison, mon cœur.

Elle essuya rageusement ses larmes.

— Et à quel moment as-tu eu cette révélation ? Avant ou après l'avoir laissée s'agenouiller devant toi ? Dois-je être soulagée que tu te sois arrêté ?

Devrais-je te donner une médaille pour ne pas avoir terminé ce que tu avais commencé ? Parce que tu n'es pas allé au bout, ce n'est pas une trahison ? Et si tu m'avais trouvée dans les bras d'un autre ? S'il m'avait embrassée et caressée ? Cela aurait-il changé quelque chose pour toi que je ne ressente pas de plaisir ?

— Si un homme t'avait touchée, je l'aurais tué ! explosa-t-il.

— Même si j'avais voulu qu'il me touche ? Même si c'était pour prouver mes sentiments pour toi ?

— C'est absurde. Tu m'aimes. Ce n'est pas comme ça qu'on...

Il s'interrompit.

— Exactement, conclut-elle. Ce n'est pas comme ça qu'on prouve quoi que ce soit, et encore moins son amour.

Elle se tut un moment, puis reprit :

— J'ai cessé de lutter pour quelque chose qui n'existe pas. Ton père avait peut-être raison, finalement. Peut-être n'es-tu rien d'autre qu'une jolie façade. Tu as passé tout ce temps à devenir un guerrier exceptionnel, à te barder de muscles, mais, au fond de toi, là où ça compte, tu es faible.

Il chancela, ses paroles rouvrant de vieilles blessures qu'il avait crues cicatrisées depuis longtemps. *Un faible*. Il n'était qu'un moucheron écrasé sous son talon. Pire, il ne pouvait s'en prendre qu'à lui-même. De toutes les erreurs qu'il avait commises (et elles étaient nombreuses), celle-ci était la plus destructrice. Il avait tenu un trésor dans le creux de sa main et il l'avait jeté par la fenêtre.

Seigneur, qu'avait-il fait ? Il était devenu celui qu'il ne voulait pas être. Elle avait cru en lui et il l'avait déçue. Il se dégoûtait.

Il n'en avait pas le droit, mais il demanda quand même :

— Pardonne-moi, Cate. Je me suis égaré. Si tu veux bien, je passerai le reste de ma vie à te montrer à quel point je regrette et combien je t'aime.

Elle soutint son regard. L'espace d'un instant, il crut qu'elle lui donnerait une seconde chance.

Il lui avait fait trop de mal. Elle détourna la tête, lui répondant par son silence.

Refusant d'accepter la vérité qui sautait pourtant aux yeux, il tenta la seule chose qui lui vint à l'esprit. Lorsqu'il posa ses lèvres sur les siennes en espérant ranimer leur amour, il sentit sa chaleur, sa douceur, son goût de menthe, mais il manquait l'essentiel : son enthousiasme. Elle ne voulait pas qu'il l'embrasse. Elle ne voulait pas de lui.

Ils ne vivaient pas dans un conte de fées. Un baiser ne pouvait panser les plaies ni réparer ce qui était brisé.

Peut-être leur amour n'était-il plus réparable, mais il était prêt à tout pour essayer de se racheter.

26

Dès qu'Helen déclara Cate en état de voyager, les deux femmes et une escorte royale prirent la route du château de Dunstaffnage, dans le comté de Lorn, sur la côte ouest de l'Écosse. Une grande partie de l'armée, y compris son père, était partie au sud dans le Galloway pour rejoindre la bataille contre les MacDowell. Une autre partie, plus petite, restait à Perth afin d'aider au démantèlement du château, conformément à la politique de Bruce qui était de détruire les forteresses d'Écosse afin qu'elles ne soient plus utilisées contre lui.

Outre Cate et Helen, une quarantaine d'hommes embarquèrent à bord du *birlinn* qui descendit le Tay jusqu'à son estuaire, remonta la mer du Nord en longeant la côte du comté de Sutherland, puis entra dans l'Atlantique. Le capitaine n'était autre qu'Erik MacSorley (elle comprit pourquoi son nom de guerre était « le Faucon » dès qu'elle vit son navire). L'escorte incluait également d'autres Fantômes, dont son terrifiant cousin, Lachlan MacRuairi, le redoutable Tor MacLeod, Arthur Campbell et, pour sa plus grande irritation, Gregor.

Le château royal de Dunstaffnage était tenu par Arthur Campbell et son épouse Anna. Toutefois, la plupart des grandes forteresses d'Écosse étant encore occupées par les Anglais, notamment celles d'Édimbourg, de Stirling, de Berwick et de Roxburgh, il accueillait provisoirement la cour royale. À ce titre, c'était une véritable ruche grouillant de courtisans et de nobles.

Pour la première fois de sa vie, Cate était ouvertement reconnue comme la fille du roi. Outre l'interminable défilé de nobles curieux de la connaître, il y eut des banquets en son honneur, elle reçut de belles robes de « princesse » et même un bandeau incrusté de pierreries le jour de son vingt et unième anniversaire.

Son père semblait vouloir compenser en quelques semaines les quinze années qu'ils avaient perdues. Elle pensait également qu'elle lui servait de substitut aux membres de sa famille toujours retenus en captivité. Elle n'était pas l'unique enfant naturel du roi. Elle avait hâte de faire la connaissance de deux de ses cinq demi-frères et sœurs au cours des semaines à venir.

Il s'avérait qu'elle avait une famille, après tout. Néanmoins, elle n'oubliait pas ceux qu'elle avait laissés derrière elle et sa promesse de s'assurer qu'ils ne manquaient de rien. C'était l'unique requête qu'elle avait présentée à son père. Il avait juré d'y veiller. Dès que cela serait possible, elle pourrait voir Pip, Eddie et Maddy.

Bien que ravie d'être au centre de tant d'attentions, elle trouvait parfois cela écrasant, voire intimidant. Elle craignait toujours de dire ou de faire une bêtise. En dépit de ses tentatives de se « comporter comme une dame » pour plaire à Gregor, elle n'était pas habituée aux conventions, aux attentes et aux coutumes de l'aristocratie. À cet égard, les conseils de lady Anna lui étaient d'un grand secours.

Néanmoins, trois semaines après son arrivée à Dunstaffnage, elle commençait à regretter la liberté dont elle avait joui à Dunlyon, et avait hâte de reprendre son entraînement. Bouger son bras était encore douloureux, mais, si elle continuait à passer des heures à faire semblant de coudre, ses aptitudes au combat finiraient par s'atrophier complètement. Bien que son père soit très fier de ce qu'elle avait fait pour le sauver, elle ignorait comment il réagirait si sa fille s'entraînait avec ses guerriers. En outre, elle savait déjà qui insisterait pour surveiller sa formation.

Gregor avait gardé ses distances et n'avait pas essayé de lui parler depuis leur conversation dans sa chambre à Perth. Néanmoins, il était toujours présent dans le décor, tel un nuage noir et menaçant, surveillant ses moindres faits et gestes. Les autres Fantômes avaient rejoint Bruce à Galloway, mais pas lui. Elle ignorait si c'était son choix ou celui de son père.

Dans un cas comme dans l'autre, cela la contrariait. Lorsqu'elle discutait agréablement avec un charmant compagnon de table (il y avait une douzaine de jeunes chevaliers et seigneurs invités par son père au château), une servante venait interrompre la conversation, ou bien la musique cessait brusquement. Elle le surprenait alors dans un coin, la fixant avec un de ses regards ténébreux et dangereux qu'il maîtrisait si bien.

Elle devait avouer qu'à une ou deux reprises (peut-être un peu plus), elle l'avait provoqué en charmant ouvertement son voisin de table. En songeant au nombre de fois où elle l'avait vu en faire autant, elle trouvait plutôt amusant d'inverser les rôles.

Mais même ce petit jeu avait fini par la lasser. Toutefois, après lui avoir demandé à maintes reprises de la laisser tranquille, il était clair qu'il ne l'écouterait pas. Elle avait donc opté pour la seule solution et l'avait ignoré.

Ce n'était pas très efficace. Elle avait beau faire semblant de ne pas le voir, elle était toujours consciente de sa présence. Si seulement il voulait bien disparaître, elle pourrait reprendre le cours normal de sa vie, l'oublier et passer à autre chose.

Il lui avait brisé le cœur, non ?

Elle ne pouvait s'empêcher de remarquer que le charmant coquin n'était plus si charmeur. Depuis leur arrivée, elle ne l'avait vu parler avec aucune femme hormis Helen et lady Anna. Il n'en avait pas le temps, étant trop occupé à l'observer ou à intimider quiconque s'approchait d'elle.

Jour après jour, il était là, tel un garde du corps. Sombre, austère, un peu voyou sur les bords avec l'allure de brigand débraillé qu'il semblait avoir adoptée, mais toujours l'homme le plus beau qu'elle avait jamais vu.

Parfois, la nuit (ou plutôt *souvent* la nuit), elle repensait au reste. À la douceur d'être dans ses bras ; au délice de le sentir en elle ; à la possessivité de ses mains sur son corps. Elle se souvenait de la chaleur de sa bouche, de sa langue, de son goût mentholé. Elle se rappelait la manière dont ses jambes s'affaiblissaient chaque fois qu'il l'embrassait.

Elle avait encore la nausée quand elle repensait à la scène dans la taverne, mais elle avait été plus soulagée par ses aveux qu'elle ne voulait l'admettre. Il s'était arrêté. Un peu tard, sans doute, mais il n'avait pas été jusqu'au bout. Cela voulait dire quelque chose, non ?

Juste ciel, que lui prenait-il ? Elle était idiote. Elle ne pouvait faiblir. Il ne méritait pas son pardon.

Pourquoi ne la laissait-il pas tranquille ?

Elle avait redoublé ses efforts pour l'oublier. Ce dont elle avait besoin, c'était d'une distraction. Elle avait pensé en trouver une parmi la horde de jeunes chevaliers et de seigneurs que son père avait rameutée au château, sans doute pour qu'elle fasse son choix.

La veille, elle avait dansé avec tous les jeunes célibataires qu'elle avait pu trouver et fait une première sélection. Le lendemain, deux d'entre eux avaient inexplicablement disparu et le troisième, sir David Lindsay, l'un des chevaliers les plus réputés de son père, avait un méchant œil au beurre noir, entre autres contusions et entailles au visage.

Devinant qui en était responsable, elle lança un regard vers le coin où se tenait son garde du corps autoproclamé. Pour une fois, il n'était pas seul. Il parlait à son père, qui venait de rentrer de Galloway. « Parler » était un faible mot. À voir la tête de son père, il s'agissait plutôt de remontrances.

Elle devina aisément pourquoi. Même depuis l'autre bout de la salle, elle pouvait voir que le nez de Gregor avait doublé de volume et présentait une grosse bosse à sa base.

Elle aurait trouvé drôles ses tentatives de saboter ses amourettes comme elle l'avait fait elle-même autrefois, si elle n'avait été épuisée par ses efforts pour l'ignorer. Cela avait trop duré. Son gardien et elle allaient avoir une petite discussion.

Bombant le torse, prête au combat, elle traversa la salle.

Il y avait une raison pour laquelle on appelait ça « faire pénitence ». Ce n'était pas censé être facile, mais douloureux. Et Dieu que ça l'était !

Se tenir dans l'ombre pendant que Cate s'épanouissait telle une rose au soleil, l'observer briller et captiver tout le monde autour d'elle (pas parce qu'elle était la fille du roi, ni parce qu'elle était la créature la plus adorable qu'il avait jamais vue dans ses habits de princesse, mais par le seul charme de sa personnalité), revenait à se flageller, à porter une haire et à s'infliger toutes sortes d'autres tortures de moine.

Avait-elle besoin de sourire autant ? Elle était beaucoup trop irrésistible quand elle souriait.

Ne pas intervenir et ne pas flanquer son poing dans la figure de tous ces hommes qui rivalisaient pour attirer son attention ou osaient rêver de la toucher était le pire supplice qu'il avait jamais enduré.

Néanmoins, elle méritait d'être admirée et, dût-il s'enchaîner dans un coin de la salle, il veillerait à ce qu'elle reçoive toute l'attention qui lui était due.

Bruce semblait être parvenu à la même conclusion.

— Tu as de la chance que je ne te fasse pas jeter au cachot pour avoir agressé Lindsay.

— Ce bâtard l'avait bien cherché.

— Ce « bâtard » est l'un de mes meilleurs chevaliers et il n'a rien fait d'autre que danser avec elle.

Gregor serra les dents. Lindsay avait fait bien plus. Il avait lorgné le décolleté de Cate pendant au moins trois secondes. Trois ! Gregor les avait comptées.

Il pouvait s'estimer heureux de ne pas avoir les *deux* yeux au beurre noir et quelques côtes cassées.

Bruce le dévisagea attentivement.

— Au moins, il t'a rendu la monnaie de ta pièce, déclara-t-il avec une certaine satisfaction. Tu n'es plus si joli. Tu espères reconquérir ma fille avec cette tête ?

— Cate se moque pas mal de ce genre de détails.

Elle l'aimait pour ce qu'il était. Il ferait tout son possible pour s'en montrer digne.

— Je l'espère pour toi. Recommence et je te bannis aux Hébrides. Tu pourras être le plus bel homme de l'île de Saint-Kilda.

Il rit de sa propre plaisanterie, puis lança un regard vers son nez cassé et grimaça.

— Je savais que c'était une mauvaise idée. Je n'aurais jamais dû accepter de te laisser ici. Nous avions besoin de toi dans le Sud.

Gregor ressentit une pointe de remords, puis il la repoussa. Il était le seul membre de la Garde à ne pas avoir assisté à la chute des MacDowell.

— J'avais besoin d'être ici, répondit-il.

Avec Cate.

— Ton frère est bon, mais il n'est pas toi.

Gregor n'était pas sûr d'être lui-même non plus. Il n'avait plus touché à un arc depuis qu'il avait blessé Cate.

— John s'améliorera.

Son frère méritait qu'on lui laisse sa chance. Pendant trop longtemps, il s'était occupé des devoirs de Gregor à sa place. Gregor était laird et il était grand temps qu'il se comporte comme tel.

Le roi lui lança un regard de biais.

— J'espère que tu sais ce que tu fais. Je ne suis pas convaincu qu'elle te reprendra ni que tu mérites d'être pardonné après ce que tu m'as raconté.

Gregor pinça les lèvres. Afin d'obtenir l'accord du roi, il avait été contraint de lui raconter ce qui s'était passé, dans les grandes lignes. Cela avait été risqué, mais il s'en était sorti avec toutes les parties de son anatomie intactes. Bruce n'avait jamais été fidèle, mais il ne tolérait pas le moindre écart quand il s'agissait de sa propre fille. Raisonnement illogique ou pas, ses craintes n'étaient pas fondées. Cate aurait sa loyauté et sa fidélité à vie, si elle l'acceptait.

— Si jamais tu lui fais à nouveau du mal, je te trancherai la gorge moi-même, le prévint Bruce.

Voyant l'expression de la femme qui se dirigeait vers eux, Gregor répondit d'un ton ironique :

— Vous n'en aurez pas besoin.

La princesse daignait enfin lui parler.

Le roi sourit en apercevant sa fille, une lueur de fierté dans les yeux.

— Si elle n'avait pas été aussi ravissante, j'aurais presque préféré qu'elle soit un garçon. J'aurais fait d'elle le meilleur chevalier du royaume.

Gregor n'en doutait pas, mais il la préférait nettement en femme. « Sa » femme.

Elle s'arrêta devant eux avec un air outré. Elle lui lança un regard noir, puis se tourna vers son père, se hissa sur la pointe des pieds et déposa un baiser sur sa joue.

— Tu t'amuses bien, Caty ? lui demanda Bruce. Je suis navré de ne pas avoir été là pour ton anniversaire, mais j'espère que la fête d'aujourd'hui me fera pardonner.

— Elle est parfaite, père. Merci.

Après un autre regard noir vers Gregor, elle toucha le bandeau sur sa tête.

— Et merci aussi pour le bandeau. Il est magnifique.

Gregor lança un regard au roi, l'implorant de ne rien dire. Pour une fois, Bruce en tint compte et changea de sujet :

— J'ai demandé aux cornemuseurs de ne jouer que des quadrilles ce soir après le dîner. (Il lança un regard narquois vers Gregor.) Un invité de marque vient d'arriver et a demandé à être assis à côté de toi pendant le dîner. Je ne crois pas que tu aies déjà rencontré le fils de ma demi-sœur Isabel, sir Thomas Randolph ?

Gregor ravala un juron. Ce sadique de Bruce jouait avec ses nerfs.

— Non, répondit Cate. Mais j'ai entendu parler de lui, bien sûr.

— Je n'en suis pas surpris, dit Bruce. Il s'est forgé une très belle réputation sur le champ de bataille… et ailleurs. C'est le favori des dames à la cour. N'est-ce pas, Gregor ?

Gregor sourit sans desserrer les dents.

— Mmmoui… C'est ce qu'on dit, en effet.

Ce débauché de Randolph ? Il était bien plus libertin que lui-même ne l'avait jamais été. Gregor n'avait jamais compris l'engouement pour ce poseur. Son armure était tellement lustrée qu'on se voyait dedans. Le fait que Cate soit une cousine éloignée n'empêcherait pas ce jeune pédant de la courtiser outrageusement.

La soirée promettait d'être longue.

— Si ça ne vous ennuie pas, père, j'aimerais toucher deux mots à mon vieux tuteur.

Gregor tiqua. Il n'avait que trente et un ans ! Du reste, il ne demandait qu'à lui prouver qu'il était plus vigoureux qu'un jouvenceau.

À voir sa mine réjouie, le roi s'amusait bien.

— Ne tarde pas trop, ma chère. Voici justement Randolph. Il ne faudrait pas le faire attendre.

— Je n'en ai que pour quelques minutes.

Le sourire charmant qu'elle adressa à son père se transforma en grimace figée lorsqu'elle se tourna vers Gregor.

Dès que Bruce se fut éloigné, elle ne perdit pas de temps.

— J'en ai assez, Gregor. Tu dois cesser. Comme si ces regards menaçants ne suffisaient pas, voilà que tu t'en prends à sir David pour le seul fait d'avoir dansé avec moi !

— Ce n'était pas à cause de la danse.

Elle posa ses mains sur ses hanches et attendit.

— Je n'ai pas aimé la manière dont il te regardait, précisa-t-il.

Elle semblait se retenir de lui donner un coup dans la poitrine. S'il n'y avait pas eu autant de monde autour d'eux, elle l'aurait sûrement fait.

— Tu as perdu la tête ? chuchota-t-elle. Si quelqu'un doit objecter à la façon dont un homme me regarde, c'est moi, pas toi. Je n'ai pas besoin d'un protecteur, d'un gardien ou d'une brute irascible, avinée, négligée et revêche avec un nez cassé, qui se comporte comme un enfant gâté qui n'a pas obtenu ce qu'il voulait. Que t'imaginais-tu, que j'allais me jeter à ton cou, éperdue de gratitude, parce que tu as dit que tu m'aimais ?

Peut-être pas avec gratitude mais elle aurait pu au moins faire comme si elle l'avait entendu. Il n'avait encore jamais dit ces mots à personne et son manque de réaction était blessant. Se rendant compte qu'elle n'apprécierait sans doute pas une réponse aussi franche, il rétorqua plutôt :

— Peut-être pas, mais tu n'as pas besoin de prendre autant de plaisir à me torturer.

Elle redressa le dos et le toisa avec un port de reine. Bigre, c'était si naturel chez elle ! Ce devait être dans son sang.

— Qu'est-ce qui te fait croire que ce que je fais a un rapport avec toi ?

— Parce que tu m'aimes.

Cate était loyale, constante et sincère. Quand elle donnait son cœur, c'était pour toujours. La blessure qu'il lui avait infligée était profonde, mais pas inguérissable. C'était une battante. Il avait foi en eux, même si elle n'y croyait plus.

Elle ouvrit la bouche pour protester, mais il l'interrompit :

— Un mois, mon cœur. C'est tout ce que je pourrai supporter. Alors profite du peu de temps qu'il te reste.

Elle cligna des yeux perplexes tandis qu'il tournait les talons et s'éloignait.

Au bout de quelques pas, il se retourna et ajouta :

— Tu avais peut-être raison sur les autres points, mais je ne suis pas aviné. Je n'ai bu qu'un verre de vin depuis des semaines.

Le mufle ! Comment osait-il lui tourner le dos et la laisser plantée là après ce qu'il venait de lui dire ! Cate était tentée d'aller le chercher par la peau du cou et de lui énumérer toutes les excellentes raisons pour lesquelles elle ne pouvait pas l'aimer. Il lui avait brisé le cœur (même si elle allait mieux maintenant), et elle ne le laisserait pas la blesser à nouveau.

Comment lui faire confiance ? Il pouvait toujours lui dire qu'il l'aimait et lui faire sa meilleure imitation du soupirant loyal et énamouré, comment être sûre que cela durerait ? Un mois, ce n'était pas toute une vie.

Mais c'était un bon début.

Elle fit taire la petite voix dans sa tête et se concentra sur tout ce qu'elle n'aimait pas chez lui. Son nez bossu, pour commencer. Hélas, il était bien possible que cela rende le scélérat encore plus séduisant, comme s'il en avait besoin !

Elle retourna sur l'estrade et prit place entre son père et sir Thomas, mais son esprit était encore accaparé par sa conversation avec Gregor. Qu'avait-il voulu dire par « un mois » ? Cela lui ressemblait bien de jouer les mystérieux pour exciter sa curiosité. Et le pire, c'était qu'elle était intriguée.

Elle parvint néanmoins à passer un moment délicieux avec son « cousin ». Sir Thomas était effectivement un séducteur impénitent et il avait tout pour plaire avec ses traits raffinés, ses cheveux bruns et ses yeux bleus.

Lorsqu'elle surprit son regard plongé dans son décolleté au cours d'un quadrille (son corsage moulant attirait effectivement l'attention), elle le laissa s'y attarder une bonne dizaine de secondes avant de lui poser une question pour ramener son attention vers son visage. Le teint livide de Gregor lorsqu'elle lui lança un regard furtif fut très satisfaisant.

— Vous vous amusez bien ? demanda sir Thomas, une lueur espiègle dans les yeux.

— Immensément, répondit-elle sans cacher son plaisir.

Il se mit à rire.

— Votre ancien tuteur semble trouver la soirée moins plaisante. Pourquoi ai-je l'impression que je vais devoir surveiller mes arrières quand je sortirai d'ici ? Laissez-moi deviner... vous avez dansé avec Lindsay hier soir ?

Elle cessa de sourire et se mordit la lèvre.

— Je suis désolée... je n'ai pas réfléchi. Je crains que vous n'ayez raison.

— Je plaisantais. Si MacGregor me cherche, il me trouvera. Cela me fera même plaisir. Lorsque j'ai rejoint les forces de mon oncle il y a quelques années, ses amis et lui m'ont fait passer de sales moments.

La lueur dans son regard se fit franchement malicieuse.

— Si on le faisait souffrir un peu ?

Cate y réfléchit deux secondes, puis sourit.

— Cela ne vous ennuie pas ?

— Ma chère cousine, ce serait un plaisir. Le voir se tortiller de jalousie vaut bien *deux* yeux au beurre noir.

Fort heureusement, il n'y eut pas de représailles. Les remontrances de son père à Gregor semblaient avoir porté leurs fruits. En outre, elle disposait encore d'un mois, quoi que cela veuille dire.

Le lendemain, elle se rendit dans la salle de travail de son père afin d'en savoir plus. Il venait d'achever une réunion et congédia ses hommes, y compris le géant qui ne semblait jamais le quitter, Tor MacLeod. Elle avait entendu son père l'appeler « le Chef » à plusieurs reprises et, compte tenu de sa stature et de son aspect intimidant, elle le soupçonnait d'être le commandant du corps des Fantômes.

Bruce s'enfonça dans son fauteuil et la regarda aller et venir devant son bureau, attendant qu'elle se lance.

Elle s'arrêta enfin et se tourna vers lui.

— Quand Gregor m'a blessée, vous étiez furieux contre lui. Qu'a-t-il accepté pour que vous lui pardonniez ?

Il arqua un sourcil.

— Qu'est-ce qui te fait croire que je lui ai pardonné ?

— Ce n'est pas le cas ?

— Tout dépend. Et toi, tu lui as pardonné ?

— Bien sûr que non. Pourquoi le devrais-je ?

Se souvenant que son père ne connaissait pas les détails de l'histoire et ne tenant pas à les lui donner, elle ajouta :

— Lui avez-vous ordonné de ne pas m'approcher pendant un mois ?

Il esquissa un sourire.

— Pas tout à fait.

— Que voulez-vous dire ?

— Je ne lui ai rien ordonné. C'était son idée.

Voyant son air perplexe, il expliqua :

— Il a estimé que tu méritais de jouir pleinement de ton statut de fille du roi. Il voulait que tu te sentes spéciale et que tu aies toutes ces choses qui auraient été ton dû si nous n'avions pas été séparés.

Cate écarquilla les yeux. Ce n'était certainement pas ce à quoi elle s'était attendue. Ébranlée, elle se laissa tomber sur un banc.

— Il a dit ça ? Alors, toutes ces festivités, ces hommages... ?

— Oui, c'est lui. J'aurais dû avoir la même idée plus tôt. Il a raison, Caty. Tu mérites d'être traitée comme une princesse.

Ils savaient tous les deux qu'une fille naturelle ne pouvait prétendre au titre de princesse, mais elle comprenait ce qu'il voulait dire. En revanche, elle avait peine à croire que Gregor ait été aussi... prévenant... attentionné... amoureux.

— Et le bandeau ?

— Il l'a fait faire pour toi à Oban.

Elle ne savait plus quoi dire.

— Il t'aime, Caty.

Était-ce suffisant ? Pouvait-elle lui pardonner ?

— Que se passera-t-il une fois le mois écoulé ? demanda-t-elle.

— Je lui ai donné la permission de te faire la cour, rien de plus. Et uniquement si tu l'acceptes.

Cate sentit son cœur se serrer et la glace qui l'enveloppait se craqueler un peu. Un soupçon de l'amour qu'elle avait eu pour Gregor se glissa dans les fissures.

— Quand se termine le mois en question ?

— Mercredi.

Dans deux jours. Elle dévisagea son père, désemparée.

— Que dois-je faire ?

— Que souhaites-tu faire ? répondit-il doucement.

Lui faire confiance. Elle ne le dit pas à voix haute, mais il lut sa pensée sur son visage.

— Je crois que tu sais déjà ce que tu veux, ma chère. Je mentirais en disant que ça ne me fait pas plaisir. Cela signifie peut-être que je vais récupérer mon archer.

— Comment cela ?

Il fit une grimace agacée.

— Mon meilleur tireur affirme ne plus vouloir se battre.

27

Après avoir été poussé dans ses derniers retranchements la veille, Gregor se rendit sur le terrain d'entraînement à la première heure. Il avait envie de tuer quelqu'un et il lui fallait un exutoire. Non, pas juste « quelqu'un » : ce fils de catin qui n'avait cessé de tripoter Cate tout au long de la soirée. Le seul souvenir de la main de Randolph posée dans le creux de ses reins puis glissant subrepticement vers le bas faisait bouillir son sang.

Il leva son épée puis l'abattit avec toute la frustration et la rage qu'il ressentait.

Fort heureusement, son partenaire était le meilleur épéiste d'Écosse et ne connaissait pas le sens du mot « entraînement ». Avec Tor MacLeod, il n'y avait pas d'exercice qui comptait ; tous les coups étaient permis.

Il para le coup, non sans mal. Le chef de la Garde recula d'un pas pour faire une pause et reprendre son souffle.

— Tu as mangé du lion ce matin, la Flèche ! Si tu continues comme ça, on va te trouver une nouvelle place dans la Garde, avec ou sans ton arc.

Il lui lança un regard ironique.

— Je n'ai sans doute pas besoin de te demander quelle mouche te pique ? J'ai vu Randolph danser avec ta fiancée hier soir.

Il se redressa brusquement en regardant derrière Gregor. Celui-ci se tourna juste à temps pour voir Cate débarquer d'un pas martial.

— Je ne suis pas sa fiancée, lança-t-elle sèchement à MacLeod.

Gregor était tellement content de la voir et si occupé à l'admirer sous toutes les coutures que, cette fois, même le regard acerbe qu'elle lui lança ne lui fit rien.

— Pourquoi ne t'entraînes-tu pas avec ton arc ? demanda-t-elle. Et qu'est-ce que c'est que cette histoire de ne plus vouloir faire partie de... euh... (Elle lança un regard hésitant vers les hommes présents.) ... de l'armée ?

Malheureusement, sa place dans « l'armée » n'était plus un secret. Il poussa un soupir, maudissant Bruce pour avoir craché le morceau, puis ôta son heaume et passa une main dans ses cheveux trempés de sueur.

— On peut parler de ça plus tard, Cate ?

MacSorley, assis à l'ombre de l'armurerie d'où il avait observé l'entraînement, se leva et avança d'un pas.

— Pourquoi attendre, joli cœur ? Je suis assez curieux de savoir ce que tu as à dire sur le sujet.

Il indiqua d'un signe de tête les autres membres de la Garde présents : Sutherland, MacKay, MacRuairi et Campbell.

— Nous le sommes tous, ajouta-t-il.

Le dos au mur, Gregor serait sûrement sorti de ses gonds si Cate n'avait pas involontairement volé à son secours. Elle se tourna vers MacSorley.

— Je ne suis pas sûre que « joli cœur » soit le surnom qui lui convienne. Avec sa tête amochée, il n'est plus si joli que ça.

Tu parles d'un secours !

— Vous avez raison, convint MacSorley. Je vais devoir lui trouver autre chose. Cela dit, ne vous inquiétez pas pour son joli minois, il cicatrisera en un rien de temps. Il vous a déjà raconté comment on l'a trempé dans le Styx quand il était bébé ?

Gregor marmonna une imprécation pendant que Cate riait.

— Vous voulez dire, comme Achille ? Sa mère l'a-t-elle tenu par le talon, elle aussi ?

Ce fut au tour de MacRuairi de s'en mêler.

— À vrai dire, nous ne lui avions trouvé aucun point faible, jusqu'à récemment.

Cate scruta les visages autour d'elle, attendant une explication.

Il y eut un silence, puis Gregor poussa un soupir exaspéré.

— C'est de toi qu'il parle, Cate.

Ils se dévisagèrent un long moment. Pour la première fois depuis longtemps, elle le regardait sans haine ni colère. Elle cligna les yeux.

— Oh ! fit-elle.

Conscient de tous les regards tournés vers eux, il lui prit le bras.

— Allons discuter dans l'armurerie. Nous n'y serons pas interrompus.

— Dommage, lança MacSorley à Cate. J'espérais que vous me donneriez ma revanche. J'attendrai donc, mais ne mettez pas une aussi jolie robe. La prochaine fois, ce ne sera pas moi qui mordrai la poussière.

Cate riait toujours quand Gregor l'entraîna vers l'armurerie.

— Il est vraiment très drôle, observa-t-elle. Je comprends que tu l'aimes autant.

— Le Faucon est un emmerdeur et je le déteste, marmonna-t-il. Attends un peu qu'il te trouve un surnom.

— Tu crois vraiment qu'il le fera ? Comment m'appellera-t-il, à ton avis ?

— Je n'ose même pas y penser, mais sois sûre que tout le monde sera plié en deux, sauf toi, et moi probablement.

En chemin, il s'arrêta devant le seau posé sur la margelle du puits et se débarbouilla.

Une fois dans l'armurerie, il s'assura que suffisamment de lumière filtrait entre les lattes des cloisons avant de fermer la porte. Il dépoussiéra le dessus d'une caisse, puis fit signe à Cate de s'asseoir.

— Je préfère rester debout.

Pour sa part, il préférait surtout qu'elle reste à une distance raisonnable car, dans ce lieu confiné, il avait du mal à se retenir de la prendre dans ses bras. Cela faisait si longtemps qu'il ne l'avait pas touchée que ses doigts le démangeaient. Comme si cela ne suffisait pas, un subtil parfum fleuri vint lui titiller les narines. Elle s'était lavé les cheveux avec un savon parfumé à la lavande et il ne pensait plus qu'à glisser ses mains sous son voile et à plonger le visage dans la masse soyeuse de sa chevelure.

Hélas, il avait perdu ce droit et devait prouver qu'il méritait de retrouver un tel privilège.

Il recula d'un pas et s'éclaircit la gorge.

— Que veux-tu, Cate ?

Inconsciente des efforts qu'il faisait pour se tenir à distance, elle avança et s'arrêta à quelques centimètres de lui. Il aurait suffi qu'il baisse la tête pour pouvoir l'embrasser. Il s'arma de courage et s'efforça de ne pas penser à ses lèvres.

— Que se passe-t-il, Gregor ? demanda-t-elle. Pourquoi ne te sers-tu plus de ton arc ? Pourquoi envisages-tu d'abandonner la Garde ?

Il se raidit. Il n'abandonnait rien, ses objectifs avaient simplement changé. Il ne ressentait plus le besoin de prouver sa valeur, d'être le meilleur. Il ne voulait plus fuir ses autres devoirs.

— Ce n'est pas à cause de moi, n'est-ce pas ? Je sais que tu n'as pas fait exprès de me tirer dessus. C'était un accident.

— J'aurais pu te tuer.

— Mais je suis toujours là. Même si j'étais morte, cela n'aurait pas été ta faute. Tu ne pouvais pas prévoir ma réaction. D'ailleurs, tu m'avais répété de nombreuses fois de ne pas faire ce que j'ai fait.

La compassion dans son regard lui étreignit le cœur. Il devait lui dire la vérité, aussi honteuse soit-elle.

— Tu ne comprends pas. Si tu n'avais pas eu le bon réflexe, le roi serait mort. J'ai raté ma cible, Cate. Ma flèche était trop basse. Elle n'aurait pas tué Fitzwarren.

Son air dubitatif ne fit qu'accentuer son malaise.

— Tu ne peux pas en être sûr, objecta-t-elle. Et quand bien même, tu avais de bonnes raisons d'être déconcentré.

Elle avait raison, mais ce n'était pas une excuse.

— Ce n'était pas la première fois, avoua-t-il. C'est l'une des raisons pour lesquelles on m'a envoyé me reposer à Dunlyon.

Il lui décrivit son hésitation à Berwick et les petites erreurs qu'il n'avait cessé de commettre.

— Je suis en train de perdre mon adresse, conclut-il, la gorge nouée.

— Ton adresse est sans pareille, mais tu n'es pas parfait. Et alors ? Toi seul exiges de l'être. Même avec des tirs un peu moins précis, tu restes le meilleur archer des Highlands. Tu as oublié la flèche décochée depuis l'échelle de corde ? D'après ce que m'a dit mon père, c'est grâce à toi qu'ils ont pu prendre le château par surprise.

— J'ai eu de la chance.

Elle le dévisagea d'un air entendu.

— Chance ou pas, personne d'autre n'aurait réussi ce tir, Gregor. Personne. Penses-y.

Qu'elle ait raison ne changeait rien.

— Tu ne comprends pas, Cate. Je... je perds mes moyens. Je n'ai plus la même intensité.

— Comment le pourrais-tu ? Tu es mentalement épuisé. Tu te bats pour mon père depuis...

— Plus de sept ans.

— Plus de sept ans au plus haut niveau, dans les conditions les plus extrêmes, sous une pression constante. Ce serait difficile pour n'importe quel archer, sans parler d'un tireur d'élite dont on attend la plus grande précision. Je ne suis pas surprise que tu commences à fatiguer. Je me demande plutôt comment tu as tenu aussi longtemps.

Elle s'interrompit et le dévisagea en inclinant la tête sur le côté.

— Tu crois toujours en mon père ?

— Plus que jamais. C'est un grand homme et un grand roi.

Elle l'observait avec plus de compassion et de compréhension qu'il n'en méritait. Mais ce qu'elle fit ensuite le cloua sur place. Elle tendit la main et la posa sur sa joue. Il regretta de ne pas s'être rasé, mais elle ne semblait pas gênée par le chaume dru sous sa paume.

— Tu ne le décevras pas, Gregor, même si tu n'atteins plus aucune cible. Tu lui as prouvé ta valeur plus de fois qu'il n'en fallait. (Elle fit une grimace.) Tu n'imagines pas à quel point il m'a rebattu les oreilles avec le récit de tes prouesses au cours de ces dernières semaines.

Il écarquilla les yeux, surpris.

— Mais il était furieux contre moi !

— Justement, cela en dit long. Sa confiance en toi est aussi inébranlable que la tienne en lui. (Elle sourit.) Même après que tu as tiré sur sa fille.

Cate avait l'art pour séparer le bon grain de l'ivraie. Elle savait mettre sur la table l'enchevêtrement d'émotions contradictoires qui le torturaient et y remettre de l'ordre.

Elle n'en avait pas fini avec lui.

— Tu as sans doute une autre raison de douter de toi-même. Prendre une vie n'est pas facile, même quand c'est justifié. Il n'y a aucune honte à rechigner à le faire. Au contraire, cela garantit que, quand tu tues, c'est parce qu'il le faut vraiment. Ce que tu fais est nécessaire, Gregor. Tu le sais, mais tu as parfois besoin de t'en souvenir. Mon père a besoin de toi.

Il prit sa main et la porta à ses lèvres. Il se détendit légèrement quand elle ne tenta pas de se libérer et le laissa déposer un baiser sur ses petits doigts menus.

— Et moi, j'ai besoin de toi, déclara-t-il. Plus rien n'a de sens sans toi. Je me suis battu pendant si longtemps contre l'image qu'on avait de moi que j'ai perdu de vue l'homme que je voulais être. Tu me rappelles qui est cet homme. Je veux que tu puisses compter sur moi. Je veux que mon clan compte sur moi. Que mes enfants comptent sur moi. Redonne-moi ta confiance, Cate, et je jure de ne plus jamais la trahir.

Il lut l'indécision dans ses yeux. Elle était partagée entre le désir et la crainte. Elle avait peur d'être à nouveau déçue et il pouvait la comprendre.

Il l'embrassa. Ce fut un baiser comme il n'en avait encore jamais donné. Un baiser pour briser toute incertitude et toute peur. Un baiser pour courtiser et convaincre.

Il ne laissait aucune place à la protestation ni à la contestation. De chaque caresse de sa bouche, de chaque mouvement de sa langue, de chaque effleurement de son pouce sur sa joue, il lui dit à quel point il l'aimait.

Il fallait qu'elle le croie.

Quand il l'embrassa, Cate se sentit fondre. Tout le reste s'effaça devant le tendre assaut de ses lèvres et de sa langue. Ses dernières résistances cédèrent sous la chaleur de son amour.

Il l'aimait. Il n'y avait pas que ses paroles et son baiser qui le lui prouvaient. Il y avait la manière dont il la regardait quand elle entrait dans une pièce, dont il s'était tenu à l'écart pendant un mois pour la laisser savourer ce que la tragédie lui avait fait perdre, son allure hagarde, même son adorable nez cassé.

Se souvenant soudain d'un détail, elle s'écarta :

— Qu'entendais-tu en disant que tu voulais que ton clan compte sur toi ?

— Je n'étais peut-être pas destiné à être laird, mais je le suis devenu. Il est temps que j'assume ma responsabilité. J'ai envoyé mon frère me remplacer à Galloway. Il n'y a aucune raison pour qu'il ne continue pas.

— Je suis ravie que John puisse enfin retourner au combat comme il le souhaitait, mais il ne peut pas te remplacer indéfiniment. Ils ont besoin de toi.

Il ne répondit pas.

— Tu ne veux plus être un Fantôme ?

— Si, bien sûr, mais j'ai des responsabilités.

— Certes, mais n'y a-t-il pas un moyen de faire les deux ? Nous pouvons peut-être trouver un compromis ?

Il sonda son regard tout en caressant sa joue du doigt.

— « Nous » ? répéta-t-il. Cela veut dire que tu me donnes une seconde chance ?

Elle fit une moue ironique avant de répondre :

— Il me semble qu'il me reste deux jours sur le mois qu'on m'a promis. Il serait dommage de les gaspiller alors que sir Thomas m'a invitée à…

Il ne la laissa pas finir. Il l'attira à lui et la fit taire en plaquant ses lèvres sur les siennes. Cette fois, son baiser était fougueux et possessif. Il ne lui laissa aucun doute sur les plaisirs qui l'attendaient dans leur lit conjugal.

Lorsqu'il s'écarta, un long moment plus tard, ils étaient à bout de souffle et à un cheveu d'expérimenter les plaisirs en question contre le mur de l'armurerie.

— Ai-je dit un mois ? déclara-t-il d'une voix rauque. Je voulais dire vingt-neuf jours. Si je passe une autre soirée comme celle d'hier soir, je finirai banni sur Saint-Kilda.

Cate se mit à rire.

— C'est de ça que mon père t'a menacé ? Je me posais la question.

Ils retrouvèrent leur sérieux et se dévisagèrent longuement. L'air grave, il écarta une mèche de cheveux qui tombait devant son visage et demanda :

— Tu es sûre, Cate ? Je sais que c'est égoïste de ma part de te demander une seconde chance après ce que tu as vécu. J'ai failli perdre la raison quand j'ai découvert qu'ils t'avaient capturée. Ils pourraient essayer à nouveau. Je jure de tout faire pour te protéger, mais être ma femme ne sera pas sans risque.

— Je suis la fille de Robert de Bruce. Je suis exposée de toute façon, avec ou sans toi. Je préfère que ce soit avec toi. (Elle sourit.) Quand je ne peux pas me défendre toute seule, tu es le seul sur lequel je suis sûre de pouvoir compter.

Elle pouvait voir que ses paroles le touchaient profondément.

— Tu as amplement démontré que tu pouvais te défendre en sauvant le roi. Je suis fier de toi, Cate.

— Je ne suis pas peu fière moi-même, répliqua-t-elle en riant. Toute la poussière que tu m'as fait avaler en m'entraînant a servi à quelque chose.

Il esquissa un sourire énigmatique.

— Je t'ai dit que je voulais que nos enfants puissent compter sur moi. Ça ne t'intrigue pas ?

Elle leva les yeux au ciel.

— Tu veux parler de tous les fils que je vais te donner ?

— Non, je pensais à des enfants qui existent déjà.

Il lui fallut un certain temps pour comprendre, puis elle ouvrit la bouche, stupéfaite, sans émettre un son, n'osant pas prononcer les mots de crainte que ses espoirs s'envolent.

— Ils t'attendent, mon amour, dit-il doucement. Ils « nous » attendent à Dunlyon.

Le visage de Cate s'illumina. Il avait ramené les enfants.

— Mais… comment ? Et leurs familles ?

— Elles feront partie de leur vie si elles le souhaitent, mais je les ai convaincues que la place des enfants était avec nous. Tu leur as donné un foyer, Cate.

Elle n'arrivait toujours pas à le croire. Eddie… Maddy…

— Pip aussi ?

Il acquiesça.

— Je crois qu'avec mon gros nez cassé, on aura vraiment l'air du père et du fils. Qu'est-ce que tu en dis ?

Elle émit un son entre un cri et un sanglot et se jeta à nouveau dans ses bras. Elle se rendit compte qu'elle pleurait lorsqu'il essuya les larmes sur ses joues.

— Que t'arrive-t-il ? demanda-t-il.

— Rien, je suis si heureuse. Je ne sais plus quoi dire.

— Dis que tu m'épouseras. Dis que tu seras ma femme, que tu seras la mère de mes enfants, même ceux dont j'ignorais l'existence il y a peu. Dis que tu te tiendras à mes côtés durant la journée et dormiras près de moi durant la nuit. Dis que tu vieilliras avec moi. Dis-moi que tu m'aimes autant que je t'aime.

— Je t'aime et oui, oui, oui, je serai ta femme.

Elle hésita, puis reprit :

— Mais il va quand même falloir que tu me fasses la cour pendant un mois ou deux.

Les lèvres sensuelles de Gregor esquissèrent un sourire, faisant pétiller ses yeux émeraude. Le plus bel homme d'Écosse n'avait jamais été aussi éblouissant.

— À quel genre de cour penses-tu ? demanda-t-il sournoisement.

— À une cour très convenable, bien sûr. Sous le regard vigilant de mon père.

— Aïe, c'est bien ce que je craignais.

— Quoi, ton célibat te pèse ?

— Oui, dès que je suis avec toi. En ce moment, il me pèse énormément. Au bout d'un mois ou deux, ce ne sera pas beau à voir.

Elle lui donna une petite tape sur la joue.

— Mon pauvre Gregor, tu survivras.

Il lui attrapa la main et embrassa sa paume.

— Certes, mais à quel prix !

Elle glissa les bras autour de son cou et se hissa sur la pointe des pieds pour déposer un baiser sur ses lèvres.

— Ne t'inquiète pas, dit-elle. Nous trouverons sûrement une petite réserve sombre à Dunstaffnage.

Le regard de Gregor s'assombrit.

— Je ne me suis pas excusé pour ce que j'ai dit sur le fait de te prendre contre un mur, Cate. Je ne voulais pas...

Elle l'interrompit en posant ses doigts sur ses lèvres.

— Je sais. Tu pourras t'excuser tout ton saoul plus tard. Pour le moment, tu ferais bien de te dépêcher si tu ne veux pas que quelqu'un entre ici et nous surprenne.

Ses yeux s'illuminèrent quand il comprit ce qu'elle voulait dire. Il ne se fit pas prier et se déshabilla en deux temps trois mouvements, avant qu'elle puisse changer d'avis.

Lorsqu'ils furent nus tous les deux, il la contempla d'un air admiratif et émit un petit sifflement.

— Je veux bien que quelqu'un entre et nous surprenne si ça peut te contraindre à m'épouser plus rapidement, mon cœur. Tu devrais peut-être appeler John ?

Pour le punir de son insolence, elle glissa un pied derrière sa cheville et le poussa en arrière, le faisant tomber à la renverse. Toutefois, quand elle se laissa tomber sur lui, il n'eut pas l'air de lui en tenir rigueur.

C'était une canaille, mais il était à elle. Il s'employa à le lui démontrer, ce jour-là comme tous les jours suivants.

Épilogue

Dunlyon, domaine de Roro, comté du Perthshire, Highlands, fin de l'été 1324

— Ouaf, ouaf, ouaf… *Ouaf* !

Cate fut prise d'un fou rire en tentant de chasser le petit chien qui jappait frénétiquement à leurs pieds, ce qui n'était pas simple compte tenu de sa position, plaquée contre le mur et les jambes enroulées autour de la taille de son mari.

Gregor posa son front contre le sien et soupira.

— Foutu chien. Il va falloir trouver des loquets plus efficaces pour le nouveau donjon.

Les travaux de construction du nouveau château en pierre étaient presque achevés. Ils avaient commencé quelques années après que Gregor était rentré définitivement à Dunlyon. Enfin, plus ou moins définitivement. Bruce avait encore recours à ses « Fantômes » pour régler des situations « délicates ». Cate avait convaincu son mari de reprendre son arc et de continuer à défendre la couronne de son père, tout en effectuant moins de missions. Il passait le plus clair de son temps avec elle, mais, quand le roi avait besoin de lui, il se tenait prêt.

Ses deux mains plaquées sur ses fesses, il la reposa doucement sur le sol. Elle mit un moment à trouver son équilibre, les jambes encore molles après leur étreinte enfiévrée. Même après douze ans de mariage et la naissance de cinq fils, sans compter les cinq enfants « abandonnés » qu'ils avaient adoptés, Gregor ne se lassait jamais de la surprendre dans les réserves.

Elle ne s'en plaignait pas. À quarante-trois ans, il l'éblouissait tout autant, sinon plus, que lorsqu'il en avait eu trente et un. Elle avait vu juste : la bosse sur son nez ne faisait qu'ajouter à son charme, tout comme les marques du temps et des combats sur son visage. Il y avait sans doute de nouveaux prétendants au titre, notamment dans leur propre maison, mais, à ses yeux, il serait toujours le plus bel homme d'Écosse.

Elle remit un peu d'ordre dans sa tenue et sa coiffure, puis déclara en riant :

— Ne te plains pas, pour une fois Berry t'a laissé finir avant d'intervenir. Le pauvre est simplement jaloux. Il ne supporte pas que tu l'ignores.

Gregor lança un regard torve vers le petit terrier.

— C'est un emmerdeur, voilà ce que c'est !

Cate se pencha et gratta la tête du chien.

— Ne l'écoute pas, Berry. Il t'aime.

Pip avait finalement baptisé son petit chiot « Berry » après que le Faucon lui avait raconté l'assaut raté de Berwick. Le marin et lui partageaient le même sens de l'humour et étaient devenus de bons amis au fil des ans.

Gregor fit une grimace malicieuse.

— C'est une bonne chose qu'il ait attendu. J'ai besoin d'un autre fils.

Il s'écarta prudemment. Cate était toujours capable de l'envoyer à terre quand elle le voulait. Elle s'entraînait moins qu'avant, mais quand les filles en auraient besoin, elle saurait les former. À quatorze ans, Maddy savait déjà bien se défendre. Elle avait beau ressembler à une poupée de porcelaine, c'était une coriace. Il le fallait, avec tous ces garçons autour d'elle.

— Ne plaisante pas avec ça, Gregor. Je viens juste de sevrer ton dernier fils. Si tu ne me donnes pas une fille, je mettrai un verrou sur ma porte. Maddy et moi aurions été obligées de déménager depuis longtemps si Beth et Jeannie n'étaient pas arrivées.

Les deux petites filles, des sœurs, étaient venues vivre avec eux deux ans plus tôt, après la mort de leurs parents emportés par la fièvre.

— Vivre au milieu de tous ces garçons revient à vivre dans une porcherie. Comment se fait-il qu'ils soient tous nés avec l'incapacité de ramasser leur linge sale sur le sol ?

— La vie est un mystère infini, répondit-il sans pouvoir cacher son amusement.

— Je t'en ficherais des mystères infinis ! Si je suis malade tout au long de la route jusqu'à Scone, ce sera ta faute.

Il retrouva aussitôt son sérieux.

— Mince, Cate. Je n'y avais pas pensé. Je regrette que tu souffres autant chaque fois.

Elle n'avait pas voulu le perturber et le rassura :

— Je plaisantais. Ce n'est pas si dramatique. Cela ne dure que quelques mois. En outre, cela en vaut la peine.

Elle songea à sa mère avec un pincement au cœur. Il paraissait injuste qu'elle ait eu tant de mal à avoir un second enfant quand il suffisait que Gregor regarde Cate pour qu'elle se retrouve avec la tête dans une bassine. D'un autre côté, elle savait combien sa mère aurait été heureuse de la voir entourée d'autant d'amour.

Elle avait toute la famille dont elle avait rêvé, y compris un nouveau demi-frère très attendu. Il était la raison de leur voyage. Après dix ans de règne incontesté et la libération de sa reine, le roi d'Écosse avait enfin un héritier légitime. David était né en mars et Bruce projetait une célébration comme le pays n'en avait pas vu depuis longtemps. Avec l'arrivée de David, le royaume et le trône étaient plus solides qu'ils ne l'avaient jamais été depuis la mort du roi Alexandre III.

Ils emmenaient toute la famille, y compris le dernier-né, John. Ce serait la première fois qu'ils seraient tous réunis depuis cinq ans. Comme Pip avant lui, Ruadh (elle avait perdu la bataille pour lui conserver son vrai prénom depuis longtemps) était en apprentissage chez Arthur Campbell. Pip était chevalier dans l'armée de Bruce depuis bientôt cinq ans. Qui aurait cru que le garçon maigrichon au visage ingrat deviendrait un jeune homme au physique pouvant rivaliser avec celui de son père adoptif ? Grand, carré, les traits virils, Pip était un vrai séducteur. Qu'il soit l'un des meilleurs cavaliers d'Écosse et un champion du jet de lance ne gâchait rien.

Il possédait également un sens de l'humour ravageur, que Gregor imputait à la mauvaise influence du Faucon. L'une de ses plaisanteries favorites était de présenter les innombrables jeunes filles qui lui couraient après à sa mère adoptive. Cate devait reconnaître qu'il était drôle de voir leur tête tandis que leurs regards stupéfaits allaient de l'un à l'autre, essayant de comprendre. Maintenant que Pip était adulte, leurs six ans d'écart ne se voyaient presque plus.

Gregor devina ses pensées et sourit tendrement.

— Ils doivent avoir autant hâte que toi.

— Je trépigne d'impatience. Je me réjouis aussi de revoir tous les Fantômes et leurs familles. Je crois que l'aînée d'Arthur et d'Anna a jeté son dévolu sur Pip. Non pas qu'il semble l'avoir remarqué.

Gregor fronça les sourcils.

— Mais elle n'a que…

— Quinze ans, et lui vingt-sept.

Elle haussa les sourcils, le défiant d'objecter.

— Ça ne te rappelle rien ?

Il se mit à rire et la prit dans ses bras.

— Il ne se laissera pas mettre le grappin dessus facilement, la prévint-il.

— Je sais, ils résistent toujours.

Mais quand ils cédaient, c'était pour toujours. Elle était bien placée pour le savoir.

Note de l'auteur

Gregor MacGregor est un héros fictif. J'ai d'abord voulu m'inspirer d'un personnage réel, avant de capituler devant le manque de sources primaires, les incohérences et les lacunes des arbres généalogiques de l'époque.

Le premier chef du clan MacGregor reconnu fut Gregor of the Golden Bridles (« aux brides d'or »), né au milieu du XIVe siècle. Toutefois, on trouve des MacGregor (parfois appelés des MacAlpin à cette époque) dans les trois « glens » MacGregor traditionnels (Glenstrae, Glenorchy et Glenlochy) au XIIIe siècle. Il existe également une référence à un John de Glenurchy (Glenorchy) qui combattit du côté des patriotes avec Wallace et le seigneur de Lorn à Dunbar en 1296. Il fut fait prisonnier après la désastreuse défaite écossaise et condamné par le roi Édouard Ier à se battre pour lui en France, où il mourut, ne laissant derrière lui qu'une jeune héritière, Margaret (Mariota).

C'est ici que les archives s'emmêlent. Margaret, qui serait née avant 1296-97, aurait été confiée à la garde de Neil Campbell (l'un des plus fervents partisans de Bruce et le frère de la « Vigie », Arthur), avant d'être mariée à Iain/John Campbell, le fils de Neil et de Mary de Bruce (la sœur du roi). Sa dot aurait inclus les terres de Glenorchy ainsi que, peut-être, la baronnie de Loch Awe ; autrement dit, les terres MacGregor (selon d'autres sources, la baronnie fut donnée à sir Neil, puis transmise à sir Colin, son fils aîné, qu'il eut avec une Crawford). C'est là l'origine de la revendication des terres MacGregor par les Campbell qui, au cours des siècles suivants, engendra une querelle sanglante qui sert de toile de fond à ma trilogie Campbell.

Neil Campbell et Mary de Bruce ne furent mariés qu'après la libération de cette dernière (elle fut l'une des femmes emprisonnées dans des cages par Édouard Ier). Par conséquent, John ne peut être né avant 1314. Ce John Campbell fut nommé comte d'Atholl par le roi après la défection de David Strathbogie (le fils de Mary dans *La Recrue*). La plupart des archives le citent comme étant marié à Joan Menteith (sans aucune référence à Margaret). Donc, si John a d'abord été marié très jeune à Margaret, celle-ci a dû mourir avant qu'il n'épouse Joan en secondes noces. John Campbell est mort à la bataille d'Halidon en 1333, sans avoir eu de descendance ni avec l'une ni avec l'autre. Il semblerait que les terres aient été ensuite récupérées par les MacGregor. En 1390, elles figurent dans l'acte testamentaire d'un autre John MacGregor de Glenorchy.

Qu'ont fait les MacGregor entre la mort de John de Glenorchy, vers 1297, et l'apparition de Gregor « aux brides d'or » au milieu du XIVe siècle ?

En bref, c'est difficile à dire. Les histoires de clans, les sources historiques et les généalogies partent dans tous les sens.

Selon quelques sources, les MacGregor, récusant les revendications de leurs terres par les Campbell à travers l'héritière Margaret, élurent comme chef un neveu de John de Glenorchy nommé Gregor. Les MacGregor défendirent leurs vallées « par le droit de l'épée », mais en furent finalement chassés et se cantonnèrent principalement dans la région de Glenstrae.

Selon d'autres sources, ainsi que selon le grand auteur de romans historiques Nigel Tranter, un chef du nom de Malcolm vint à la rescousse de Robert de Bruce sur son grand destrier blanc lorsque celui-ci prit la fuite en 1306. Il se battit à Bannockburn en portant les reliques de saint Fillan et fut grièvement blessé en 1318 lors de la bataille où périt Édouard de Bruce, en Irlande. Il pourrait être le père de Gregor « aux brides d'or ». Ce Malcolm, surnommé le « seigneur boiteux », serait mort à un âge avancé en 1364.

Cette version pose plusieurs problèmes. Elle repose sur une allusion contenue dans les *Ragman Rolls* de 1296 à Malcolm et Patrick de Glendochart (le premier étant transcrit « Malcolum de Glendeghrad »). Un historien écossais du début du XIXe siècle, Donald Gregory, émit l'hypothèse qu'il s'agissait de deux MacGregor, une hypothèse reprise depuis par d'autres historiens. En revanche, mon historien préféré pour cette période, Barrows, suggère qu'il s'agissait de deux MacNab.

Il y a deux questions auxquelles je ne peux répondre. Même en présumant que ce Malcolm était un MacGregor, comment était-il apparenté à John de Glenorchy (le chef capturé à Dunbar qui mourut ensuite en France) ? La famille Glendochart était-elle une autre branche, ou Malcolm était-il le frère ou le fils de John de Glenorchy, comme le suggèrent certains ? Qu'il ait été le fils me paraît peu probable, puisque Margaret était l'héritière. Ce devait donc être un frère.

Il reste la question la plus épineuse : comment « Malcolm MacGregor » pouvait-il être aussi étroitement associé à Bruce, et, s'il l'était vraiment, pourquoi les MacGregor ne furent-ils pas récompensés pour leur soutien et leur loyauté comme les autres ? En effet, les MacGregor (comme les seigneurs de Lorn et les MacNab, avec lesquels ils étaient associés) perdirent leurs terres et leur statut après les guerres d'indépendance, Glendochart revenant aux Campbell. Le plus frustrant, c'est que de nombreux historiens parlent de Malcolm MacGregor comme d'un partisan loyal de Bruce et, pratiquement dans la même phrase, déclarent que la fortune de son clan périclita après Bannockburn sans donner d'explications.

En désespoir de cause, j'ai décidé de me tenir à l'écart de ce salmigondis en faisant de mon Gregor le chef d'une branche cadette de la famille et le neveu de Malcolm, en laissant de côté les références aux exploits héroïques de ce dernier. Je me suis néanmoins inspirée d'un éventuel petit-fils de Gregor « aux brides d'or » nommé (surprise !) Gregor. Son surnom était Gregor Aulin, ce qui signifie « à la beauté parfaite ». N'est-ce pas merveilleux ? Gregor Aulin fut le géniteur des MacGregor de Roro (« Ruath Shruth », ou « ruisseau rouge ») dans la vallée de Glenlyon. C'est donc là que j'ai placé mon Gregor.

La maison-tour de Dunlyon est mon invention car je n'ai trouvé aucune référence à une forteresse MacGregor dans cette région à l'époque.

Le personnage de Cate s'inspire vaguement de Christian de Carrick, l'un des six enfants naturels (au moins) que Robert de Bruce eut avec diverses maîtresses. En dehors de son nom, on ne sait pratiquement rien d'elle, si ce n'est qu'elle recevait une pension en 1329.

On me demande souvent pourquoi je n'ai pas consacré un roman à Bruce lui-même. L'existence de Christian ainsi que de ses frères et sœurs illégitimes en est la raison. Bruce est un grand héros à mes yeux et il ferait un formidable personnage de fiction historique. Toutefois, du fait de ses enfants naturels (dont certains conçus alors qu'il était marié avec Elizabeth de Burgh), je le vois mal en héros d'un roman sentimental.

Ma description de la tentative d'assaut du château de Berwick la nuit du 6 décembre 1312 et de la prise du château de Perth le mois suivant s'inspire en grande partie de récits historiques, notamment le recours aux échelles de corde, l'aboiement du chien à Berwick, ainsi que l'échelle brisée et le chevalier français choqué de voir Bruce mener lui-même l'attaque de Perth.

Ronald McNair Scott, dans son livre *Robert the Bruce* (Barnes & Noble, 1982, p. 134), cite le chevalier français : « Que dirons-nous de nos nobles en France qui ne pensent qu'à se remplir la panse quand un chevalier aussi renommé risque sa vie pour un misérable hameau ? »

J'ai repoussé le siège de Perth d'une semaine ou deux afin de laisser Gregor et Cate célébrer Noël ensemble. Ce siège aurait duré plusieurs semaines (six, selon une source), avant que Bruce ne le lève et ne feigne de battre en retraite, revenant le 8 janvier pour prendre la ville par surprise.

Comme il apparaît sans doute dans ce livre, j'ai un faible pour les hommes comme sir William Oliphant. Tous les récits concordent sur le fait que des Écossais honorables, pour des raisons variées et compréhensibles, se sont battus contre Bruce. Dans *La Recrue*, sir Adam Gordon en est un autre exemple. Ces hommes étaient dans le « bon » camp au début de la guerre, se battant aux côtés de Wallace pour la cause patriote, puis, pour des raisons d'alliances familiales, d'honneur ou de circonstances, sont passés dans le camp ennemi.

Je peux comprendre que sir William ait hésité à changer de bord. Emprisonné en Angleterre pendant un an après Dunbar, il fut libéré, se rebella à nouveau, tint héroïquement le château de Stirling avec un nombre réduit d'hommes contre Édouard Ier (et Robert de Bruce), puis, lorsqu'il se rendit selon un accord qu'on lui avait fait croire honorable, il fut publiquement humilié avant d'être enfermé dans la Tour de Londres pendant quatre ans. Lorsqu'il fut enfin relâché sous « *mainprise* » (une sorte de caution médiévale), ce ne fut qu'après avoir juré de se battre pour Édouard II.

Même si, à cette époque, le vent avait tourné en faveur de Bruce, sa victoire ultime était loin d'être acquise. De 1306 à 1313, ses principales victoires contre les Anglais furent surtout des escarmouches, ou obtenues grâce à la ruse. Son armée n'avait pas encore fait ses preuves face aux troupes anglaises dans une bataille rangée qui aurait mis un terme au conflit. Si j'avais été à la place de sir William, j'aurais, moi aussi, hésité à m'embarquer dans cette galère.

Les sources divergent sur ce qui est arrivé à sir William après la chute de Perth. Selon certaines, il aurait été banni dans les Hébrides, où il serait mort. Selon d'autres, Bruce lui aurait offert une baronnie, il aurait signé la déclaration d'Arbroath et aurait eu un fils, Walter, qui aurait épousé une fille de Bruce, Elizabeth.

ClanOliphant.com a une bonne explication, suggérant qu'il y aurait eu en fait deux sir William Oliphant, des cousins, qui se seraient tous deux battus à Stirling. Le « galant chevalier » sir William qui défendit Perth et mourut dans les Hébrides ; et son cousin qui prit la tête du clan après Bannockburn et fut plus tard chaleureusement accueilli dans le giron de Bruce.

Comme je l'ai mentionné dans le roman, la garnison de Perth était composée en grande partie d'Écossais. Leur sort après la prise du château n'est pas très clair. Selon certains, ils auraient été exécutés alors que les Anglais furent autorisés à rentrer chez eux, un exemple rare où Bruce aurait condamné à mort des compatriotes s'étant dressés contre lui. D'autres suggèrent que seuls quelques chefs furent mis à mort.

En réfléchissant à une inscription appropriée pour l'épée de Gregor, je n'ai pas pu résister à la devise « *S Rioghal mo dhream* » (« Royale est ma race ») en raison de l'identité de mon héroïne. L'une des origines traditionnelles du clan MacGregor le fait remonter à Gregor, fils d'Alpin et frère du roi Kenneth Ier MacAlpin (roi des Scots puis des Pictes). Une autre origine royale les fait descendre des rois d'Alba. Les données ADN semblent privilégier la première thèse plutôt que la seconde.

Les sermons médiévaux pouvaient être très crus, afin d'effrayer les ouailles et de les inciter à l'obéissance. L'histoire de la religieuse qui s'arrache les yeux et les envoie au roi Richard qui la désirait (voir chapitre 6) en est une illustration.

Enfin, le terme « Hogmanay » pour désigner la célébration du nouvel an écossais ne fut enregistré qu'au XVIe siècle. Toutefois, compte tenu de ses origines scandinaves, on peut supposer qu'il était employé bien avant.

Remerciements

J'ai du mal à croire que j'en suis à mon quinzième roman chez Ballantine. Depuis la signature de mon premier contrat, en décembre 2005, j'ai eu la chance de travailler avec des personnes formidables. Je les ai déjà citées d'innombrables fois dans mes précédents livres, mais je tiens à saluer encore tous ceux qui, dans les départements de la rédaction, de la production, de l'illustration, des ventes et du marketing, transforment un manuscrit brut en un vrai livre disponible chez votre libraire préféré.

Je me dois également de remercier haut et fort Scott Shannon, qui a saisi au vol l'idée de la trilogie MacLeod présentée par mon agent autour de la machine à café (ce n'était peut-être pas vraiment une machine à café, mais vous comprenez ce que je veux dire) ; Gina Wachtel, qui a tant soutenu mes livres au fil des ans ; Lynn Andreozzi et le département artistique pour avoir réalisé quinze (!) couvertures superbes (et pour avoir sollicité tous les modèles les plus musclés du secteur) ; mes anciennes éditrices Charlotte Herscher et Kate Collins, ainsi que la nouvelle, Junessa Viloria. Junessa, je n'aurais jamais imaginé rire autant en recevant une lettre de mon éditeur.

Dès le premier jour, les dames de chez Jane Rotrosen se sont chargées des détails administratifs afin que je me concentre sur l'essentiel : l'écriture. Merci à Andrea Cirillo et à Annelise Robey pour leur soutien constant, pour les longues conversations sur le « métier », pour avoir agité des pompons afin de me remonter le moral quand j'en avais besoin. Un de ces jours, je vous achèterai des costumes de « pom-pom girls » pour Halloween.

Enfin, un grand merci à Jami Alden qui a été la lectrice alpha (jamais bêta, bien sûr) de tous mes livres, qui discute avec moi de chaque histoire et de chaque personnage chaque fois que j'en ai besoin. Tu es la meilleure. J'ajouterais bien la réplique du *Secret de Brokeback Mountain*, « Tu ne peux pas me lâcher », mais nos maris pourraient se poser des questions.

J'AI LU

POUR elle

Si vous souhaitez être informée en avant-première
de nos parutions et tout savoir sur vos autrices préférées,
retrouvez-nous ici :

www.jailu.com

Abonnez-vous à notre newsletter
et rejoignez-nous sur Facebook !